Earthdragon Lord
Unsterblicher König
Adalman
Todespaladin
Albert
Die 10 Besten des Labyrinths

Tatsuya war in einem Garten aufgetaucht, den nur der Kaiser und einige seiner engsten Vertrauten betreten durften. Und wie es der Zufall so wollte, war just in diesem Moment der Kaiser zur Erholung dort gewesen.
»Interessant. Das muss Schicksal sein.«
Das waren die letzten Worte gewesen, die Tatsuya gehört hatte, bevor er das Bewusstsein verloren hatte. Als er die Augen wieder aufgeschlagen hatte, war sein Körper ohne Verletzungen gewesen. Sein heutiges Leben verdankte er dem Kaiser und um seine Dankbarkeit zu zeigen, hatte er sich geschworen, sein Leben fortan diesem zu widmen.

Winddragon Lord
Firedragon Lord
Insektenkönigin
Apito
Insektenkaiser
Zegion
Neunkopfbestie
Kumara
Meine Wiedergeburt als
SCHLEIM
in einer anderen Welt
12
Light Novel
Story Fuse
Artwork Mitz Vah

Meine Wiedergeburt als SCHLEIM in einer anderen Welt 12

Light Novel

Story **Fuse**
Artwork **Mitz Vah**

Inhalt

Am Vorabend des Krieges

Prolog

Clowns auf der Flucht

Meine Wiedergeburt als SCHLEIM in einer anderen Welt

Yuki Kagurazaka war ein Genie. Bereits in seiner ursprünglichen Welt hatte er von Geburt an eine Art von übernatürlichen Kräften besessen. Doch hatte er nie davon Gebrauch gemacht, da ihm klar gewesen war, dass man ihn dann zur Schau gestellt hätte.

Sein Alltag war eintönig gewesen, aber Yuki hatte ihn gemocht und war zufrieden gewesen. Er hatte liebevolle Eltern und viele Freunde gehabt. Nichts war ihm sonderlich schwergefallen, auch nicht das Geldverdienen. Was er sich vorgenommen hatte, war ihm in den Schoß gefallen.

Doch eines Tages, kurz nachdem Yuki auf die Mittelschule gekommen war, hatte sich eine Tragödie ereignet: Ein Lastwagen, dessen Fahrer am Steuer eingeschlafen war, war frontal in das Auto der Familie Kagurazaka gefahren, seine Eltern waren auf der Stelle gestorben. Nur Yuki, der auf dem Rücksitz gedöst hatte, hatte überlebt.

Ein Gefühl der Ungerechtigkeit hatte ihn überwältigt. Er hatte den Lastwagenfahrer abgrundtief für seine Tat gehasst, aber es hatte nichts gegeben, was er hätte tun können. Japan war ein Rechtsstaat und Selbstjustiz verboten gewesen.

Im folgenden Strafprozess waren mehrere Dinge ans Licht gekommen. So hatte die Speditionsfirma, für die der Fahrer gearbeitet hatte, mehr Aufträge angenommen, als sie hatte abwickeln können, weshalb die Angestellten überarbeitet waren. Somit war auch der Fahrer in gewisser Weise ein Opfer gewesen. War also die Firma schuld an dem Unfall gewesen? Nein, auch das nicht. Den Auftrag eines wichtigen Geschäftspartners hätte man nicht ablehnen können, sonst würde er in Zukunft nicht mehr mit einem arbeiten. Ebenso hätte man keinem langjährigen Kunden die Tür vor der Nase zuschlagen können. Die Speditionsfirma hätte ihre Geschäftsprozesse optimieren müssen, aber routinierte Fahrer waren schwer anzuheuern und für die Ausbildung von Nachwuchs hätte es ihr an Ressourcen gefehlt.

Yuki war verzweifelt gewesen. Die Welt war voller Ungerechtigkeit und er hatte ihr ohnmächtig gegenübergestanden. Auf wen hätte er seinen Hass richten sollen? In seinen Augen hatte das Problem in der sozialen Struktur an sich gelegen. Er hatte sich an der Gesellschaft selbst rächen wollen, aber das war unmöglich gewesen. Yuki mochte ein Genie sein, aber genau darum hatte er seine Grenzen erkannt. Die Welt, in der er gelebt hatte, war bereits hoch entwickelt gewesen. Selbst mit seinen übernatürlichen Kräften hätte er sie als einzelnes Individuum nicht verändern können. Er hatte überlegt, ob man die Gesellschaft zerstören und wiederaufbauen sollte. Doch das hätte nur viele weitere Menschen ins Unglück gestürzt. Wenn er etwas hätte verändern wollen, hätte er Gleichgesinnte finden, eine Karriere als Politiker starten und das Land in kleinen Schritten verbessern müssen. Ihm war nur dieser Weg eingefallen, doch diese Lösung hätte Zeit und Geduld gekostet und mehrere Jahrzehnte in Anspruch genommen.

Yuki war in sich zerrissen gewesen, doch bevor er eine Entscheidung hätte treffen können, hatte er sich in dieser anderen Welt wiedergefunden. Ob das nun Glück oder Unglück war, ließ sich nicht sagen.

Yuki war von dem tiefen Groll des Dämonenkönigs Kazalim herbeigerufen worden. Dieser hatte seinen physischen Körper verloren und nur noch über seinen Astralkörper verfügt, aber seine Macht als »König der Flüche« war ihm dennoch nicht abhandengekommen. Er hatte eine lange Zeit darin investiert, seine Auferstehung vorzubereiten. Er brauchte einen Körper, der mit seinem Astralkörper kompatibel war, und er hatte strengstens darauf geachtet, dass das beschworene Wesen auf seine Befehle hören würde. Bei diesem Ritual hatte er sich keine Fehler erlauben dürfen. Deshalb hatte er sein Ziel zur Vorsicht vor der Beschwörung mit einem Fluch belegt, der diesem den Verstand nehmen sollte, bevor es überhaupt hätte begreifen können, was mit ihm geschah. Dann sollte ihm die Kraft seiner Seele geraubt werden und schließlich wollte sich Kazalim seines Körpers bemächtigen. Doch Kazalim hatte nicht bedacht, dass der Mensch, den er zu beschwören versucht hatte, Yuki gewesen war. Dieser war ein Genie und der Fluch hatte seine Wirkung verfehlt. Schon bei der Beschwörung hatte er die Regeln dieser Welt erfasst und die Kraft erlangt, die er sich gewünscht hatte – die Kraft, die Welt zu verändern. Es war die Kraft seiner Seele, eine reine Form von Energie, die ihre Umwelt frei nach Belieben anpassen konnte: der Unique-Skill »Schöpfer«. Als er Rimuru gesagt hatte, er besäße keinen Unique-Skill, hatte er also gelogen, dass sich die Balken bogen. Mit dieser neu erworbenen Kraft hatte Yuki als Erstes eine Fähigkeit erschaffen, die jegliche böse Absichten gegen ihn zunichtemachte – den »Anti-Skill«. Und damit waren Kazalims Pläne durchkreuzt gewesen. Nicht nur hatte er keinen neuen Körper erhalten, er hatte sich Yuki auch als Diener unterwerfen müssen. Yuki hingegen hatte sein Ziel gefunden, das er in dieser Welt verfolgen wollte, in der das Recht des Stärkeren galt. Die Gesellschaft hier hatte noch einen langen Weg der Entwicklung vor sich. Also beschloss Yuki, zum Herrscher dieser Welt zu werden und sie in die richtige Richtung zu lenken, um ihre Ungerechtigkeiten zu beseitigen.

So hatte sich Yuki das Ziel gesetzt, die Welt zu erobern.

*

Gemeinsam mit Laplace, Footman und Tear war Yuki vom Kampf um die Kathedrale geflüchtet, wo das pure Chaos geherrscht hatte. Gerne hätte er noch etwas länger beobachtet, wie sich die Lage entwickeln würde, aber das wäre zu riskant gewesen. Die Heroe Chronoa war kein Gegner, den Yuki unter seine Kontrolle hätte bringen können. Sie war eine furchterregende Kreatur, die alle Anwesenden als Feind betrachtete und wahllos attackierte. Granbell musste das gewusst haben, als er Yuki darum gebeten hatte, gemeinsame Sache zu machen. So demütigend es auch war, Yuki musste zugeben, dass der Greis ihn überlistet hatte.

»Was für eine Schande«, beschwerte sich Laplace. »Dabei haben wir uns solche Mühe gegeben, Luminas auszutricksen. Wir waren kurz davor, die ultimative Waffe in die Hände zu bekommen!«

»Tja, die Heroe war eine Klasse für sich. Schade, dass wir sie nicht für uns gewinnen konnten. Ich wette aber, die Leute, die sich ihr in den Weg gestellt haben, sind bereits tot.«

Footmans Vermutung klang plausibel, aber Yuki hatte seine Zweifel. Laplace schien es ähnlich zu gehen.

»Meinst du? Den Dämonenkönig Rimuru darf man nicht auf die leichte Schulter nehmen. Außerdem waren da noch Luminas und Leon. Mich würde es nicht wundern, wenn drei Dämonenkönige und mehrere mächtige Dämonen die Heroe besiegen würden.«

»Stimmt auch wieder«, nickte Tear. »Dazu kommt, dass Granbell mal ein ziemlich starker Heroe war. Ich hab keine Ahnung, wer da den Sieg davontragen wird.«

Für Yuki wäre der Sieg von Chronoa das bestmögliche Ergebnis. Mit einem Schlag würde er nicht nur Rimuru und Granbell loswerden, sondern auch Luminas, die früher oder später zu einer Bedrohung für ihn werden würde, sowie Leon, den die Clowns hassten. Der gesamte Westen wäre dann unter seiner Kontrolle, nur Chronoa wäre noch ein Problem. Doch sie war nicht bei Verstand. Mit ein paar Dämonen würde man sie an einen entlegenen Ort locken können, an dem sie keine Bedrohung mehr wäre. Deshalb hätte Yuki gerne den Ausgang des Kampfes erfahren.

»Abzuhauen war aber die richtige Entscheidung. Falls wir ins Kreuzfeuer geraten wären, hätten wir einiges einstecken müssen. Außerdem ...«

Außerdem hatte Yuki ein ungutes Gefühl gehabt und sich deshalb entschieden, seinem Instinkt zu vertrauen und sich in Sicherheit zu bringen. Sollte Chronoa besiegt werden, wären die überlebenden Dämonenkönige gewiss gegen ihn und die Clowns vorgegangen. Rimuru musste seinen Verrat bemerkt haben und er hätte sich mit nichts rechtfertigen können. Sein Ruf im Westen war nun dahin und seine Stützpunkte musste er aufgeben. Er war in Granbells Falle getappt und diesen Fehler konnte er nur sich selbst vorwerfen.

Deshalb hatte er ohne Zögern beschlossen, so schnell wie möglich aus Luberios zu fliehen. Mit seinem Urteilsvermögen hatte er bisher unzählige Krisen überwunden und auch diesmal würde es ihm aus der Patsche helfen. So dachte Yuki, doch schon im nächsten Moment fuhr er mit seinen naiven Gedanken gegen die Wand.

Wie aus dem Nichts erschien ein Mann vor Yuki und seinem Gefolge und versperrte ihnen den Weg. Neben ihm stand eine atemberaubende Schönheit mit blauen Haaren, die ein dunkelrotes Dienstmädchenkleid trug.

»...?!«

»Wer seid ihr denn?«

Yuki spürte die Gefahr, die von dem Mann ausging, und blieb stehen. Der unbekannte Mann antwortete nicht auf Laplaces Frage. Stattdessen starrte er Yuki direkt in die Augen, während er alle anderen ignorierte.

»Oho. Wenn ihr uns unbedingt in die Quere kommen wollt, dann ...«, begann Footman und machte einen Schritt nach vorn, um die beiden aus dem Weg zu räumen. Doch wie aus dem Nichts tauchte eine Gestalt auf und drückte ihn zu Boden hinab: Eine Frau, die das gleiche dunkelrote Dienstmädchenkleid trug wie die Blauhaarige, jedoch grüne Haare hatte.

Dabei handelte es sich um Mysery, die bis vor wenigen Stunden damit beschäftigt gewesen war, im Königreich Inglasia böse Spielchen zu treiben. Aufgrund der Intervention von Testarossa hatte sie ihre Mission jedoch abbrechen müssen und war sofort hierhergereist. Die blauhaarige Frau musste entsprechend Rain sein. Und es gab nur einen auf der Welt, dessen Befehlen die beiden Schönheiten Folge leisteten – Dämonenkönig Guy Crimson, bekannt als Kaiser der Dunkelheit und der stärkste unter den Dämonenkönigen. Sein rotes Haar, noch dunkler als Blut, flatterte im Wind. Rot waren auch seine Augen, in denen goldene und silberne Sterne zu funkeln schienen und die auf Yuki herabblickten.

»Hi. Ich glaube, das ist das erste Mal, dass wir uns treffen. Freu dich, du hast mein Interesse geweckt.«

Guys Blick war einzig und allein auf Yuki gerichtet, als wäre niemand sonst seiner Aufmerksamkeit würdig. Yuki war sich allerdings nicht sicher, was er davon halten sollte. Denn die Tatsache, dass Footman ohne Weiteres von Mysery zu Boden geworfen worden war, bewies bereits die Überlegenheit des Gegenübers. Darüber hinaus stimmte die Haarfarbe der drei Unbekannten und ihre charakteristische Kleidung mit den Kennzeichen gewisser Personen überein, von denen Kazalim und Kleiman einst erzählt hatten. Mit anderen Worten: Vor ihm stand der Mann, der an der Spitze der Welt thronte – der Mann, dessen Position einzunehmen Yukis Ziel war. Solange sein Wunsch darin bestünde, die Welt zu erobern, würde er sich diesem Mann somit früher oder später stellen müssen.

»Verstehe. Du bist also Guy Crimson, der angeblich stärkste Dämonenkönig der Welt. Es ist mir eine Ehre, dich kennenzulernen. Mein Name ist Yuki Kagurazaka. Ich hätte nie erwartet, dass du mich freiwillig aufsuchen würdest. Willst du dich etwa mit mir verbünden?«

Yuki grinste ihn an, ohne sich von Guy einschüchtern zu lassen. Natürlich war ihm klar, dass sein Gegenüber aus einem anderen Grund aufgetaucht sein musste. Denn allein die Art und Weise, wie Mysery mit Footman umgegangen war, machte deutlich, dass sie nicht gekommen waren, um Freundschaft zu schließen. Sich der Gefahr bewusst schlug Yuki aber dennoch einen lässigen Tonfall an. Das war seine Art zu verhandeln. Er machte unerwartete Bemerkungen, um anhand der Reaktion des Gegenübers dessen Absichten abzuwägen.

»Ha ha ha ha! Du bist aber ein ulkiger Kerl. Und mutig dazu, so mit mir zu reden. Der Vorschlag klingt nicht übel, aber du scheinst mit Leon auf Kriegsfuß zu stehen. Außerdem planst du doch, nach Osten zu gehen, oder? Ehrlich gesagt hab ich keine Lust, dass Ludra noch mehr an Macht gewinnt.«

Wie erwartet ging Guy nicht auf Yukis Vorschlag ein. Ludra – so hieß der Kaiser des Östlichen Kaiserreiches, das offiziell als Vereinigtes Östliches Imperium Nasca Namrium Ulmeria bezeichnet wurde. Aus der Aussage des Dämonenkönigs ging hervor, dass er und der Kaiser einander feindlich gegenüberstanden.

Will er uns aus dem Weg räumen, bevor wir nach Osten können? Ich möchte mich nur ungern mit dem stärksten Dämonenkönig anlegen, aber womöglich bleibt mir keine andere Wahl …

Ein Kampf gegen Guy schien unvermeidbar. Es gab kein Entkommen. In dieser Lage konnte er auch nicht auf irgendwelche Tricks zurückgreifen. Stattdessen dachte Yuki, dass er die besten Erfolgsaussichten hatte, wenn er im Kampf gegen Guy aufs Ganze ging.

»Hmm, dann eben nicht. Wenn wir sowieso gegensätzliche Ziele verfolgen, kommt mir diese Begegnung sogar gelegen. So kann ich nämlich austesten, wie stark der sogenannte stärkste Dämonenkönig ist, bevor ich meinen Stützpunkt in den Osten verlege«, provozierte er Guy. Gleichzeitig überkam ihn ein Gefühl äußerster Erregung. Lange Zeit hatte er seine wahren Kräfte geheim gehalten, aber nun war die Zeit gekommen, sie voll zur Geltung zu bringen. Die Möglichkeit einer Niederlage kam ihm nicht einmal in den Sinn, als sich Yuki dem Dämonenkönig stellte.

*

Yuki war zuversichtlich. Er war überzeugt, dass er im direkten Kampf jeden besiegen konnte. Sogar Chronoa, nur waren bei der Kathedrale noch mehrere Dämonenkönige zugegen gewesen, mit denen er auf Kriegsfuß stand. Selbst ohne seine böse Vorahnung hätte er sich deshalb in Sicherheit bringen wollen. Doch nun stellte sich heraus, dass das unheilvolle Gefühl von diesem Mann hergerührt hatte, der sich ihm in den Weg gestellt hatte.

»Ach«, lachte Guy. »Du glaubst also, du kannst mich besiegen?«

»Genau. Ich hatte sowieso vor, dich irgendwann zu entthronen. Die Gelegenheit hat sich nur ein bisschen früher ergeben als geplant.«

Rain und Mysery brodelten vor Wut, aber ohne Guys Erlaubnis wagten sie nicht, etwas einzuwenden. Guy war ein absoluter Herrscher und es wäre respektlos gewesen, ihn mit ihrer Sorge zu entehren. Der Dämonenkönig neigte dazu, launisch zu sein. Sollten die beiden Dienstmädchen seinen Missmut erregen, würde er sie ohne Skrupel töten.

Laplace konnte sich nicht bewegen. Stattdessen schaute er zu Guy hinüber wie das Kaninchen zur Schlange. Sollte er versuchen, Footman zu helfen, würde Rain in Aktion treten. Obwohl Guys Seite zahlenmäßig unterlegen war, schien der Stärkenunterschied unüberwindbar. Gegen Rain und Mysery allein hätten sie vielleicht eine Chance gehabt, aber durch Guys Anwesenheit war ihre Lage aussichtslos. Auf Laplace wirkte Yukis Entschluss, gegen ihn zu kämpfen, wie Selbstmord.

Das wird nicht gut gehen. Den Kerl darf man nicht herausfordern. Chronoa war schon eine Klasse für sich, aber Guy Crimson ist ein echtes Ungeheuer. Wir sind ihm nicht gewachsen. Aber weglaufen können wir auch nicht. Unser Überleben hängt davon ab, wie viel Mühe sich unser Boss gibt ...

Laplace verdiente Anerkennung dafür, auch nur einen Bruchteil von Guys Stärke erkannt zu haben. Erstaunlicher war jedoch, dass er trotz seiner gegenwärtigen Lage nicht den Mut verlor. Und genau diese Hartnäckigkeit war eine der größten Stärken des Clowns. Natürlich wusste er, dass Yuki stark war, aber seine wahren Kräfte hatte er selbst vor seinen Gefährten geheim gehalten. Laplace konnte daher nicht einschätzen, ob sich sein Boss gegen Guy würde behaupten können. Sollte es sich als hoffnungslos herausstellen, plante Laplace, Footman zu befreien und gemeinsam mit Tear davonzulaufen. Yuki würde seinen Plan sicherlich begreifen und reagieren können. Darauf vertraute Laplace. Das Problem stellten jedoch Rain und Mysery dar. Auch sie waren keine gewöhnlichen Feinde und würden sich nicht die Blöße geben, ihm die Chance zu lassen, Footman zu helfen. Er musste also jede Bewegung sorgfältig abwägen. Aber noch während sein Kopf auf Hochtouren arbeitete, geschah etwas völlig Unerwartetes.

»Hey, lass ihn los«, befahl der Dämonenkönig. Daraufhin ließ Mysery den Clown unverzüglich frei.

Er ist wohl überzeugt, dass er gewinnen wird. Aber egal. Jetzt haben wir eine Chance zu entkommen.

Laplace begann, neue Hoffnung zu hegen, doch ...

»Keine Sorge. Wenn du es schaffst, mich zu besiegen, lasse ich alle unversehrt ziehen.«

Guys Ansage machte auf Laplace den Eindruck, dass ihre Lage nur immer aussichtsloser werden würde. Er betete innigst, dass Yuki gewinnen möge.

*

Yuki setzte sich als Erster in Bewegung. Da er gegen jegliche Magie und Skills immun war, versetzte er Guy furchtlos einen Tritt. Sein Tritt war stark, schnell und geschmeidig. Er zielte mit dem

Fuß auf die Beine des Dämonenkönigs, lenkte ihn aber durch eine Hüftdrehung nach oben auf dessen Kopf zu. Der Tritt saß, aber es war Yuki, der das Gesicht verzog.

»Tss! Bist du aus Stein gemeißelt?«, brummte er missmutig. Sein »Anti-Skill« war unbesiegbar und durchdrang jegliche Abwehr seiner Gegner, ein Trick konnte nicht im Spiel sein. Dennoch blieb der Dämonenkönig ungerührt von seinem Tritt stehen, als verspüre er überhaupt keine Schmerzen oder als wäre sein Körper härter als Diamant.

»Wolltest du mich kitzeln? Zeig mir etwas, damit wir das hier überhaupt als Kampf bezeichnen können. Los, unterhalte mich! Sonst bringe ich deine Leute um«, lachte Guy und entfachte in seiner rechten Hand eine kleine Flamme. Es handelte sich dabei um die Elementarmagie: »Napalm Burst« – ein Flammenstrahl, der die lange, schmale Form eines Drachen annahm und sein Ziel verschlang. Seine Temperatur erreichte mehrere tausend Grad, weshalb der Angriff einen Menschen augenblicklich zu Asche verbrannte. Dieser Drache aus Feuer wickelte sich nun um Yuki.

»Das bringt nichts!« rief Yuki. »Magie funktioniert nicht bei m...« Er wollte Guys Blöße ausnutzen und ihm einen Schlag verpassen, als plötzlich ein Schauder über seinen Rücken lief. Sofort warf er sich auf den Boden.

»Nicht schlecht, dein Instinkt«, lachte Guy.

Yuki hatte keine Zeit, ihm zu antworten. Stattdessen rollte er sich über den Boden, um die Flammen zu löschen. Zweifellos verhinderte sein »Anti-Skill«, dass ihn Guys Magie verletzte. Aber diese Flammen verbrauchten Sauerstoff. Hätte er nicht umgehend gehandelt oder gar stattdessen Guy angegriffen, wäre er erstickt. So blieb Yuki unverletzt und es war ihm daher egal, wie lächerlich er dabei ausgesehen haben mochte.

Guys Reaktion weckte in Yuki einen beängstigenden Gedanken, den er überprüfen musste. Deshalb fragte er den Dämonenkönig, während er aufstand, ohne eine Antwort zu erwarten: »Warum hast du das nicht ausgenutzt, um mich noch einmal anzugreifen? Sag nicht, du willst fair und ehrlich gegen mich kämpfen.«

»Ha ha ha, stell dich nicht dumm! Du hast es doch erkannt, oder? Dass ich bereits hinter das Geheimnis deiner Kräfte gekommen bin!«

»...«

Wie ich vermutet habe, dachte Yuki bitter.

Sein »Anti-Skill« war unbesiegbar und konnte jede Form von Kraft aufheben. Doch wenn ein Skill und Magie zusammen eingesetzt wurden, konnte er nicht beide Wirkungen gleichzeitig aufheben. Das war sein einziger Makel. Hinzu kam, dass trotz aller verbesserten körperlichen Fähigkeiten Yuki noch immer ein Mensch war – Gift konnte er mit Antikörpern bekämpfen, aber ohne Sauerstoff würde auch er nicht leben können. Yuki erkannte, dass seine Menschlichkeit ein Nachteil war.

»Ich kenne jemanden, der Magie vollständig aufheben kann. Das würde ihm aber im Kampf gegen mich wenig bringen«, erklärte Guy in aller Ruhe. »Weil er andere Dinge nun mal nicht aufheben kann. Mir ist nicht bekannt, dass es auf dieser Welt eine

Möglichkeit gibt, sich den physikalischen Gesetzen zur Gänze zu entziehen. Wenn man sich auf eine Sache spezialisiert, wird man anfällig für andere. Wobei du nicht nur Magie, sondern auch Skills aufheben zu können scheinst …«

Während er herablassend auf Yuki herabblickte, enthüllte Guy seine Gedanken. Er machte sich nicht die Mühe, weiter anzugreifen. Er hätte Yuki leicht töten können, aber das hätte ihm keinen Spaß gemacht. Stattdessen wollte er zuerst Yukis Selbstvertrauen mit Füßen treten und sich dann ansehen, wie er sich verzweifelt geschlagen geben musste. Er hatte bereits bei Yukis erstem Angriff seine Anlage durchschaut und eine Strategie dagegen entwickelt. Selbst wenn dieser sowohl Magie als auch Skills aufzuheben vermochte, solange er ein Mensch war, war es ein Kinderspiel, ihn zu schlagen. Menschen waren schwach und Guy kannte unzählige Möglichkeiten, ihre zerbrechlichen Körper zu zerstören. Yukis Tritt hatte er mit einer einzigen, winzigen Barriere abwehren können und auch in Hinblick auf die Magie war Guy ihm himmelweit überlegen. Er verfügte über so viel Magie wie eine Drachenart. Selbst wenn Yuki seine Magie aufhob, könnte er also unverzüglich und mühelos neue Magie abfeuern.

»Wenn ich dich einfach nur töte, hat es keinen Sinn, dass ich höchstpersönlich gekommen bin. Sorg zumindest dafür, dass ich mich amüsiere«, posaunte er, um Yuki zu provozieren. Er wollte ihn in tiefe Verzweiflung treiben, damit er alles gab, um letztlich trotzdem haushoch zu verlieren.

Yuki ahnte nur allzu gut, was Guy vorhatte. Allerdings konnte er keine Kraft aufbringen, um etwas zu erwidern. Jegliche

Zuversicht war aus seinem Gesicht gewichen. Er analysierte die Situation und versuchte verzweifelt, einen Ausweg zu finden. Sein geniales Gehirn war zu dem Schluss gekommen, dass der Stärkenunterschied viel zu groß war. Aber dennoch wollte Yuki nicht aufgeben. Sein einziger Hoffnungsschimmer war, dass Guy ihn und die Clowns unterschätzte.

Ich kann ihm nicht verübeln, dass er uns unterschätzt. Er ist uns schließlich meilenweit überlegen. Allerdings ist das etwas zu arrogant.

Yuki hatte noch weitere Trümpfe im Ärmel. Das waren zum einen seine angeborenen übernatürlichen Kräfte und zum anderen die »Gier«, die er Mariabell genommen hatte. Darüber hinaus verfügte er über seinen Unique-Skill »Schöpfer«, mit welchem er immer die richtigen Fähigkeiten erzeugen konnte, die er in der jeweiligen Situation benötigte. Yuki war überzeugt, dass er ihm auch in dieser Krise helfen würde.

Du wirst es bereuen, dass du mich nicht getötet hast, als du die Chance dazu hattest!

Yuki atmete tief durch und blickte Guy erneut in die Augen.

»Werd bloß nicht übermütig, nur weil du einen winzigen Teil meiner Kräfte durchschaut hast.«

Er wollte damit seine Lage nicht schönreden, sondern die Worte kamen aus tiefstem Herzen. Und wenn er seinen Gegner damit in Rage versetzen könnte, würden diesem womöglich Fehler unterlaufen. Darauf hatte es Yuki abgesehen.

Noch während er sprach, ließ Yuki bereit seine Kräfte durch seinen Körper strömen. Er mobilisierte all jene Kräfte, die er normalerweise unterdrückte, und konzentrierte sich darauf, seinen Körper nach eigenem Willen umzugestalten. Er formte ihn in den Körper eines Erleuchteten um, anschließend in den eines Heiligen. Als sein Körper sogar die Stärke von Hinata übertraf, hörte Yuki zu atmen auf. Ein voll entwickelter Heiliger glich einer geistigen Lebensform. Er hatte die Schwächen eines Menschen überwunden. Wenn er all seine Energie in Magie umwandeln würde, könnte er es mit Leon oder Luminas aufnehmen.

Doch Guy ließ sich nicht davon beeindrucken.

»Wie enttäuschend. Ist das alles, was du draufhast? Dann wirst du mich niemals besiegen können, selbst wenn wir Millionen Male gegeneinander kämpfen«, sagte er so gelassen wie immer.

»Mag sein. Ich werde jedenfalls mein Bestes tun, um dich zu unterhalten!«

Mit einem Schrei entfachte Yuki den Kampf aufs Neue – und erfuhr am eigenen Leib, weshalb Guy als stärkster Dämonenkönig galt.

*

Es bot sich eine Szene der Verzweiflung. Yuki lag am Boden. Gegen Guys überwältigende Stärke hatte keiner von Yukis Angriffen Wirkung gezeigt. Nicht einmal seine stärkste Attacke konnte Guy einen einzigen Kratzer zufügen.

»Scheiße! Verdammt noch mal!«

Yuki fehlte sogar die Kraft, um aufzustehen. Guy zu verfluchen war das Einzige, was ihm noch blieb. Allerdings verdiente es Anerkennung, dass er trotz allem nicht den Mut verloren hatte.

Der Kampf der beiden brannte sich fest in Laplaces Erinnerungen ein.

Das ergibt keinen Sinn. Es ist nicht so, dass unser Boss schwach wäre. Guys Stärke ist einfach unglaublich …

Yuki war weitaus stärker, als Laplace sich vorgestellt hatte. Er hatte seine übernatürlichen Kräfte angewandt, um allerlei Strategien an Guy auszuprobieren: Er hatte Steine geworfen, Feuer entfacht, Druck ausgeübt und mentale Welleninterferenz ausgelöst. Doch alles war ohne sichtliche Mühen abgewehrt worden. Selbst mit seinen Kräften, die ihn dreißigmal stärker machten als einen durchschnittlichen Menschen, und Angriffen mit einer Geschwindigkeit von über hundert Metern pro Sekunde sah er keinen Weg, gegen Guy anzukommen.

»Das wird an mir nicht mehr funktionieren.«

Genau wie Guy es verkündet hatte, schien er auf irgendeine Weise den »Anti-Skill« deaktiviert zu haben. Das war für Yuki eine erschreckende Tatsache. Kazalim und Kleiman hatten ihm in der Vergangenheit die zehn großen Dämonenkönige beschrieben. Sie hatten betont, dass Guy und Millim besonders stark seien, aber ihnen war wohl selbst nicht bewusst gewesen, wie himmelweit der Stärkenunterschied zu ihnen war. Hätten sie es gewusst, hätten sie dem naiven Wunsch, die Welt zu erobern, sicherlich nicht zugestimmt.

Das ist also die Kraft einer Katastrophe …

Laplace wurde klar, dass es auf dieser Welt Wesen gab, mit denen man sich besser nie in die Haare kommen sollte. Auch der Clown verfügte über Kräfte, die er vor seinen Kameraden verborgen hielt, doch gegen Guy wären selbst diese wirkungslos. Laplace konnte nicht einmal einen Anhaltspunkt finden, wie man ihn würde besiegen können. Selbst Yuki, der sicherlich stärker war als er, war schließlich hilflos wie ein Baby zu Boden geworfen worden. Es schien bereits nahezu unmöglich, dieser Lage lebendig zu entkommen.

Jemand muss sich opfern, dachte Laplace und fasste einen Entschluss. Er machte einen Schritt auf Guy zu, während er in seinem gewohnt unbekümmerten Ton sagte: »Bewundernswert! Das ist also der Dämonenkönig Guy Crimson. Ich und diese beiden hier nennen uns die Clowns des Goldenen Weges und sind für alle möglichen Anfragen offen. Yuki ist nur vorübergehend unser Boss. Wir wurden nämlich von ihm beauftragt, ihn zu begleiten. Jetzt, wo er verloren hat, können wir unseren Vertrag aber als nichtig betrachten und ...«

»...?!«

»Laplace, was redest du da?!«

Der Clown setzte die Maske eines Verräters auf und gab vor, seinen Boss zu verraten. Er kannte Guys Persönlichkeit nicht gut, hatte aber gehört, dass er extrem launisch und arrogant sein sollte. Außerdem sollte er keinerlei Interesse an schwachen Leuten haben, weshalb man nicht ein Wort mit dem Dämonenkönig sprechen durfte, solange man nicht von ihm anerkannt war. Wenn Laplace also auf diese Weise mit Guy sprach, würde er es zweifellos mit dem Leben büßen müssen. Gleichzeitig bedeutete das aber, dass sich Guys Aufmerksamkeit für kurze Zeit allein auf ihn richten würde. Eine kurze Zeit, die für Yuki ausreichen sollte, sich in Sicherheit zu bringen. Verrate niemals deine Kameraden und deinen Auftraggeber – so lautete die wichtigste Regel der Clowns des Goldenen Weges. Deshalb war Laplace überzeugt, dass Yuki durchschauen würde, was er plante. Footman war aufbrausend und etwas gedankenlos, aber ihm lagen seine Kameraden am Herzen. Tear war eigentlich stärker als Kleiman, aber sie war zu ängstlich, um ihre wahren Kräfte zu zeigen. Obwohl beide die schlechte Angewohnheit hatten, sich manchmal zu viel vorzunehmen, konnte er Yuki seine zwei Kameraden ruhigen Herzens überlassen. Aus diesem Grund hatte Laplace beschlossen, sich zu opfern.

»Ich bin mir sicher, dass ich mich Ihnen nützlich machen könnte. Also was sagen Sie? Würden Sie mich verschonen?«

Footman und Tear waren völlig verwirrt, während Guy seine Mundwinkel zu einem amüsierten Grinsen verzog.

Prima! Wenn ich so weitermache, wird Guy sicher wütend werden!

Natürlich hatte Laplace nicht vor, sein Leben einfach wegzuwerfen. Es gab zwar nur wenig Hoffnung, aber immerhin eine kleine. Deshalb versuchte er, ohne zu zögern fortzufahren. Doch kurz bevor er es tun konnte, meldete sich ein anderer zu Wort.

»Ha ha ha. Du musst dir das nicht antun, Laplace. Meine Güte, ist auf mich denn so wenig Verlass?«

Es war Yuki, der sich schwankend aufrappelte.

....

......

...

Yuki hatte sich auf seinen Tod gefasst gemacht. Doch gleichzeitig war in ihm eine unerschöpfliche Wut aufgestiegen. Eine Wut über seine eigene Ohnmacht. Dieser Zorn hatte sich noch verstärkt, als er Laplaces Worte vernommen hatte. Der Clown würde ihn niemals verraten. Yuki hatte direkt begriffen, dass dieser den Verrat nur vorgab, um ihm zu helfen. Obwohl sich Yuki in so einem erbärmlichen Zustand befunden hatte, brachte ihm Laplace noch immer grenzenloses Vertrauen entgegen. Diese Tatsache hatte ihn mit Freude, doch gleichzeitig auch mit Schuldgefühlen erfüllt.

Wenn ich bloß stärker wäre ...

Er hatte freilich keine Antwort auf seine verzweifelten Gedanken erwartet. Doch in diesem Moment hatte sich eine Stimme in seinem Kopf gemeldet.

<Du sehnst dich nach Stärke? Dann nimm meine Hilfe an.>

Yuki war verblüfft gewesen. Zuerst hatte er gedacht, er würde halluzinieren, aber er hatte die Stimme klar und deutlich hören können.

<Wenn du mir Platz machst, erhältst du die stärkste Kraft der Welt. Gemeinsam mit mir wird es dir sogar mit Leichtigkeit gelingen, die Welt zu erobern. Komm, triff deine Entscheidung.>

Der Vorschlag der Stimme hatte Yuki empört.

Halt den Mund. Ich bin ich. Von meinen Kameraden lasse ich mir gerne helfen, aber ich würde mir niemals die Kraft eines Fremden leihen, um meinen Traum zu erfüllen!

Yuki hatte das Angebot rigoros abgelehnt. Denn er war überzeugt gewesen, dass man sich einen Traum mit eigenen Händen erfüllen musste.

<…>

Die Stimme war verstummt, offenbar verwirrt von seiner unerwarteten Reaktion. Yuki hatte ihr keine Beachtung mehr geschenkt und sich stattdessen auf das Wesentliche konzentriert. Obwohl er sich in einer hoffnungslosen Situation befunden hatte, hatte ihn eine Tatsache beschäftigt: Guy hatte so gewirkt, als würde er ein bestimmtes Ziel verfolgen. Natürlich hatte der Dämonenkönig wahrscheinlich das Kämpfen an sich genossen, aber es hatte noch einen anderen Grund geben müssen. Vorhin hatte er erwähnt, er heiße es nicht gut, dass Ludra an Macht gewinne. Mit anderen Worten bedeutete das, wenn sich Yuki und seine Gefährten nicht auf Ludras Seite schlagen würden, hätte Guy keinen Grund, sie zu töten. Und woran hatte es gelegen, dass er Yuki nicht auf der Stelle das Leben genommen hatte?

Herrje. Hinsichtlich unserer Stärke habe ich keine Chance gegen ihn, aber schauen wir mal, wie es bezüglich Grips aussieht. Da habe ich immer noch bessere Aussichten, als Laplace die Rolle des Verräters zuzuschieben!

So hatte sich Yuki ermutigt und war wieder aufgestanden.

………

……

…

Yuki strich sein Stirnhaar zurück und setzte trotz seiner Lage ein furchtloses Lächeln auf.

»Ich hätte nicht erwartet, dass du dermaßen stark bist. Aber durch den Kampf gegen dich ist mir eines klar geworden: Du hast gar nicht vor, uns umzubringen. Hab ich recht?«

»Aha? Wieso glaubst du das?«

»Du hättest uns schon längst ausgelöscht, wenn das dein Plan gewesen wäre. Aber jeder deiner Angriffe war nur so stark, dass ich knapp mit dem Leben davongekommen bin. Was ist dein Hintergedanke dabei?«

Voller Selbstvertrauen stellte Yuki ihm diese Frage. Sein Verhalten wirkte auf alle Anwesenden leichtsinnig, da Guy doch seine immense Stärke bewiesen hatte. Auf alle außer Guy, der vergnügt auflachte.

»Du hast es also bemerkt? Aber die Antwort brauchst du nicht zu wissen.«

Yuki zuckte mit den Schultern. Er hatte diese Antwort erwartet, weshalb er in aller Ruhe begann, zu seinem nächsten Plan überzugehen.

»Dann möchte ich dir einen Deal vorschlagen.«

»Einen Deal?«

»Genau. Wenn du uns gehen lässt, werden wir dir helfen.«

»Inwiefern?«

»Es hört sich so an, als ob du nicht möchtest, dass wir uns dem Östlichen Kaiserreich anschließen. Aber ich hoffe, dass du dir das anders überlegst.«

»Okay, erzähl.«

»Da es unser Ziel ist, die Welt zu erobern, werden wir uns früher oder später auch dem Kaiserreich stellen müssen. Was dich betrifft, habe ich deine Stärke gerade am eigenen Leib erfahren und daher wenig Lust, mich mit dir zu verfeinden. Es liegt also nahe, dass ich zuerst das Kaiserreich zugrunde richten möchte, oder?«

Yukis Erklärung klang für die anderen wie aus heiterem Himmel. Footman und Tear konnten ihm nicht folgen und auch Laplace war einigermaßen verwirrt. Er hatte sein Leben riskieren wollen, um eine Flucht zu ermöglichen, doch Yuki selbst hatte das nun vereitelt. Nun konnte er nur hoffen, dass Yuki erfolgreich verhandeln würde.

Was er da sagt, ist völlig absurd. Aber wieso macht Guy den Eindruck, als würde er Spaß an dem Ganzen haben?

»Du hast aber immer noch vor, mich herauszufordern?«

»Na klar. Mein Ziel ist es, die Weltherrschaft zu erlangen. Im Moment scheine ich keine Chance gegen dich zu haben, aber eines Tages werde ich dich garantiert übertreffen.«

Obwohl Yuki schwer verwundet war und sich nur mit Müh und Not auf den Beinen hielt, machte er noch immer große Worte. Es schien ihm nicht einmal in den Sinn zu kommen, dass Guy ihn umbringen könnte, wenn er seinen Missmut erregte. Aber ohne es selbst zu wissen, tat er genau das Richtige. Hätte er um sein Leben gebettelt, hätte Guy sofort das Interesse verloren und sie alle getötet.

»Du meinst, ich würde Nutzen daraus ziehen, dass ihr das Kaiserreich besiegt?«

Das Gespräch hatte einen Wendepunkt erreicht. Yuki musste seine Worte gut abwägen. Er blickte Guy direkt in die Augen und nickte.

»So ist es. Ich weiß nicht warum, aber du willst offenbar nicht, dass sich das Kaiserreich auch noch den Westen einverleibt. Sehe ich das richtig?«

»…«

»Ich habe viele Feinde, die es zu besiegen gilt. Du hast recht. Ich habe vor, das Kaiserreich zu unterstützen, aber das bedeutet nicht, dass ich mich mit ihm verbünde. Stattdessen werde ich es von innen zerstören und es für unsere Zwecke manipulieren.«

»Hm, verstehe. Du wirst dem Östlichen Kaiserreich helfen, solange ihr die gleichen Ziele verfolgt. Was aber danach passiert, ist noch ungewiss. Ich schätze, du willst mit der Macht des Kaiserreichs Leon und Rimuru besiegen, richtig?«

Guy schien alles zu durchschauen. Mit einem durchdringenden Blick fixierte er Yuki, für den es kein Zurück mehr gab. Er wusste nicht, welche Art von Beziehung Guy zu Leon pflegte und was er überhaupt von Rimuru hielt. Darum konnte Yuki dessen Reaktion nicht vorhersehen, beschloss aber trotzdem, seine Ambitionen nicht zu verheimlichen.

»Richtig. Ich werde alle unterwerfen und am Ende auch dich besiegen, Dämonenkönig Guy Crimson«, verkündete Yuki schamlos.

Selbst wenn wir auf Laplaces Plan eingegangen wären, hätte uns Guy alle umgebracht. Sorry Leute, ich muss das nun riskieren.

Yuki entschuldigte sich in Gedanken bei seinen Kameraden. Er war ein gieriger Mensch. Für ihn galt alles oder nichts. Es war eine unglaublich riskante Wette – die Yuki jedoch gewann.

»Ihr nennt euch die Clowns des Goldenen Weges, ja? Ha ha ha, du bist ein echter Narr, mein Lieber. Du bist eine Art Joker, der das gesamte Spiel durcheinanderbringt. Nicht schlecht. Dein Vorschlag ist durchaus interessant. Ich erkenne deinen Mut an und lasse euch diesmal gehen.«

Letzten Endes blieb unklar, worauf Guy abgezielt hatte. Die Hauptsache war aber, dass Yuki und seine Kameraden mit dem Leben davongekommen waren.

*

Nachdem Guy und seine Dienstmädchen fort waren, eilten Yuki und die Clowns zum vereinbarten Treffpunkt, wo Kagari und die anderen auf sie warteten. Dort angekommen wandte sich Laplace an Yuki.

»Ich hab meinen Augen nicht getraut. Unglaublich, dass du dich gegenüber diesem ungeheuerlichen Dämonenkönig getraut hast, dich derart aufzuspielen …«

»Unglaublich ist auch, dass wir heil davongekommen sind«, fügte Tear hinzu. »Ehrlich gesagt dachte ich ja, mit uns wäre es aus.«

»Oho. Also ich habe immer an unseren Boss geglaubt«, lachte Footman besserwisserisch, woraufhin Laplace ihn auf den Arm nahm.

»Das liegt daran, dass du deinen Kopf nicht benutzt!«

Yuki verfolgte das Geplänkel aus den Augenwinkeln, während er sich erschöpft auf den Boden setzte.

»Ich hatte keine Wahl. Das war der einzige Weg, um lebend da herauszukommen. Und zum Glück hat es funktioniert. Also beschwert euch nicht, okay?«

Mehr noch als die körperlichen Wunden, die er im Kampf erlitten hatte, setzte ihm die mentale Erschöpfung zu. Yuki duldete keine weitere Diskussion. Um das deutlich zu machen, legte er sich hin, streckte Arme und Beine weit von sich und schloss die Augen. Da Kagari keine Ahnung hatte, was passiert war, begannen Laplace und Tear, ihr die Geschichte zu erzählen.

»D... Du hast gegen Guy gekämpft?! Was für ein Glück, dass ihr lebendig zurückgekommen seid ...«

Kagari war fassungslos.

Ach, es tut so gut, am Leben zu sein, dachte Yuki, als ihm der Wind die Wange streichelte. Dann erinnerte er sich plötzlich an etwas: Was hatte es mit der mysteriösen Stimme auf sich gehabt, die er während des Kampfes gehört hatte?

War das etwa mein Alter Ego? Pah, was für ein Unsinn. Aber Moment mal. Ich glaube zwar kaum, dass in mir eine geheime Kraft schlummert, mir fällt jedoch eine andere Möglichkeit ein.

Yuki erinnerte sich an die Kraft, die er kürzlich erworben hatte: den Unique-Skill »Gier«. Dieser sollte ihm umso mehr Macht verleihen, je größer seine Begierden waren. Während seines Kampfes gegen Guy hatte keiner von Yukis Angriffen Wirkung gezeigt. Auch nicht die »Gier«, die in der Kategorie der sündhaften Skills der stärkste sein sollte.

Diese »Gier« ist mir ein Rätsel, aber es gibt darüber hinaus offenbar noch immer Skills und Magie, die meine Vorstellungskraft übersteigen. Guys Magie ist es gelungen, meinen »Anti-Skill« zu umgehen. Ich muss herausfinden, wie er das gemacht hat ...

Da Yuki großes Vertrauen in sich selbst hatte, schockierte es ihn, dass er ohne Weiteres von dem Dämonenkönig besiegt worden war. Dennoch gab er sich nicht so leicht geschlagen. Jetzt, wo er mit dem Leben davongekommen war, musste er sich Maßnahmen überlegen. Denn seine größte Stärke war es, sich nicht unterkriegen zu lassen. Er hatte sich eingebildet, er wäre der Stärkste der Welt und würde sogar die Dämonenkönige übertreffen. Selbst wenn es jemand Stärkeren geben sollte, war er überzeugt gewesen, dass er mit genügend Vorbereitung und der richtigen Strategie auch diesen würde schlagen können. Mithilfe seiner Macht hatte er Kagari, Laplace und die anderen Clowns für sich gewonnen und es geschafft, eine starke Gruppe aufzubauen. Alles war reibungslos gelaufen. In letzter Zeit jedoch erlebte er einen Misserfolg nach dem anderen. Außerdem hatte Yukis Kampf gegen Guy sein Selbstvertrauen völlig zugrunde gerichtet. Aber man konnte die Dinge auch positiv betrachten ...

Jetzt wird es spannend. Je schwieriger ein Spiel ist, desto mehr Spaß macht es eben.

Er war noch nicht bereit aufzugeben. Stattdessen dachte er nach. Was Guys Fähigkeiten betraf, war es selbst Yukis »Schöpfer« nicht gelungen, sie zu durchschauen. Mit diesem Unique-Skill konnte er Skills nicht nur erstellen, sondern auch die anderer analysieren, vorausgesetzt, sie nutzten sie vor seinen Augen. Darum hatte Yuki geglaubt, dass niemand sein Können vor ihm würde verbergen können. Und dennoch hatte Guy es geschafft ihm nichts preiszugeben. Was bedeuten musste, dass der Dämonenkönig einen Skill besaß, der stärker war als ein Unique-Skill.

Yuki sehnte sich nach Stärke. Er wünschte sich Kräfte, die sogar Guys übertrafen. Tief in seinem Herzen loderte heftig die Flamme seiner Begierde.

Das heißt, auch meine »Gier« hat eine Chance, sich weiterzuentwickeln. Ich bin schließlich gieriger als jeder andere. Ich muss dem Skill nur meine Begierden einflößen …

Bei diesem Gedanken erfüllte Yuki eine derart große Aufregung, dass er unwillkürlich schaudern musste. Seine Niederlage gegen Guy hatte ihm erneut vor Augen geführt, wie ungerecht diese Welt war. Sein Wunsch war es, gegen die Ungerechtigkeit zu kämpfen und als Sieger hervorzugehen. Yuki schloss die Augen und stellte sich der Stimme seines Herzens. Er tauchte tief in sein Herz hinein. Immer tiefer, bis er seinen Abgrund erreichte. Yuki fokussierte seine Aufmerksamkeit.

<Bist du jetzt bereit, meine Hilfe anzunehmen?>

Nein, das habe ich nicht vor.

<Was ist dann deine Absicht?>

Ich möchte mit dir reden.

<Was willst du denn von mir?>

Ich werde mir deine Kräfte nehmen.

<Red keinen Stuss.>

Es ist kein Stuss. Ich meine es ernst.

<Was für ein Unsinn …>

Tut mir leid, aber du bist mir im Weg.

<…?!>

Im nächsten Augenblick begann Yuki, sein Herz mit seinen Ambitionen zu füllen. Er sehnte sich danach, dass seine Wünsche in Erfüllung gingen. Er hatte den eisernen Willen, sich niemandem zu unterwerfen. Dann ertönte die Weltsprache:

<Anfrage registriert. Bedingungen erfüllt. Der Unique-Skill ›Gier‹ hat sich zum Ultimate-Skill ›Gierkönig Mammon‹ weiterentwickelt.>

Yuki schlug seine Augen auf und grinste hämisch.

»Keine Sorge, ich werde deine Kräfte effektiv einsetzen«, murmelte er so leise, dass niemand ihn hören konnte.

Und so erblickte an jenem Tag, in jenem Moment und an jenem Ort der übelste Magier das Licht der Welt, der je über ihre Pfade wandeln sollte.

Grobe Skizzen

1. Kapitel

Die Schritte der Soldatenstiefel

Am selben Tag, an dem der musikalische Austausch in Luberios zu Ende ging, kehrten wir zurück nach Tempest. Sowohl Venom und seine Untergebenen, die Wache gehalten hatten, als auch die Mitglieder des Orchesters waren allesamt unversehrt. Den Kindern, die Diablo beschützt hatte, gab ich eine Woche Ferien. Zum Glück hatten sie sich keine Verletzungen zugezogen, aber sie waren nicht so munter wie gewohnt, weil sich offenbar der Unterschied zwischen einem Training und einem echten Kampf in ihr Gedächtnis eingeprägt hatte. Aus Sorge, dass sie ein Trauma erlitten hatten, wies ich sie an, sich gut auszuruhen.

Im Gegensatz zu den Kindern blieb mir keine Zeit zum Durchatmen. Die Besprechung zwischen Luminas, Leon und mir sollte in Rimuru, der Hauptstadt von Tempest, stattfinden, da Luberios für eine Weile mit den Restaurierungsarbeiten beschäftigt sein würde und irgendwas in Eldorado, Leons Territorium, los war, weshalb er es sich gerade nicht leisten konnte, wichtige Persönlichkeiten aus dem Ausland einzuladen. Nichts hingegen sprach gegen Tempest, zumal sich mit Lamrys und dem faulen Dino ohnehin bereits zwei andere Dämonenkönige hier eingenistet hatten.

Bereits am nächsten Tag nach unserer Heimkehr kamen Luminas und Leon nach Tempest. Leon hatte sich offenbar sofort auf die Anreise vorbereitet, nachdem er in sein Land zurückgekehrt war. Meinetwegen hätte er sich noch etwas Zeit lassen können, aber die beiden Dämonenkönige schienen sich schnellstmöglich austauschen zu wollen. Und auch ich wollte ihre Meinungen über das hören, was passiert war.

Wir versammelten uns in dem prächtigsten Audienzraum unseres Landes. Neben uns dreien waren auch einige zugegen, die an der Schlacht teilgenommen hatten. Nachdem wir uns einen groben Überblick über das Geschehene verschafft hatten, beschlossen wir, dass wir möglichst keine Informationen über Chloe preisgeben wollten, auch nicht an unsere eigenen Untergebenen.

Was die Teilnehmer betraf, nahmen von meiner Seite Shion, Diablo und Veldora an der Besprechung teil. Ehrlich gesagt wollte ich verhindern, dass Letzterer sich beteiligte. Er würde sich sowieso nach der Hälfte der Konferenz langweilen, also sollte er lieber auf seinem Zimmer bleiben. Doch aus irgendeinem Grund bestand er auf seiner Teilnahme, sodass mir keine andere Wahl blieb als einzuwilligen. Shion hätte nach ihrem Kampf gegen Razul schwer verletzt sein müssen, aber sie hatte sich im Handumdrehen erholt. Erneut wurde mir bewusst, was für ein mächtiger Skill ihre »Ultraschnelle Regeneration« doch war. Nun stand sie gemeinsam mit Diablo hinter mir. Neben Luminas saß Hinata, während Louis und Günther hinter den beiden standen. Ebenso wurde Leon von den Rittern Arlos und Claude begleitet. Schließlich wohnte auch Chloe dem Treffen bei. Auch wenn sie ihre kindliche Gestalt angenommen hatte, hielt ich es für angebracht, sie wie eine Erwachsene zu behandeln.

Der Audienzraum war mit einem rechteckigen Tisch sowie sechs Sesseln ausgestattet. Veldora und ich saßen nebeneinander, direkt gegenüber Hinata und Luminas. Leon und Chloe hingegen saßen einander an den zwei Enden des Tisches gegenüber.

So begann das kurzfristig einberufene Treffen der Dämonenkönige.

*

Zuerst baten wir Chloe, uns noch einmal ihre Geschichte zu schildern. Während Hinata hier und da einige Kommentare einfügte, erklärte sie uns, was passiert war. Die Dinge, die sie uns darstellten, hätten unter normalen Umständen vollkommen absurd geklungen. Nachdem ich jedoch jene mentale Landschaft selbst erlebt hatte, konnte ich mir ihre Schilderungen problemlos verbildlichen.

»Und so ist es mir mit der Hilfe von Hinata und Herrn Rimuru gelungen, mich aus der unendlichen Schleife zu befreien«, erklärte Chloe und beendete damit ihre Erzählung. Jeder sah so aus, als hätte er etwas auf dem Herzen, doch niemand wollte sich als Erster zu Wort melden. Veldora, der sich von dieser Stimmung als Einziger nicht hatte berühren lassen, brach die Stille.

»Das heißt, die Heroe, die mich versiegelt hat, war ...«

Das ist doch absolut nebensächlich, stöhnte ich in Gedanken, als Hinata sofort reagierte.

»Ich. Damit steht es jetzt eins zu eins. Es geschieht dir recht, dass du auch mal eine Niederlage erlebst.«

»Wa... Waaaas?!«

»Ach, hast du ein Problem damit? Meinetwegen können wir hier und jetzt zu einer Entscheidung kommen.«

»Grrr, großartig! Wenn du so darauf bestehst, wirst du meine wahren Kräfte zu spüren bekommen!«

So kamen wir nicht weiter. Normalerweise war Hinata die Ruhe in Person, aber seltsamerweise verhielt sie sich Veldora gegenüber wie ein kleines Kind. Mir blieb keine andere Wahl als einzuschreiten.

»Okay, das reicht.«

Dieses Thema konnten sie meinetwegen ausdiskutieren, wenn sie unter sich waren.

»Hinata, du hast recht. Diesem schwachsinnigen Drachen müssen Manieren beigebracht werden. Ich werde dir dabei behilflich sein. Also sag Bescheid, wenn du dich ans Werk machst.«

Ich bitte dich, liebe Luminas, stachel die beiden nicht noch an.

Also wechselte ich hastig das Thema.

»Zu Chloes Geschichte würde ich jedenfalls sagen: Ende gut, alles gut. Da ist aber eine Sache, die mich beschäftigt. Ich soll doch getötet worden sein, oder? Ich frage mich, ob der Täter jemand vom Östlichen Kaiserreich war.«

Für mich war das eine wichtige Frage. Zurzeit unternahm das Kaiserreich verdächtige Operationen. Falls es uns feindlich gesinnt war, war höchste Wachsamkeit geboten.

»Ja, wahrscheinlich«, nickte Chloe. »Ich glaube außerdem, dass es dieselbe Person war, die Hinata umgebracht hat. Offenbar halten sich im Kaiserreich ein paar starke Leute auf. Es kann sein, dass sie von mehreren Feinden gleichzeitig herausgefordert wurde. Den Lichtblitz, der Hinata das Leben genommen hat, konnte aber selbst ich nicht mit meinen Augen verfolgen.«

Das leuchtete ein. Wenn diese Person Hinata zu töten vermocht hatte, war es nicht weiter verwunderlich, dass sie auch mich hatte umbringen können, da ich mich in jener Zeitschleife angeblich nicht zu einem Dämonenkönig entwickelt hatte.

»Jetzt bin ich zwar ein Dämonenkönig, aber es ist wohl besser, wenn ich trotzdem auf der Hut bleibe.«

War es auch in einer anderen Zeitschleife gewesen, empfand ich doch eine heftige Abneigung gegen denjenigen, der mir das Leben genommen hatte.

»Das halte ich auch für besser. Der Osten ist gefährlicher, als du denkst, Herr Rimuru. Nach deinem Tod hat Veldora angefangen zu toben, aber das Kaiserreich war trotzdem in der Lage, ihn zurückzuschlagen.«

Noch während sie gegen Veldora gekämpft hatten, war Hinata ermordet und Chloe in die Vergangenheit versetzt worden. An die Dinge, die danach passierten, konnte sich Chronoa nur fragmentarisch erinnern. Dennoch bestand kein Zweifel daran, dass das Kaiserreich den Kampf zwischen Veldora und Chronoa ausgenutzt hatte. Angesichts ihrer Stärke war es beeindruckend genug, überhaupt in solch ein Gefecht eingreifen zu können. Was bedeutete, dass das Kaiserreich definitiv über eine größere Streitmacht verfügte, als wir angenommen hatten. Luminas und Leon kamen offenbar zu demselben Schluss. Durch Chloes Schilderungen schien jeder die Gefahr, die vom Osten ausging, höher einzustufen als zuvor. Nur Veldora meldete sich mal wieder mit einer deplatzierten Meinung zu Wort: »Ich soll getobt haben? Unfassbar«, behauptete er mit einem selbstgefälligen Ausdruck auf dem Gesicht. Alle anderen konnten darüber nur den Kopf schütteln.

Es war beeindruckend, dass Veldora es wagte, in so einer ernsten Stimmung einen Witz zu reißen.

»He! Warum guckt ihr alle so?! Ein Gentleman wie ich würde doch niemals ausrasten!«

Na hör mal. Ist ja nicht so, als hättest du dich früher nicht auch nach Lust und Laune ausgetobt. Klar kann sich da jeder vorstellen, wie du dich auch in Chronoas Vergangenheit von deinen Gefühlen hast leiten lassen.

Vielleicht war er aber aus der Haut gefahren, weil er mich tot vorgefunden hatte, als er seine Kräfte wiedererlangt hatte. Diese Vorstellung schmeichelte mir ein klein wenig.

»Okay, okay. Belassen wir's dabei«, beschwichtigte ich ihn.

Wir beendeten diese Diskussion mit dem Fazit, dass das Kaiserreich gefährlich war. Als Nächstes widmeten wir uns Chronoas Erinnerungen, die Chloe sich so weit wie möglich ins Gedächtnis zurückgerufen hatte. Nachdem Veldora vom Kaiserreich besiegt worden war, war ein Weltkrieg ausgebrochen. Im Krieg zwischen Osten und Westen hatte das Kaiserreich die Oberhand gewonnen. Auch Millim hatte sich in Aktion gesetzt, weil mein Tod ihren Zorn gegen das Kaiserreich entfacht hatte. Doch dann hatte Guy eingegriffen, sodass sich die Geschichte wiederholte: ein verheerender Kampf zwischen Millim und Guy. Ebenso war es zu militärischen Auseinandersetzungen zwischen Dagroule und Luminas gekommen, wodurch die ganze Welt ins Unglück gestürzt worden war. In einem Gefecht war schließlich Chronoa ums Leben gekommen. Bis dahin war sie zu jeder Schlacht geeilt und hatte bis zum Äußersten gekämpft. Alles, was ihr geblieben war, war eine

Zerstörungswut, weshalb sie wahllos einen starken Gegner nach dem anderen zu Fall brachte, egal ob Freund oder Feind. Darum erinnerte sie sich nicht daran, wer sie getötet hatte.

»Aber nicht viele wären in der Lage gewesen, Chronoa zu besiegen«, murmelte ich.

»Es muss Guy gewesen sein.«

»Guy ist der Einzige, der in Frage kommt.«

Luminas und Leon reagierten sofort. Ich teilte ihre Meinung. Obwohl wir nicht wussten, wie das Duell zwischen Guy und Millim ausgegangen war, war er der Einzige, der Chronoa hätte töten können. Wieso er das hätte tun sollen, war jedoch unklar. Daher bestand durchaus die Möglichkeit, dass wir uns irrten.

»Sag mal, warum hat mich Chronoa überhaupt ins Herz geschlossen?«

Nach Chloes bisheriger Geschichte zu urteilen, schien ich keine Verbindung zu Chronoa zu haben. Diese war erst nach meinem Tod wieder erwacht, weshalb wir uns wahrscheinlich nie begegnet waren. Aber dennoch hatte sie mich offenbar lieb gewonnen. Ich war nicht so unsensibel, dass mir das entgangen war. Aber als ich genauer darüber nachdachte, war mir aufgefallen, dass sie mich von Anfang an gemocht zu haben schien. Als ich sie damals unwissentlich beschworen hatte, um Chloes Zustand zu stabilisieren, hatte sie mich umarmt und geküsst, sobald sie mich erblickt hatte. Das hatte mich verblüfft, weil ich davon ausgegangen war, wir wären uns zum ersten Mal begegnet. Vermutlich hatte Chronoa jedoch einen Grund für ihr Verhalten gehabt.

»Das liegt daran, dass ...«

»Dass du mir geholfen hast. Du warst definitiv derjenige, der mich in der Zukunft gerettet hat, als ich gewütet habe«, setzte Chronoa fort.

»Hey, ich war doch dabei, es zu erklären!«

»Na und? Ich bin du und du bist ich. Also läuft es doch auf dasselbe hinaus.«

Von außen betrachtet sah es so aus, als führte Chloe Selbstgespräche. Anscheinend konnte sich Chronoa zu Wort melden, solange Chloe sie nicht bewusst zurückhielt. Daran mussten wir uns eben gewöhnen. Und so wechselten Chloe und Chronoa hin und her, während sie ihre Erlebnisse schilderten. Laut ihren Erinnerungen war ich in der Zukunft nicht vollständig gestorben. Ohne Zweifel hatte mich das Kaiserreich besiegt, aber allem Anschein nach war ich danach auf irgendeine Weise wiederbelebt worden.

Kein Wunder. Auf den »Großen Weisen« ist halt Verlass. Es scheint etwas gedauert zu haben, aber am Ende ist es mir wohl gelungen, zu überleben.

Leider hatte sich die Welt zu diesem Zeitpunkt bereits dramatisch verändert. Veldora war ausgelöscht und Tempest zugrunde gerichtet worden. Zwischen Osten und Westen war ein großer Krieg ausgebrochen und zwischen den Dämonenkönigen ein erbitterter Machtkampf entbrannt.

Ich konnte mir gut vorstellen, wie ich mich gefühlt haben musste. Mit Sicherheit hatte ich verzweifelt nach Überlebenden gesucht. Alle hatte ich sicher nicht retten können, aber zumindest jeden, zu dem mich das Schicksal geführt hätte. Und so war ich wohl auf Chloe, beziehungsweise Chronoa, gestoßen.

Chronoa konnte sich leider nicht an die wichtigsten Geschehnisse erinnern, aber trotzdem reichten ihre fragmentarischen Erinnerungen aus, um eine vage Vorstellung davon zu bekommen, was sich ereignet hatte. Offenbar war ich durch die Begegnung mit Chronoa dazu gezwungen worden, unzählige Male gegen sie zu kämpfen. Mit dem Ergebnis, dass es mir letzten Endes gelungen war, sie zur Besinnung zu bringen. Doch zu diesem Zeitpunkt hatte sich das Chaos, das sich längst in der ganzen Welt ausgebreitet hatte, schon nicht mehr beherrschen lassen.

»Wie ihr schon vermutet habt, habe ich gegen Guy gekämpft«, erklärte Chronoa. »Ich weiß nicht, wie oder warum es so gekommen ist. Sicher ist nur, dass Rimuru damals nicht bei mir war. Ich weiß aber noch, dass er mich umarmt hat, als ich im Sterben lag. Dann fand ich mich plötzlich bei Rimuru und mir, oder besser gesagt Chloe, in vergangenen Tagen wieder.«

Ich vermutete, dass ihr Skill »Zeitreise« im Moment ihres Todes aktiviert worden war. Doch das erklärte noch nicht, wie sie in Chloes Zeitschleife gelangt war. Es bestand die Möglichkeit, dass auch ich die Finger dabei im Spiel hatte.

»Hatte ich mich zu einem Dämonenkönig entwickelt, als du mir in der Zukunft begegnet bist?«

»Ja. Bei unserer Begegnung damals warst du sogar stärker als jetzt.«

Ich war mir bereits ziemlich stark vorgekommen, aber es war unwahrscheinlich, dass jemand wie Chronoa das Potenzial des Gegenübers falsch einschätzte. Vermutlich hatte mich der Tod meiner Kameraden dazu bewegt, noch größere Kräfte zu erlangen. Einerseits war das traurig, aber andererseits hatte das auch einen positiven Aspekt. Denn das bedeutete, dass ich die Möglichkeit hatte, noch stärker zu werden. Und angesichts der Gefahr, die vom Östlichen Kaiserreich ausging, war das eine erfreuliche Information. Wenn ich zu Chronoas Zeiten stärker geworden war, musste sich auch der »Große Weise« bereits zu »Raphael« weiterentwickelt haben. Dann wäre es kein Wunder, dass er Unglaubliches angestellt hatte, wie zum Beispiel Chronoas Geist in die Vergangenheit, genauer gesagt zu der jungen Chloe, zu schicken.

<...>

Hä hä hä. Da musst du mir recht geben, was?

Somit hatten wir also im Groben und Ganzen aufgeklärt, was in der Zukunft passiert war.

»Wie gesagt: Ende gut, alles gut«, kommentierte ich, woraufhin mir Hinata einen vorwurfsvollen Blick zuwarf.

»Nimmst du das nicht etwas zu sehr auf die leichte Schulter?«

»Aber nicht doch. Chloe ist schließlich wohlauf und Veldora haben wir diesmal auf unserer Seite. Solange wir die beiden im Auge behalten, müssen wir uns keine Sorgen machen, dass sie zu wüten anfangen. Das einzige Problem, das noch bleibt, ist also das Kaiserreich. Hab ich recht?«, strahlte ich sie an.

»Stimmt«, pflichtete mir Luminas bei. »Falls Dagroule angreifen sollte, werde ich mich um ihn kümmern. Das schulde ich dir schließlich dafür, dass du Chloe gerettet hast.«

Sie und Chloe waren wirklich ein Herz und eine Seele. Da ich Chloe geholfen hatte, schien Luminas mich so hoch zu schätzen wie nie zuvor. Wir würden also weiterhin eine gute Beziehung zueinander aufrechterhalten können.

Eine unserer Sorgen hatte Dagroule gegolten, aber zum Glück hatte Luminas uns soeben ihr Wort gegeben, den Westen vor ihm zu beschützen. Überhaupt stellten die westlichen Länder seit geraumer Zeit Luminas' Herrschaftsgebiet dar. Auch wenn es in einigen Regionen gelegentlich zum Schlagabtausch mit Guy kam, betrachtete das jener launische Dämonenkönig nur als einen amüsanten Zeitvertreib. Luminas war daher zu dem Schluss gekommen, dass es keinen Sinn hätte, sich darüber zu ärgern. Das größere Problem läge bei Dagroule. Sie sagte uns, sie sei schon länger darauf gefasst gewesen, dass er einen Krieg gegen sie anzetteln würde.

»In der Zukunft sollen wir ja auch gegeneinander gekämpft haben«, erklärte Luminas, »also ist das Risiko groß, dass er sich in den Krieg einmischen wird, wenn das Kaiserreich in Aktion tritt.«

Ich war hingegen skeptisch.

»Aber Dagroules Söhne halten sich in unserem Land auf. Ich glaube kaum, dass er gegen uns aktiv werden würde.«

Meiner Meinung nach musste es einen triftigen Grund geben, wenn Dagroule einen Krieg begann.

»Was? Dagroules Söhne sind hier? Ist das wahr?«

»Jep. Sie haben sich Shions Truppen angeschlossen und trainieren derzeit hart.«

»So ist es«, bestätigte auch Shion. »Sie haben noch einen langen Weg vor sich, aber in letzter Zeit erzielen sie gute Ergebnisse.

Wenn ich sie ab und zu mit eigens gekochten Speisen belohne, weinen sie sogar vor Freude. Wirklich liebenswert.«

Ob sie tatsächlich Freudentränen vergossen, wagte ich zu bezweifeln. Würde eine geliebte Frau das Essen zubereiten, okay. Aber hier musste man dankbar sein, wenn es überhaupt genießbar war ... Wobei ich zugeben musste, dass Shions Küche in letzter Zeit erträglich war, solange man in punkto Optik und Textur ein Auge zudrückte. Na ja, ich musste mir zumindest keine Sorgen machen. Und wenn sich die Kerle nicht beschwerten, hatte ich keinen Grund mich einzumischen.

Luminas sah für einen Moment verdutzt aus, als sie hörte, dass sich Dagroules Söhne in Tempest aufhielten. Innerhalb weniger Sekunden fasste sie sich jedoch wieder.

»Verstehe. Das bedeutet dann wohl, dass jemand Dagroule manipuliert hat – oder besser gesagt: manipulieren könnte. Wir reden ja von der Zukunft«, sagte Luminas nachdenklich.

In der Zukunft war ein Krieg ausgebrochen, aber zurzeit herrschte noch Frieden. Dass Dagroule territoriale Interessen gehegt hatte, musste einen Grund haben. Als ich ihn auf dem Walpurgis kennengelernt hatte, hatte er auf mich nicht den Eindruck gemacht, ein schlechter Kerl zu sein. Ich nahm mir vor, Dagra und seine anderen Söhne zu fragen, ob sie etwas wussten. Falls es Probleme gab, würde ich mit Rat und Tat zur Seite stehen können. Eine diplomatische Lösung war schließlich tausendmal besser als eine militärische.

»Was das angeht, werde ich ein paar Nachforschungen anstellen.«

»Gut, ich verlasse mich auf dich. Auch ich habe nicht vor, unnötige Kriege zu führen.«

Luminas würde trotzdem auf der Hut sein, nur für den Fall, dass Dagroule sich wirklich mit dem Kaiserreich verbünden sollte. Louis und Günther gaben nickend zu verstehen, dass auch sie wachsam bleiben würden.

»Okay, und was Guy betrifft …«

»Diesbezüglich werde ich mit ihm sprechen«, meldete sich Leon zu Wort.

Es wäre sinnlos, uns bei Guy darüber zu beschweren, was in der Zukunft stattfinden könnte. Trotzdem schien es aber klüger, ihm die Umstände im Vornhinein zu erklären. Die Frage war nur, wie viele Informationen wir ihm preisgeben sollten.

»Guy ist schließlich ein ›Vermittler‹. Heute kann er mir nicht das Wasser reichen, aber ich habe das vage Gefühl, dass er mich vor Urzeiten einmal zugrunde gerichtet hat. Ich kann mich aber nicht genau daran erinnern, also zählt das quasi nicht«, gab Veldora plötzlich zu bedenken.

Ich wusste nicht, wo ich als Erstes nachhaken sollte. Was bedeutete es, dass Guy ein »Vermittler« sein sollte? Außerdem war mir neu, dass sich vor langer Zeit ein Kampf zwischen Guy und Veldora zugetragen hatte, bei dem der Drache verloren hatte. Übrigens hielt ich die Ausrede, seine Niederlage solle nicht zählen, weil er sich nicht genau daran erinnern könne, für mehr als kindisch. Ich ließ es aber unkommentiert, um Veldoras Stolz nicht zu verletzen.

»Soso. Ich wusste gar nicht, dass Guy auch gute Dinge tun kann«, bemerkte Luminas.

»Ein ›Vermittler‹ also. Da muss ich dir recht geben. In Bezug auf die Menschheit ist Guy weder Freund noch Feind. Man kann daher vermuten, dass er Chronoa in der Zukunft getötet hat, weil ihre Existenz zum Niedergang der Welt geführt hätte«, folgerte Leon.

»Was ist denn überhaupt ein ›Vermittler‹?«

Während alle anderen zustimmend nickten, konnte ich dem Gespräch nicht folgen. Luminas klärte mich sofort auf: »Ein ›Vermittler‹ ist ein System, das neben dem der ›Heroen‹ und der ›Dämonenkönige‹ existiert. Es wird gesagt, sein Ziel bestehe darin, die Zerstörung der Welt zu verhindern und den Schöpfer, also den Sternkönigsdrachen Veldanava, zu vertreten.«

»Ganz genau. Mein älterer Bruder Veldanava hat dieses System errichtet, um zu verhindern, dass die Welt, die er mühevoll erschaffen hat, zusammenbricht.«

Das leuchtete mir ein. Veldora war also vernichtet worden, weil er versucht hatte, die Welt zu zerstören. Außerdem war seine Geschichte ein Beweis dafür, dass Drachenarten wieder zum Leben erwachten.

»Ach, so war das also. Dann ist es unwahrscheinlich, dass Guy diesmal versucht, Chloe das Leben zu nehmen«, atmete Hinata auf, was Chloe lächelnd bekräftigte.

»Stimmt. Ich erinnere mich daran, wie Chronoa getobt hat. Darum nehme ich es Guy nicht übel.«

Solange wir aufpassten, dass Chronoa nicht außer Kontrolle geriet, brauchten wir uns folglich keine Sorgen um einen Konflikt mit Guy zu machen.

»Leon, dürfen wir es dir überlassen, mit Guy zu sprechen?«

»Natürlich. Schließlich steht hier die Zukunft von Chloe und mir auf dem Spiel.«

Doch Chloe wies ihn sofort zurecht: »Nein, mit dir hat das nichts zu tun, Leon.«

Die Art und Weise, wie unschuldig sie das anmerkte, war etwas furchterregend. Ich hatte ein wenig Mitleid mit Leon. Obwohl er extrem gut aussehend war, galt er allgemein als Bösewicht. Wie an seiner Geschichte mit Shizu erkennbar war, schien sich Leon nicht gut ausdrücken zu können, weshalb er leicht missverstanden wurde. Vereinfacht gesagt war dieses Merkmal das genaue Gegenteil von Masayuki. Chloe behandelte ihn währenddessen so, als wäre er ein netter Junge aus der Nachbarschaft. Bei ihr lag nicht einmal ein Hauch von Romantik in der Luft. Leon schien schon immer bei Frauen beliebt gewesen zu sein, was vielleicht der Grund dafür war, warum Chloe sich der Zuneigung, die er ihr entgegenbrachte, überhaupt nicht bewusst war. So betrachtet war er ein bemitleidenswerter Mann. Ich nahm mir daher vor, mich ihm gegenüber etwas netter zu verhalten.

*

Da uns die beiden Dämonenkönige ihre Zusammenarbeit versprachen, war unsere Besprechung bislang von Erfolg gekrönt. Wir mussten nun nur noch eine Strategie ausklügeln, wie wir es mit dem Östlichen Kaiserreich halten wollten. Darum wollte ich gerade einige abschließende Worte sagen, als plötzlich Stimmen vom Flur ertönten.

»B... Bitte habt einen Moment Geduld! Lord Rimuru befindet sich derzeit in einem wichtigen Gespräch!«

»Oh, du hast mich bemerkt? Beeindruckend. Aber ich hab mir extra die Mühe gemacht, hierherzukommen. Also lass mich doch kurz Hallo sagen.«

Sowohl die Stimme als auch die mitschwingende Arroganz kamen mir sehr bekannt vor. Es bestand kein Zweifel. Die Person, die da vor unserer Tür stand, war der stärkste aller Dämonenkönige, Guy Crimson. Schließlich gab es nur wenige, deren Kommen ich nicht bemerken würde, wenn sie sich in unmittelbarer Nähe befanden.

<Hinweis: Es wurde keine Feindseligkeit festgestellt.>

Hey. Sag jetzt nicht, du hattest ihn bereits bemerkt!

Aber jetzt war nicht die Zeit für Diskussionen. Hastig stand ich von meinem Platz auf, aber noch schneller reagierte Diablo, der mit einem säuerlichen Gesicht zur Tür schritt.

»Hi!«

»Geh nach Hause.«

Nach diesem kurzen Gespräch knallte Diablo die Tür zu.

»...«

Alle Anwesenden waren sprachlos über das, was sich vor unseren Augen abgespielt hatte. Dann öffnete sich die Tür erneut und Guy stürmte herein.

»Hey! Was soll das, Diablo?«

»Tss. Du störst uns bei einer wichtigen Besprechung. Es ist noch nicht einmal einen Tag her, dass wir uns gesehen haben, weshalb ich noch nicht die nötigen Vorkehrungen getroffen habe.

Mit dir möchte ich mich in Ruhe unterhalten. Also komm bitte nicht her, bevor ich dich einlade.«

Obwohl er das höflich gesagt hatte, wirkte seine Haltung gegenüber Guy angriffslustig.

Kann es sein, dass sie sich kennen?

Ich war offensichtlich nicht der Einzige, der diesen Gedanken hatte. Auch Luminas und Leon schauten überrascht.

»Nicht zu fassen. Er lässt sich kein bisschen von ihm einschüchtern. Das ist also der ursprüngliche böse Geist Noir.«

»Noir?! Ist das dein Ernst?! Warum arbeitet so jemand Mächtiges wie er für Rimuru?«

Hmmm?! Irgendwie höre ich da Worte heraus, die beunruhigend klingen. Diablo soll mächtig sein? Okay, er kann mächtig frech sein, aber ... Was hat es überhaupt mit diesem ursprünglichen bösen Geist auf sich?

Während ich völlig verwirrt dastand, wurde es noch lauter im Raum.

»Lord Rimuru, seid ihr wohlauf?! Soeben habe ich von meiner Schwester gehört ...«

»Mein Herr! Ist es Rouge?! Ich habe seine Präsenz gespürt!«

»Hat ein Krieg begonnen? Wenn ja, werde ich mein Bestes geben!«

Der Erste, der herbeigerannt kam, war Benimaru, gefolgt von Souei. Nahezu gleichzeitig mit den beiden stürmte auch Ultima in unser Zimmer. Was für ein Durcheinander. Wenn es schon so weit gekommen war, schien es mir klüger, Guy als Gast zu empfangen als ihn zu vertreiben. Eigentlich hatte ich gar nicht vorgehabt, ihn nach Tempest einzuladen. Ich nahm mir vor, Diablo später auszufragen, wieso er das veranlasst hatte. Aber erst mal musste für Ordnung gesorgt werden.

»Leute, beruhigt euch. Und du, Diablo, benimm dich.«

Auf meinen Befehl hin verstummten alle. Dann fuhr ich fort: »Dein Besuch war nicht geplant, aber wir hatten sowieso etwas mit dir zu besprechen, Guy. Da du den weiten Weg hierhergekommen bist, möchte ich dich bitten, an unserer Konferenz teilzunehmen. Ist das in Ordnung für dich?«

»Klar. Das kommt mir nur gelegen. Ich muss nämlich auch über etwas mit dir reden.«

Ich schickte meine Leute wieder fort.

»Habt ihr gehört? Ihr braucht euch keine Sorgen zu machen. Falls etwas passieren sollte, werde ich euch rufen. Also macht euch bitte wieder an eure Arbeit.«

Auf meine Worte hin atmeten alle auf. Es gab auch einige unter ihnen, die Kommentare abgaben wie »Pfft. Das ist also Rouge. Ihm bin ich wohl noch nicht gewachsen« und »Tss! Dabei dachte ich, es wäre meine Chance, Radau zu machen«, aber letztlich hatte ich die Situation unter Kontrolle gebracht.

*

Alle kehrten wieder an ihren Platz zurück. Sobald Shuna den Raum verlassen hatte, um Tee für uns zuzubereiten, meldete sich Leon zu Wort:

»Hey, was hat das zu bedeuten? Warum ist Jaune hier?!«

Hm?

»Ich muss ebenfalls etwas fragen. Habe ich es mir nur eingebildet oder habe ich da gerade Violet gesehen? Ich bin mir nicht sicher, weil ich gehört habe, sie hätte eine düstere und bösartige Persönlichkeit ...«

Hmm? Jaune? Violet? Wovon reden sie da? Ach, vielleicht ...!

»Meint ihr Carrera und Ultima? Sie wurden von Diablo rekrutiert. Und sie haben sich als hilfreicher herausgestellt, als ich es erwartet hätte, und ...«

Ich versuchte es ihnen zu erklären, konnte aber meinen Satz nicht beenden.

»Carrera? Und Ultima?! S... Sag nicht, du hast den beiden einen Namen gegeben!«

»Ich kann meinen Ohren nicht trauen. Du hast nicht nur Diablo, sondern auch noch andere ursprüngliche Geister unterworfen ...?«

Leon war plötzlich aufgestanden und schrie mich schockiert an, während Luminas aus tiefstem Herzen überrascht war. Die scharfen Blicke der beiden durchbohrten mich.

»Nicht zu fassen, nicht wahr?«, stimmte Guy ihnen zu. »Das ist auch der Grund, warum ich hier bin. Nämlich, um diesen Typen nach seiner wahren Absicht zu fragen.«

Als ich vollkommen ratlos darüber nachdachte, was ich antworten sollte, kam Shuna mit einem Teewagen zurück. Alle hielten den Mund, um sie nicht bei ihrer Arbeit zu stören. Ein angenehmer Duft füllte den Raum und beruhigte die Gemüter. Mir half er auch, mit einem kühlen Kopf zu rekapitulieren, was die

Leute um mich her gerade gesagt hatten. Der Begriff, den Luminas erwähnt hatte, schien der Schlüssel zu sein: die ursprünglichen bösen Geister. Bei diesem Wort klingelte etwas bei mir.

<Es handelt sich dabei um eines der Kriterien zur Klassifizierung von bösen Geistern.>

Ja, genau. Ich erinnere mich, dass mir das einmal erklärt wurde. Wenn ich mich recht entsinne, gelten die ursprünglichen bösen Geister als allererste ihrer Art. Moment! Das bedeutet ...

»Diablo, bist du etwa einer der ursprünglichen bösen Geister, bei denen alles begonnen hat?«

Als ich Diablo dies fragte, antwortete er entspannt: »Ja, das kann man so sagen. Ich bin einer der sieben bösen Geister, die als erste in diese Welt hineingeboren wurden.«

Ach, du heiliger Strohsack. Ist das dein Ernst?

Ich konnte nicht fassen, dass der böse Geist, den ich beschworen hatte, als ich mich zu einem Dämonenkönig entwickeln wollte, ein derart mächtiger Dämon war. Mir war natürlich klar gewesen, dass er stark war, aber dass er derart gefährlich sein könnte ...

»Hey ... Sag nicht, du hast das nicht gewusst.«

»Unglaublich. Ich hatte mir schon gedacht, dass bei dir eine Schraube locker ist, aber das übertrifft alle Erwartungen ...«

Leon und Luminas stöhnten entgeistert auf. Aber was hätte ich denn bitte tun sollen? Ich hatte ja kaum ahnen können, dass ein derart mächtiger Dämon auf meine Beschwörung reagieren würde, oder?

<...>

Sogar »Raphael« schien sprachlos zu sein. Allerdings war seine Reaktion nicht auf die wahre Identität von Diablo zurückzuführen, sondern eher auf meine Unwissenheit.

Plötzlich fiel mir ein, dass auch Hermesia, die Kaiserin von Sarion, etwas von den ursprünglichen bösen Geistern gemeint hatte. Sie war also deshalb so alarmiert gewesen, weil sie wusste, wer Diablo war. Wäre ich aufmerksamer gewesen, wäre mir die wahre Identität von Diablo viel früher aufgefallen. Da hatten »Raphael« und ich uns wohl missverstanden. Er war offenbar davon ausgegangen, dass ich keine Nachforschungen angestellt hatte, weil mir das bereits hätte klar gewesen sein müssen.

Ohne meiner Überraschung Beachtung zu schenken, erzählte Diablo, wie wir uns kennengelernt hatten. Angeblich war alles darauf zurückzuführen, dass ich Shizu begegnet war. Diablo hatte sie wohl gekannt und war gekommen, als er ihren Tod gespürt hatte. Ich war überrascht, dass Diablo mich schon damals im Auge gehabt hatte, aber in Bezug auf seine Absichten noch immer ratlos.

»Es war äußerst jammervoll, dass ein niederrangiger Dämon noch vor mir von Lord Rimuru beschworen wurde. Jedoch habe ich die Ruhe bewahrt und auf eine weitere Gelegenheit gewartet, sodass es mir letztendlich gelungen ist, erfolgreich auf Lord Rimurus Beschwörung zu reagieren!«, erklärte Diablo strahlend.

Dann war es also kein Zufall, dass Diablo beschworen wurde, sondern er hatte bewusst auf diese Chance gewartet? Ich war derart sprachlos, dass ich Kopfschmerzen bekam.

Wie ich ebenfalls erst jetzt erfuhr, war Diablo wohl eifersüchtig auf Beretta und versucht gewesen, sie hinter meinem Rücken aus dem Weg zu räumen. Trotzdem sei er nicht dazu imstande gewesen, weil es, wie er sagte, viel zu schade gewesen wäre, ihren Körper, den ich eigens geschaffen hatte, zu beschädigen.

»Diesen Körper hat Lord Rimuru persönlich gefertigt«, hätte ihn Beretta gewarnt. »Wenn du ihm Schaden zufügst, wirst du seinen Missmut erregen.«

Auch das verblüffte mich. Aber ehrlich gesagt war die Geschichte von Diablo übermäßig lang. Ich fragte mich, wieso ihn niemand unterbrach, aber er sprach wohl zu leidenschaftlich, als dass ihm jemand ins Wort fallen konnte. Mir blieb keine andere Wahl. Ich musste in den sauren Apfel beißen.

»Hey, Diablo. Das reicht. Es ist langsam an der Zeit, unsere Besprechung weiterzuführen.«

Meinem Beispiel folgend meldete sich auch Guy zu Wort.

»Jetzt müsstest du zufrieden sein, oder? Apropos, stimmt es, dass Dino auch hier ist? Kannst du ihn bitte für mich rufen?«

Daraufhin hörte Diablo endlich auf zu plappern.

»Nun, dann werde ich Lord Dino holen«, sagte Shuna und verließ mit einer höflichen Verbeugung den Raum. Dass es mir so vorkam, als wäre sie abgehauen, musste wohl an meiner Erschöpfung gelegen haben.

»Dabei komme ich doch gerade erst zum spannenden Teil.«

Auch wenn Diablo noch einiges auf dem Herzen zu haben schien, waren wir uns alle stillschweigend einig, ihn zu ignorieren. Ich konnte nicht wissen, womit er herausplatzen würde, wenn wir seiner Geschichte noch länger lauschten. Meinem Seelenfrieden kam es daher zugute, wenn Diablo einfach den Mund hielt.

Inmitten des ganzen Trubels hatte einer von Leons Leuten einen Sessel aus dem benachbarten Zimmer geholt, damit Guy sich setzen konnte.

»Oh, wie aufmerksam von euch.«

Guys Worte wurden von Leons Rittern, Arlos und Claude, mit einer leichten Verbeugung beantwortet. Offenbar kannten die beiden ihn bereits. Im Angesicht des launischen Guy hatte sonst niemand gewagt, sich zu rühren. Eigentlich wäre es meine Aufgabe als Gastgeber gewesen, mich um seine Sitzmöglichkeit zu kümmern, aber einer meiner Sekretäre war ja zu sehr in seine Geschichte vertieft und Shion verharrte an meiner Seite, als würde sie das nicht angehen. Ich schuldete den Rittern Dank.

»Sorry, dass ihr euch die Mühe machen musstet«, entschuldigte ich mich.

»Aber nicht doch!«

»Ihr haltet Eure Leute fern, damit wir uns entspannen können, nicht wahr? Darum kümmern wir uns gerne um solche Angelegenheiten.«

Arlos und Claude waren wirklich gute Leute. Ich hoffte, Diablo und Shion würden sich an ihnen ein Beispiel nehmen.

»Habt ihr gehört? Ihr solltet auch so aufmerksam sein wie sie.«

»Hä hä hä, ich habe mich wohl etwas zu sehr in meine Geschichte hineingesteigert.«

Diablo schien Guy die Schuld geben zu wollen, weil er unerwartet aufgetaucht war, aber tatsächlich wäre ihm normalerweise kein solcher Fehler unterlaufen.

»Jawohl! Ich werde sie mir zum Vorbild nehmen«, antwortete Shion.

Antworten gab sie immer brav, weshalb ich insgeheim betete, dass es keine leeren Worte waren.

Währenddessen ließ sich Guy majestätisch auf dem Sessel nieder. Dann kehrte Shuna gemeinsam mit Dino zurück und hatte aus irgendeinem Grund auch Lamrys mitgebracht. Und so begann unsere Besprechung erneut.

*

Unser erstes Thema betraf die ursprünglichen bösen Geister.

»Okay, Dino. Lass mich hören, wie du dich rechtfertigen willst.«

»Rechtfertigen? Was denn?«

Dino antwortete perplex, was Guys Zorn entfachte.

»Red keinen Stuss! Warum hast du diesen Kerl nicht davon abgehalten, den dreien einen Namen zu geben?!«

Stimmt, das war ein wichtiger Punkt. Schließlich hätte ich das nicht getan, wenn ich gewusst hätte, wie gefährlich sie waren. Er hätte mich doch wenigstens warnen können.

»Wozu, denkst du, habe ich dich hierhergeschickt?«

»Ähm, zum Sightseeing?«

»Nein! Um ihn auszukundschaften!«

Wie ich schon vermutet hatte, sollte Dino also den Spion spielen. Ich wünschte mir aber, dass sich die beiden nicht ausgerechnet vor mir, den sie doch ausspähen wollten, outen würden.

»Und du, Rimuru! Schau nicht so unschuldig, als hättest du nichts damit zu tun!«

Hoppla, jetzt werde ich auch noch mit hineingezogen.

Es war ein seltsames Gefühl, von den Leuten beschimpft zu werden, die geplant hatten, mich auszuspionieren. Sie hatten aber recht. Ich war die Ursache für ihre Handlungen gewesen. Da ich es außerdem für unklug hielt, Guy zu provozieren, hielt ich lieber den Mund.

»Kwa ha ha ha! Jetzt reg dich doch nicht über solche Kleinigkeiten auf, Guy. Das ist nicht das erste Mal, dass Rimuru unüberlegt Namen vergibt«, ergriff unerwarteterweise Veldora für mich Partei. Ich feuerte ihn in Gedanken an, als er jedoch unmittelbar unterbrochen wurde.

»Halt den Mund! Misch dich gefälligst nicht in fremde Angelegenheiten ein«, herrschte Luminas ihn an.

»O... Okay.«

Sofort verstummte der Drache. Dass er sich nicht traute, etwas zu erwidern, bewies seine mentale Schwäche. Aber dank Veldoras Opfer hatte sich ihre Wut von mir abgewandt. Um diese Chance zu nutzen, richtete ich mich mit einer kleinen Beschwerde an Guy.

»Ach, kommt doch mal runter. Dino ist doch nach Tempest gekommen, um mich im Auge zu behalten, oder? Aber darüber will ich mich jetzt nicht beklagen. Die Sache ist nur, dass Dino teilweise die Schuld dafür trifft, dass er mich nicht aufgehalten hat. Und auch derjenige, der ihn mit dieser Aufgabe betraut und ihn zu mir geschickt hat, sollte einen Teil der Verantwortung tragen. Findest du nicht, Guy?«

Ich wollte einen Teil der Schuld anderen in die Schuhe schieben. Es wäre auch unfair gewesen, hätte ich sie allein tragen sollen. Dinos Mitschuld stand bereits fest, ich musste nur noch Guy mit hineinziehen.

»Das stimmt auch wieder. Ich war von Anfang an nicht die richtige Person, um andere zu bewachen. Es überrascht mich ehrlich gesagt, dass du vorhattest, mich für dich arbeiten zu lassen.«

Dino schien meine Strategie begriffen zu haben, sodass er sich auf meine Seite schlug.

»Ihr Mistkerle ...«, fluchte Guy frustriert. Wir mussten schnell einen Kompromiss finden, damit er nicht noch wütender wurde.

»Und überhaupt hatte ich keine Gelegenheit, um ihn aufzuhalten«, beschwerte sich Dino. »Als ich Rimuru zusammen mit den ursprünglichen bösen Geistern gesehen habe, war ich total sprachlos. Ist doch klar, oder? Ich meine, dass Diablo für ihn arbeiten will, kann man ja verstehen, weil er schon immer ein komischer Kauz war. Aber wer hätte schon vorhersehen können, dass Blanc und die zwei anderen sich ihm anschließen würden?«

»Ja, stimmt schon.«

Oh, Dino versucht sich herauszureden. Sogar Guy ist dabei, ihm recht zu geben. Ich muss etwas tun!

»Mir geht es genauso. Ich habe sie nur bei mir aufgenommen, weil Diablo meinte, sie würden sich für mich nützlich machen. Ich hätte niemals damit gerechnet, dass sie so mächtige Dämonen sind. Außerdem haben sie sich höflich bereit erklärt, für mich zu arbeiten. Diablo hat Schuld. Es ist doch nur natürlich, dass ich den Leuten vertraue, die mir dienen, oder?«

Nun schob ich Diablo alles in die Schuhe. Was ich sagte, war zumindest nicht gelogen. Diablo war der Ursprung all dieser Probleme gewesen. Ich warf ihm einen Blick zu, um ihn zu bitten, Guys Wut auf sich zu lenken. Aus irgendeinem Grund nickte Diablo jedoch glücklich, als er meine Ausrede hörte.

»Hä hä hä. Lord Rimurus Vertrauen erfüllt mich mit Glück. Ich werde noch härter arbeiten, um seinen Erwartungen gerecht zu werden.«

»...«

Als er Diablos strahlendes Lächeln sah, verstummte Guy erschöpft. Dann lehnte er sich in seinem Sessel zurück.

»Mit anderen Worten ist es auf Diablos Mist gewachsen?«, fragte Guy majestätisch.

»Nun, wie soll ich sagen ...«

»Ich wollte nur klarstellen, dass wir alle gewissermaßen Opfer sind ...«

Während Dino und ich betreten antworteten, war Diablo der Einzige, der triumphierend in die Runde schaute.

»Er war schon immer ein komischer Kauz, also hat es keinen Sinn, sich bei ihm zu beschweren«, kommentierte Guy und zeigte auf Diablo.

»Und du, Dino, du konntest Rimuru nicht aufhalten. Auch das ist angesichts der Situation verständlich.«

Hey, Moment mal. Mir schwant nichts Gutes.

»Darum trifft dich die Schuld, Rimuru!«

Ich wusste es! Aber warum denn?!

»Wie meinst du das?«

Ich durfte nicht in Panik geraten, sondern musste Guy selbstbewusst entgegentreten, als hätte ich nichts auf dem Kerbholz. Aus diesem Grund überließ ich »Raphael« die Kontrolle über meinen Körper, damit man mir meine Unsicherheit nicht anmerkte.

»Hör mir gut zu!«, rief Guy und schimpfte mich anschließend ausgiebig aus. Dabei erwähnte er durchwegs ernste Dinge, wie zum Beispiel, dass das Kräftegleichgewicht der Welt wegen meiner Handlungen zusammengebrochen sei und nun ungewiss wäre, wie sich die Situation entwickeln würde. Guy schien viel berechnender zu sein, als ich gedacht hatte.

»Außerdem ist Myserys Plan wegen dir gescheitert. Dafür wirst du die Verantwortung übernehmen, hast du verstanden?«

Mit diesem Vorwurf beendete Guy seine Moralpredigt. Ich sollte für etwas die Verantwortung übernehmen, von dem ich nicht einmal wusste? So ungerecht es sich auch anfühlte, ich wollte mich dazu bereit erklären, wenn es Guy zufriedenstellte. Darum nickte ich und stimmte seiner Forderung vorübergehend zu.

*

Nach seiner Standpauke fuhr Guy fort. Angeblich hatte er regelmäßig Katastrophen verursacht, um die Menschheit glauben zu lassen, dass er ihr Feind war. Sie sollte sich vor einer übermächtigen Existenz fürchten, damit sie nicht ihre ganze Zeit mit sinnlosen Machtkämpfen untereinander vergeudete. Während Granbell die Strippen gezogen hatte, hatte sich der Dämonenkönig offenbar bewusst im Hintergrund gehalten. Doch dadurch, dass Granbell einen Krieg gegen Luminas begonnen hatte, war das Gleichgewicht zusammengebrochen. Aus diesem Grund hatte er Mysery befohlen, die Menschheit durch einen gemeinsamen Feind erneut zu vereinen. Deren Plan bestand darin, die Abgeordneten des Rates umzubringen, damit sich die Mitgliedsstaaten erneut der Gefahr bewusst wurden, die von Dämonenkönigen ausging. Und das sollte schließlich den Zusammenhalt der westlichen Länder stärken.

»Doch im Ratssaal war Blanc – oder Testarossa, wie sie jetzt heißt«, grummelte Guy, bevor er fortfuhr. »Daraufhin hat Mysery ihren Plan aufgegeben, um eine Konfrontation mit ihr zu vermeiden. So weit, so gut. Das Problem ist aber, was als Nächstes passieren wird. Da wir die hinterhältigen Menschen nicht unter Kontrolle bringen konnten und die Rosso-Familie ihren Einfluss verloren hat, werden sicher bald Machtkämpfe ausbrechen. Aber wenn sich die westlichen Länder mit solchen Dummheiten aufhalten, obwohl das Östliche Kaiserreich schon kampfbereit vor der Tür steht, ist die Niederlage des Westens so gut wie besiegelt. Das ist alles deine Schuld, Rimuru. Also erzähl mal, wie du das ausbaden willst.«

Es überraschte mich, dass Guys Ziel letztendlich darin bestand, den Untergang der westlichen Länder zu verhindern. Er schien sich nicht besonders für die Menschheit zu interessieren, aber er sorgte sich trotzdem darum, dass sie nicht ausstarb. Das war offenbar seine Aufgabe als Vermittler. Keineswegs war er ein Freund der Menschheit, sodass er auch zu ziemlich radikalen Mitteln griff. Allmählich bekam ich aber das Gefühl, dass wir eine gemeinsame Linie würden finden können. Der Knackpunkt war in diesem Fall, wie ich mich gegenüber den westlichen Ländern verhalten würde. Ich wusste nicht einmal, dass sich Testarossa und Mysery begegnet waren, aber das konnte ich nicht als Entschuldigung vorbringen. Eigentlich war mein Anliegen nur, dass die Menschheit uns Dämonen anerkannte und wir eine freundschaftliche Beziehung zu ihr aufbauten. Als ich mich fragte, was ich Guy antworten sollte, trat Diablo vor und übernahm das Wort, während er Guys leicht missmutige Miene ignorierte.

»Pfft. Was wir tun, steht bereits fest. Wir werden Lord Rimurus Traum umsetzen. Das ist alles.«

Ich hatte keinen konkreten Vorschlag gehabt, mir aber auch gedacht, dass irgendwelche idealistischen Argumente Guy kaum würden überzeugen können. Daher war ich zuerst froh, dass Diablo das Wort übernommen hatte. Zu meiner Überraschung fing er aber an, meine Ideale auszubreiten.

»Wie meinst du das?«

»Es ist eine simple Geschichte. Was bringt es, Menschen durch Furcht zu bändigen? Ja, Furcht macht sie gehorsam. Das ist jedoch nicht der beste Weg, um ihr volles Potenzial auszuschöpfen. Außerdem wird ihre Furcht allmählich nachlassen. Egal, wie viele Katastrophen du den Menschen aufbürden wirst, sie werden die Furcht irgendwann vergessen. Was danach bleibt, ist nur noch ihr Groll.«

»Hmm. Fahre fort.«

»Ihr Groll wird schließlich zu Hass werden, der sie dazu bewegt, sich an denjenigen zu rächen, die sie unterdrücken. Genau das tun Menschen, die klug, aber nicht weise genug sind, um sich des krassen Stärkeunterschieds uns gegenüber bewusst zu werden. Werden sie dann noch von Dämonen oder dergleichen angestiftet, werden sie gewiss Dummheiten begehen.«

»Da hast du recht. Um das zu verhindern, würde ich sie aber gewaltsam neutralisieren.«

»Hä hä hä, das wäre sinnlos. Menschen sind nämlich dumm. Ihre Erinnerungen an das Massaker würden irgendwann verblassen. Das ist vor dem Hintergrund ihres schnellen Generationswechsels unvermeidlich. Allerdings ...«, sagte Diablo und hielt kurz inne, bevor er Guy mit ernster Miene fixierte. »Im Gegensatz zu dem Machtmonopol der Rossos sorgt die Umverteilung des Reichtums dafür, die Beziehungen zwischen den Ländern wieder aufzubauen, während ein gewisses Maß an Gerechtigkeit gewahrt bleibt. Und so wird ein neues Wirtschaftsprinzip entstehen.«

»Und zwar?«

»Indem wir den törichten Menschen verschiedene Optionen bieten, werden sie sich einbilden, sie hätten ihre Zukunft selbst in die Hand genommen. Das System, das auf diese Weise entsteht, wird im Gegensatz zum menschlichen Gedächtnis bestehen bleiben. Ja, es wird ihre menschliche Welt dauerhaft beherrschen. Und niemand anderer als Lord Rimuru wird es sein, der dieses System regiert.«

Wow. Was Diablo da sagte, klang durchaus plausibel. Wenn die Menschen also glaubten, sie selbst hätten das System erschaffen, würden sie es achten und pflegen. War das überhaupt das, was ich mir gedacht hatte? Ich hatte das Gefühl, irgendetwas in dieser Richtung gesagt zu haben, aber es war mit Sicherheit nicht so etwas Übertriebenes gewesen. Außerdem war es ein wenig beunruhigend, mit der Prämisse zu beginnen, dass alles auch klappen würde.

»Verstehe. Wenn ihr die Wirtschaft kontrolliert und kostenlos Sicherheit garantiert, werden sich die Schwachen zweifellos von euch abhängig machen. Eine Gesellschaft, in der alles gewaltlos und friedlich entschieden wird. Vielleicht ist sie sogar besser als eine, in der die Rossos herrschen.« Guy nickte und schaute Diablo anerkennend an.

»Selbstverständlich ist sie besser. Es wird eine Welt sein, in der viele glücklich sind, anstatt nur wenige Reiche. Auf diese Weise werden Angebot und Nachfrage steigen, wodurch viele neue Möglichkeiten entstehen. Genau das ist Lord Rimurus Wunsch.«

Stimmt, damit lag er nicht falsch. Worauf ich mich freute, war die Verbesserung des kulturellen Lebens. Filme, Musik, Comics und Romane – ich wollte der Gesellschaft mehr Unterhaltung bieten. Um solche Künste zu schaffen, war ein stabiler Lebensunterhalt unabdingbar. Ich wollte Menschen helfen, ein erfülltes Leben zu führen, damit neue und verborgene Talente entdeckt werden konnten. Über das, was danach passieren sollte, hatte ich mir aber noch keine großen Gedanken gemacht.

»Das heißt, wenn die Leute einmal eine glückliche Zeit des Friedens erleben, werden sie Angst haben, sie zu verlieren?«

»Genau. Wenn ich alles in einem Wort zusammenfassen müsste, wäre es das Konzept der Dankbarkeit. Die Menschen würden Lord Rimuru dafür danken, dass er ihr friedliches Leben aufrechterhält, und ihm deshalb dabei helfen, den Frieden der Welt zu wahren. Ich glaube, diese Methode ist effektiver als eine Herrschaft durch Furcht, wie du sie dir vorgestellt hattest.«

Diablo und Guy nickten einander zu, als wären sie einer Meinung. Sogar Luminas, Leon und ihre Untergebenen sahen mich beeindruckt an, nachdem sie von der Zukunft gehört hatten, die Diablo ihnen ausmalte. In dieser Stimmung traute ich mich nicht zu gestehen, dass ich gar nicht so weit gedacht hatte.

»Allerdings bedarf es einer langfristigen Perspektive und einer sorgfältigen Berechnung, um diese Pläne umzusetzen«, warf Guy ein. »Wenn ihr die Menschen nicht sorgfältig in Schach haltet, kann ich mir vorstellen, dass sie sich zügellos vermehren, übermütig werden und wieder dumme Dinge anstellen. Könnt ihr denn gut genug auf sie aufpassen?«

Meine Güte, wir sprechen hier doch nicht von Haustieren. Er drückt sich aus, als wären sie wie Fische, die ein Aquarium überbevölkern.

»Pfft. Denkst du etwa, Lord Rimuru sei nicht weitsichtig genug? Für dich mag das eine mühsame Aufgabe sein, aber er schafft das mit links. Darum musst du dir absolut keine Sorgen machen.«

Hey. Warum geht er davon aus, dass ich über die Leute herrschen werde?

Um ehrlich zu sein, meinte ich, Diablo einmal gesagt zu haben, dass es typisch für einen Dämonenkönig wäre, hinter den

Kulissen über die Welt zu herrschen. Aber das so vor Guy und den anderen zu verkünden, bereitete mir schon etwas Sorge, dass sie sich mir in den Weg stellen würden. Sie stellte sich jedoch als unbegründet heraus. Oder besser gesagt …

»Aha. Dann überlasse ich das dir. Ich teile diesen Optimismus nicht, aber es schadet mir nicht, solltest du scheitern. In dem Fall werde ich diese dummen Idioten einfach ausmerzen. Mal sehen, wie du mit deiner Verantwortung umgehen wirst«, kommentierte Guy überraschenderweise mit einem Grinsen. Nun musste ich mich wohl ernsthaft damit auseinandersetzen, schließlich war es jetzt zu spät, um noch Nein zu sagen.

»Diablo hat etwas übertrieben, aber zum Großteil hat er recht. Was er sagt, mag ein bisschen idealistisch klingen, aber ich hoffe wirklich, dass so eine Welt zustande kommt. Selbst wenn du nichts gesagt hättest, mein Ziel war es immer, auf meine Art und Weise den Weltfrieden zu schaffen«, versprach ich Guy. Bevor ich also das Geschehene vollständig verarbeiten konnte, hatte mir das Oktagramm damit offiziell die Verwaltung der westlichen Länder anvertraut.

Es wäre schön gewesen, das Treffen mit diesem Fazit zu beenden, aber es gab offenbar noch weitere Probleme.

»Rimuru, ich gebe dir einen Rat. Jaune – oder Carrera, wie sie jetzt heißt – hat ein heftiges Temperament und eine Vorliebe dafür, Nuklearmagie zu entfesseln, wann immer sie Lust dazu hat. Wenn du sie nicht fest im Griff behältst, wird sie deine schöne Stadt in Schutt und Asche legen«, warnte mich Leon. Luminas folgte ebenfalls seinem Beispiel: »So ist es. Auch ich gebe dir einen Hinweis. Wie ich bereits erwähnt habe, hat die Violet, die ich kenne, einen düsteren und bösartigen Charakter. Sie ist wahrlich die Grausamkeit in Person. Im Gegensatz zu normalen Dämonen scheint sie nicht die Absicht zu haben, die Menschheit auszurotten. Allerdings ist sie sehr launisch und ändert schnell ihre Meinung. Vor dir scheint sie sich wie ein fröhliches Mädchen zu benehmen, aber ich rate dir, wachsam zu bleiben.«

Auf diese Weise enthüllten Leon und Luminas mir Dinge, die mich ziemlich beunruhigten. Und obwohl sie Testarossa nicht direkt ansprachen, schien sie noch gefährlicher zu sein als diese beiden. Meine Güte. Ich hatte hier ein gewaltiges Problem. Jetzt, da ich wusste, dass die drei in Wahrheit ursprüngliche böse Geister waren, musste ich sie verantwortungsvoll unter Kontrolle halten. Falls etwas schiefgehen sollte, würde ich für ihre Taten zur Rechenschaft gezogen werden. Die Tatsache, dass sie offiziell unter Diablos Kommando standen, würde dabei nicht als Entschuldigung gelten. Da ich Hermesia bereits versprochen hatte, die Verantwortung zu übernehmen, war es zu spät, um einen Rückzieher zu machen. Am liebsten hätte ich meinem naiven Ich, das damals von nichts gewusst hatte, eine Kopfnuss gegeben. Ich musste aber die Konsequenzen dafür tragen, dass ich so unbekümmert gewesen war. Verglichen mit der Verwaltung der menschlichen Gesellschaft schien es lästiger zu sein, mich um Testarossa und ihre Freundinnen zu kümmern. Der Gedanke bedrückte mich, sodass ich unwillkürlich einen Seufzer ausstieß.

*

Als Guy fertig gesprochen hatte, standen Lamrys, Dino und Veldora wie auf Knopfdruck auf.

»Ich hab den Eindruck, dass wir hier nur stören. Also überlasse ich den Rest euch!«

»Genau. Ich habe auch wichtige Dinge zu erledigen. Bester wartet schon auf mich. Also, wir sehen uns, Guy!«

»Dann sollte ich ebenfalls fort, um das Labyrinth zu bewachen. Meine Güte, wie viel ich doch zu tun habe! Kwa ha ha ha!«

Sie entschuldigten sich so simultan, dass klar war, dass sie sich nur aus dem Staub machen wollten. Vor allem Dino schien die Schelte leid zu sein und nahm Worte in den Mund, die er mit Sicherheit nicht ernst meinte.

»Was? Ausgerechnet du willst behaupten, arbeiten zu müssen? Soll das ein Witz sein?«, entgegnete Guy ungläubig. An Dinos Stelle antwortete jedoch Lamrys.

»Nein, nein, es ist wahr! Dino ist nun mein Assistent!«

Diese Information überraschte Guy. So verdächtig es auch klang, er musste ihm Glauben schenken, wenn selbst Lamrys seine Behauptung bestätigte.

»Dino arbeitet? Echt jetzt? Rimuru, was für eine Art von Magie hast du benutzt?!«, fragte er mich erstaunt, aber ich hatte Schwierigkeiten, darauf zu antworten.

»Keine Ahnung! In unserem Land gilt eine einfache Regel: ›Wer nicht arbeitet, soll nicht essen‹. Ich hab ihm nur gesagt, sich daran zu halten. Hier ist keine Magie im Spiel!«

Ich hätte es viel leichter gehabt, wenn mir so eine praktische Magie zur Verfügung gestanden hätte. Diesen Gedanken schien Guy der Ton in meiner Stimme zu vermitteln, sodass er nicht weiter nachhakte.

Und so verließen Lamrys und die anderen beiden hastig das Zimmer. Den Moment hatten sie wohl bereits geplant, denn den Tee und die Snacks, die Shuna gebracht hatte, hatten sie restlos verzehrt. Ich war beeindruckt.

»Also gut. Ich habe Dino eine gründliche Standpauke gehalten, also wird er sich bestimmt etwas mehr Mühe geben, Informationen zu sammeln«, murmelte Guy leise. Wie bereits erwähnt hätte ich es vorgezogen, wenn solche Ansagen nicht direkt vor meiner Nase gemacht würden. Ich war nämlich ratlos, wie ich mit diesem dreisten Geständnis, dass er mich ausspionieren ließ, umgehen sollte. Allerdings bezweifelte ich, dass Guy mir überhaupt sein Ohr schenken würde, wenn ich mich beschwerte. Ich hielt es daher für klüger, diese zufällige Enthüllung in einem positiven Licht zu betrachten. Schließlich konnten wir auf diese Weise ehrlich miteinander reden.

Ich beschloss, es dabei zu belassen und wechselte das Thema.

»Bist du den ganzen Weg hierhergekommen, um dich nach Testarossa und den anderen beiden zu erkundigen?«

Wenn das sein einziges Anliegen gewesen wäre, dann wäre er längst wieder gegangen. Da er sich aber immer noch hier aufhielt, musste er noch einen anderen Grund gehabt haben. Ich hatte kein großes Interesse daran, mir weitere Probleme aufzuhalsen, aber mir blieb keine andere Wahl als nachzufragen.

»Das hatte mich zwar auch beunruhigt, aber der Grund für meinen Besuch ist ein anderer«, stellte Guy klar und ließ sich in seinen Stuhl zurückfallen. Sein Blick wanderte über alle Anwesenden und hielt zuletzt bei Leon an.

»Ich hab die Kerle getroffen, die sich Clowns des Goldenen Weges nennen.«

»Ach ja?«

»Das sind doch die, mit denen du Geschäfte gemacht hast, oder?«

»Richtig«, nickte Leon.

Äääh, Moment mal. Er hat es ganz beiläufig erwähnt, aber das ist eine wichtige Sache!

»Hey«, warf ich ein, »hast du dann auch Yuki getroffen?«

»Ja«, antwortete Guy offen auf meine Frage.

Ich hatte Souei kürzlich befohlen, das Hauptquartier und die Zweigstellen der Gilde zu durchsuchen. Mir war es nämlich so vorgekommen, als hätte Yuki unsere gestrige Begegnung nicht geplant, weshalb er möglicherweise in einem seiner Stützpunkte aufkreuzen würde. Da ich nicht glaubte, dass er sich ungetarnt zeigen würde, hatte ich Souei und seine Leute angewiesen, Wache zu halten und dabei auf Verkleidungen und Doppelgänger zu achten. Noch hatte ich keinen Bericht erhalten, dass sich etwas Verdächtiges ereignet hatte. Wer hätte damit gerechnet, dass Guy ihnen begegnen würde?

»Heißt das, dass du mit Yuki verbündet warst?«

»Hä? Red keinen Stuss. Ich hab diese Mistkerle nur ein wenig bestraft, weil sie versucht haben, in den Osten zu fliehen.«

Ich hatte befürchtet, dass Guy und Yuki auf derselben Seite standen, aber offensichtlich lag ich falsch. Das war vorerst erleichternd, aber Guys Motiv blieb noch immer unklar.

»Du hast sie nicht getötet?« fragte Leon.

Das beunruhigte mich zwar auch, aber mehr noch trieb mich die Frage um, warum Yuki alles, was er im Westen aufgebaut hatte, aufgeben und in den Osten fliehen wollte. Dass er damit Guys Zorn erregt hatte, war definitiv Pech für ihn. Ich war sicher, dass er ihnen eine ordentliche Abreibung gegeben hatte, auch wenn er sie nicht umgebracht hatte. Da hatte ich auch kein Mitleid, das hatten sie sicher verdient.

»Nein, ich hab sie nicht getötet. Zuerst wollte ich sie fangen, um bei dir etwas gut zu haben. Aber die Situation hat sich geändert«, erklärte Guy und erzählte uns, was bei der Begegnung mit Yuki geschehen war. Damit war auch endgültig klar, was dieser im Hintergrund getrieben hatte. Yuki war der Arbeitgeber und damit der Boss der Clowns des Goldenen Weges. Das bewies, dass »Raphael« richtig gelegen hatte. So weit, so gut. Außerdem kamen die zahlreichen Taten ans Licht, die Yuki vollbracht beziehungsweise auf dem Kerbholz hatte: Erstens hatte er die Unabhängige Abenteurervereinigung zur Gilde umgewandelt. Zweitens hatte er sich mit der Familie Rosso zusammengetan, die über den Rat herrschte, und erledigte für sie geheime Missionen, einschließlich der Vermittlung von Geschäften mit dem Dämonenkönig Leon. Drittens hatte er Kleiman geholfen, ein Dämonenkönig zu werden, und ihn hinter den Kulissen manipuliert. Viertens hatte er Echidna, die die Mafiaszene des Östlichen Kaiserreichs unter Kontrolle hatte, vernichtet und den Geheimbund Kerberos gegründet. Somit war er tagsüber der Großmeister der Gilde gewesen, während er nachts den Geheimbund leitete. Der Name Echidna war mir neu, aber anscheinend hatte es sich dabei um eine ziemlich große Untergrundorganisation gehandelt.

Übrigens war der Sklavenhändlerverbund Orthos, den Masayuki vernichtet hatte, offenbar eine Unterorganisation von Kerberos gewesen. Folglich musste Yuki dabei die Finger im Spiel gehabt haben. Seine gewohnte Masche war es gewesen, eine bereits existierende Organisation zugrunde zu richten, um danach die Kontrolle über sie zu übernehmen. Obwohl die Strategie in der Theorie ziemlich einfach klang, war sie in der Praxis ein schwieriges Unterfangen. All dies hatte Yuki innerhalb von zehn Jahren erreicht, was bewies, dass er mehr als kompetent war. Es wäre nicht einmal übertrieben, ihn als Genie zu bezeichnen. Trotz seiner vielen Talente erlitt er immer noch Rückschläge, die auf seine übertriebene Selbstsicherheit zurückzuführen waren. Seine große Schwäche bestand darin, dass er die Kräfte seiner Gegner unterschätzte. Ein Blick auf Guy hätte ausreichen müssen, um zu begreifen, wie gefährlich er war. Diesmal hatte er bloß Glück gehabt, dass der Dämonenkönig beschlossen hatte, ein Auge zuzudrücken. Die Tatsache, dass Yuki diese Begegnung überlebt hatte, ließ mich mit gemischten Gefühlen zurück. Ich würde nicht so weit gehen, meinem Landsmann den Tod zu wünschen. Gleichzeitig konnte ich ihm seine Taten nicht verzeihen. Obwohl er sich den Anstrich eines freundlichen Menschen gab, hatte er die Familie Rosso, die von Granbell angeführt wurde, und selbst Leon heimlich an der Nase herumgeführt. Nicht nur das: Er hatte auch die Clowns ausgenutzt, um Hinata und mich in seinen Kampf zu verwickeln. Sein Traum von der Weltherrschaft mochte kindisch erscheinen, aber man konnte ihn kaum als Witz abtun.

Apropos, warum hatte Guy ihm eigentlich vergeben?

»Wieso hast du Yuki gehen lassen? Was versprichst du dir davon?«

Ich fragte direkt, ohne eine Antwort zu erwarten.

»Das habe ich für das Spiel getan«, erwiderte Guy ungeniert.

Was er mit »Spiel« meinte, war mir ein Rätsel, aber Guy ignorierte meine Verwirrung und fuhr fort. Ihm zufolge würde das Östliche Kaiserreich bald in Aktion treten. Guy hatte Yuki fliehen lassen, weil der ihm einen Deal angeboten hatte: Yuki würde im Kaiserreich für Chaos sorgen, wenn Guy sein Leben verschonte.

Ungläubig fragte ich Guy: »Ähm, du scheinst nicht zu wollen, dass die westlichen Länder zusammenbrechen. Aber wieso eigentlich?«

Mit der Antwort, die ich daraufhin bekam, hatte ich überhaupt nicht gerechnet.

»Es ist schließlich mein Job, sie so zu verwalten, dass sie nicht zusammenbrechen. Obwohl ich es lästig fände, wenn sich die Menschheit zu sehr vermehrt, lautet mein ultimatives Ziel, dafür zu sorgen, dass sie in ihrer Gesamtheit von den Dämonenkönigen regiert wird.«

Genau das verstand Guy offenbar unter »Spiel«. Sobald er die vollständige Kontrolle über die Menschheit hätte, wäre der Sieg sein.

»Wieso hast du dann Mysery befohlen, den Rat zu zerstören?«

Wären die Mitglieder des Rates kurz vor der Invasion des Östlichen Kaiserreichs ausgelöscht worden, hätten sich die westlichen Länder in einer üblen Lage befunden. Sie hätten nur schwer miteinander kooperieren können, sodass ihr Schicksal höchstwahrscheinlich besiegelt gewesen wäre, bevor der Kampf überhaupt begonnen hätte.

»Ich habe Myserys Plan genehmigt, um den Westen zu vereinen«, erklärte er entspannt.

Was mag das bedeuten …?

<Ihr Plan bestand vermutlich darin, den Menschen Furcht einzuflößen, damit Ihr den Westen einfacher unter Kontrolle bringen könnt.>

Äh, dann hat sein Plan also folgendermaßen ausgesehen? Zuerst wären die Abgeordneten von einem Dämonenkönig ausgelöscht worden und die Menschen wären in Panik geraten. Hätte ich ihnen dann meine Hilfe angeboten, hätten sie nicht gezögert, sich unter meinen Schutz zu stellen. Für diesen Zweck war Guy also der Meinung, dass kleinere Opfer hingenommen werden können?

<Korrekt.>

Aha. Ihre Methode war radikal und gab mir den Eindruck, dass Guys Ziele nicht ganz mit Myserys Absichten übereinstimmten, aber sie hatten wohl versucht, die Dinge zu meinen Gunsten zu gestalten. Moment, das war nicht ganz richtig. Sie hatten wohl nur die Mühe auf mich abwälzen wollen, die westlichen Länder zu verwalten. Aber Guys Ziel war es nicht, die Menschheit auszumerzen, sondern das genaue Gegenteil: Er wollte die Menschheit richtig verwalten, damit sie nicht an ihrer eigenen Dummheit zugrunde ging. Doch ich war Guys Plänen schon voraus gewesen und hatte den Westen längst unter meiner Kontrolle. Auch wenn ich das noch gar nicht so weit geplant hatte, hatte Testarossa den Rat bereits vollkommen in ihrer Gewalt gehabt. Letzten Endes hatten sich die Dinge so entwickelt, wie Guy es sich gewünscht hatte. Eines wurde mir jedoch klar: Guy mangelte es an Präzision. Dann war es tatsächlich besser, wenn ich die Angelegenheit selbst in die Hand nahm.

»Das heißt, du hast kein Problem damit, dass ich meinen Einfluss auf den Westen ausgedehnt habe?«

»Du sagst es. Solange diese Idioten nicht übermütig werden und anfangen zu randalieren, habe ich nicht die Absicht, mich einzumischen.«

Das war beruhigend. Wenn er damit einverstanden war, hatte ich keine Bedenken mehr, den Westen zu verwalten.

»Dann nehme ich dein Angebot an. Übrigens, macht es dir etwas aus, deine Angriffe auf die nördlichen Regionen Inglasias' einzustellen?«

Ich hatte von mehreren Quellen gehört, dass Guys Leute jene Regionen regelmäßig verwüsteten. Das Gebiet hatte unter dem Schutz von Razul gestanden, doch jener war von Shion ausgelöscht worden. Da es sich diesmal um einen Notfall handelte, hatte Sarions Kaiserin Hermesia den Magus-Orden entsandt, um die Lage unter Kontrolle zu bringen. Es wäre egoistisch, sie noch einmal um einen solchen Gefallen zu bitten. Solange ich für die westlichen Länder verantwortlich war, musste ich mich um ihre Verteidigung kümmern, was mit hohen Kosten verbunden war, die ich lieber vermeiden wollte. Überhaupt konnte ich kaum damit rechnen, einen so starken Kämpfer wie Razul für diesen Posten rekrutieren zu können.

»Seid unbesorgt. Solche Angelegenheiten könnt Ihr getrost Testarossa überlassen«, beschwichtigte mich Diablo lächelnd.

»Genau«, warf Guy ein, bevor ich nachfragen konnte, ob das in Ordnung war. »Meine Leute brauchen von Zeit zu Zeit einen Ort, um Dampf abzulassen. Also lassen wir sie lieber tun, was sie wollen.«

Sogar er stimmte Diablos Vorschlag zu. In diesem Moment dachte ich resigniert, dass ein Normalo wie ich niemals verstehen würde, was in dem Kopf eines bösen Geists vorging. Wie Diablo empfohlen hatte, beschloss ich, Testarossa die Dämonen zu überlassen. Und da ich Guys Wort hatte, würden daraus keine Meinungsverschiedenheiten entstehen.

Somit wurde meine Herrschaft über den Westen beschlossen, aber das war noch nicht alles.

»Rimuru, wirst du dich dann auch um das Östliche Kaiserreich kümmern?«

Luminas' Frage erinnerte mich wieder an dieses Problem.

»Du sagtest, dass das Kaiserreich in Aktion treten wird. Meinst du damit, dass sie militärische Maßnahmen ergreifen?«, fragte ich vorsichtshalber, woraufhin Guy nickte, als läge es auf der Hand.

»Ich habe gehört, dass das Kaiserreich in letzter Zeit eine Reihe von Militärübungen durchgeführt hat«, fügte Hinata hinzu.

»Auch im Rat wurde darüber diskutiert.« Da sie sich der Situation bewusst gewesen war, hatte sie wahrscheinlich bereits einige Maßnahmen eingeleitet. Was mich betraf, rechnete ich nicht mit einer militärischen Aktion des Kaiserreichs. Ich hatte über seine drei möglichen Invasionsrouten nachgedacht und sie für viel zu mühsam und unrealistisch gehalten. Abgesehen von den enormen Verlusten, die das Kaiserreich erleiden würde, würde es wenig Nutzen daraus ziehen, den Westen zu erobern. Schließlich führte man Angriffskriege, weil man sich davon Profit versprach. Und wohlhabende Länder, die ein lohnendes Ziel abgaben, unterhielten entsprechende Armeen, um jedem potenziellen Angreifer klarzumachen, dass er einen hohen Preis würde zahlen müssen. Wenn nicht die Not zu einem Angriff trieb, weil es etwa keine ausreichende Nahrung im eigenen Land gab, musste das bedeuten …

<Sie sind überzeugt von ihrem Sieg.>

Ja, das war die einzige Erklärung. Da ich die Kontrolle über den Rat übernommen hatte, bezweifelte ich, dass das Kaiserreich einen Informanten hatte. Dann hatte es vielleicht eine neue Technologie oder eine ausgefallene Taktik entwickelt. Oder es besaß einen anderen Trumpf.

»Hinata.«

»Schon klar. Du willst wissen, was ich über den Aufbau von Dwargon herausgefunden habe, um das du mich gebeten hast, oder? Nach allem, was ich in Erfahrung bringen konnte, ist es nicht unmöglich, eine große Armee dort hindurchzuführen.«

Hinata begriff sofort meine Absicht und gab mir die Informationen, die ich brauchte. Das Königreich der Zwerge nahm eine neutrale Stellung ein und ich bezweifelte, dass Gazelle das zulassen würde, aber es war der sicherste Weg, um in den Westen einzudringen. Nein, vielleicht ...

»Ich hatte die Option verworfen, aber vielleicht besteht doch die Möglichkeit, dass sie zuerst Dwargon angreifen.«

»Ha ha, tu nicht so scheinheilig. Dabei hast du mich gebeten, diese Route zu untersuchen, weil du dir dieser Gefahr bewusst warst.«

Oh, Hinata machte mir Komplimente? Es war mir tatsächlich erst in diesem Moment in den Sinn gekommen, aber ich beließ es lieber dabei.

»Du hast mich durchschaut. Also gut. Solange die Möglichkeit besteht, müssen wir uns zuerst damit befassen.«

Ich nahm mir vor, Gazelle zu benachrichtigen und gemeinsam einen Plan zu schmieden. Es war eine lästige Angelegenheit, vor der ich mich jedoch nicht drücken konnte. Schließlich hatte ich dafür gesorgt, dass Tempest die militärischen Rechte des Rates anvertraut wurden. Darum war es unsere Pflicht, an der Front zu kämpfen.

»Wenn es dich nicht gegeben hätte, hätten Granbell und Luminas gegen das Kaiserreich kämpfen müssen«, informierte mich Guy in einem gleichgültigen Ton, als wäre es nicht sein Problem.

Guy schien der Sieger völlig egal gewesen zu sein. Trotzdem war er auf Yukis Deal eingegangen. Er musste seine Gründe dafür gehabt haben. Das Wichtigste war herauszufinden, was er mit dem Wort »Spiel« meinte, aber er würde mir wohl kaum eine zufriedenstellende Antwort geben, wenn ich ihn fragte.

»Ich werde euch unterstützen, aber nicht unter deinem Kommando stehen, okay?«

Es gab keinen Grund für Hinata, an vorderster Front zu kämpfen, also fand ich ihren Einwand verständlich.

»Ich kann noch immer nicht der Tatsache ins Auge sehen, dass ein Krieg beginnen soll. Aber wir werden uns schon darum kümmern. Hinata, bitte bereite du dich darauf vor, dass das Kaiserreich auf eine für uns überraschende Weise angreift.«

»Alles klar. Dann werde ich auch Spione aus dem Weg räumen, die sich als Kaufleute verkleidet haben.«

Hinata willigte mit einem furchteinflößenden Lächeln ein. Dann bestand für mich kein Grund zur Sorge.

»Rimuru. Wenn du besiegt wirst, muss ich kämpfen. Also sorg dafür, dass das nicht passiert«, befahl mir Luminas. Sie konnte es sich im Moment nicht leisten, in einen Krieg verwickelt zu werden. Stattdessen musste sie die Kathedrale wieder aufbauen und das Ausmaß der Verluste erfassen. Angesichts ihrer Lage war ich ihr dankbar genug, dass Hinata uns unterstützen würde.

»Was mir Sorgen bereitet, ist die Frage, ob wir überhaupt mit Yuki zusammenarbeiten können ...«

Ich hatte gemischte Gefühle dabei. Er trug die Verantwortung dafür, dass das Königreich Farmas zum Angriff auf uns manipuliert worden war, was meine Leute – einschließlich Shion – in Mitleidenschaft gezogen hatte. Yuki war auch derjenige gewesen, der die Strippen hinter Kleiman gezogen hatte. Und selbst in dem Konflikt mit dem Orklord hatte er seine Finger im Spiel gehabt. So einfach konnte ich das nicht vergessen.

»Lord Rimuru, kann es sein, dass Ihr Euch unseretwegen Gedanken macht?«

Manchmal konnte Shion einen außergewöhnlich scharfen Verstand haben. Obwohl ich nichts gesagt hatte, schien sie meinen inneren Konflikt zu durchschauen.

»Ja, schon. Bei allem, was wir durchmachen mussten, ist es schwer, ihm plötzlich zu vertrauen.«

Besser gesagt, es war unmöglich. Wenn es zu einem Krieg kommen sollte, gab es nichts Gefährlicheres als einen Verbündeten, der nicht vertrauenswürdig war.

»Selbst ich hab keine Ahnung, was Yuki unternehmen wird. Es interessiert mich auch nicht. Den Rest überlasse ich euch«, sagte Guy und warf die Angelegenheit über Bord. Seine Aussage machte mir eines klar: Ich sollte Yuki nicht zu unseren Streitkräften zählen.

»Hä hä hä. Wir werden Souei bitten, seine jüngsten Aktivitäten zu untersuchen«, schlug Diablo vor.

»Ja, tu das.«

Die endgültige Entscheidung legte ich auf Eis. Ob wir gemeinsam an einer Front kämpfen würden, hing davon ab, wie sich die Situation entwickeln würde. Zumindest konnten wir nicht kollaborieren, bevor sich Yuki nicht wenigstens bei uns entschuldigt hatte. Da wir einen Staat regierten, müssten wir uns eventuell mit ihm versöhnen, je nachdem, wie er seine Karten spielen würde. Obwohl ich noch lange nicht so großherzig war, ihm ohne irgendeine Form von Entschädigung zu vergeben.

»Shion, bist du damit einverstanden?«

»Natürlich! Wenn Yuki unser Feind ist, werde ich ihn zerschmettern. Und wenn er bereit ist, sich mit uns zu versöhnen, dann verzeihe ich ihm, nachdem ich ihm einen Schlag verpasst habe!«

Bitte befördere ihn nicht mit diesem Schlag ins Jenseits, flehte ich sie in Gedanken an.

Aber selbst wenn, wäre es eben ein Unfall gewesen. Da weder Shion noch ich planten, ihn zu töten, würden wir behaupten können, dass es keine Absicht gewesen wäre.

*

Guy wollte noch ein weiteres Anliegen mit uns besprechen. Der wichtigste Grund für seinen Besuch hatte mit der Heroe zu tun, also mit Chloe.

»Ich wusste, dass Granbells Ziel darin bestand, etwas freizulassen, was Luminas verzweifelt versucht hatte zu verstecken. Also hatte ich ein Auge darauf, damit es nicht außer Kontrolle gerät. Aber dann meinte Diablo zu mir, dass ich die Sache Rimuru anvertrauen soll.«

Er sei vorbeigekommen, um zu überprüfen, wie es im Anschluss weitergegangen war. Ich fragte mich, wann dieses Gespräch stattgefunden haben sollte, erinnerte mich dann aber daran, dass Diablo für eine kurze Weile das Schlachtfeld verlassen hatte. Da musste er wohl diesen unnötigen Deal gemacht haben. Ich seufzte innerlich, aber letztlich hatte er gute Arbeit geleistet. Ich konnte mir nicht vorstellen, wie alles ausgegangen wäre, wenn sich Guy dazu entschieden hätte, ebenfalls im Kampf mitzumischen.

»Wir haben uns bereits darüber unterhalten, bevor du gekommen bist. Lass es mich erklären.«

So übernahm ich das Wort. Einige Dinge wollte ich unerwähnt lassen, etwa dass Chloe durch die Zeit gereist war und mehrere Schleifen darin durchlaufen hatte. Ich bezweifelte zwar, dass Leon oder Luminas das leichtfertig erzählt hätten, aber sicher war sicher.

»... und so haben wir Chronoa besiegt und die Lage unter Kontrolle gebracht.«

Ich hatte zwar damit die ganze Schuld auf Chronoa abgewälzt, aber das tat ich zu Chloes Schutz. Abgesehen davon, dass ich das vor Guy geheim halten wollte, wäre es auch nur verwirrend gewesen zu erklären, dass Chloe Chronoa war.

»Verstehe, da musstet ihr wohl viel durchmachen. Darf ich aber noch eine Frage stellen?«

»Na klar.«

»Das Mädchen da drüben ist zweifellos eine Heroe. Wie willst du das erklären?«

Argh. Es war wohl unmöglich, Guy etwas vorzugaukeln. Ich versuchte mich an einer möglichen, wenn auch etwas an den Haaren herbeigezogenen Erklärung: »In jenem Kampf wurden ihre verborgenen Kräfte geweckt und ...«

»Mach mir nichts vor.«

Ich hatte es gewusst. Es passierte zwar öfter, dass mitten in einem Kampf neue Kräfte erwachten, aber Guy fiel nicht auf meine Lüge rein.

»Die Wahrheit ist …«, begann ich vorsichtig und überlegte, wie ich es schönreden sollte. An meiner Stelle übernahm jedoch Leon das Wort: »Die Person, nach der ich die ganze Zeit mithilfe der Beschwörungen gesucht habe, ist niemand anderes als dieses Mädchen namens Chloe. Wie es das Schicksal wollte, war sie an jenem Ort, und dank dessen wurden wir gerettet.«

Ich hatte absolut keine Ahnung, wie Leon die Geschichte fortsetzen wollte, aber mitzuspielen schien die einzige Möglichkeit zu sein, Guy zu täuschen.

»So ist es«, mischte sich Luminas ein, bevor ich etwas einwerfen konnte. »Auch ich war überrascht, aber sie war das perfekte Gefäß, um Chronoa zu versiegeln.«

Die erfundene Geschichte machte alles nur noch komplizierter. Aber war ich etwa an der Reihe, diese Erklärung fortzuführen?

»Ein Gefäß, um sie zu versiegeln?«, murmelte Guy und sah mich zweifelnd an. *Das Gleiche würde ich auch gern fragen*, dachte ich mir insgeheim. Doch jetzt blieb mir keine andere Wahl, als den Faden weiterzuspinnen …

»Genau. Laut Leon besitzt sie eine besondere Anlage, die es ihr ermöglicht, die Kräfte jedes Gegners zu stehlen und zu versiegeln. Zuerst war ich skeptisch, aber als ich den Effekt mit meinen eigenen Augen gesehen habe, musste ich ihm Glauben schenken.«

»Ja, wahrlich«, schloss sich Luminas mit bitterer Miene an, was äußerst überzeugend aussah. Ich bewunderte sie heimlich, was für eine gute Schauspielerin sie doch war. »Mir wurde zwar mein Trumpf genommen, aber es ist besser, als Chronoa unkontrolliert herumtoben zu lassen.«

Nun war es an Leon, die Erklärung abzuschließen.

»Es gibt viele starke Leute auf dieser Welt, einschließlich dir, Guy. Eigentlich wollte ich Chloe für den Fall eines Krieges in Schutz nehmen. Ich hätte nicht gedacht, dass ich ihre Kräfte sofort nach unserer Begegnung würde einsetzen müssen. Ich hatte wirklich Pech.«

Leon stieß einen Seufzer aus. Wenn Luminas den Preis für die beste Schauspielerin gewonnen hätte, wäre Leon als bester Schauspieler ausgezeichnet worden. Zum Glück passte die Geschichte nun perfekt zusammen: Durch die Versiegelung von Chronoa hatte Chloe die Kraft einer Heroe erlangt. So lautete die Geschichte, die wir erfunden hatten.

»Hmm. Ihr versucht nicht, mich auszutricksen, oder?«

»Nein, überhaupt nicht.«

»Es ist eine schlechte Angewohnheit von dir, allen zu misstrauen.«

»Genau. Über so triviale Dinge sollte man sich keine Sorgen machen.«

Wir leugneten in perfekter Übereinstimmung. Der Grund, weshalb wir ein dermaßen gutes Zusammenspiel abliefern konnten, war mit Sicherheit, dass Chloe uns allen am Herzen lag.

»Aber das ändert nichts daran, dass dieses Mädchen die Kraft einer Heroe besitzt, oder? Ich frag mich, ob ich die Dinge so belassen soll, wie sie sind.«

Auf Guys Worte hin erhob sich Leon drohend von seinem Sitz, doch Guy lachte und beschwichtigte ihn, indem er sagte: »Bleib cool. Ich werde ihr nichts antun.«

»Gut. Aber vergiss nicht: Wenn du jemals eine Klinge auf Chloe richten solltest, wirst du dich zuerst mit mir anlegen müssen«, warnte ihn Leon und setzte sich wieder. Ich war ebenfalls in Alarmbereitschaft gewesen, weil ich nicht wusste, was Guy anstellen würde. Doch er schien von Anfang an nicht die Absicht gehabt zu haben, Chloe zu töten. Überraschenderweise umgab ihn eine friedliche Aura. Als ich gerade erleichtert aufatmete, ereignete sich jedoch etwas, das mir das Blut in den Adern gefrieren ließ.

Eine Klinge funkelte hell auf. Ich hatte keine Ahnung, wann er sie herausgeholt hatte, doch Guy hielt plötzlich ein Langschwert in der Hand und schwang es auf Chloes Hals hinab. Guy bewegte sich nahezu in Lichtgeschwindigkeit. Mein Wahrnehmungsvermögen, das mir das Geschehen um eine Millionen Mal verlangsamt zeigte, sagte mir trotzdem, dass ich es nicht rechtzeitig schaffen würde, selbst wenn ich sofort agierte. In den Gesichtern von Leon und Luminas stand ebenfalls die Verzweiflung geschrieben.

Doch im nächsten Moment hallte ein klares, klirrendes Geräusch wider.

<...?!>

Die kleine Chloe hatte schlagartig die Gestalt einer Erwachsenen angenommen und Guys Angriff mit ihrem Schwert abgewehrt. Ich hatte nicht einmal mitbekommen, wann sie es gezogen hatte. Auch ihre Kleidung hatte sich in die einer Heroe verwandelt. Chloe schien den Panzer der Heiligen Geister meisterhaft zu beherrschen.

»Freut mich, dich kennenzulernen, Dämonenkönig Guy. Ich sehe dich zum ersten Mal leibhaftig, aber ich hatte schon gehört, dass du stark bist.«

»Ha ha ha, du bist auch nicht schlecht. Du heißt Chloe, richtig? Es gibt nur wenige Leute, mich eingeschlossen, die mit dieser Kraft so gut umgehen können.«

Freundlich grüßten Guy und Chloe einander, während meine Nerven zum Zerreißen gespannt blieben. Denn ich hatte keine Ahnung, was gerade passiert war. Ich war selbst mit meiner Wahrnehmungsgeschwindigkeit nicht in der Lage gewesen, ihren Bewegungen zu folgen. Offensichtlich handelte es sich hierbei nicht um ein Phänomen, das durch eine enorme Beschleunigung hervorgerufen worden war. Schließlich gab es weder turbulente Strömungen in der umliegenden Luft noch Auffälligkeiten in den Gesetzen der Physik. Es war womöglich Magie oder etwas anderes im Spiel. In solchen Momenten war ich froh, einen verlässlichen Partner zu haben.

»Raphael«, du bist dran! Gib mir bitte eine Erklärung!

<Hinweis: Phänomen unbekannt. Die Analysebewertung darüber, was das Individuum Chloe Aubert getan hat, ist fehlgeschlagen.>

Was? Echt jetzt?

Es war selten, dass »Raphael« vollkommen auf dem Schlauch stand. Normalerweise würde er mir zumindest einige brauchbare Informationen geben, wie zum Beispiel eine Einschätzung oder einen Teil seiner Berechnung. Die Tatsache, dass er mir diesmal so gar nichts liefern konnte, bedeutete, dass es sich wirklich um ein übernatürliches Ereignis handelte, das außerhalb jeglicher Norm lag. Mit anderen Worten: Es war unmöglich, dagegen vorzugehen. Verblüfft blickte ich mich um, um die Reaktionen der anderen abzuschätzen. Leon und Luminas waren genauso blass wie ich. Anstatt wütend über Guys Aktion zu sein, versuchten sie verzweifelt zu begreifen, was sich vor ihren Augen abspielte. Was alle anderen betraf, hatten sie offensichtlich nicht einmal die Bewegung der Schwerter registrieren können und schienen vollkommen verwirrt von der Situation. Diablo war der einzige unter ihnen, der nur leicht überrascht dreinblickte. Vielleicht hatte er eine Vorstellung davon, was gerade passiert war. Ich nahm mir vor, ihn später zu befragen. Zuerst musste ich jedoch Guy und Chloe aufhalten. Denn Chloe ging nun in die Gegenoffensive. Warum kämpften sie, obwohl sie sich doch so freundlich gegrüßt hatten?

Mehrmals kreuzten sie die Klingen, wobei es sich so anfühlte, als würde ich eine Einzelbildwiedergabe betrachten. Es war nämlich keine Kontinuität in ihren Bewegungen vorhanden – so schien es zumindest. Verdammt. Ich konnte nur Vermutungen anstellen, weil ich so wenig erkannte.

»Stopp! Stooooopp!!«

Ich drängte meinen Körper zwischen Chloe und Guy. Es war ein riskanter Versuch gewesen vorherzusagen, wo sie als Nächstes auftauchen würden, aber zum Glück funktionierte es.

»Hey, pass doch auf. Ich hätte dich fast getötet.«

»Genau, Rimuru. Guy hat nicht ernsthaft gekämpft, sondern mich nur ausgetestet. Aber es macht mich glücklich, dass du dir solche Sorgen um mich machst.«

Mit diesen Worten umarmte mich Chloe und drückte mir einen Kuss auf die Wange. Auch diesmal konnte ich ihre Bewegungen nur wie eine Einzelbildwiedergabe betrachten. An dieser Stelle möchte ich also betonen, dass es definitiv unvermeidbar war, ihr auszuweichen. Chloe hatte übrigens in dem Moment, als sie mich küsste, wieder die Gestalt der jungen Chloe angenommen. Mit geröteten Wangen begann sie anschließend wütend zu meckern: »He! Wie kannst du es wagen, Herrn Rimuru einfach so zu umarmen und sogar zu küssen?!«

»Kann es sein, dass das gerade Chronoa war?«, fragte ich.

»Genau. Wir haben während des Kampfs getauscht.«

Nachdem Chloe den ersten Angriff blockiert hatte, hatte Chronoa wohl den Rest des Kampfes übernommen. Da sie völlig identisch aussahen, war es schwierig, einen Unterschied auszumachen.

Sobald Chloe sich beruhigt hatte, hob Leon sie hoch und ermahnte mich: »Rimuru, ich weiß es sehr zu schätzen, dass du Chloe helfen wolltest. Ich kann jedoch nicht zulassen, dass du ihr noch näher kommst.«

»Ach, Leon. Du machst dir viel zu viele Sorgen.«

Sobald Leon sie auf ihren Stuhl gesetzt hatte, fixierte er Guy mit einem Blick, der einem das Blut in den Adern gefrieren ließ.

»Guy. Meintest du nicht, du würdest Chloe nichts antun?«

»Sorry. Ich wollte sie ein bisschen auf die Probe stellen. Natürlich hatte ich nicht vor, sie zu töten.«

»Trotzdem ist mit deinen Kräften nicht zu scherzen. Es kommt nicht darauf an, ob du sie töten wolltest oder nicht.«

Ziemlich wütend beschwerte sich Leon ausgiebig bei Guy. Chloe war diejenige, die ihn beschwichtigte. Sie erklärte, dass auch sie seine Stärke hatte austesten wollen. Aus diesem Grund hätte es Chronoa offenbar etwas übertrieben, weshalb nicht Guy allein die Schuld treffen würde. Vermutlich hatte Chloe – oder besser gesagt, Chronoa – versucht, eine Idee davon zu bekommen, wie stark der Dämonenkönig war, der ihr in der Zukunft das Leben genommen hatte. Die jetzige Situation unterschied sich von jener Zukunft, die sie erlebt hatte. Nun besaß sie eine neue Kraft, die sie damals nicht gehabt hatte, nämlich den Ultimate-Skill »Zeitkönig Yog-Sothoth«. Sie war wohl neugierig gewesen, ob diese Kraft auf Guy wirken würde.

<...! Es gibt eine mögliche Erklärung. Möglicherweise ist das Individuum Chloe Aubert mithilfe des Unique-Skills ›Zeitreise‹, der mit dem Ultimate-Skill ›Zeitkönig Yog-Sothoth‹ verschmolzen ist, in der Lage, die Zeit zu manipulieren. In diesem Fall wird eine Analysebewertung jedes Mal scheitern, weil Phänomene, die nicht auf derselben Zeitachse stattfinden, nicht beobachtet werden können.>

Ach, so war das also ...

Die wahre Stärke des Skills, den Chloe erlangt hatte, lag offenbar in der Fähigkeit, die Zeit anzuhalten. »Raphael« war dabei, das System des Unique-Skills »Zeitreise« zu analysieren, aber die Ergebnisse würden noch etwas brauchen. Wie es aussah, hatte Chloes »Zeitkönig Yog-Sothoth« die »Zeitreise« komplett in sich integriert. Es lag auf der Hand, dass man Dinge nicht begriff, die man nicht beobachten konnte. Schon der Gedanke an Chloes neue

Kraft war absurd. Wie ungerecht war das bitte, die Zeit anhalten zu können? Kein Wunder, dass es mir selbst mit meiner millionenfach beschleunigten Wahrnehmungsgeschwindigkeit unmöglich war, ihren Bewegungen zu folgen. Wir, die wir keine andere Wahl haben, als dem Fluss der Zeit zu folgen, war es verwehrt, Ereignisse wahrzunehmen, die außerhalb unserer Zeit lagen.

Moment mal. Angenommen, »Raphaels« Vermutung ist richtig. Bedeutet das etwa, dass diejenigen, die die Zeit nicht manipulieren können, niemals gegen diejenigen gewinnen werden, die dazu fähig sind? Egal wie stark sie auch sind …?

<Ja. Eure Vermutung ist wahrscheinlich korrekt.>

Das kann doch nicht wahr sein!

So wenig ich es auch wahrhaben wollte, mir blieb keine andere Wahl. Schließlich war selbst Chronoa einmal von Guy getötet worden. Klar hatte man keine Chance gegen jemanden, der die Zeit anhalten konnte. Aber bedeutete das, dass Chloe mit ihren jetzigen Kräften Guy ebenbürtig war? Obwohl sie wie ein süßes, kleines Mädchen aussah, hatte Chloe mich also bereits an Stärke übertroffen. Angesichts dieser Erkenntnis brach mir kalter Schweiß aus.

Letztendlich gab Leon nach.

»So wie dir Lamrys lieb ist, liegt mir Chloe am Herzen. Denk daran«, warnte er Guy und deutete an, dass er das nächste Mal zur Tat schreiten würde.

»Das geht mir genauso. Ich gebe zu, dass du der stärkste von uns bist. Trotzdem wäre es für dich ungünstig, unsere Unterstützung zu verlieren, nicht wahr? Merk dir, dass du unser Feind sein wirst, solltest du Chloe ein Leid antun. «

Auch Luminas schien insgeheim verärgert gewesen zu sein. Normalerweise war es besser, anderen nicht preiszugeben, wer einem am Herzen lag. Aber bei Guy war das Gegenteil der Fall. Sobald er zu einem ernsthaften Feind wurde, waren alle Maßnahmen vergebens. Deshalb erklärten ihm die beiden im Voraus, dass er Chloe nicht verletzen sollte.

»Okay, okay. Ich hab keine Lust, mir Ärger einzuhandeln. Solange sie mir nicht in die Quere kommt, werde ich eurer geliebten Chloe schon nichts antun.«

Überraschenderweise zeigte sich Guy verständnisvoll. Und somit war Chloes Sicherheit gewährleistet. Eigentlich war unsere geliebte Chloe weitaus stärker als wir drei, aber ich hielt es für besser, das für mich zu behalten.

*

Die Sonne neigte sich bereits, als unser Treffen zu Ende ging.

Da Shuna schon das Abendessen vorbereitet hatte, gingen wir in den Speisesaal und veranstalteten ein spontanes Bankett. Denn niemand schien gehen zu wollen, bevor wir gespeist hatten. Auf der heutigen Speisekarte stand Kakuni-Schweinefleisch – genau genommen Dämonenfleisch, das so ähnlich schmeckte – sowie gebratene Auberginen, Tofu, Misosuppe und frisch gekochter schwarzer Reis als Beilage. Bei Letzterem handelte es sich um magischen Naturreis. Es war kein mehrgängiges Menü, aber ich duldete keine Beschwerden, weil das heutige Treffen nicht geplant gewesen war.

»Was? Es gibt kein Tempura?«, grummelte Luminas. Wer hätte gedacht, dass sie so ein großer Fan davon war?

»Keine Sorge, Luminas. Ich bin mir sicher, dass das hier auch sehr gut schmeckt. Man darf nämlich nicht unterschätzen, wie viel Wert Rimuru auf gute Mahlzeiten legt«, besänftigte sie Hinata. Ich war mir nicht sicher, ob ich ihre Aussage als Kompliment auffassen sollte. Aber egal.

Das Abendmahl schien alle Gaumen zufriedenzustellen.

»Aha. Die Speisen deines Landes sind gar nicht mal so übel«, kommentierte Guy beeindruckt.

»Sie schmecken seltsam, aber ihre Qualität ist in Ordnung.«

Angesichts der Tatsache, dass Leon seine Portion bis auf den letzten Krümel aufgegessen hatte, war das offenbar seine Art, uns zu loben.

»Hinata hatte recht. Es sind ungewöhnliche Gerichte, aber sie schmecken hervorragend.«

»Den Geschmack habe ich wirklich vermisst. Ich bin froh, am Leben zu sein und noch eine Chance bekommen zu haben, diese Gerichte zu essen.«

Hinata war überglücklich. Nun wurde mir klar, dass es vielleicht das erste Mal seit zweitausend Jahren war, dass sie Kakuni-Schweinefleisch mit einer Portion Reis aß.

»Wäre dir weißer Reis lieber gewesen?«

»Danke, aber ich habe mich schon an diese Lebensmittel gewöhnt.«

Das war erleichternd zu hören. Hinata musste in den zweitausend Jahren vielerlei Gerichte gesehen haben, weshalb ihr die

Farbe gleichgültig war. Im Gegensatz zu Chloe war sie offenbar aber nicht in der Lage gewesen, etwas zu schmecken. In Chloes Seele hatte sie nur visuelle Informationen aufnehmen können, weshalb sie schon allein von der Tatsache gerührt war, dass sie endlich wieder über einen Geschmackssinn verfügte. Angesichts ihrer Umstände wunderte mich ihre Emotionalität nicht.

Das Bankett endete mit einem positiven Feedback. Nach dem Essen bereiteten sich die Dämonenkönige schnell auf ihre Abreise vor. Ich hätte es schön gefunden, wenn sie eine Nacht bei uns verbracht hätten, aber da sie ihre Angelegenheiten bereits erledigt hatten, wollten sie nicht länger verweilen.

»Chloe, wenn es dir hier nicht mehr gefällt, kannst du dich jederzeit an mich wenden. Ich werde sofort kommen, um dich abzuholen«, sagte Leon säuerlich. Wir hatten eine große Diskussion darüber hinter uns, wer sich um Chloe kümmern würde.

»Hier sind meine Freunde. Außerdem möchte ich an dem Ort sein, an dem sich Herr Rimuru aufhält.«

Es war Chloes Wunsch gewesen, den wir letztendlich respektierten. Allerdings bezweifelte ich, dass Leon ihn bereitwillig akzeptiert hatte. Schließlich hatte er nicht einmal den Versuch unternommen zu verbergen, wie stark er an Chloe hing. Ich hatte gemischte Gefühle gegenüber den Methoden, zu denen er gegriffen hatte, um sie zu beschwören. Es war jedoch zweifellos sein aufrichtiger Wunsch gewesen, Chloe zu beschützen. Und seine Gefühle hatten sie erreicht.

»Leon. Es hat mich glücklich gemacht, dass du dich um mich gesorgt hast. Aber du brauchst dir nicht so viele Sorgen zu machen. Ich bin nämlich kein kleines Kind mehr!«, sagte Chloe, als sie ihn umarmte. Leon lächelte sanft und tätschelte ihr den Kopf. Sie waren Kindheitsfreunde, die wie Geschwister zusammen aufgewachsen waren. Schließlich ließ Chloe ihn los und nahm ihre erwachsene Gestalt an.

»Siehst du? Mit Chronoas Kräften kann ich wieder meine erwachsene Form annehmen. Daher musst du dir echt keine Sorgen mehr um mich machen«, strahlte Chloe, um ihn zu beruhigen. Ihr Lächeln hatte einen atemberaubenden Charme. Es wirkte vergänglich, ließ einen aber gleichzeitig ihre Willensstärke spüren.

»Stimmt. Aus dir ist eine bezaubernde Frau geworden. Aber das wird nichts daran ändern, dass du mir viel bedeutest. Du kannst dich jederzeit an mich wenden«, erklärte Leon mit einem zärtlichen Lächeln. Wie man es von einem gut aussehenden Mann wie ihm erwartete, klangen seine Worte reif und selbstbewusst. Ich würde es ihm nie im Leben gleichtun können. Als ich die beiden betrachtete, drehte sich Leon jedoch plötzlich um und starrte mich eiskalt an. Der Unterschied zu seiner bisherigen Miene war wirklich extrem.

»Chloe meinte, sie sei erwachsen geworden. Sag bloß nicht, du …«

»Natürlich nicht! Ich bin geschlechtslos! Also kann so was auf keinen Fall passieren!«

Was für ein Vorwurf. Mir gegenüber verhielt er sich alles andere als reif. Ich versuchte verzweifelt, meine unschuldigen Absichten zu beteuern. Als Chloe bemerkt hatte, worüber wir sprachen, wies auch sie ihn zurecht. Leon zeigte sich daraufhin verständnisvoll, was aber anscheinend nur vorgetäuscht war. So flüsterte er mir heimlich bei seinem Abschied zu: »Tu niemals etwas, was Chloe in Gefahr bringen würde. Verstanden?«

Obwohl ich ihn für überfürsorglich hielt, hatte Leon jedes ihm zur Verfügung stehende Mittel benutzt, um nach Chloe zu suchen, die mit ihm in diese Welt versetzt worden war. Darum konnte ich seine Sorge zwar gut verstehen, aber er wirkte auf mich wie ein lästiger Schwager. Nachdem er mir dies eingeflüstert hatte, kehrte er zum Glück zurück in sein Land. Da ich ihm mein Wort gegeben hatte, Chloe beim nächsten Besuch mitzubringen, würden wir dank ihr vielleicht diplomatische Beziehungen zu Eldorado aufbauen können.

»Chloe, du bist für mich eine wichtige Freundin. Ich bin immer für dich da, wenn du etwas brauchst. Du kannst mich jederzeit um Hilfe bitten. Also dann, pass auf dich auf.«

Luminas bedeutete Chloe kaum weniger als Leon. Sie wirkte wiederum wie eine Schwägerin, aber das wagte ich natürlich nicht laut auszusprechen. Schlafende Hunde sollte man schließlich nicht wecken. Dann verabschiedete sich Luminas und zog mit ihrem Gefolge fort. Da auch Hinata sich verabschiedete, blieb nur noch Guy zurück. Als ich mich zu ihm umdrehte und mich fragte, ob er nicht auch gehen wollte, erblickte ich Diablo, wie er noch immer auf ihn einredete.

»Nun. Wie wäre es, wenn wir uns unter vier Augen unterhalten?«

»Nee, danke. Darauf kann ich gut verzichten.«

»Hä hä hä, sei doch nicht so zurückhaltend.«

»Versuch ja nicht, mich auch noch abzuwerben!«

Was zum Teufel machst du da, Diablo?!

»Tss. Nun gut. Dann lass uns das Thema wechseln. Du wolltest doch wissen, wie Testarossa und die anderen hier arbeiten. Außerdem möchte ich dir einige Anekdoten über Lord Rimuru erzählen ...«

Wie gesprächig ist er denn bitte? Als mir diese Frage durch den Kopf schoss, schien Guy denselben Gedanken zu haben.

»Nein, nein. Ihr scheint im Moment viel um die Ohren zu haben. Ich werde wieder vorbeikommen, wenn sich die Lage beruhigt hat«, lehnte er hastig ab und machte sich schnell davon. Ich war verblüfft von der Tatsache, dass auch Guy sich aus der Ruhe bringen ließ. Nachdem ich eine so unerwartete Seite von ihm gesehen hatte, hatte ich den Eindruck, dass er verständnisvoller war als erwartet. In seiner Gegenwart musste ich natürlich nach wie vor auf der Hut bleiben, aber vielleicht brauchte ich mir keine allzu großen Sorgen zu machen. Da er akzeptiert hatte, dass Chloe eine Heroe war, konnten wir ein großes Problem als abgehakt betrachten. Jetzt blieben nur noch Yukis Aktionen und die Absichten des Östlichen Kaiserreiches, in das er geflüchtet war.

Ein Krieg?, seufzte ich leise in Gedanken. Ein Unglück kam selten allein. Schwermütig hoffte ich, dass es bald wieder friedlicher zugehen würde.

*

Obwohl es sich um eine mündliche Vereinbarung handelte, war es dennoch bemerkenswert, dass wir mit zwei Dämonenkönigen eine Kooperationsvereinbarung hatten treffen können. Falls tatsächlich ein Krieg ausbrechen sollte, sah die Lage mit Verbündeten, denen man vertrauen konnte, gleich etwas hoffnungsvoller aus. Sie würden uns beistehen und im schlimmsten Fall in Erwägung ziehen, Flüchtlinge aufzunehmen. Das bestmögliche Ergebnis wäre natürlich, wenn erst gar kein Krieg ausbrechen würde. Doch alles hing davon ab, wie sich die gegnerische Seite verhalten würde. Es hatte keinen Sinn, mein Schicksal zu beklagen. Also beschloss ich, Gegenmaßnahmen einzuleiten. Zuerst mussten wir mit den militärischen Vorbereitungen beginnen und sicherstellen, dass wir im Falle eines Krieges mit dem Kaiserreich fertigwerden würden.

Wir müssen auf alles vorbereitet sein, sagte ich mir entschlossen.

2. Kapitel

Ergebnisse und Vorbereitung

Meine Wiedergeburt als **Schleim** in einer anderen Welt

Das Treffen mit Guy und den anderen Dämonenkönigen war bereits einige Monate her. Wie im Flug war ein Jahr vergangen, seit ich mich zum Dämonenkönig entwickelt hatte. Aber es war auch viel passiert: das Walpurgis, das Duell mit Hinata, die Gründungsfeier, der Kampf gegen Mariabell und die Familie Rosso. Wahrscheinlich war es mir deshalb so kurz vorgekommen.

Auch nachdem wir das »Tempest-Auferstehungsfest« in einer kleinen, aber feinen Runde gefeiert hatten, hatte sich das Östliche Kaiserreich noch nicht in Bewegung gesetzt. Allerdings wurden laut Informationen von Souei und Moss vermehrt Güter in die großen Grenzstädte des Reiches geliefert. Das machte es selbst für mich klar, dass ein Krieg vorbereitet wurde. Entsprechend begannen wir, scharfe Einreisekontrollen einzuführen. Nur Abenteurer und Kaufleute, deren Identität geprüft werden konnte, sowie Personen mit Empfehlungsschreiben oder Ähnlichem durften in unser Land einreisen. Diese Maßnahme sollte uns vor Spionen schützen, gleichzeitig konnten wir so auch Stärke und Rang der Einreisenden ermitteln. Denn nicht alle waren Menschen und ihre Fähigkeiten breit gefächert. Zwar waren Kämpfe in der Stadt verboten und zur Sicherheit hatten wir magische Barrieren errichtet, aber hätten wir zu viele unzivilisierte Leute ins Land gelassen, hätten wir kaum verhindern können, dass einige Idioten Radau machten. Das war der Unterschied zwischen einer Stadt, die nur von Menschen bewohnt war, und einer Dämonenstadt.

Aus diesem Grund hatten wir uns mit Gazelle beraten und beschlossen, dem Beispiel des Zwergenkönigreichs zu folgen: Wer unser Land besuchte, bekam bei der Einreise die Regeln erklärt.

Für die Kontrollen hatten sich Shions Truppen angeboten, da sie Leute, die handgreiflich wurden, bestens in die Schranken zu weisen vermochten. Wir machten deutlich, dass Störenfriede keine zweite Chance bekommen würden und ihnen nach einem Rauswurf die Wiedereinreise verwehrt werden würde. Da wir das auch konsequent durchzogen, wagte kaum jemand, unangenehm aufzufallen. Wer dauerhaft bleiben wollte, musste gründlicher unterrichtet werden, wofür wir in einem eigens errichteten Bildungszentrum Kurse gaben. Die Einwanderung wurde zudem nur denjenigen gewährt, die ihren Unterhalt selbst bestreiten konnten.

Bei der Einreisekontrolle konnten wir die Besucher auch je nach dem Grund der Einreise und ihrer finanziellen Situation direkt weiterleiten. Für weniger Betuchte gab es in der Nähe des Kolosseums einfache Gasthäuser. Adlige und wohlhabende Kaufleute fanden hochklassige Hotels in den zentralen Stadtbezirken. Es sollte sich schließlich jeder einen Besuch leisten können und man bekam, wofür man bezahlt hatte. Die Preise reichten von dreißig Silbermünzen pro Nacht für die einfachen Quartiere bis zu einer Goldmünze für die besseren Zimmer. Für Leute, die bereit waren, zehn Goldmünzen oder mehr zu zahlen, hatten wir sogar besonders luxuriöse Unterkünfte. Aber lassen wir das beiseite, ich möchte ja hier keine Werbung machen.

Apropos Werbung ... Wir versuchten weiterhin, den Tourismus in Tempest anzukurbeln. Dafür schenkten wir Händlern, die viel mit uns handelten, Gutscheine für unsere besten Hotels. Ebenso gaben wir diese an die Herausforderer unseres Labyrinths heraus, die die zehnte Ebene bewältigten. Das kam hervorragend an, allein eine Mahlzeit dort war zehn Silbermünzen wert und die Qualität unserer Speisen weithin bekannt. Einige brachten es im Labyrinth durchaus zu etwas Geld und so wussten sie direkt, wofür sie es ausgeben konnten. Manchmal wollte man sich einfach etwas Luxus gönnen.

Mit der Zeit kamen immer mehr Händler zu uns, die Waffen und Rüstungen von Kurobes und Kunsthandwerk von Doldos Lehrlingen erwerben wollten. Ich hatte jedoch nicht erwartet, dass die Händler auch die Ausrüstung kauften, die in den Schatztruhen des Labyrinths gefunden wurde. Ich hatte gemischte Gefühle dabei, aber da wir darauf achteten, dass nichts Gefährliches auf den Markt kam, beschloss ich, vorerst nicht einzuschreiten. Mit jedem im Ausland weiterverkauften Artikel wurde unser Ruf besser und wahrscheinlich nahm auch deshalb die Zahl der normalen Kunden zu. Mundpropaganda wirkte wahrlich Wunder.

Es mag seltsam erscheinen, dass wir das taten, da doch ein Krieg drohte. Aber ich glaubte, man sollte sich nicht von der Angst beherrschen lassen und deshalb seinen Alltag aufgeben. Was natürlich nicht ausschließen sollte, sich auch darauf vorzubereiten.

*

So wie sich die Hauptstadt stetig weiterentwickelte, ging es auch mit dem Verkehrsnetz voran. Dank Benimaru konnten wir die Zusammenarbeit von Momiji und den Tengu sicherstellen. Der Tunnel war mittlerweile für den Verkehr geöffnet und bis auf einige Teile bereits vollständig gepflastert. Die Übergabe an die Bauingenieure, die Erald engagiert hatte, war abgeschlossen. Also würde schon bald eine direkte Überlandstraße zwischen Tempest und der Magischen Dynastie Sarion eröffnet werden. Darüber hinaus hatte auch die Verlegung der Schienen zum Königreich Farmenace begonnen. Rasch näherte sie sich der Fertigstellung. Die Bahnverbindung zum Königreich Inglasia war wie geplant bereits in Betrieb. Das Gleiche galt für die Strecke ins Königreich der Zwerge, wo sich um die Haltestelle herum sogar eine kleine Stadt entwickelte. Die Stelle, wo die Schienen hinter dem Jura-Wald auf den Ameld-Strom trafen, war nämlich perfekt, um sich auszuruhen. Deshalb hatte sie bereits während der Bauphase als Stützpunkt gedient. Einige Dämonen aus der Umgebung hatten sich dort niedergelassen und wir hatten die Gelegenheit genutzt, um sie zu einer Ortschaft mit Gasthäusern auszubauen. In Zukunft würde sie wahrscheinlich zu einem Knotenpunkt unseres Bahnsystems heranwachsen, weshalb ihre Bedeutung nicht zu unterschätzen war.

Auch die Straßenerweiterung in Richtung Jurasania war abgeschlossen. In einigen Abschnitten musste noch etwas gepflastert werden, aber sie konnte problemlos für den Verkehr genutzt werden. Nur für die Kutschen, die mit hoher Geschwindigkeit fuhren, waren die holprigen Straßen äußerst unangenehm. Deshalb erreichten uns dringende Bitten von Kaufleuten, dass wir die Pflasterung doch schnell fertigstellen möchten. Trotzdem hatten sich sowohl Sicherheit als auch Komfort im Vergleich zu den vorherigen Verhältnissen erheblich verbessert. Wir hatten

Straßenlaternen für Reisende postiert, die nachts unterwegs waren. Außerdem hatten wir in festen Abständen jene Maschinen bereitgestellt, die vollautomatisch Magie wirken konnten, sodass die magischen Barrieren lückenlos funktionierten und Dämonen daran hinderten, sich der Straße zu nähern.

Damit war der Ausbau des Verkehrsnetzes in weniger als einem Jahr bereits größtenteils abgeschlossen worden. Auf der Strecke nach Dwargon sowie nach Inglasia hatten wir bereits mit dem Testlauf des Magiezugs begonnen. Dieser würde bei einer Durchschnittsgeschwindigkeit von fünfzig Kilometern pro Stunde eine gigantische Menge an Gütern transportieren können. Ich war mir sicher, er würde ein neues Kapitel in der Geschichte der Logistik dieser Welt aufschlagen, denn damit könnten frische Produkte aus fernen Ländern transportiert werden und entsprechend eine abwechslungsreiche Ernährung ermöglicht sowie Hungersnöte verhindert werden.

Wir berechneten auch bereits einen Plan, wie der Betrieb und die Wartung der Züge vonstattengehen sollte. Die Entfernung zwischen Dwargon und Tempest betrug etwa tausend Kilometer. Bei fünfzig Stundenkilometern würde man in zwanzig Stunden ankommen. Inglasia hingegen war etwa dreihundert Kilometer entfernt; entsprechend würde man es in sechs Stunden erreichen. Theoretisch hätte der Magiezug auch in vierfacher Geschwindigkeit fahren können, aber das wollten wir zuvor ausreichend testen, um nicht in Probleme zu geraten, die sich vermeiden ließen. Zudem mussten auch Pausen sowie Zeit für Wartungsarbeiten eingeplant werden. Deshalb ließen wir zu Beginn die Züge nur am Tag fahren, um nachts Reparaturen vornehmen zu können. So mussten Ingenieure und Fahrer auch nicht rund um die Uhr arbeiten.

Zurzeit hatten wir zwanzig Triebwagen bereitgestellt. An jeden wurden fünf Waggons gekoppelt: zwei Güterwagen und drei Personenwagen. Letztere verfügten über je achtzig Sitzplätze und hätten sogar hundertfünfzig Passagieren Raum geboten. Da dann aber siebzig von ihnen hätten stehen müssen, hatte ich das verboten. Der Preis einer Fahrkarte musste also, wenn wir von einer durchschnittlichen Auslastung von zweihundert Reisenden ausgingen ...

Moment mal! Warum sollte ich mir über so was Gedanken machen? Das konnte ich auch unbesorgt dem guten Mjolmile überlassen.

Die Testläufe versprachen Gutes und ich stellte mir schon vor, dass wir bald die Geschwindigkeit auf hundert Stundenkilometer erhöhen sowie an jeden Triebwagen ganze zehn Waggons anhängen könnten.

Kurzum, im letzten Jahr hatten wir an jeder Front großartige Ergebnisse erzielt. Deren Bekanntgabe würde in der ganzen Welt für Aufsehen sorgen. Alle würden unseren Fleiß bewundern, auf uns wartete eine glorreiche Zukunft. Und in Tempest würde ein noch höherer Lebensstandard mit noch köstlicherem Essen und noch mehr Unterhaltungsangeboten möglich werden. Ein vergnügliches und amüsantes Leben erwartete mich, was damals, als ich als Schleim wiedergeboren wurde, noch völlig undenkbar gewesen war. Ich würde mich ganz gedankenlos meinen Hobbys hingeben können – wenn nur nicht dieses Problem mit dem Östlichen Kaiserreich gewesen wäre.

Plötzlich kam mir eine Idee: Warum sollte ich nicht einfach dem Kaiserreich den Krieg erklären und mit Veldora und einigen Freiwilligen zusammen dort einfallen?

Gegen die Engel, die angeblich eine Zivilisation vernichten würden, wenn sie sich zu hoch entwickelte, war ein Präventivschlag unmöglich, da niemand wusste, wo sich diese überhaupt aufhielten. Aber das galt nicht für das Kaiserreich. Und da man sich dort unverhohlen auf einen Krieg vorbereitete, sollten sie sich mal nicht beschweren, wenn wir ihre Pläne zunichtemachten. Warten lag eben nicht in meiner Natur. Und was noch wichtiger war: Angriff war einfacher als Verteidigung.

Überließen wir dem Östlichen Kaiserreich die Initiative, blieb uns nur die Verteidigung: Wir würden nur raten können, auf welchem Weg seine Soldaten einfallen würden. So könnten sie den Jura-Wald auch einfach ignorieren – immerhin war Veldora auferstanden und es war offenkundig, dass man auch ihn zum Feind haben würde, wenn man sich mit mir anlegte.

Stattdessen könnte das Kaiserreich über den Seeweg in Farmenace angreifen. Doch in den Gewässern lauerten gefährliche Meeresungeheuer und Youm und seine Leute waren bereit für den Kampf. Sollte es das Kaiserreich nicht schaffen, beim ersten Angriff einen Brückenkopf zu errichten, wären seine Truppen vom Nachschub abgeschnitten und damit in der Zange.

Alternativ zu Farmenace könnte das Kaiserreich auch versuchen, direkt in den Norden Inglasias einzudringen. Doch das war eine Spielwiese der bösen Geister. Guy ließ seine Untergebenen sich dort austoben, Testarossas Leute waren für die Verteidigung verantwortlich. Nur zu gerne würden sich diese Streithähne auf die Truppen des Kaiserreichs stürzen. Daher hatte ich den Seeweg für mich ausgeschlossen.

Über Land hätte das Östliche Kaiserreich noch die Wahl zwischen der Route durch das Königreich der Zwerge oder durch das Drachennest des Canaat-Gebirges. Letzteres wäre blanker Selbstmord. Aber das Zwergenkönigreich? Laut den Nachforschungen von Hinata, die sie für mich nach einem Hinweis von »Raphael« angestellt hatte, wäre das durchaus möglich. Allerdings würde sich das Gazelle kaum gefallen lassen und so müsste das Kaiserreich erst die Zwerge besiegen, bevor es in den Westen einmarschieren könnte. Auch das erschien mir absurd: Die Kriegsnation Dwargon, die zudem neutral war, verfügte über ein gut ausgebildetes stehendes Heer, das hervorragend ausgerüstet war. Zudem glich das Land topografisch einer einzigen Festung, die selbst mit wenigen Mann gegen eine riesige Armee standhalten würde. Aber theoretisch gab es drei Zugänge: im Osten, im Westen und im Zentrum des Landes. Der Zugang nach Westen grenzte an Farmenace und war entsprechend sicher. Gefährlich war der nach Osten, der an der Grenze zum Östlichen Kaiserreich lag. Gazelle ließ deshalb bereits einen Großteil seiner Truppen dort Wache halten. Dwargon schien mir also ebenfalls in sicheren Händen zu sein und im Zweifel wollte ich schnell auf einen Hilferuf reagieren.

So war der Stand der Dinge.

*

Letztendlich hatte ich das Gefühl, dass die einzige Option des Östlichen Kaiserreichs darin bestand, durch den Jura-Wald zu marschieren. Vor meinem täglichen Meeting mit Benimaru ging ich dieselben Gedanken noch einmal durch:

Falls sich die Truppen des Kaiserreichs für die Route durch den Jura-Wald entschieden, dürfte Veldora für sie das größte Hindernis darstellen. Ein Frontalangriff war unwahrscheinlich. Ich vermutete, dass sie einige Lockvögel entsenden würden, um den Sturmdrachen fortzulocken. Mit dieser Möglichkeit im Hinterkopf musste ich mir überlegen, wie ich unsere Truppen zur Verteidigung aufstellen wollte.

Im Jura-Wald gab es drei Routen, die für eine Militäraktion infrage kamen. Eine davon lag jedoch im Grenzgebiet zu Dwargon. Sollte das Kaiserreich dort einmarschieren, könnten die Zwerge und wir seine Truppen in die Zange nehmen. Das mussten auch die Militärstrategen des Kaiserreichs wissen, weshalb ich diesen Weg für unwahrscheinlich hielt.

Wahrscheinlicher war, dass die Truppen des Kaiserreichs über eine der beiden verbleibenden Routen einmarschieren würden. Dann könnten wir die eine von Veldora bewachen lassen und die andere von unserer gesamten Armee.

Aber wenn sogar ich, der nun nicht gerade ein Experte in Militärangelegenheiten war, auf so einen Gedanken kam, würde ein erfahrener Stratege wohl kaum damit ins Feld ziehen. Natürlich bestand die Möglichkeit, dass uns das Kaiserreich schlichtweg unterschätzte und glaubte, uns mit schierer Masse überrennen zu können. Aber ich befürchtete, dass es eher zu hinterhältigeren Strategien greifen würde. Zum Beispiel könnte es seine regulären Truppen als Köder benutzen und mit Eliteeinheiten eine Guerillataktik einschlagen. Würden sie in kleineren Gruppen den Wald durchstreifen, wie es Hinata und ihre Heiligen Ritter einst getan hatten, könnten wir kaum alle Pfade im Auge behalten, ohne dabei unsere Spähtrupps hohem Risiko auszusetzen.

Aber es wäre auch riskant, den feindlichen Angriff erst dann abzufangen, wenn wir sicher sein konnten, worauf er abzielte. Womöglich wäre es dann bereits zu spät, um noch zu reagieren. Entsprechend mussten wir bereits jetzt jedes mögliche Szenario durchgehen. Das war der springende Punkt: Je unberechenbarer man im Krieg für den Gegner war, desto größer war der Vorteil, den man dadurch erlangte. Oft reichte ein unerwarteter Zug, um den Sieg zu erringen. Und wir hatten keine Ahnung, wie das Kaiserreich vorgehen würde …

Nein, so komme ich nicht weiter. Meine Gedanken drehen sich im Kreis. Mann, wie nervig. Sollten wir doch besser einfach selbst angreifen? So haben wir keine Garantie, dass sich das Kaiserreich so verhält, wie wir uns das vorstellen. Wenn wir einen Präventivschlag führen würden, würde uns das viele Überlegungen ersparen. Aber na ja … So was würde ich ja doch nicht tun. Aber die perfekte Antwort wird nicht durch langes Grübeln vom Himmel fallen. Hier heißt es, flexibel zu bleiben. Flexibel! Das ist doch ein wunderbares Wort. Damit klinge ich, als wäre ich kompetent. So werde ich das formulieren.

Als ich auf diese Weise zu meinem üblichen Schluss gekommen war, schnappte ich mir einen von den Windbeuteln, die Shuna für mich zubereitet hatte. Von dem ganzen Nachdenken hatte ich Lust auf etwas Süßes bekommen.

»Hey. Wollt Ihr sie etwa alleine essen? Das ist unfair.«

Während ich die Windbeutel mit dem Schwarztee genoss, den Shion mir eingeschenkt hatte, kam Benimaru endlich in mein Büro. Er kam etwas später als gewohnt zu unserem Meeting, das inzwischen zur Routine geworden war. Darüber wollte ich mich aber nicht beschweren. Da er für die Kriegsvorbereitungen gegen das Kaiserreich verantwortlich war, hatte er sicher viel um die Ohren.

Hä? Wie bitte? Soll ich ihm etwa dabei helfen? Ach was. Laien sollten sich lieber nicht einmischen – eine praktische Ausrede, nicht wahr?

»Shion, serviere Benimaru bitte Tee.«

»Jawohl!«

Benimaru schien von Shions Kochkünsten traumatisiert zu sein und machte daher immer ein skeptisches Gesicht. Tee konnte sie zwar mittlerweile zubereiten, aber trotzdem schien er lieber auf der Hut zu bleiben. Typisch für ihn.

»Danke schön. Nichts geht über ein paar Süßigkeiten, wenn man ein wenig erschöpft ist.«

»Du sagst es. Ein Glück, dass wir so verschwenderisch mit Zucker umgehen können. Hoffentlich hält der Frieden an.«

»So ist es. Aber auch wenn es zu einer Schlacht kommen sollte, werde ich die Feinde schnell zur Strecke bringen.«

Benimaru war selbstbewusst wie immer. Obwohl er mir damit Mut machte, hoffte ich, dass er sich trotzdem Mühe gab, einen Krieg zu vermeiden.

»Bitte sehr!«

Shion stellte eine Tasse Tee vor Benimaru. Danach schenkte sie auch mir noch etwas ein. Ich genoss den wunderbaren Duft, der eine entspannende Wirkung auf mich hatte.

»Was ist mit Diablo?«, fragte Benimaru.

»Ach, er ist wieder als Schlichter unterwegs.«

»Schon wieder?«

»Ja, schon wieder.«

Ultima und Carrera sorgten fast täglich für irgendwelche Probleme, die Diablo dann schlichten musste. Es war nicht so, als hätten sie sich ernsthaft in der Wolle gehabt. Eher wetteiferten sie bei jeder Gelegenheit miteinander.

Einen Tag zuvor war es um die Auslieferung von Kriminellen gegangen, davor um die Behandlung von Verdächtigen in Untersuchungshaft. Manchmal stritten sie sich um die Speisekarte und manchmal sogar darüber, wer zuerst die neueste Mode ergattern durfte. Es wäre nicht weiter wild gewesen, hätten sie sich nur verbal gestritten, aber sie lieferten sich stets einen gewaltigen, handfesten Kampf, der die wildesten Yakuza hätte erbleichen lassen. Diablo war der Einzige, der die beiden dann noch aufhalten konnte. Venom, der für Diablo arbeitete, war bereits von Ultima und Carrera sowohl verbal als auch körperlich zum Schweigen gebracht worden. Zum Glück war bisher noch kein Bewohner der

Stadt dabei zu Schaden gekommen. Ganz im Gegenteil, der Streit der beiden war so berühmt geworden, dass Leute schon Wetten darauf abschlossen. Aber langsam musste das mal ein Ende haben. Neulich hatte sie Diablo sogar ins Labyrinth geschleppt und ihnen, weil sie dort nicht sterben konnten, eine entsprechend harte Abreibung gegeben. Leider schienen die beiden eher glücklich darüber zu sein, gegen Diablo zu kämpfen …

»Es tut mir leid, dass Ihr warten musstet«, entschuldigte sich Diablo, als er erschöpft zurückkam.

»Hi. Danke für die harte Arbeit.«

»Nicht doch. Man kann es kaum als harte Arbeit bezeichnen. Mich stört bloß, dass meine kostbare Zeit mit Euch …«

»Wenn du nicht müde bist, dann lass uns sofort zur Sache kommen.«

»Da habt Ihr recht.«

Solange er genügend Energie hatte, um Unsinn zu reden, konnten wir stattdessen auch sinnvolle Dinge besprechen. Diablo schien etwas einwerfen zu wollen, aber bestimmt war es das übliche Gefasel. Also beschloss ich, ihn zu ignorieren und das heutige Meeting zu beginnen.

*

Wie bereits erwähnt konnten wir uns über viele neue Zuwanderer freuen. Das stellte uns jedoch auch vor die Frage, wie man sie alle beschäftigen sollte. Die Erwerbsquote war in jedem Land ein wichtiger Aspekt, damit stieg bekanntermaßen der Privatverbrauch, was wiederum der Konjunktur zugutekam. Andersherum gefährdete eine sinkende Erwerbsquote die Konjunktur und konnte für eine steigende Kriminalität sorgen. Wer bereits ein Handwerk erlernt hatte, konnte natürlich entsprechend eingesetzt werden. Allerdings stellten die vielen, die kein entsprechendes Vorwissen hatten, ein Problem dar. Als sich unser Land noch in der Entwicklung befunden hatte und viele Bauarbeiten notwendig gewesen waren, hatten wir sie dort einsetzen können, doch diese Phase neigte sich gen Ende.

Meine Lösung für dieses Problem war die Einrichtung eines Bildungszentrums gewesen, das von Benimarus Truppen betrieben wurde. Bei der Einreise wurde jeder nach seinen Talenten gefragt und dann dort entsprechend ausgebildet.

»Die Zahl der Einwanderer wächst stetig. Viele bewerben sich für das Militär. Ob sie brauchbar sind oder nicht, ist eine andere Frage. Aber ich glaube, dass sie es zumindest schaffen könnten, für die innere Sicherheit zu arbeiten.«

Das war Benimarus Vorschlag gewesen, doch in letzter Zeit war die Zahl der Soldaten sprunghaft angestiegen. Der Grund lag in dem Gerücht, in der Armee bräuchte man sich nicht um seinen Lebensunterhalt sorgen. Dazu könne man kostenlos Fähigkeiten erwerben und sogar einen Job vermittelt bekommen. So traten nicht nur Zuwanderer, sondern auch Abenteurer und Söldner in unser Militär ein. Solang unser Land für die Verteidigung der westlichen Länder verantwortlich war, konnte uns das auch nur recht sein.

Allerdings war nun ein Krieg mit dem Östlichen Kaiserreich in greifbare Nähe gerückt und wir konnten unmöglich Soldaten ohne jede Kampferfahrung in die Schlacht schicken. Deshalb hatte ich Benimaru befohlen, einen Vorschlag zur personellen Umstrukturierung unseres Militärs vorzulegen.

Er holte ein Blatt Papier hervor und breitete es sorgsam vor mir auf den Tisch aus.

»Das ist die neue Struktur, die ich mir überlegt habe. Einige der personellen Veränderungen sind etwas gewagt, aber ich denke, es wird funktionieren.«

Benimaru hatte die militärische Befehlsgewalt übertragen bekommen, während ich den Oberbefehl behalten hatte. Die Aufgabentrennung war mir sinnvoll erschienen, da ich der festen Überzeugung war, dass sich ein Amateur wie ich nicht in die Führung einer Armee einmischen sollte. Innerhalb der Armee hatten Benimarus Befehle also Vorrang vor meinen. Ich hingegen hatte weiterhin das strategische Kommando und durfte unsere obersten Offiziere ernennen, Armeekorps gründen und letztlich entscheiden, wann ein Krieg fortzusetzen oder zu beenden wäre. Nur die Posten unterhalb des Generals besetzte Benimaru nach eigenem Ermessen, weshalb er nun mein Einverständnis brauchte.

»Hmm. Solange du es für gut befindest, will ich ja nichts einwenden, aber ...«

Wir hatten schon mehrfach über die neue Struktur diskutiert und ich hatte bereits viele Änderungen eingefordert – immerhin lag das in meiner Verantwortung. Bis zum Schluss hatte ich auf die Ernennung von Gobuta zum Kommandanten des Ersten Armeekorps bestanden.

»Ich war skeptisch, als ich zum ersten Mal von der Idee gehört habe, Gobuta zum General zu ernennen. Mittlerweile denke ich aber, dass er sich auf dem Posten doch ganz gut machen wird.«

Ich konnte die Skepsis, die in Benimarus Worten mitschwang, durchaus verstehen. Gobuta konnte ein echter Dummkopf sein und neigte dazu, bei Besprechungen wegzudösen. Gleichzeitig wusste ich allerdings sehr gut, dass er heimlich trainierte und sein Bestes gab, um dieses Land zu beschützen.

»Nicht wahr? Wenn es drauf ankommt, ist auf ihn Verlass!«, sagte ich.

Wenn es nicht darauf ankam, war das nicht der Fall. Aber egal. Er genoss das Vertrauen seiner Männer und passte gut auf sie auf. Ich glaubte an Gobuta.

»Schließlich zählt er zu den Vier Himmelskönigen. Ich bin mir sicher, dass er Euch nicht enttäuschen wird!«, stimmte mir Shion zu.

»So ist es. Ich werde außerdem Testarossa als Inspektorin entsenden, damit sie eventuelle Mängel ausgleichen kann. Nur für den Fall«, fügte Diablo hinzu.

Da die beiden ebenfalls zu den Vier Himmelskönigen gehörten, schienen sie mit Gobuta zu sympathisieren.

»Wenn ihr es so ausdrückt, kann ich als Oberhaupt der Vier Himmelskönige nicht Nein sagen«, sagte Benimaru mit einem bitteren Lächeln. Auch er schien Gobuta anzuerkennen.

»Diablo hat sicherlich recht«, fügte er anschließend hinzu. »Falls etwas passiert, werden wir ihn unterstützen. Geben wir ihm den Job.«

»Es wird schon klappen. Zumindest hat er das Herz am rechten Fleck.«

So wurde beschlossen, Gobuta zum General zu ernennen.

*

Um auch die anderen Kommandanten zu überprüfen, warf ich einen genauen Blick aufs Organisationsdiagramm. Unter Benimarus direktem Kommando sollten insgesamt drei neue Korps aufgestellt werden.

Das bereits erwähnte Erste Armeekorps bestand aus Gobuta als Kommandanten, Hakuro als Militärberater sowie aus folgenden Soldaten:

▶ Einhundert Goblin-Reitern. Jedes Mitglied hatte den Rang A- erreicht und besaß die Kraft eines Zenturios.

▶ Zwölftausend Soldaten des Grüne-Nummern-Korps. Die viertausend Mann, die von Beginn an zu diesem Korps gehörten, würden befördert werden und sollten das Kommando über die achttausend Nachwuchssoldaten übernehmen. Dabei würden sie in Dreierteams arbeiten. Mir war gesagt worden, dass sie ohne größere Probleme zusammenarbeiten würden, da der Großteil der Neulinge Dämonen aus dem Jura-Wald waren. Diese erreichten zwar lediglich Rang C oder D, aber die alten Recken hatten bereits Rang B erreicht, weshalb das eine beträchtliche Streitmacht darstellte.

Das Zweite Korps wurde von Gerudo als Kommandanten angeführt. Die Soldaten waren derzeit an verschiedenen Orten für die Bauarbeiten eingesetzt, in Kriegszeiten würden sie zurückbeordert und zur Hauptstreitmacht von Tempest werden. Dazu gehörten:

▶ Zweitausend Soldaten des Gelbe-Nummern-Korps. High-Orks, die seit jeher Gerudo gedient hatten. Jeder von ihnen war Rang B+ zuzuordnen, weshalb sie gemeinsam mit Gerudo eine undurchdringliche Abwehr bildeten. Darüber hinaus übernahmen sie die Rolle von Zugführern, die ihre Nachwuchssoldaten befehligten.

▶ Fünfunddreißigtausend Soldaten des Orange-Nummern-Korps. In diesem Korps befanden sich High-Orks, die sich erst vor Kurzem unseren Truppen angeschlossen hatten. Insgesamt erreichten sie als Einheit den Rang C, aber nur fünfzehntausend Veteranen würden sich an dem Kampf beteiligen. Die restlichen zwanzigtausend sollten der logistischen Unterstützung oder als Pioniertrupp dienen.

Das Dritte Korps bildete unsere Luftkavallerie, angeführt von Gabiru als Kommandanten. Die Soldaten unter seiner Befehlsgewalt waren:

▶ Einhundert Hiryu. Sie waren bekannt als Tempests stärkste Einheit. Jeder Einzelne erreichte den Rang A- und besaß die Fähigkeit zu fliegen. Einige von ihnen waren inzwischen sogar dem Rang A zuzuordnen. Außerdem verfügten die Hiryu über den Skill »Drachenkriegerwandlung«, den sie als Trumpf verwenden konnten.

▶ Dreitausend Soldaten des Blaue-Nummern-Korps. Dabei handelte es sich um Krieger der Echsenmenschen, die sich freiwillig gemeldet hatten, um Gabiru zu dienen. Ihre Kraft entsprach dem Rang C+. Doch ihre wahre Stärke lag darin, dass sie auf Wyvern in die Schlacht zogen. Damit hatten sie die Lufthoheit inne, was in einem Krieg von großem Vorteil war. Leider hatten wir derzeit nur dreihundert Wyvern, sodass nicht jeder einen zur Verfügung hatte. Ihre wichtigste Aufgabe bestand also vorerst darin, weitere Wyvern zu züchten. Aber auch wenn noch nicht alle kampfbereit waren, durfte man sie nicht unterschätzen. Wyvern waren eine Unterart von Lesser Dragons und somit Dämonen mit dem Rang B+. Wenn erst jeder Soldat über eine Wyvern verfügte, würde das Blaue-Nummern-Korps sicherlich eine Klasse für sich werden.

»Gerudo leitet also das Zweite Korps und Gabiru das Dritte. Darin sehe ich kein Problem«, sagte ich.

»Nun, ich habe allerlei Optionen in Betracht gezogen«, nickte Benimaru, »aber das hier ist wohl die sicherste.«

Es verstand sich von selbst, dass auf Gerudo Verlass war. Auch hinsichtlich Gabiru hatte ich keine Bedenken. Er neigte zwar dazu, etwas übermütig zu werden, aber im Kampf entfaltete er sein Talent. Seine Leistung im Training war ausgezeichnet, sodass Benimaru ihn sogar als Rivalen anerkannte. Obwohl strategisches Denken nicht seine Stärke war, traf er in wichtigen Momenten präzise Entscheidungen. Er kümmerte sich gut um seine Leute und wusste, wann ein Rückzug notwendig war. Zweifellos war er ein Kerl, dem man den Posten eines Kommandanten anvertrauen konnte.

»Was diese hier angeht, gibt es keine Änderungen.«

Mit diesen Worten holte Benimaru ein anderes Blatt hervor. Auf diesem wurden drei Einheiten aufgeführt:

Zunächst einmal die Kurenai, Benimarus Leibgarde, bestehend aus dreihundert Mann. Mit Gobua als Anführerin handelte es sich hierbei um eine Eliteeinheit, deren Mitglieder ausnahmslos den Rang A- oder höher erreichten. Derzeit dienten sie auch als Generalstab. Nach dem, was ich im Kampftraining von Gobua gesehen hatte, war sie Gelmudo ebenbürtig, wenn nicht sogar stärker. Auch andere Angehörige der Einheit würden es mit Heiligen Rittern aufnehmen können, weshalb die Gesamtstärke der Einheit unermesslich war. Die Stärke eines Dämons wurde grundsätzlich durch seine Menge an magischer Energie bestimmt. Aber durch das militärische Training, das sie in unserem Land erhielten, schienen sie weit größere Kräfte zu entwickeln, als ihr Rang ausdrückte. Man musste sich nur Hakuro ansehen, der völlig aus dem Rahmen fiel. Und die Mitglieder dieser Truppe ertrugen allesamt dessen höllisches Training – ein Beweis dafür, dass sie außerordentlich stark sein mussten.

An zweiter Stelle auf dieser Liste standen Soueis Kurayami, eine Spionageeinheit aus mindestens hundert Mann. Nur wenige wussten überhaupt von dieser geheimnisvollen Truppe, die vollständig auf das Kommando von Souei hörte. Soweit ich wusste, waren einige ziemlich starke Leute dabei. Souka und die vier Truppenführer erreichten den Rang A. Aber einige waren noch gefährlicher, wie etwa Glenda mit ihrem Rang Spezial-A. Und unter uns gesprochen, Testarossa hatte ein paar talentierte Leute durch Verfahrensabsprache rekrutiert, die anschließend an Souei übergeben worden waren: namentlich Girard, den Anführer der Söldnergruppe Vert, und Ayn, die Meisterin der Elementargeister, die ihm gedient hatte. Beide waren dem Rang A+ zuzuordnen und heute als ausgezeichnete Geheimagenten für uns tätig. Ich hatte einmal gescherzt, dass dieses Team aus Problemkindern bestünde. Und genau so war es auch. Souei behauptete zwar, dass wir in einem Gefecht nicht viel von ihnen erwarten dürften, aber daran hatte ich meine Zweifel. Mehrere Leute auf Rang A und darüber, die wie geschaffen waren für Attentate ... Was für Ansprüche hatte Souei denn bitte? Kein Wunder, dass Gerüchte die Runde machten, die Einheit wäre etwas furchterregend.

Auf der Liste standen schließlich Shions Yomigaeri. Die Eigenart dieser Hundertschaft war, dass ihre Mitglieder enorm schwer zu töten waren. Angeblich erhielten sie ein unglaublich hartes Training, das auf ihren erschreckenden Regenerationsfähigkeiten aufbaute. Ihre Stärke entsprach darum mittlerweile dem Rang B+. In Anbetracht der Tatsache, dass sie ursprünglich als C eingestuft worden waren, verzeichneten sie das größte Wachstum von allen Truppen. Auch im Kampf gegen die Heiligen Ritter hatten sie gute Leistungen erzielt. Womöglich würden sie schon bald den Rang A erreichen. Ich hielt die Hiryu zwar für die stärkste Einheit, doch Shions Yomigaeri waren definitiv ein Kandidat, ihnen diesen Platz streitig zu machen. Nach Benimarus Plan sollten sie meine Leibgarde werden. Ihre Zähigkeit würde es erlauben, ausreichend Zeit zu schinden, um mir im Notfall die Flucht zu ermöglichen. Wie mir Shion stolz erklärte, waren alle darauf getrimmt, keinem meiner Befehle zu gehorchen. Egal, wie sehr ich auch schreien und jammern würde, sie würden ihre Mission erfüllen und sich für mich opfern. Echt beunruhigend. Allerdings hörten sie dann doch bisweilen auf mich, wenn ich sie darum bat, Kleinkram zu erledigen ... Was ich Shion tunlichst vermied zu verraten.

Shion verfügte noch über eine weitere, geheime Truppe. Na ja, was heißt geheim? Sie war mittlerweile allgemein bekannt und war mehr so eine Art Fanklub, der sich zu ihrer persönlichen Leibgarde ernannt hatte. Die genaue Mitgliederzahl war unbekannt, ich vermutete aber, dass es nicht mehr als eintausend waren. Da es auch keine offizielle Einheit war, fiel sie nicht in unseren Zuständigkeitsbereich. Shion trainierte sie aber heimlich und offenbar dienten ihr einige Abenteurer mit Kampferfahrung und Dagroules Söhne als Truppenführer. Vielleicht würden sie sich noch einmal nützlich machen, derzeit war aber meine Besorgnis größer als meine Zuversicht. Zumindest konnten wir sie kaum an die Front schicken und es war nur allzu verständlich, dass Benimaru sie nicht in seiner Liste aufgeführt hatte.

Ich gab Benimaru das Blatt zurück.

»Alles klar. Anscheinend hat sich ihre Zahl vergrößert, aber es gab keine strukturellen Änderungen. Verstehe ich das richtig, dass weder du noch ich uns bei der Führung dieser Truppen einmischen sollten?«

»Ja, das fände ich besser. Auch ich bin stolz auf meine Kurenai, die ich mit meinen eigenen Händen trainiert habe. Souei und Shion denken sicherlich genauso. Darum habe ich diese Einheiten nicht in das Organisationsdiagramm aufgenommen«, pflichtete Shion mir bei.

Natürlich wollte niemand die Truppe aufgeben, die er selbst ausgebildet hatte. Das wäre mir auch nie in den Sinn gekommen, daher stimmte ich zu.

Benimaru holte ein drittes Blatt Papier hervor.

»Okay, kommen wir zum wichtigsten Thema. Hier habe ich die Korps zusammengestellt, die anderen Leuten als mir unterstehen.«

Bislang war noch alles mehr oder weniger so gewesen, wie ich es bereits gekannt hatte – bis auf die Ernennung von Gobuta, die ich aber selbst vorgeschlagen hatte. Entsprechend gespannt war ich nun auf das dritte Blatt …

*

Dort war eine grafische Darstellung des linken und des rechten Flügels der Armee abgebildet. Bezüglich des rechten Flügels wurde die vorhin erwähnte Anzahl der Soldaten aufgeführt:

Erstes Korps – angeführt von Gobuta, etwa zwölftausend Soldaten.

Zweites Korps – angeführt von Gerudo, etwa siebenunddreißigtausend Soldaten.

Drittes Korps – angeführt von Gabiru, etwa dreitausend Soldaten.

Insgesamt bildeten rund zweiundfünfzigtausend Mann das stehende Heer von Tempest – ziemlich beängstigend, wenn man mich fragte. Trotzdem hatten wir noch Raum, um weitere Soldaten zu rekrutieren. Unsere Bevölkerungszahl hatte bereits eine

Million überschritten und wuchs in rasanter Geschwindigkeit, da konnten wir eine solche Armee unterhalten. Aber ohne Gerudo und seine Truppe, die sich auch ansonsten nützlich machte, würde unsere Armee nur fünfzehntausend Mann stark sein, was für eine Konfrontation mit dem Östlichen Kaiserreich nicht ausreichend wäre. Das war auch der Punkt gewesen, der Benimaru und mir Kopfzerbrechen bereitet hatte.

»Wir werden Gerudo und seine Männer zurückrufen, sobald ein Krieg ausbricht. Wir bleiben bei diesem Plan. Allerdings fehlen uns auch dann noch Truppen. Es wird schwierig werden, die Armeen der einzelnen westlichen Länder zu mobilisieren.«

»Da hast du recht. Wir haben uns zwar die Mühe gemacht, die Militärgewalt des Rates in die Hände zu bekommen, aber das würde sicher zu großen Protesten führen«, antwortete ich.

»Ja, und das ist noch nicht alles. Sollte es innerhalb der westlichen Länder zu Unruhen kommen, könnte man diese in Abwesenheit des Militärs nicht bändigen. Das wäre ziemlich heikel.«

»Und wenn die Bewohner der westlichen Länder anfangen, unsere Führung infrage zu stellen, wird es für uns in Zukunft schwieriger, etwas zu unternehmen.«

»So ist es.«

Auf diese Weise hatten wir mehrmals hin und her diskutiert. Benimarus Antwort auf dieses Problem war anscheinend der linke Flügel der Armee, der auf dem Papier verzeichnet war. Die Aufteilung sah wie folgt aus:

Westliche Stationierungsstreitkräfte – hundertfünfzigtausend Mann.

Gemischte-Dämonen-Korps – dreißigtausend Mann.

Freiwilligenkorps – zwanzigtausend Mann.

»Das sind gewaltige Zahlen, aber was für Leute sind das genau?«, fragte ich verwirrt.

»Das sind Soldaten, die auf unser Kommando hören. Bei den Westlichen Stationierungsstreitkräften handelt es sich um die Armee, die dem Rat untersteht. Im Gegensatz zu dem Heer der einzelnen Länder werden sie direkt vom Rat angeheuert – oder besser gesagt, größtenteils durch uns finanziert.«

Ja, seit uns der Rat die militärische Autorität erteilt hatte, hatten wir Befehl über dessen Streitkräfte, aber ...

»Seit wann hat die Ratsarmee denn so viele Soldaten?«

Die Armee des Rates war eher eine Formalität gewesen und hatte sich aus kaum mehr als tausend Rittern und Soldaten zusammengesetzt, die die Mitgliedsländer gestellt hatten. Da jedes Land eine eigene Armee unterhielt, hatte ihre Aufgabe größtenteils nur aus dem Schutz der Versammlungen in Inglasia bestanden. Deshalb hatte man uns das Kommando auch ohne größere Einwände anvertraut. Unser Hintergedanke war dabei auch nicht ihre militärische Stärke gewesen, sondern wir wollten sie als Pioniertruppen zum Verlegen der Gleise des Magiezuges einsetzen, um uns Genehmigungen für unsere Bautrupps zu sparen. Dazu hatten wir die Soldaten in ihre Heimatländer zurückgeschickt. Zudem hatten wir uns mit dem Versprechen, sie selbst zu finanzieren, das Recht gesichert, weitere Truppen zu rekrutieren, die der öffentlichen Sicherheit dienen sollten. Diese hatten wir aus der lokalen Bevölkerung gewinnen wollen, um die Menschen nicht durch Dämonen zu verschrecken.

»Laut Testarossa verbreiteten sich Gerüchte, dass man sich als Soldat keine Sorgen um seinen Lebensunterhalt machen müsse. Dadurch gab es recht viele Bewerber.«

»Aber die Truppe sollte doch größtenteils nur für den Katastrophenschutz und die Bauarbeiten da sein, oder? Dafür brauchen wir doch keine hundertfünfzigtausend Soldaten.«

»Testarossa meinte, das habe sich aus den Forderungen der einzelnen Länder ergeben«, sagte Benimaru und führte es anschließend näher aus.

Kaum hatte Testarossa das Heft im Rat in der Hand gehabt, hatte sie wohl eine große Strukturreform durchgesetzt. Das war mir bekannt gewesen, hatte aber wohl einen größeren Umfang gehabt als angenommen. Das Prinzip dabei ähnelte etwas der ODA, der Öffentlichen Entwicklungszusammenarbeit. Wenn ein Land beim Aufbau seiner Infrastruktur Hilfe wünschte, sollte Tempest die Technologie bereitstellen, Experten entsenden und mithilfe lokal engagierter Arbeitskräfte das Projekt umsetzen. Damit wäre den Ländern geholfen und wir hätten eine sichere Auftragslage. Eine Win-win-Situation also. Allerdings gab es natürlich einen Haken – es verlangte eine Gegenleistung. Wenn wir zum Beispiel einen Damm bauen würden, würden wir, je nachdem, wie viel wir in den Bau investierten, als Ausgleich einen Anteil an den Wasserrechten erhalten. Für das Verlegen der Schienen konnten wir eine Steuer auf den Fahrpreis erheben und für die Instandhaltung von Überlandstraßen würden wir auf die Aufhebung von Zöllen und Ähnlichem pochen.

Typisch für einen Dämonenkönig, nicht wahr? Während ich mich nett und freundlich gab, tat ich in Wahrheit ziemlich arglistige Sachen. Allerdings stand außer Frage, dass die betreffenden Länder dadurch profitieren würden. Sie mussten ja nur einen Teil der Gewinne mit uns teilen, die sie dadurch erst erzielen würden. Ich war mir allerdings sicher, dass die größeren Länder das lieber auf eigene Faust umsetzen wollten. Schließlich würden sie unsere Technologie nachahmen können, sobald sie sie erst einmal zu Gesicht bekommen hatten. Allerdings ...

»In diesem Sinne fordern auch die Großmächte, sie so schnell wie möglich an das Schienennetz anzubinden.«

»Sie dachten also, dass es mit unseren Pioniertruppen allein zu langsam vorangehen würde, und haben sogar diejenigen mobilisiert, die für die logistische Unterstützung gedacht waren?«

»Ihr habt es erfasst. Weil es aber dennoch nicht genug waren, wurde wohl beschlossen, zusätzliche Leute zu engagieren ...«

Aha. Das war also der Grund, warum es so unglaublich viele Soldaten waren. Ich hatte Testarossa als Diplomatin meine Vollmacht gegeben und gesagt, sie bräuchte mir über Kleinigkeiten nicht Bericht zu erstatten. Darum schien sogar Benimaru nichts von alledem gewusst zu haben. Das Ergebnis war diese Massenrekrutierung.

»Aber spielen wir damit nicht den Großmächten direkt in die Hände? Sie lassen uns die Ingenieure ausbilden und können sie später für sich anstellen.«

Das war eine viel effizientere Methode, als Techniken nachzuahmen. Listig, aber nicht unsympathisch für einen Herrscher.

So würden sie von Ingenieuren profitieren, die wir ausgebildet hatten. Es war zwar schade, dass wir dann nicht allein über das technische Wissen verfügten, aber ich freute mich schon auf den Wettbewerb an Innovationen, der in Zukunft entstehen würde.

»Nein, offenbar ist das nicht der Fall. Wenn dem so wäre, würden die Länder ihre Ingenieure nicht einfach so an uns übergeben.«

Da hatte er einen Punkt.

»Moment mal ... Das heißt, du hast die Soldaten, die Testarossa gesammelt und ausgebildet hat, in die Westlichen Stationierungsstreitkräfte eingegliedert?!«

»Genau«, grinste mir Benimaru auf mein Erstaunen hin zu.

Es wäre schade gewesen, all diese Ingenieure einfach gehen zu lassen, nachdem wir erheblich in ihre Ausbildung investiert hatten. Darum hatte sich Benimaru wohl entschieden, sie zusätzlich in Katastrophenhilfe, Personenschutz und Stadtverteidigung auszubilden, um eine vollwertige Armee zur Aufrechterhaltung der öffentlichen Sicherheit aufzustellen.

»Testarossa wollte sie entlassen, weil sie ihre Funktion erfüllt hatten. Aber das wäre meiner Meinung nach Verschwendung gewesen.«

»Und wie.«

»Ich war mir sicher, dass wir genug Arbeit für sie finden würden. Also habe ich eigenmächtig die Entscheidung getroffen, ihnen den Namen Westliche Stationierungsstreitkräfte zu geben.«

Nun leuchtete es mir ein. Okay, mit einer nur einjährigen Ausbildung konnten wir nicht viel von den Ingenieuren erwarten.

Wenn wir sie jedoch weiterhin unterrichteten, hätten sie das Potenzial, eine Experteneinheit für Katastrophenschutz zu werden. Dann wären wir gegen unvorhergesehene Schicksalsschläge gewappnet.

»Alles klar. Du hast eine großartige Entscheidung getroffen, Benimaru.«

»Das ist nicht Eures Lobes würdig«, antwortete Benimaru verlegen.

Die Westlichen Stationierungsstreitkräfte verfügten also über hundertfünfzigtausend Mann. Eine beeindruckende Streitmacht. Zwar immer noch keine übermäßige Zahl, wenn wir sie in alle westlichen Länder gleichzeitig entsenden wollten, aber ich freute mich über diese überraschend gute Nachricht.

Weiter ging es mit dem nächsten Punkt.

»Was hat es denn mit dem Gemischte-Dämonen-Korps auf sich?«

Es sollte aus insgesamt dreißigtausend Mann bestehen. Wurden sie etwa aus dem Jura-Wald rekrutiert?

»Dieses Korps besteht hauptsächlich aus Dämonen, die Kleiman gedient haben. Gerudo hatte sie als Kriegsgefangene arbeiten lassen, ich habe mir dann die herausgepickt, die kampferprobt waren. Ihre früheren Aufgaben haben High-Orks übernommen, die ihre Arbeiten bereits abgeschlossen hatten und sich langweilten.«

Benimaru hatte sogar daran gedacht, Gerudos Bauprojekte nicht zu gefährden. Und erfahrene Kämpfer boten sich natürlich an, aber ...

»Ich dachte, sie wären nicht kooperativ?«

Der Großteil von Kleimans Untergebenen entsprach dem Rang B, einige erreichten sogar Rang A. Einzeln betrachtet waren sie also ziemlich stark, doch hatten sie ihre Befehle nur aus Angst befolgt und ihr Zusammenspiel hatte stark zu wünschen übriggelassen. Sie bräuchten eine militärische Ausbildung, wofür es meiner Meinung nach aber an Zeit fehlte.

»Dank Gerudo sind es keine egoistischen Raufbolde mehr. Aber auch wenn es noch welche gegeben hätte, hätte ich die Strohköpfe eigenhändig zur Vernunft gebracht.«

Das konnte ich mir gut vorstellen. Mit Benimarus Kräften wäre es sicher ein Kinderspiel gewesen, sie mit Gewalt zu unterwerfen.

»Aber sie müssen sich doch gerade an den neuen Job gewöhnt haben. Ist es nicht etwas gemein, sie zum Kämpfen zu zwingen?«

Ich drückte meine Skepsis aus, wurde jedoch schnell beruhigt.

»Sie haben es von sich aus vorgeschlagen. Sie wollten Euch angeblich beweisen, dass auch sie sich nützlich machen können.«

»Hä?«

Was Benimaru da sagte, kam völlig unerwartet. Diese selbstsüchtigen Dämonen sollten sich freiwillig gemeldet haben?

»Leckeres Essen, gute Kameraden, ein Chef, der ihnen vertraut, und eine Arbeit, die der Mühe wert ist. Ihre Kräfte seien dafür da, um all diese Dinge zu beschützen.«

»Im Ernst …?«

Das waren erfreuliche Nachrichten. Ich war kein Freund einer Wehrpflicht, jeder sollte möglichst selbstbestimmt leben können und Patriotismus sollte niemandem aufgezwungen werden.

Zumal unerfahrene Soldaten im Ernstfall nur einen begrenzten Nutzen hatten. Manchmal mochte eine solche Rekrutierung aus Gründen der Landesverteidigung notwendig sein, aber wenn man Kosten und Nutzen abwägte, wäre es sicherlich häufig besser, sich einfach zu ergeben. Solange die Invasoren keine schrecklichen Verbrechen begingen oder die Bevölkerung des eroberten Landes versklavte, könnten schwere Schäden abgewendet werden. Und auch wenn man als Vasallenstaat möglicherweise große Abgaben zu tragen hatte, konnte man noch auf Rache sinnen.

Aber als Herrscher durfte man auch nicht die Gefühle seines Volks missachten. Ich hatte nicht die Absicht, mich Außenstehenden zu fügen, wenn diese dreiste Forderungen stellen sollten. Meinungsverschiedenheiten ließen sich daher nicht umgehen und möglicherweise ließ sich auch ein Krieg nicht vermeiden. Das Land Tempest unterstand meinem Schutz, aber in erster Linie wollte ich meine Kameraden beschützen, mit denen ich von Anfang an Freud und Leid geteilt hatte. Zur Not könnte ich einfach mit diesen fortziehen und irgendwo ein neues Land gründen, sollten die neuen Bewohner nicht auch selbst bereit sein, für ihre Freiheit zu kämpfen. Für irgendwelche Trittbrettfahrer würde ich mich nicht aufopfern. Falls mein Volk aber Tempest liebte und dieses Land als sein Zuhause betrachtete, dann würde ich alles tun, was in meiner Macht stand, um seinen Wunsch zu erfüllen. Egal, wer der Feind auch sein mochte, ich würde ihn mit aller Kraft vernichten – selbst wenn es sich dabei um den Dämonenkönig Guy handeln sollte. Na ja, Guy wäre etwas heikel geworden, also hoffte ich, dass es nicht so weit kommen würde.

»Ich konnte ihre Motivation spüren und bin mir sicher, dass ihre Gefühle echt sind. Außerdem haben einige Dämonen aus dem Jura-Wald die Gerüchte über den bevorstehenden Krieg gehört und ihre Hilfe angeboten. Das Gemischte-Dämonen-Korps setzt sich aus diesen Dämonen und Kleimans ehemaligen Untertanen zusammen.«

Benimaru fügte noch mit einem bitteren Lächeln hinzu, dass er die Freiwilligen abgelehnt habe, die er für zu schwach befunden hatte. Wunderbar. Unsere Lage sah schon viel besser aus, dachte ich mir glücklich.

Zuletzt sprachen wir über das Freiwilligenkorps. Diese Einheit bestand aus Menschen, die in Tempest oder in den Nachbarländern wohnten. Sollte unser Land im Krieg besiegt werden, würden auch diese Länder fallen, weshalb es viele für besser hielten, uns von Anfang an zu unterstützen. So hatte sich eine größere Gruppe Freiwilliger zusammengefunden, die meisten von ihnen Abenteurer oder Söldner, aber auch einige unserer neuen Einwanderer waren darunter. Hinzu kam eine Vielzahl jener Dummköpfe, die sich immer wieder an unserem Labyrinth versuchten (und jedes Mal unseren Avataren zum Opfer fielen). Insgesamt waren so rund zwanzigtausend Mann zusammengekommen. Wir konnten zwar nicht zu viel von ihnen erwarten, aber das war eine beträchtliche Streitmacht.

»So sieht es auf dem linken Flügel aus. Der einzige Unterschied zwischen dem rechten und dem linken Flügel ist die Loyalität gegenüber Tempest – oder besser gesagt Euch gegenüber, Lord Rimuru.«

»Mir?«

»Die Soldaten des rechten Flügels sind ausnahmslos bereit, ihr Leben für Euch und dieses Land zu opfern. Der linke Flügel hingegen ist ein Sammelsurium verschiedener Leute mit unterschiedlichen Zielen. Okay, einige von ihnen mögen edle Ambitionen haben. Ich hatte jedoch keine Zeit, Vorstellungsgespräche mit jedem Einzelnen zu führen, also habe ich sie auf diese Weise organisiert.«

»Verstehe ...«

Shion und Diablo nickten eifrig bei Benimarus Erklärung und ich war leicht beunruhigt, ob sie Verluste der linken Seite billigend in Kauf nahmen, um womöglich die besten selektieren zu können. Aber das bildete ich mir sicher nur ein.

»Dann bleibt noch die letzte Frage, wen wir zum Kommandanten jedes Korps ernennen.«

Endlich kamen wir zum wichtigsten Thema.

*

Den Anfang bei der Ernennung neuer Kommandanten machten die Westlichen Stationierungsstreitkräfte. Dieses Korps war bei Weitem das größte. Seine Loyalität galt dem Rat der westlichen Länder und seine Mitglieder waren über die ganze Region verstreut.

»Dieser Flügel bestünde aus zweihunderttausend Mann. Ich habe jedoch nicht vor, die hundertfünfzigtausend Stationierungsstreitkräfte zu mobilisieren. Stattdessen will ich sie jeweils dort einsetzen, wo sie stationiert sind«, erklärte Benimaru.

»Verständlich. Theoretisch sind sie die Armee des Rates. Auch wenn wir die Befehlsgewalt über sie haben, besteht keine Notwendigkeit, sie extra hierherzurufen.«

Ohne eine etablierte Befehlskette wäre es eh eine gigantische Aufgabe geworden, Hunderttausende Leute an einem Fleck zu organisieren. Es war klüger, sie in ihren Ländern zu lassen und dafür zu nutzen, mögliche Spione aus dem Östlichen Kaiserreich unschädlich zu machen.

»Da bin ich Eurer Meinung. Mir wäre es möglich, sie zu organisieren, aber lieber würde ich den Status quo beibehalten. Was den Kommandanten betrifft, überlege ich, Testarossa damit zu beauftragen.«

»In Ordnung. Aber wenn ein Krieg ausbricht, muss sie vielleicht nach Tempest zurückkehren. Die Frage ist, ob es ihr und dem Heer in so einem Fall möglich ist, miteinander Kontakt zu halten.«

Mittels magischer Kommunikation, Datenübertragungskristallen und einem Übertragungsnetz aus Magiestahlfäden war bereits ein Kommunikationsnetz zwischen Ländern und größeren Städten errichtet worden. Doch in den abgelegeneren Dörfern und kleineren Städten würde das noch eine Weile dauern. In jeder Einheit gab es zwar Magier, sodass wir sie im Zweifel mittels magischer Kommunikation erreichen könnten, aber …

»Keine Sorge«, beruhigte mich Diablo. »Moss ist in der Lage, selbst mit mehreren Hundert Truppen zurechtzukommen.«

»Ja, das habe ich mir auch von Souei sagen lassen«, ergänzte Benimaru. »Zurzeit hilft ihm Moss dabei, Informationen zu sammeln, aber nebenbei kümmert er sich wohl auch um die Kommunikation mit den Truppen.«

Echt jetzt?! Was für ein praktischer Kerl er doch ist, dieser Moss.

»Sollten wir dann nicht lieber Moss zum Kommandanten ernennen?«, schlug ich vor.

»Nein, das wäre ein harter Schlag für ihn …«

»Und wie. Bei Testarossas Temperament würde das nur übel für ihn enden. Es geht mich zwar nichts an, aber er würde mir schon ein wenig leidtun.«

»Okay … Dann ernennen wir Testarossa vorläufig zum Kommandanten.«

Wenn die beiden schon in Mitleid verfielen, wollte auch ich Moss das nicht antun. Die Westlichen Stationierungsstreitkräfte sollten weiter ihrer Hauptaufgabe nachkommen, der öffentlichen Sicherheit. Nur im Notfall würden wir sie mobilisieren. Testarossa sollte ihre Führung übernehmen, bis wir einen geeigneteren Kandidaten gefunden hätten.

Als Nächstes kamen wir auf das Gemischte Dämonen-Korps. Hier überlegte ich, Benimaru das Kommando zu überlassen.

»Meiner Meinung nach wäre Rigul besser geeignet«, schlug dieser jedoch vor.

Ah, Rigul. Einerseits hatte er Erfahrung darin, den Wachtrupp zu leiten, und erreichte hinsichtlich seiner Stärke sogar Rang A. Andererseits fungierte er als Riguldos Assistent, weshalb ich bezweifelte, dass er genügend Zeit hatte, um als Kommandant zu arbeiten.

Eigentlich hätte ich den Krieg am liebsten nur mit unserem stehenden Heer bewältigt, aber wir kannten die genaue Truppenstärke des Östlichen Kaiserreiches nicht. Unsere Späher hatten zwar noch nicht berichtet, wir konnten aber aufgrund seiner Manöver von zumindest dreihunderttausend Soldaten ausgehen – mit etwas Pech würden es über eine Million sein. Vor diesem Hintergrund konnte wir es uns nicht leisten, das Gemischte-Dämonen-Korps in Reserve zu halten. Ich war zwar Rigul als Kommandanten nicht gänzlich abgeneigt, aber es wäre zu gefährlich gewesen, eine unorganisierte Truppe ohne Ausbildung in die Schlacht zu schicken.

»Hmm. Nein, ich überlasse es lieber dir, Benimaru. Geben wir dem Gemischte-Dämonen-Korps von jetzt an den Namen Rote-Nummern-Korps. Wähl bitte einige Mitglieder der Kurenai aus, damit sie jeweils Truppen zu eintausend Soldaten anführen. Das wird unser Viertes Korps werden und du, Benimaru, wirst als Kommandant das direkte Kommando übernehmen.«

Rote Nummern, weil Rot Gefahr signalisiert ... Hä hä. Lange her, dass ich so einen Kalauer gebracht habe, oder?

<...>

Jaja. Ich behalte den Witz für mich. Ich will meine Leute ja nicht in betretenes Schweigen versetzen.

Obwohl ich dumme Witze in meinem Kopf machte, wahrte ich meine ernste Miene. Zum Glück hatte es niemand bemerkt.

»Jawohl. Wenn das so ist, könnt Ihr Euch auf mich verlassen.«

Benimaru hatte scheinbar bereits damit gerechnet und stimmte mir ohne eine Spur Überraschung zu. Da er über den Unique-Skill »Generalissimo« verfügte, konnte er die mangelnde

Ausbildung der Einheit ohne Weiteres kompensieren. Er war die perfekte Person, um mit einem so zusammengewürfelten Haufen umzugehen. Somit hatte Benimaru nicht nur das Kommando über das gesamte Heer, sondern auch das direkte Befehlsrecht über das Rote-Nummern-Korps inne.

Blieb nur noch das Freiwilligenkorps.

»Was machen wir damit?«, fragte ich.

»Genau das ist das Problem«, antwortete Benimaru mit gerunzelter Stirn.

Offenbar machte sich Benimaru Sorgen, dass die Ernennung eines Dämons zum Kommandanten von Menschen unnötigen Missmut auslösen könnte.

»Stimmt. Wenn sich Gerüchte verbreiten, dass Menschen in einem Dämonenstaat eine Karriere versagt wird, wird das unseren Ruf schädigen.«

»Nur Versager machen sich solche dummen Gedanken. Die werden aber ohnehin keinen großen Erfolg im Leben haben, entsprechend brauchen wir uns nicht um sie zu scheren!«

»Nein, Shion. Ich meine, du hast schon recht. Aber Leute, die uns nicht gut kennen, könnten die Gerüchte für wahr halten.«

»Aha. Menschen sind schwierige Wesen.«

Shion blieb skeptisch, aber unsere Imagestrategie war ein wichtiger Aspekt. Niemand sollte uns vorwerfen, dass wir andere Arten diskriminierten.

»Aber gibt es denn einen geeigneten Kandidaten?«, fragte Diablo und traf den Nagel, der Benimaru Kopfzerbrechen verursachte, auf den Kopf.

»Nicht wirklich«, gab ich zu. »Mit diesem Freiwilligenkorps hatte ich ehrlich gesagt gar nicht gerechnet.«

»Dennoch wäre es eine Verschwendung, es nicht zu nutzen.«

So war es. Ich schätzte die Motivation der Freiwilligen, aber sie bräuchten einen geeigneten Kommandanten, um auch von Nutzen zu sein. Wahrscheinlich waren sie noch chaotischer unterwegs als das Rote-Nummern-Korps. Mir kam nur wieder Benimaru in den Sinn, der sie hätte anführen können. Also, was tun?

»Was ist mit Girard? Er arbeitet doch jetzt für Souei.«

»Geht nicht. Wir haben ihn im Rahmen eines geheimen Abkommens mit dem Königreich Inglasia bei uns aufgenommen. Und ich bezweifle, dass er in der Öffentlichkeit gesehen werden möchte.«

Ich wusste nicht, was für einen Deal genau Testarossa mit ihm geschlossen hatte. Aber ich hielt den Vorschlag allgemein für keine gute Idee. Girard wurde von vielen als Verräter der Menschheit angesehen und galt als verstorben. Nicht dass ich ihn in Schutz nehmen wollte, aber ich wollte ihn nicht zwingen, sich zu erkennen zu geben.

»Hinsichtlich seiner Kompetenzen hätte ich keine Bedenken. Aber stimmt, er ist keine realistische Option …«

Benimaru hatte ihn wohl nur versuchsweise vorgeschlagen. Schnell fand er sich damit ab und machte sich Gedanken über andere Kandidaten. Einige Namen fielen, doch keiner erschien uns geeignet.

»Wie wäre es, die Heiligen Ritter um Hilfe zu bitten?«, schlug Shion plötzlich vor.

Benimaru und ich tauschten Blicke aus und starrten sie anschließend an.

»Sch… Schon gut. Es geht nicht, nicht wahr?«

»Doch, vielleicht schon …«, begann ich zu sprechen, aber Shion unterbrach mich.

»Wie wäre es dann mit Masayuki?«

Masayuki?

Als ich seinen Namen hörte, war mir, als wäre ich vom Blitz getroffen worden.

»Das ist es!«

»Gute Idee, Shion!«

Benimaru und ich brachen gleichzeitig in Jubel aus. In dem Moment stand für uns fest, dass Masayuki der Kommandant des Freiwilligenkorps werden sollte.

*

»Wieso ich …?«

Als ich Masayuki die Neuigkeit mitteilte, schien er wenig erfreut und ließ den Kopf in die Hände sinken. Aber nun ja, ein Krieg kam auf uns zu, da zählte seine Meinung nicht. Ich weiß, eben hatte ich andere Ideale formuliert, aber Masayuki war da eine Ausnahme. Es würde einfach alles besser laufen, wenn er die Arbeit machte.

»Mittlerweile habe ich meinen Unique-Skill ›Auserwählter Heldenweg‹ besser unter Kontrolle. Ich werde nicht mehr für alles gelobt, was ich tue. Dafür kann ich ihn aber nicht immer

aktivieren, wenn ich es gerne täte. Also erwarten Sie bitte nicht zu viel von mir. «

Mir war klar, dass er mir Lügen auftischte, um sich zu drücken. Schließlich hatte seine Popularität kein bisschen nachgelassen. Er war so einflussreich wie eh und je.

»Willst du Kenya und den anderen nicht zeigen, wie cool du bist?«

»Urgh, das ...«

Wenn er nachgab, wollte ich für mich behalten, dass er den Kindern fragwürdige Dinge beibrachte, um ihren Respekt zu gewinnen.

»Keine Sorge. Du kannst es schaffen!«

»Aber ...«

»Kein Aber. Bei deinem Kampf gegen Gozuru habe ich dir doch geholfen, oder?«

Masayuki und sein Team hatten bereits die fünfzigste Ebene des Labyrinths geschafft. Ich hatte ihnen heimlich geholfen, indem ich mit meinem Avatar im Vorfeld Gozuru, den Wächter dieser Ebene, geschwächt hatte.

»Vielen Dank nochmals für Ihre Hilfe ...«

»Also habe ich etwas gut bei dir, nicht wahr?«

»Ja.«

Nachdem ich ihn beruhigt und ein wenig erpresst hatte, willigte er schließlich ein.

»In Ordnung. Ich stehe in Ihrer Schuld, Herr Rimuru. Und in Zeiten wie diesen möchte ich mich gerne bei Ihnen revanchieren ...«

Unter den Freiwilligen selbst wurde die Ernennung von Masayuki euphorisch aufgenommen und aus ihren Reihen rief man „Hurra!“ und „Der Sieg ist unser!“ Da konnte Masayuki noch so mürrisch schauen, er konnte keinen Rückzieher mehr machen.

»Schon wieder ...«, seufzte er betrübt.

Hatte er nicht gemeint, er beherrschte seinen Unique-Skill mittlerweile besser? Wie vermutet hatte er da wohl geflunkert. Oder hatte das gar nichts mit seinem Skill zu tun und er war einfach ein geborener Glückspilz? Dann wäre er wirklich das genaue Gegenteil von Leon gewesen, bei dem alles schlecht ankam, was er tat – und das wohl auch schon zu seiner Zeit als Heroe.

»Ach, komm schon. Es tut mir ja leid, dass wir diese Entscheidung ohne dich getroffen haben. Aber mach den Leuten bitte Mut!«, versuchte ich ihn zu trösten.

Und so war Masayuki offiziell zum Kommandanten des Freiwilligenkorps ernannt worden.

*

In dem nun überarbeiteten Organisationsdiagramm hatte der rechte Flügel zweiundfünfzigtausend, der linke Flügel fünfzigtausend Soldaten. Benimarus Name stand ganz oben, darunter die Namen der Korpskommandanten. Es blieb ungewiss, ob diese Truppenstärke der Armee des Kaiserreichs die Stirn würde bieten können, aber es bestand kein Grund zur Panik. Unsere Vorbereitungen schritten gut voran.

Als Reservetruppe standen die hundertfünfzigtausend Soldaten der Westlichen Stationierungsstreitkräfte bereit. Zudem trafen die westlichen Länder Vorbereitungen, ihre Ritter entsenden zu können. Dieses Heer würde wahrscheinlich nicht weniger als zweihunderttausend Mann umfassen und stand als letzte Verteidigungslinie des Westens zur Verfügung. Mir kam zu Ohren, dass nach einer kleinen Drohgebärde von Testarossa im Rat die Länder durchaus kooperativ geworden waren und noch mal Söldner und Hilfsgüter zusammengekratzt hatten. Aber vielleicht hätte es das gar nicht gebraucht, immerhin würden sie das nächste Ziel des Kaiserreichs werden, sollten wir eine Niederlage einfahren.

Zumindest sprach der geografische Vorteil für unseren Sieg. Zudem stand Veldora auf unserer Seite und die Dämonenkönige Luminas und Leon hatten mir Unterstützung versprochen. Ebenso hatte mir Millim ihr Wort gegeben und Callion uns zugesagt, jederzeit seinen Kriegerorden der Bestienmenschen zu entsenden.

Und als meinen persönlichen Trumpf hatte ich noch die Black Numbers in der Hinterhand, das Schwarze-Nummern-Korps bestehend aus bösen Geistern, die nur Befehle von Diablo, Testarossa und Carrera entgegennahmen und die wir gänzlich geheim gehalten hatten. Entsprechend tauchten sie in Benimarus Organigramm nicht auf.

Das waren also alle Truppen, die wir zur Verfügung hatten. Was Yuki treiben würde, mussten wir natürlich unberücksichtigt lassen.

»Es beginnt also ein Krieg«, murmelte ich leise in meinem Zimmer.

Wollte das Östliche Kaiserreich wirklich die westlichen Länder annektieren? Guy hatte das Wort »Spiel« erwähnt. Vielleicht verfolgte das Kaiserreich auch geheime Absichten. Aber selbst wenn dem so wäre ...

»Ich werde jeden zugrunde richten, der es wagt, unser Paradies anzugreifen.«

Diese Worte kamen aus meinem tiefsten Herzen. Ich war entschlossen, nicht den gleichen Fehler zu begehen. Ich war ein Dämonenkönig. Ich konnte es mir nicht leisten, meine Prioritäten falsch zu setzen.

Währenddessen schritten auch im Östlichen Kaiserreich, genau wie in Tempest, die Kriegsvorbereitungen voran. Nein, das war nicht ganz korrekt. Tatsächlich investierte das Kaiserreich so viel Zeit und Mühe, dass man die beiden Länder nicht im Ansatz vergleichen konnte. Der Osten hatte lange, wirklich lange Zeit akribisch geplant, um in die Offensive zu gehen. Schon bald würde das Kaiserreich aus seinem Dornröschenschlaf erwachen. Es blieben nur noch wenige Tage bis zu seinem verheerenden Angriff.

Zwischenkapitel

Interne Angelegenheiten des Imperiums

Meine Wiedergeburt als SCHLEIM in einer anderen Welt

Das Östliche Kaiserreich gehörte zu den ältesten Staaten der Welt. Sein offizieller Name lautete Vereinigtes Östliches Imperium Nasca Namrium Ulmeria und es blickte auf eine lange Geschichte zurück. Der Vorläufer des Reiches, das Königreich Nasca, sollte bereits vor zweitausend Jahren bestanden haben und hatte, damals noch ein kleines Reich, über die Jahre hinweg die Großmächte des Magischen Königreichs Namrius und den Östlichen Bund Ulmeria annektiert. Kaiser Ludra Nam Ul Nasca herrschte fast zweitausend Jahre absolut über das Reich, baute dabei eine beeindruckende militärische Macht auf und duldete in den Vasallenstaaten nicht den kleinsten rebellischen Akt. Auch der heutige Kaiser galt als hegemonischer Herrscher und stammte aus der Blutlinie des ersten Kaisers, dessen Namen »Ludra« er geerbt hatte. Es hieß, dass in seinem Reich allein das Leistungsprinzip galt und daher im Militär sein Credo den Ton angab: „Stärke allein zählt!" Nicht Herkunft, sondern die Befähigungen entschieden darüber, wie man dort die Karriereleiter emporklettern konnte.

Unter den Bewohnern des Imperiums hielt sich das Gerücht, dass man nur aus einem Grund noch keine Invasion in den Jura-Wald gestartet hatte: weil die Vorbereitungen noch nicht abgeschlossen waren. Vor etwa dreihundertfünfzig Jahren war der Versuch gescheitert, den Sturmdrachen Veldora zu bezwingen – mit der Folge, dass dabei eine Stadt mitsamt aller Menschen, die darin lebten und den Zorn des launischen Drachen auf sich gezogen hatten, völlig zerstört worden war. Sie war damals mit über hunderttausend Einwohnern die größte Festungsstadt des Kaiserreichs gewesen und war hundert Jahre zuvor östlich des Jura-Waldes als Brückenkopf errichtet worden. Das Volk hatte bereitwillig die territorialen Interessen seines Kaisers unterstützt und die Vorbereitungen sowie die Ausbildung der Truppen waren reibungslos verlaufen, als der Kaiser den Befehl zum Angriff gegeben hatte. Doch all die langen Vorbereitungen waren durch den törichten Einfall eines einzelnen Truppenführers zunichtegemacht worden:

»Lasst uns den Herrscher des Jura-Waldes unterwerfen! Er ist sowieso nur eine riesige Eidechse. Er hat keine Chance gegen uns.«

Diese wahnwitzige Idee hatte die Armee dem Untergang geweiht. Was der Truppenführer genau getan hatte, war nicht überliefert worden, denn sowohl die Schreiber als auch ihre Chroniken waren den Flammen zum Opfer gefallen. So waren der Traum des Imperiums und die Ambitionen des Kaisers fürs Erste zerschlagen worden.

Dreihundert Jahre waren seitdem vergangen. Das Land hatte sich von den Wunden, die Veldora geschlagen hatte, längst erholt und der Kaiser hatte geduldig auf seine Chance gewartet, seine Macht erneut geltend zu machen.

Werfen wir an dieser Stelle einen Blick auf die politische Struktur des Kaiserreichs. Sie war in einen politischen und einen militärischen Apparat gegliedert, wobei der Kaiser über beide das Sagen hatte.

Politisch genoss das Oberhaus die größte Autorität. Es setzte sich aus den Adligen des Reiches zusammen, gewählte Abgeordnete gab es nicht. Aber in Wahrheit hatten sie keinerlei

Entscheidungsbefugnis und blieben ganz dem Willen des Kaisers verpflichtet. Entsprechend hätten sie ohnehin keine Veränderungen durchsetzen können. Das gesamte Reichsgebiet, inklusive der Vasallenstaaten, gehörte dem Kaiser, der es den Adligen zur vorübergehenden Bewirtschaftung verpachtete. Zur Verwaltung wurden ihnen ausgebildete Beamte zur Seite gestellt.

Auch über das Militär hatte der Kaiser die absolute Befehlsgewalt. Selbst die Verteidigungstruppen in entlegenen Regionen waren ihm vollständig unterstellt.

Den Ländern, die das Kaiserreich zu annektieren gedachte, wurde stets die Kapitulation angeboten, sie mussten aber dafür alle Rechte abgeben. Verweigerten sie sich diesen Bedingungen, ging das Imperium mit äußerster Härte gegen sie vor und richtete ein Blutbad an. Das Kaiserreich gebrauchte die Strategie von Zuckerbrot und Peitsche: Zum einen drohte es mit seiner überwältigenden militärischen Kraft, zum anderen versprach es aber auch Wohlstand und Frieden, wenn man sich ihm beugte. So wurde jede Rebellion im Keim erstickt.

Normalerweise konnte ein Reich dieser Größenordnung nicht von einer einzigen Person regiert werden. Trotzdem war die Vormachtstellung des Kaisers während seiner zweitausendjährigen Geschichte nie erschüttert worden. Über Generationen war seine Autorität nie verblasst. Das war außergewöhnlich, wenn nicht gar seltsam. Wenn das alles wirklich das Werk des Kaisers gewesen war, dann musste er übermenschliche Fähigkeiten besessen haben.

Das kaiserliche Militär war in drei große Armeekorps unterteilt:

Das Panzerkorps – eine Armee, die hauptsächlich aus Maschinensoldaten bestand. Es verfügte über eine moderne Ausstattung, wie unter anderem Panzer, und symbolisierte die Technologie des Imperiums.

Das Biesterkorps – eine Armee, die sich die Kraft von magischen Biestern zunutze machte. Die Biester wurden in verschiedenen Regionen der Welt gefangen. Die zugehörigen Soldaten symbolisierten die Stärke des Imperiums.

Das Gemischte Korps – ein Sammelsurium aus normwidrigen Maschinensoldaten und wilden magischen Biestern. Man sagte, dieses Korps wäre zu eigenwillig und für organisierte Gruppenaktionen ungeeignet. Doch seine Stärke war unbekannt und würde, wenn die Soldaten ihre Kräfte vereinten, eine enorme Gefahr darstellen können. Das Gemischte Korps symbolisierte das Herz des Imperiums. Allerdings war dieses Herz noch jung und unerfahren.

Im Gegensatz zu den westlichen Ländern, deren Stärke hauptsächlich im Schwertkampf und in der Magie lag, versuchte das Kaiserreich, mit Hilfe von Magie und Wissenschaft eine neue Ära einzuleiten. Beim Ausbau seiner militärischen Stärke spielten Menschen aus einer anderen Welt eine wichtige Rolle. Denn es gab einen Mann, der das Potenzial entdeckt hatte, das in dem Wissen aus einer anderen Welt verborgen war: ein großer Magier namens Gadora, der seit alters her im Palast lebte. Trotz seines betagten Aussehens war er ein energischer Mann. Er interessierte sich für Wissen aller Art, nicht nur für Magie. Auch lauschte er gerne den Geschichten, die ihm die Menschen aus einer anderen

Welt erzählten. Auf diese Weise erfuhr er, dass es dort ebenfalls verschiedene Nationen gab. Und dass die Bewohner im Gegensatz zu denen in ihrer Welt zwar unterschiedliche Sprachen sprachen und Ideologien vertraten, aber trotzdem in der Lage waren, ihre Unterschiede zu überwinden und gemeinschaftlich zu leben. Er lernte ebenfalls, dass dort keine Magie existierte und die Zivilisationen auf völlig andere Weise entwickelt waren als in der Welt, in der er lebte.

Gadora war bereits seit langer Zeit am Leben. Denn jedes Mal, wenn die Flamme seines Lebens zu erlöschen drohte, hatte er auf seine eigens entwickelte geheime Fähigkeit »Seelenwanderung« zurückgegriffen, um sich stets aufs Neue wiederzubeleben. So war es ihm möglich gewesen, über eine lange Zeitspanne hinweg die Menschen aus einer anderen Welt zu beobachten. Er hatte ein beträchtliches Wissen gesammelt und beherrschte mehrere der Sprachen, die in einer anderen Welt gesprochen wurden. Jedes Mal, wenn neue Menschen ankamen, gewährte er ihnen Schutz. So waren magische Biester nicht die einzigen Wesen, die das Kaiserreich aus der gesamten Welt versammelte. Gadora hatte dem Kaiser auch dargelegt, dass die Menschen aus einer anderen Welt nützlich seien, woraufhin er die Erlaubnis erhalten hatte, nach Belieben mit ihnen zu verfahren. Einige dieser Menschen verfügten über ungewöhnliche Fähigkeiten, einige über enormes Wissen. Im Kaiserreich erhielten sie eine bevorzugte Behandlung, weshalb sie sich dort in deutlich größerer Anzahl als in anderen Ländern aufhielten. Und so wurde das Kaiserreich auch stärker von deren Kulturen und Traditionen geprägt. Es versteht sich von selbst, dass viele von ihnen über Unique-Skills verfügten, die näher erforscht wurden. Dank ihnen hatte sich die Technologie der kaiserlichen Armee so weit entwickelt, dass sie wahrscheinlich alle anderen Länder dieser Welt übertraf.

Im Imperium galt der Beruf eines Ritters als ausgestorben. Der Kampf zu Pferd war längst obsolet, wohingegen nun mit modernen Waffen gekämpft wurde. Soldaten, die ihren Körper mechanisiert hatten, wurden »Maschinenritter« genannt und spielten in der Kriegsmacht des Imperiums eine zentrale Rolle. So war das Panzerkorps die Hauptstreitmacht des Imperiums. Darüber hinaus nutzte auch das Biesterkorps das Wissen aus einer anderen Welt. DNA, auch als Desoxyribonukleinsäure bekannt, war ein Makromolekül, das die genetischen Informationen biologischer Wesen enthielt. Mittels solchen Wissens war es dem Kaiserreich gelungen, die Stärke der magischen Biester zu analysieren. Und sie gingen in ihrer Forschung sogar noch einen Schritt weiter ... Im Gemischten Korps befanden sich zahlreiche Menschen aus einer anderen Welt. Jeder von ihnen besaß Unique-Skills, weshalb ihre Streitmacht nicht zu unterschätzen war.

Auf diese Weise hatte das Kaiserreich durch geschickte Kombination von fremder Technologie und besonderen Fähigkeiten eine unglaublich starke Armee geschaffen. Es wäre nicht übertrieben zu behaupten, der Fortschritt des kaiserlichen Heeres wäre Gadoras Leidenschaft zuzuschreiben.

Abgesehen von den drei Armeekorps, die Gadora aufgebaut hatte, gab es noch eine weitere Gruppe, die für den Schutz des Kaisers verantwortlich war. Diese Truppe, die nur aus hundert

Mann bestand, bezeichnete man als den Kaiserlichen Ritterorden. Da der Beruf des Ritters ausgestorben war, hätten Ahnungslose denken können, dass sie nur ein Relikt alter Zeit und damit eine Tradition wären. Doch die Mitglieder des Kaiserlichen Ritterordens waren ausnahmslos Elitesoldaten, die aus den einzelnen Korps ausgewählt wurden. Unter ihnen befanden sich auch Menschen aus einer anderen Welt. Das bewies, dass das Imperium niemanden nach seiner Herkunft diskriminierte und sich an das genannte Credo hielt: Stärke allein zählt! Diese Kämpfer hatten ihre Positionen nicht durch ihr Blut oder ihren Einfluss erworben, sondern allein aufgrund eigener Verdienste. Und als Anerkennung ihrer Stärke erhielt der Kaiserliche Ritterorden Waffen und Rüstungen, die Legend-Items entsprachen. Es waren auserlesene Elitesoldaten mit der besten Ausrüstung, die man sich wünschen konnte – diese Kombination machte die Ritter allen anderen Korps überlegen. Ihnen wurde auch der höchste Status des Landes garantiert. Bei Sondermissionen, wenn noch andere Armeeteile involviert waren, nahmen sie den Rang hochrangiger Offiziere ein. Der Kaiserliche Ritterorden stellte damit die mächtigste Streitmacht des Imperiums dar und wurde von allen Soldaten bewundert.

So gab es also vier Armeekorps. Um einem von diesen als Kommandant vorzustehen, musste man beweisen, dass man zu den stärksten Kämpfern des Imperiums gehörte. Das geschah durch Rangkämpfe innerhalb des Militärs. Dabei konnten Rangniedere jederzeit ihre Vorgesetzten herausfordern und so die Machtverhältnisse umkehren. Infolgedessen veränderte sich die Rangfolge des kaiserlichen Militärs ständig. Natürlich mussten mehrere Bedingungen erfüllt sein, damit diese Rangkämpfe genehmigt wurden. So waren sie während Militäroperationen verboten und wurden für ungültig erklärt, wenn keine Zeugen anwesend waren. Darüber hinaus musste der Herausforderer im Falle einer Niederlage ein Jahr warten, bevor er das Recht erhielt, ein weiteres Mal anzutreten. Ebenfalls ein Jahr warten musste er, wenn er den Herausgeforderten ums Leben brachte. Ranghöhere durften ihre Herausforderer allerdings sehr wohl töten, weshalb Herausforderungen nur selten unbedacht ausgesprochen wurden. Es ging also darum, den Gegner durch überwältigende Stärke in die Knie zu zwingen – ein System, das der Ideologie des Imperiums sehr entsprach. Die Soldaten hatten sie so sehr verinnerlicht, dass trotz allem viele danach strebten, ihr Können unter Beweis zu stellen und in der Rangfolge aufzusteigen. So blieb kein Talent im Dunkeln.

Anhand dieses Systems selektierte das Kaiserreich einen Marschall, den ranghöchsten Offizier, sowie drei Generäle. Zum Marschall wurde automatisch der Ranghöchste ernannt. Die Generäle wurden von dem Kaiser, dem Marschall und Gadora aus den hundert Stärksten auserwählt, da reine Stärke nicht ausreichte, um eine Armee anzuführen.

Der Marschall und die drei Generäle standen an der Spitze der Armee und repräsentierten das Kaiserreich in der Öffentlichkeit. Sie erhielten eine Ausrüstung, die ihrer Position angemessen war. Da der Kaiserliche Ritterorden bereits Legend-Items erhielt, waren die Waffen dieser vier sogar noch wertvoller. Es handelte sich um geheime Schätze des Imperiums, die stärksten Items überhaupt, die bereits viele Länder unterworfen hatten: God-Items. Es hieß, nur solche, die das Item anerkannte, wären in der Lage, eines zu führen und nur dann würde es seine wahre Kraft entfalten. Dass das Imperium mehrere solche Items und dazu die passenden Leute besaß, hatte es bisher so unbesiegbar gemacht.

Doch eines Tages geschah etwas Unerwartetes: Zum ersten Mal seit mehreren Jahrzehnten trat ein neues Gesicht an die Stelle eines alten Korpskommandanten. Diesem Kommandanten gelang es, eine eiserne Ordnung in das zuvor chaotische Gemischte Korps zu bringen. In einem beispiellosen Tempo und ohne eine einzige Niederlage zu verzeichnen, hatte dieser junge Mann in weniger als einem Jahr nach seinem Eintritt unzählige erfahrene Krieger besiegt und die Spitze der kaiserlichen Armee erklommen. Der Name dieses jungen Mannes war Yuki Kagurazaka. Sein Aufstieg war es, der unsere Geschichte ins Rollen brachte.

Grobe Skizzen

3. Kapitel

Besucher aus dem Kaiserreich

Meine Wiedergeburt als SCHLEIM in einer anderen Welt

In einem luxuriösen Zimmer standen drei Personen nebeneinander. Die Nervosität stand ihnen ins Gesicht geschrieben. Denn sie warteten auf die Rückkehr des Herrn dieses Raumes. Dabei handelte es sich um den Mann, der im Handumdrehen zum Korpskommandanten des Kaiserreichs aufgestiegen war – Yuki. Das hatte diese drei allerdings wenig überrascht, schließlich war Yuki ihr Anführer, der Kopf des Geheimbundes Kerberos, dem sie angehörten.

»Hallo! Sorry, dass ihr warten musstet! Ihr hättet euch gerne schon setzen dürfen«, begrüßte Yuki die drei, als er den Raum betrat. Er war in Begleitung von Kagari, die ihm wie eine echte Sekretärin folgte.

»Aber nicht doch. Meister Yuki, wir sind Eure treuen Untertanen. Macht Euch bitte keine Sorgen um uns«, antwortete einer von ihnen, ein hohes Führungsmitglied der Kerberos – Damrada, der für das Geld stand und ein zwielichtiger und unberechenbarer Mann war. Neben ihm stand Misha, die das Weibliche repräsentierte. Sie war eine attraktive und mysteriöse Schönheit, die gleichzeitig etwas von einem jungen Mädchen hatte. Der dritte von ihnen war Vega und symbolisierte die Kraft. Sein Körper war muskulös und geschmeidig wie der eines wilden Biests. Dazu strahlte er eine Aura aus, als könnte er mit Blicken töten.

Diese drei waren die Ranghöchsten der Kerberos. Sie verbeugten sich vor Yuki, bevor sie Platz nahmen.

»Herzlichen Glückwunsch zum Amt des Korpskommandanten.«

»Es überrascht mich nicht, dass Ihr es so weit gebracht habt. Schließlich ist es Euch gelungen, niemand Geringerem als dem Dämonenkönig Guy zu entkommen.«

»Hmpf. Auch ich hätte das Korps problemlos an mich reißen können, wenn Ihr mir die Sache nur anvertraut hättet.«

Während Damrada und Misha gratulierten, schien Vega unzufrieden damit zu sein. Doch Yuki nahm es sich nicht zu Herzen.

Stimmt. Du hättest keine Probleme damit, einer der hundert Stärksten zu werden. Aber du wärst nie Kommandant geworden, weil du keine Truppe führen könntest, lachte Yuki in sich hinein.

»Jedenfalls hat es mir echt geholfen, dass du mich an Gadora vermittelt hast, Damrada.«

»Es ist des Lobs nicht würdig«, antwortete Damrada lächelnd. »Wir verdanken alles Eurer Weitsicht, ich habe Gadora die Menschen aus einer anderen Welt lediglich vorgestellt, die Ihr mir genannt habt.«

»Ha ha ha, du bist zu streng mit dir selbst. Wieso freust du dich nicht einfach über das Kompliment?«

»Nein, das kommt nicht infrage. Ich würde nur in Probleme geraten, wenn Ihr zu hohe Erwartungen an mich habt.«

»Ha ha, das ist ein guter Witz.«

Yuki und Damrada tauschten Blicke aus und grinsten einander an. Weil beide auf die Fähigkeiten des anderen vertrauten, reichte ihnen eine solche kleine Geste, um sich zu verständigen.

Nun kam Yuki auf den Grund ihres Treffens zu sprechen:

»Kagari, erzähle uns bitte, was der Dämonenkönig Rimuru in letzter Zeit so treibt.«

»Jawohl. Derzeit ist Dämonenkönig Rimuru dabei ...«

Kagari begann auf Yukis Befehl hin, mit klarer Stimme einen kurzen, aber bündigen Bericht zu erstatten. Ihre Informationen stammten von Mitgliedern der Gilde, Yukis Handlangern, die ihr Heil nicht in der Flucht gesucht hatten. Kagari berichtete, dass die westlichen Länder nun vollständig unter Rimurus Kontrolle seien. Dass sie darüber hinaus für eine Invasion des Imperiums gewappnet seien und eine Armee von furchterregender Größe ausgehoben hätten. Zudem erwähnte sie, dass in der Hauptstadt von Tempest bisweilen Unglaubliches geschah.

»Ah. Sie haben also die Stadt am Ameld-Strom zu ihrer militärischen Basis gemacht. Aber gut, eine andere Wahl hatten sie auch nicht, wenn sie vor ihrem Land eine Verteidigungslinie ziehen wollen.«

»Richtig. Dort sollen sich bereits zwanzigtausend Soldaten befinden. Scheinbar verwenden sie einen sogenannten Magiezug, um Güter zu transportieren. Es heißt, sie hätten genügend Vorräte für einen Stellungskrieg.«

»Beeindruckend. Dann wird das Kaiserreich nicht ohne Weiteres gewinnen können.«

»So ist es. Tempest hat Nahrungsmittel aus dem Königreich Farmenace importiert, mit denen man über eine Million Mann versorgen könnte. Die Macht des Dämonenkönigs Rimuru ist im letzten Jahr erheblich gewachsen. Vermutlich könnte sein Land allein einen Krieg gegen das Imperium führen. Aber er hat zudem auch die Kontrolle im Rat errungen. Sollte er die westlichen Armeen hinter sich versammeln können, würde er über eine stattliche Streitmacht verfügen.«

»Meinst du? Da habe ich meine Zweifel. Herr Rimuru mag den grausamen Herrscher spielen, aber er ist ein gutmütiger Kerl. Würde er sich mit einer so großen Armee dem Kaiserreich entgegenstellen, würden auch die Verluste entsprechend hoch sein. Ich vermute daher eher, dass er versuchen wird, das Imperium allein mit den Elitetruppen seines Reiches zurückzudrängen.«

»Unmöglich ...«

»So einen törichten Zug würde ein Dämonenkönig kaum wagen ...«

Sowohl Kagari als auch Damrada zeigten sich skeptisch, aber Yuki blieb bei seiner Ansicht.

Herr Rimuru ist echt naiv. Gleichzeitig ist er aber auch stark. Irgendwie habe ich das Gefühl, dass er sein Ziel irgendwie erreichen wird ...

Dieser Gedanke schoss Yuki durch den Kopf, doch er beschloss, ihn nicht zu äußern. Stattdessen bat er Kagari fortzufahren.

»In der Hauptstadt Rimuru sind über fünfzigtausend Soldaten stationiert. Auch aus dem ehemaligen Jurasania trifft nach und nach Verstärkung ein. Insgesamt wird Tempest voraussichtlich ein Heer von über hunderttausend Mann versammeln.«

»Nicht schlecht, aber das Imperium hat noch immer die Oberhand.«

»In der Tat. Die kaiserliche Armee besteht aus mehr als einer Millionen Soldaten. Dazu kommt, dass selbst die niederrangigen

Soldaten mechanische Veränderungen an ihren Körpern durchlaufen haben. Ihre Stärke ist mindestens Rang C zuzuordnen. Nicht zu vergessen diese merkwürdigen Items, mit denen sie bewaffnet sind. Ehrlich gesagt glaube ich nicht, dass der Dämonenkönig Rimuru eine Chance hat.«

Das war Kagaris unverstellte Einschätzung. Sie wollte nicht bestreiten, dass ein Heer von hunderttausend Mann beeindruckend war. Allerdings stellte die kaiserliche Armee alles in den Schatten. Selbst der Verteidigungsmechanismus der Stadt, die Kagari errichtet hatte, als sie noch der Dämonenkönig Kazalim war, wäre der zahlenmäßigen Überlegenheit des Imperiums ausgeliefert gewesen.

»Ich werde deine Meinung im Hinterkopf behalten. Fahr bitte mit deinem Bericht fort«, wies Yuki sie an.

»Nun, dann komme ich als Nächstes auf die Technologie seines Landes zu sprechen.«

Kagari berichtete, wie in Tempest immer wieder neue, aufsehenerregende Produkte auf den Markt kamen, seien es Werkzeuge, die das Leben vereinfachten, oder mächtige Waffen. Viele Kaufleute hätten gerne einen Exklusivvertrag mit den Herstellern geschlossen, nur war der Ursprung dieser Produkte unbekannt.

»Wie auch der eben erwähnte Magiezug. Dieses Land scheint ähnliche Wellen technologischer Innovationen zu erleben wie das Kaiserreich. Leider verhindern sie sehr effektiv, dass Informationen nach außen dringen. Wir wissen daher nicht, woher diese Ideen stammen.«

Kagari wäre dem nur zu gern vor Ort nachgegangen. Aber sie durfte das Risiko nicht eingehen. Würde Rimuru Verdacht schöpfen, wäre alles vorbei.

Plötzlich kam ihr etwas in den Sinn.

»Wo ich gerade davon spreche. Es wäre gut möglich, dass sie in der Zwischenzeit neue Waffen hergestellt haben. Wir sollten ihre Stärke nicht nur anhand der Zahl ihrer Soldaten festmachen.«

Yuki grinste, als er ihren Einwand hörte.

»Du hast es erfasst. Ich war schockiert, als ich gesehen habe, dass das Imperium Panzer entwickelt hat. Aber Herr Rimuru verfügt über einen Magiezug. Der technologische Fortschritt ist nicht allein dem Osten vorbehalten. Wir sollten nicht erwarten, in dieser Hinsicht im Vorteil zu sein.«

Angesichts der wundersamen Technik des Kaiserreiches wären viele Staaten in Panik vor dem Unbekannten geraten. Hätte es dort Menschen aus einer anderen Welt gegeben, die diese Technik kannten, wäre die Wirkung nur umso größer, da diese sofort den Kräfteunterschied erkennen würden. Doch Rimuru verfügte nicht nur über die Erinnerungen seines alten Lebens, sondern offensichtlich auch über die Mittel, sie in dieser Welt zu reproduzieren. Er könnte alle möglichen Waffen ersinnen, womit die vermeintliche Überlegenheit des Kaiserreichs dahin wäre. Sollten sich die kaiserlichen Soldaten bereits zu sehr an ihren Vorteil gewöhnt haben, könnte sie eine solche Konfrontation völlig aus dem Konzept bringen. Yuki hielt einen Sieg von Rimurus Seite für alles andere als ausgeschlossen.

»Lächerlich!«, rief Vega voller Selbstvertrauen. »Lasst sie uns zugrunde richten! Vernichten wir alles und jeden von ihnen! Dann sind wir alle Probleme los!«

Yuki musste unwillkürlich seufzen, als Vega mit jedem Wort zu erkennen gab, dass er nichts von dem verstanden hatte, was Kagari und er bisher besprochen hatten.

Er ist zwar stark, aber dumm. Oder zumindest hat er eine enorm lange Leitung ... Dabei würde ich ihm wirklich gern wichtige Aufgaben anvertrauen, dachte sich Yuki frustriert.

»Wenn es so weit kommt, überlasse ich die Sache dir. Aber pass auf, dass du den Feind nicht unterschätzt.«

Mit dieser vagen Aussage brachte er Vega zum Schweigen. Was das hohe Tier der Kerberos gesagt hatte, war jedoch nicht völlig unvernünftig, begann Yuki nachzudenken. In dieser Welt ging Klasse vor Masse. Eine Armee konnte noch so groß sein, gegen den Dämonenkönig Guy hätte sie keine Chance. Um strategische Ziele zu erreichen, müsste man die Stärke des Feindes durchschauen. Und das ging am schnellsten, wenn man diesen gegen jemand einigermaßen Starken kämpfen ließ. Sollte er sich dann als zu stark erweisen, wäre es klüger, sich gar nicht erst mit ihm zu messen. Gäbe es aber nur einige derart starke Leute, könnte man trotzdem seine Ziele erreichen, wenn man an entsprechend vielen Orten gleichzeitig angreifen würde. Man musste seine Truppen effektiv einsetzen.

Aber gerade in dieser Hinsicht war Tempest ein lästiger Gegner. Der Dämonenkönig Rimuru war nicht die einzige Gefahr dort, es gab viele Dämonen von außergewöhnlicher Stärke. Etwa die sogenannten Vier Himmelskönige, die zudem taktische Einheiten befehligen konnten und nur sehr schwer zu bezwingen wären.

Es ist nicht nur ihre Technologie. Tempest hat auch viele starke Leute. Letztlich spielt es keine Rolle, wie viele Soldaten wir haben. Langsam habe ich das Gefühl, dass es eine gute Entscheidung war, mich dem Dämonenkönig Guy zu ergeben.

Yuki wusste, dass es einige in Tempest gab, die stärker waren als Gobuta. Die Vier Himmelskönige waren also nicht das einzige Problem.

»Problematisch dürften diejenigen sein, deren Stärke den Heiligen und Dämonenkönigen nahekommt«, murmelte Damrada. Offenbar war er der gleichen Meinung wie Yuki.

»Genau. In seinem Land befinden sich nicht nur die Vier Himmelskönige, sondern auch Dämonen wie Gerudo und Gabiru. Ich kann nicht nachvollziehen, warum sich so viele dort versammelt haben, deren Stärke der eines durchschnittlichen Dämonenkönigs entspricht.«

Je mehr er darüber nachdachte, desto fragwürdiger wirkte es auf ihn. Mehrere Leute, die Kleiman ebenbürtig gewesen wären, dienten einem einzigen Dämonenkönig. Diese Tatsache bereitete ihm Kopfschmerzen.

»Wir können wohl von Glück sprechen, dass wir nicht mit Rimuru verfeindet sind.«

Alle außer Vega nickten schweigend auf Yukis Kommentar. Da sie mit Guy eine Vereinbarung getroffen hatten, könnte man sagen, dass sich Yuki und seine Kameraden unter dessen Schutz befanden. Mit Rimuru wollten sie sich derzeit nicht anlegen, man könnte es einen vorübergehenden Waffenstillstand nennen. Yuki wollte sich diese Situation zunutze machen. Auch wenn sie in Zukunft womöglich gegeneinander würden kämpfen müssen, sollte das erst passieren, sobald er seine Verluste im Westen ausgeglichen hätte. Mit diesem Entschluss kehrte Yuki zum Thema zurück.

»War das alles, was du zu berichten hattest?«, fragte er Kagari. Daraufhin schien sich diese an etwas zu erinnern.

»Genauere militärische Informationen konnten unsere Leute scheinbar nicht bekommen. Damit schließe ich meinen Bericht. Allerdings gibt es noch eine interessante Sache.«

»Welche denn?«

»In der Hauptstadt Rimuru werden regelmäßig Katastrophenschutzübungen durchgeführt. Doch vor Kurzem wurden sie noch um eine sogenannte Evakuierungsübung ergänzt.«

Bisher hatten diese Übungen aus dem Erlernen konkreter Fertigkeiten bestanden, etwa wie man ein Feuer löscht. Aber der Zweck der Evakuierungsübung war unklar, denn dabei sollte man so schnell wie möglich durch eines der Tore in die Hauptstadt fliehen.

»Die Leute müssen bloß in die Stadt rennen?«

»Ja. Darüber haben sich unsere Spione auch gewundert. Also haben sie beschlossen, sich in zwei Gruppen aufzuteilen.«

»Eine Gruppe ist innerhalb der Stadt geblieben, die andere außerhalb?«

»Genau. Als Ergebnis berichteten sie, etwas Seltsames gesehen zu haben. Es sei wie ein Traum gewesen.«

»Etwas Seltsames?«

»Ja, Misha. So unglaublich es klingen mag, die gesamte Stadt ist zehn Minuten nach der Ankündigung plötzlich verschwunden. Angeblich ist bloß ein einziges großes Tor übrig geblieben.«

Nach den Berichten der Spione, die sich draußen aufgehalten hatten, waren außer dem Tor noch einige Wachen dageblieben, um jene Leute in eine Grotte zu führen, die es nicht rechtzeitig in die Stadt geschafft hatten. Als sie sich unbeobachtet gefühlt hatten, waren die Spione durch das Tor gegangen. Dahinter habe sich ein steinerner Irrgarten erstreckt. Hastig waren sie wieder nach draußen geflüchtet, was darauf hindeutete, dass man frei ein- und ausgehen konnte.

»Das könnte vielleicht das Labyrinth sein ...«

»Habt Ihr eine Vermutung, Meister Yuki?«

»Ja. Diese Stadt hat doch eine Touristenattraktion, die sie als Labyrinth bezeichnen, oder?«

»Stimmt. Man sagt, dass es dort nur so von Dämonen wimmelt und sich Abenteurer daran versuchen.«

»Genau das könnte es sein. Immerhin gibt es Gerüchte, dass es in den Tiefen des Labyrinths eine Stadt geben soll ...«

»Eine Stadt?« fragte Damrada ungläubig. Doch Yuki und Kagari meinten es ernst. Es war schwer, es jemandem zu erklären, der damit nicht vertraut war. Sie konnten nur versuchen, ihn von der Wahrheit zu überzeugen.

»So ist es. So absurd es auch klingen mag, es ist gut möglich, weil wir hier von niemand anderem als Herrn Rimuru sprechen. Schließlich soll dieses Labyrinth hundert Ebenen haben und von Veldora bewacht werden.«

»Ist das wahr ...?«

»Natürlich. Das habe ich von Veldora selbst gehört.«

Das verschlug Damrada die Sprache. Kagari sah ihn mitleidsvoll an und räumte ein: »Nun, so betrachtet ergibt es Sinn. In dieser Stadt könnte es womöglich wichtige Einrichtungen geben. Ein Standort für die Entwicklung neuer Technologien käme mir da in den Sinn.«

»Aha, verstehe. Das ist möglich. Nein, das ist sogar sehr plausibel.«

Zuerst war Yuki fassungslos, doch er verspürte immer mehr Freude daran, was für außergewöhnliche Dinge jener Schleim doch tat. Es waren zwar bloß Spekulationen, aber Yuki hielt sie für zutreffend. Denn er war überzeugt, dass Rimuru zu so etwas fähig war.

»Wenn das so ist, wie sieht die Lage dann militärisch betrachtet aus?«

»Das kann ich nicht einschätzen. Ich hatte nie erwartet, dass man bei Herrn Rimuru mit einem Frontalangriff weit kommt, aber ich wäre nie auf die Idee gekommen, dass er die Stadt auf eine solche Weise schützen könnte. Mit Sicherheit wird auch der kaiserlichen Armee die Kinnlade runterfallen.«

Yuki war davon ausgegangen, dass Rimuru eine Schlacht im eigenen Land um jeden Preis würde verhindern wollen, um sein Volk zu schützen. Doch wenn er über solche Verteidigungsmaßnahmen verfügte, müssten sie ihre Strategien überdenken.

»Vielleicht stehen die Truppen am Ameld-Strom nur zur Sicherheit bereit. Der echte Kampf könnte sich in der Hauptstadt abspielen. Wenn die kaiserliche Armee durch dieses Tor marschiert, könnte man ihr leicht in den Rücken fallen.«

»Zumal das alliierte Heer das kaiserliche dann auch in die Zange nehmen könnte.«

»Die Vorhut der Alliierten wird das Potenzial der kaiserlichen Armee austesten. Während man sich dann einen Stellungskrieg liefert, können sich die verbleibenden Streitkräfte von Tempest auf einen Gegenangriff vorbereiten.«

»Was für ein fürchterlicher Plan! Typisch für einen Dämonenkönig.«

Kagari, Damrada und Misha waren schockiert, als sie Yukis Gedanken nachvollzogen. Ihnen war klar gewesen, dass man den Dämonenkönig Rimuru kaum mit konventionellen Mitteln würde besiegen können. Doch das übertraf ihre Erwartungen. Er würde ihnen noch einiges an Kopfzerbrechen bereiten, wenn sie in Zukunft gegen ihn ins Feld ziehen müssten. Entsprechend waren sie gespannt, wie sich der Kampf zwischen dem Imperium und Rimuru gestalten würde.

*

»Wie gehen wir nun weiter vor, Boss?«, wollte Misha wissen. Da Yuki eine Vereinbarung mit Guy getroffen hatte, glaubte sie nicht, dass sich Yuki ernsthaft für das Kaiserreich einsetzen würde. Und es wäre ihr nur recht gewesen, wenn sich das Kaiserreich an Rimuru die Zähne ausbeißen würde. Doch so reizvoll es für Kerberos war, einen hochrangigen Offizier des Imperiums in ihrer

Mitte zu wissen, barg das ebenfalls die Gefahr, dass sie in die Armee eingegliedert werden könnten. Das wollte Misha vermeiden.

»Macht euch keine Sorgen. Sollte Herr Rimuru gewinnen, käme uns das nur gelegen. Das Kaiserreich steht unseren Zielen schließlich ebenfalls im Weg. Und das sage ich nicht, weil es mir Guy befohlen hat. Ich wollte das Imperium von Anfang an zugrunde richten. Nun bin ich Kommandant in ihrer Armee und habe damit die Kontrolle, was geschehen wird.«

Als einer der drei Generäle des Imperiums hatte Yuki vollständigen Einblick in die internen Angelegenheiten des Militärs. Er kannte ihre Strategien und konnte einschätzen, wann das Imperium zur Tat schreiten würde, wie groß seine Armee sein würde und auch, wann es am verwundbarsten sein würde. Sollten sich die westlichen Länder einer Invasion mit allen Kräften entgegenwerfen, würde sich für ihn eine Lücke in der Verteidigung des Kaiserreichs auftun.

»Diese Chance lassen wir uns nicht entgehen!«, erklärte Yuki und schlug mit seiner Faust auf den Tisch. Kagari lächelte, während Damrada und die anderen beiden von seinen Worten begeistert waren.

»Ein Staatsstreich?«

»Herrlich! Ich kann es kaum erwarten. Genau so kenne ich Euch.«

»Hä hä, jetzt wird‘s spannend. Egal ob Kaiserreich oder Dämonenkönig, ich werde alle zur Strecke bringen!«

Yuki kam es vor, als wäre Vega etwas zu enthusiastisch, aber er ignorierte ihn und kam zurück zum Thema.

»Ja, das ist unser endgültiges Ziel. Zumal ich Guy versprochen habe, das Kaiserreich ins Chaos zu stürzen. Dieses Versprechen muss ich halten. Aber nie fiel ein Wort davon, dass ich nicht auch den Westen ins Chaos stürzen dürfte«, erklärte Yuki schmunzelnd.

»Das heißt, wir lassen das Kaiserreich und die westlichen Länder gegeneinander kämpfen und nutzen die Gelegenheit, dem Kaiserreich einen Dolch in den Rücken zu stoßen ...«

»Euch fallen immer die bösesten Dinge ein.«

»Ach was. Auf so eine Idee kommt doch jeder.«

Nur würden die wenigsten diese Tat auch umsetzen wollen oder wären überhaupt dazu in der Lage gewesen. Yuki war eine große Ausnahme.

»Ich habe auch einige Informationen an Gadora weitergegeben. Dieser alte Mann ist wissbegierig und flexibel im Denken, aber aus irgendeinem Grund hegt er einen tiefen Groll gegen die westlichen Länder. Aus diesem Grund entwickelt er all die Waffen für das Imperium.«

»Stimmt. Das ist eine berühmte Geschichte, die kenn sogar ich.«

»Nicht wahr? Mit Sicherheit sieht er im Dämonenkönig Rimuru eine Gefahr für die Ambitionen des Kaiserreiches.«

»Und was dann?«

»Gadora hat einen großen Einfluss auf die kaiserliche Armee und will sich am Westen rächen. Mit etwas Geschick können wir ihn sicherlich gegen Rimuru aufhetzen.«

Yuki hoffte, dass Gadora dabei auch Informationen über das Labyrinth gewinnen würde.

»Und in dem Fall«, sagte Damrada nachdenklich, »können wir Rimuru und die kaiserliche Armee gleichzeitig schwächen?«

»Du hast es erfasst!«

Yuki nickte zufrieden. Er wollte Rimuru nicht persönlich angreifen, aber er hatte viele feige Strategien erdacht, damit andere das für ihn tun würden.

»Im Imperium müssen wir vor drei Personen auf der Hut sein«, fuhr er fort, »Eine von ihnen ist Gadora.«

Gadora war ein großer Magier, hatte bereits lange gelebt und wurde dafür gefürchtet, dass er alle Geheimnisse der Kaiserstadt kannte. Zudem galt er als Held, der den Kampf gegen den Sturmdrachen Veldora überlebt hatte.

»Wer sind die anderen beiden?«, fragte Kagari neugierig. Daraufhin setzte Yuki eine frustrierte Miene auf.

»Um ehrlich zu sein, habe ich noch nichts Genaueres über sie herausfinden können, selbst nicht mit meinem Informationsnetzwerk. Ein deutliches Zeichen dafür, dass sie eine Gefahr darstellen.«

»Könnte es sein, dass es hochrangige Mitglieder des Kaiserlichen Ritterordens sind?«, schlug Misha vorsichtig vor. Yuki konnte ihr nur teilweise recht geben.

Innerhalb der Armee ging das Gerücht um, dass jene Kaiserlichen Ritter, die einen einstelligen Rang im militärischen System einnahmen, stärker als die Generäle waren. Yukis Meinung nach traf dieses Gerücht zu. Obwohl er zum Kommandanten ernannt worden war, hatte er nur einen zweistelligen Rang inne. Er hätte sie herausfordern können, aber ein solcher Kampf müsste direkt beim Kaiser angemeldet werden und vor dessen Augen ausgefochten werden.

»Mir wäre es wahrscheinlich möglich, jemanden mit einem einstelligen Rang zu besiegen. Aber ich möchte meine geheimen Fähigkeiten nicht vor den Augen meiner Feinde zeigen. Das ist der Grund, warum ich mich nicht an den Kaiser gewendet habe.«

Dass Yuki trotzdem zum Kommandanten ernannt worden war, hatte er seiner guten Beziehung zu Gadora zu verdanken.

»Aber ohne gegen sie zu kämpfen, kannst du doch gar nicht wissen, ob du stärker bist oder nicht, Boss. Dann müsste es doch mindestens neun Leute geben, die gefährlich sind. Wieso sprichst du von nur zwei Personen?«

Vegas Einwand war plausibel. Leicht überrascht von seiner Scharfsinnigkeit nickte Yuki.

»Nun, da hast du recht. Unter diesen neun könnten sich gefährliche Leute befinden. Aber man kann doch nicht vor jemandem auf der Hut sein, den man noch nie gesehen hat, oder? Ich rede über jemanden, der sich regelmäßig in der Öffentlichkeit zeigt.«

»Und wen meint Ihr genau?«, erkundigte sich Damrada.

»Den Leiter des Kaiserlichen Geheimdienstes, Tatsuya Kondo.«

»Aha. Ihr habt recht. Über diesen Mann ist nichts bekannt.«

»Es ist unheimlich, dass seine Identität ein Rätsel ist, obwohl man seinen Namen und sein Äußeres kennt.«

Tatsuya Kondo stammte, wie sein Name vermuten ließ, aus einer anderen Welt. Was persönliche Details anging, war das jedoch alles, was man über ihn wusste. Es wurde sogar gemunkelt, er sei ein Phantom, das in einem Nest von Informationen hause. Seinem Dienstgrad nach war er ein Oberleutnant, doch keiner der Kommandanten hatte die Befugnis, ihm Befehle zu erteilen. Das bedeutete, dass der Kaiserliche Informationsdienst in der Machthierarchie über den Militärkorps stand.

»Verdächtig, findet ihr nicht? Es ist nur eine Vermutung, aber ich glaube, er gehört auch zu den Einstelligen.«

»Verstehe ...«

»Stimmt, das würde Sinn ergeben.«

Damrada und Kagari nickten. Auch Misha machte ein nachdenkliches Gesicht, schien aber keine Einwände zu haben.

»Wer ist dann die dritte Person, die du für gefährlich hältst?«

Vega war anscheinend der Einzige, der nicht an Kondo interessiert war. So drängte er Yuki, zur Sache zu kommen.

»Ha ha ha, wie ungeduldig du doch bist. Es ist wohl besser, wenn ich Tatsuya Kondo erst einmal kennenlerne. Ich werde bei Gelegenheit ein Treffen mit ihm arrangieren. Was die dritte Person betrifft, ist auch sie unbekannt.«

»Was? Was heißt das?«, fragte Vega grob. Die Aufregung musste ihm zu Kopf gestiegen sein.

»Beruhig dich, Vega«, ermahnte ihn Yuki.

»O... Okay. Tut mir leid.«

Obwohl Yukis Ton sanft war, brach Vega kalter Schweiß aus. Hieran wurde der Machtunterschied zwischen ihnen deutlich.

»Ich meine die Person, die neben dem Kaiser sitzt. Sie strahlt so eine enorme Aura aus, dass man ihre Präsenz spürt, obwohl sie sich wie der Kaiser hinter einem Vorhang verbirgt.«

»...?«

Niemand außer Yuki hatte bemerkt, dass so eine Person existierte. Allein das machte deutlich, dass sie gefährlich sein musste.

»Tatsächlich? Ich habe noch nie von solch einer Person gehört ...«

»Wie ich mir schon dachte. Trotz dieser gewaltigen Präsenz scheint sie niemand zu bemerken. Da verfügt jemand über eine gefährliche Macht, meint ihr nicht?«

Auf Yukis Worte hin verstummten alle Anwesenden.

»Gibt es sie wirklich? Auch mir sind keine Gerüchte über so jemanden zu Ohren gekommen.«

»Keiner von uns hätte an ihre Existenz geglaubt, wenn wir es nicht aus Eurem Mund vernommen hätten.«

»...«

Yuki lächelte seine Leute an, die noch immer skeptisch wirkten.

»Ach, macht euch keine Sorgen. Ihr müsst euch nur merken, dass uns diese drei Personen im Weg sein werden, wenn wir einen Putsch im Kaiserreich durchführen. Zuerst werde ich Gadora beseitigen. Also, Damrada, kannst du bitte Nachforschungen über Kondo Tatsuya anstellen?«

»Jawohl.«

»Misha, du bleibst bei deiner jetzigen Mission.«

»Jawohl. Ich werde mich weiterhin darauf konzentrieren, den Kommandanten des Panzerkorps um den Finger zu wickeln.«

»Und ich?«, fragte Vega.

»Du wirst dich in das Biesterkorps schmuggeln. So stark wie du bist, wirst du innerhalb kürzester Zeit in den Kaiserlichen

Ritterorden aufgenommen werden. Allerdings darfst du den Korpskommandanten keinesfalls töten, ist das klar?«

»Okay. Ich werde mein Bestes tun«, lachte Vega, anscheinend glücklich darüber, dass er endlich zur Tat schreiten durfte. Yuki hoffte nur, dass er es nicht übertreiben würde. Sollte er den Kommandanten töten, würde das Kaiserreich seine Invasionspläne verschieben. Dann würde auch Yuki seine Pläne überdenken müssen.

Nachdem alle ihre Befehle erhalten hatten, verließen die drei Ranghohen von Kerberos den Raum. Zurück blieben nur Yuki und Kagari.

»Meister Yuki. Denkt Ihr, sie werden ihre Missionen erfolgreich ausführen?«

»Tja, wer weiß? Selbst ich bin über Guy gestolpert, obwohl ich mich bemüht habe, so vorsichtig wie möglich vorzugehen. Ich hoffe, dass sie keine dummen Fehler begehen.«

»Aber endlich sind wir so weit. Der Krieg wird in Kürze beginnen.«

»Ja, das stimmt. Ich bin gespannt, welche Seite gewinnen wird.«

»Reißt Euch bitte zusammen. Selbst wenn uns der Putsch gelingt, kommt es auf das an, was danach passiert.«

»Na klar. Genau daran arbeiten ja Laplace und die anderen. Unser Plan ist einwandfrei.«

Die beiden lächelten sich an. Ihr Ziel war es nicht, das Kaiserreich gewinnen zu lassen. Je mehr es sich im Krieg verzettelte, desto schwächer würde es werden. Das würden sie sich zunutze machen und einen Staatsstreich durchführen. Dessen Erfolg war der Schlüssel zu den Plänen, die Yuki und Kagari für den weiteren Verlauf geschmiedet hatten.

»Wir werden den Kaiser manipulieren und ein neues Imperium gründen. Und dann …«

»Dann werden wir uns mit den westlichen Ländern versöhnen.«

»Und anschließend …«

»… werden wir ein Attentat auf den Kaiser verüben!«

Solang es schwierig war, den Dämonenkönig Rimuru zu besiegen, durften sie ihr Glück nicht herausfordern. Das Treffen mit Guy hatte Yuki klargemacht, dass es bis zur Weltherrschaft noch ein weiter Weg war und er zuvor noch größere Kräfte erlangen und seine Mittel vergrößern musste. Wenn ein großer Krieg ausbrechen und etliches Blut vergossen werden würde …

»Dann werde ich zu einem wahren Dämonenkönig erwachen.«

»Ich zähle auf dich, Kagari. Bis dahin werde auch ich versuchen, meine neuen Kräfte zu beherrschen.«

Yuki hatte einen Ultimate-Skill erlangt. Er spürte, dass sich seine Lebensspanne dadurch um ein Vielfaches erweitert hatte. Nicht nur das. Er hatte auch davon erfahren, dass es auf dieser Welt höhere Existenzen gab, wie zum Beispiel den Dämonenkönig Guy. Nun sah der Plan vor, den Krieg zwischen dem Osten und Westen möglichst in die Länge zu ziehen, um beide Seiten zu erschöpfen. Wenn mit einsetzender Kriegsmüdigkeit der Kaiser ermordet werden würde, würde die Welt ins Chaos stürzen. Das wäre ihre Chance, neue Kräfte zu erlangen.

»Wir müssen vorsichtig vorgehen.«

»So ist es. Bleiben wir vorsichtig.«

Mit diesen Worten tauschten sie erneut Blicke aus und lachten einander an.

Doch so weitsichtig und hinterhältig die beiden auch waren, sie maßen dem Labyrinth keine größere Bedeutung bei, als dass man dort wichtige Einrichtungen oder gar die ganze Stadt verstecken könnte – und sie sahen darin ein Mittel, um Gadoras Interesse zu wecken und ihm Rimuru auf den Hals zu hetzen. Dass sie dennoch Spione hingeschickt hatten, war eine reine Vorsichtsmaßnahme gewesen, sollten sie sich einmal dorthin begeben müssen. Nicht im Entferntesten hätte Yuki mit dem gerechnet, was das Spionageteam bei seiner Rückkehr melden sollte.

Gadora versank mit einem grimmigen Gesicht tief in seine Gedanken, nachdem Yuki ihm Bericht erstattet hatte.

Hmm. Dabei ist es eine günstige Gelegenheit, das Imperium erneut in Aktion zu setzen und Gott Luminas zu vernichten ...

Die Wiederbelebung des Sturmdrachen hatte die Invasionspläne gehörig durcheinandergebracht. Veldora hatte die letzte Expedition vollkommen zunichte gemacht, entsprechend waren die Meinungen für den diesmaligen Einmarsch gespalten und es war bereits lang darüber diskutiert worden: Sollte man warten, bis der Sturmdrache verschwinden würde, ihn mit den neuen Waffen unterwerfen oder den Jura-Wald einfach umgehen?

Gadora interessierte sich nicht für den Sturmdrachen. Sein Ziel war es nur, den Luminas-Glauben im Westen zu tilgen und sich an den Sieben Weisen des Himmels zu rächen, die seinen besten Freund getötet hatten. Eine Zeitung, die er aus dem Westen geliefert bekommen hatte, hatte eines Tages unter der Überschrift »Der Untergang der Helden« über die Übeltaten der Sieben Weisen berichtet. Zur gleichen Zeit hatte ihn die Nachricht erreicht, die Sieben Weisen seien ausgelöscht worden. Doch das hatte Gadora nicht glauben wollen, er war fest davon überzeugt gewesen, dass zumindest Gran überlebt haben musste und sich nun versteckt hielt. Doch die Informationen, die er in letzter Zeit aus dem Westen erhielt, waren verwirrend und ihr Wahrheitsgehalt nur schwer zu überprüfen. So hatte es geheißen, die Familie Rosso sei gefallen ...

Nun, es bleibt unklar. Bei Gran muss es sich um den ehemaligen Heroen handeln. Er mag alt geworden sein, aber man sollte ihn nicht unterschätzen.

Auch bei den Gerüchten über Entwicklungen im Rat, die sich hinter den Kulissen abspielten, gab es keinen Hinweis auf eine mögliche Schwächung der Westlichen Heiligen Kirche. Für Gadora war das ein Beweis dafür, dass es Gran gelungen war zu überleben.

Wir sollten diesen Sturmdrachen einfach ignorieren und den Westen angreifen.

Doch er wusste genau, wie schwierig das war.

Der Sturmdrache hat sich also mit einem Dämonenkönig verbündet. Es ist allzu töricht, sich mit einer Armee solchen

Ungeheuern zu stellen, die jenseits der Gesetze der Magie leben. Die neuen Waffen, bei deren Entwicklung ich geholfen habe, sollten ihnen zwar Einhalt gebieten können, aber wir werden sie kaum damit vernichten können, geschweige denn sie unterwerfen …

Er hatte die vorherige Expedition überlebt und am eigenen Leib erfahren, was für eine Gefahr Veldora darstellte. Daher konnte er nur den Kopf über jene Leute schütteln, die gegen den Drachen kämpfen wollten.

Diese Dummköpfe wissen nicht, wie schwer es ist, »Seelenkontrolle« auf geistige Lebensformen anzuwenden!

Es war nicht unmöglich, geistige Lebensformen seelisch zu kontrollieren. Das hatten Experimente an bösen Geistern bewiesen. Gadora war sich dessen durchaus bewusst, er war schließlich derjenige gewesen, der diese Theorie entwickelt hatte. Doch aufbauend auf den Ergebnissen verschiedener Untersuchungen war er zu dem Schluss gekommen, dass man sich nicht mit dem Sturmdrachen Veldora anlegen durfte. Seinen Bericht hatte er dem Kaiser vorgelegt, aber leider keine Zustimmung erfahren.

»Einige wollen es versuchen. Lassen wir sie tun, wonach ihnen ist«, hatte ihm der Kaiser gesagt.

Aber nun war noch ein weiteres Problem aufgetaucht: der Dämonenkönig Rimuru. In einem erschreckenden Tempo hatte er ein Land gegründet und es mit dem Jura-Wald vereint. Und da sich dieser Dämonenkönig mit dem Sturmdrachen verbündet hatte, war es zweifellos ein törichtes Vorhaben, den Jura-Wald anzugreifen.

Es wäre eine andere Geschichte, wenn man den Feind auf günstiges Terrain locken könnte, auf dem die gesamte Armee des Imperiums effektiv eingesetzt werden könnte. Aber wenn man auf dem Gebiet des Gegners würde kämpfen müssen?

»Ein Labyrinth? Und zusätzlich soll die Möglichkeit bestehen, dass sie Waffen aus einer anderen Welt entwickelt haben. Wir müssen das dringendst untersuchen. Wir können von Glück sprechen, wenn wir Veldora und Rimuru besiegen, ohne mehr als dreißig Prozent unserer Truppen zu verlieren. Sonst werden wir die westlichen Länder im Anschluss kaum noch bezwingen können.«

Das murmelte er vor sich hin, als würde er sich selbst Mut machen wollen. Sein Irrtum war ihm zu diesem Zeitpunkt noch nicht bewusst. Er glaubte, dass der echte Kampf erst im Westen beginnen würde, wo der Luminas-Glaube dominierte, nicht schon in Tempest. Sein Schicksal sollte sich daran entscheiden, ob er diesen Fehler noch rechtzeitig erkennen würde.

●

Auf Yukis Geheiß wurden drei Personen ausgewählt. Die Kriterien dabei lauteten, dass sie Mitglieder des Gemischten Korps waren und dass Gadora sie kannte. Yuki lud diese zusammen mit Gadora in sein Zimmer ein. Bei den drei Männern handelte es sich um:

Shinji Tanimura: Ein Student aus Japan, der die meiste Zeit mit seiner Forschung im Labor verbracht hatte. Auch in dieser Welt liebte er es, einen weißen Kittel zu tragen, der mittlerweile zu seinem Markenzeichen geworden war.

Mark Lauren: Ein braunhaariger, muskulöser Mann Mitte zwanzig. Er war damit der älteste der drei. Da er einen gesunden und starken Körper hatte, trug er selbst im Winter nur Tanktop und Jeans.

Xin Liuxing: Ein junger, wortkarger Mann. Es war unklar, was in seinem Kopf vorging, doch er führte seine Befehle gewissenhaft aus. Er trug ein chinesisches Outfit und hatte schwarzes, geflochtenes Haar. Offenbar verbarg er verschiedene Waffen unter seiner Kleidung.

Sowohl Mark als auch Xin hörten auf Shinjis Worte. Darum hatte sich der Japaner als ihr Anführer etabliert. Die drei standen nun in aufrechter Haltung vor Yuki und Gadora.

»Lange nicht gesehen, Lehrmeister!«, grüßte Shinji den alten Mann im Namen der Gruppe.

»In der Tat, Shinji. Das gilt auch für euch, Mark und Xin. Wie geht es euch?«

»Hervorragend, danke. Schön, Euch wiederzusehen«, antwortete Mark.

»... Lehrmeister, mir geht es nicht gut«, murmelte hingegen Xin. Gadora lachte heiter, als er das hörte.

»Ihr habt euch kein bisschen verändert. Ich bin erleichtert zu sehen, dass ihr in eurem Korps fleißig arbeitet.«

Diese drei waren aus einer anderen Welt gekommen – Yuki hatte sich damals ihrer angenommen, als er weltweit solche Menschen einsammelte, und sie ins Kaiserreich geschickt. Dort waren sie vom Geheimbund Kerberos empfangen und zu Gadora gebracht worden. Auch wenn Gadora vorrangig an dem Wissen

aus anderen Welten interessiert war, bildete er doch diejenigen aus, die den Willen und das Talent zum Kämpfen hatten. Diese drei wurden anschließend dem Gemischten Korps unterstellt, wo sie dank der in ihnen manifestierten Unique-Skills schnell hohe Posten bekleideten.

»Ja, sie gehören zu den Besten meines Korps. Darum denke ich, dass sie perfekt für diese Ermittlungsmission geeignet sind.«

»Wenn du das meinst, habe ich keinerlei Bedenken. Nehmt bitte Platz.«

Die drei setzten sich demütig auf ihre Stühle. Gadora musste darüber schmunzeln. Er fand es amüsant, dass sie in seiner Gegenwart noch immer nervös wirkten, obwohl sie sich zu kompetenten Soldaten gemausert hatten.

»Yuki. Du leihst mir also diese drei für die Untersuchung?«

»Genau. Zu gerne würde ich mich selbst auf den Weg machen, aber ich kann leider nicht so einfach in dieses Land spazieren. Doch ich habe Sorge, die drei allein zu entsenden, deshalb würde ich dich bitten, sie auf ihrer Mission zu begleiten.«

»Hmm. Dein Bericht war äußerst interessant. Sollte es stimmen, was du gesagt hast, müssen wir das unbedingt noch vor einer Invasion untersuchen.«

Gadora blickte Yuki tief in die Augen, als würde er ihn auf die Probe stellen.

»Natürlich ist es wahr«, nickte Yuki. »Ich will auch euch drei aufklären. Ihr sollt das Labyrinth näher unter die Lupe nehmen.«

»He, Moment mal! Wir wurden hergerufen, um einen Hindernisparcours zu absolvieren? Haben Sie so wenig Vertrauen in uns?

Unsere Invasion wird in Kürze beginnen! Selbst wenn der Lehrmeister uns darum bittet, ist es mit Sicherheit nicht die richtige Zeit für so was!«, beschwerte sich Mark, der Ungeduldigste von ihnen.

»Mark, komm runter«, beschwichtigte ihn Shinji. »Das ist eine ernste Angelegenheit.«

»Aber …!«

»Hab Geduld. Herr Yuki denkt sich mit Sicherheit etwas dabei. Hören wir uns zuerst an, was er zu sagen hat.« Dann wandte er sich an Yuki: »Bitte fahren Sie fort.«

»Na klar. Wenn ihr alles erfahren habt, werdet ihr das schon verstehen.«

Und so begann Yuki, die Mission ausführlich zu erklären.

………

……

…

Gadora wusste bereits, was Yuki erzählte, und lauschte nun seinen Worten, um sich zu vergewissern, dass er nichts falsch verstanden hatte. Unterdessen konnten Shinji, Mark und Xin kaum glauben, was sie hörten.

Yukis Handlanger, ausnahmslos talentierte Kämpfer mit Unique-Skills, hatten sich bereits in die einzelnen Korps geschmuggelt, ohne ihre wahren Fähigkeiten zu offenbaren. Dazu gehörten auch Shinji, Mark und Xin. Wenn die Zeit für den Aufstand gekommen war, sollten sie die Kontrolle über ihre jeweiligen Korps übernehmen. Zwar kannten sie keine Details, aber da nun Yuki das Kommando über das Gemischte Korps innehatte, gingen sie davon aus, dass es schon bald so weit sein würde.

Als sie das erste Mal von Yukis Traum gehört hatten, die Weltherrschaft an sich zu reißen, war ihnen das noch absurd vorgekommen. Doch als sich mit der Zeit ihre eigenen Fähigkeiten verbessert hatten und sie immer mehr verstanden, wie diese Welt funktionierte, schien ihnen Yukis Traum durchaus im Rahmen des Möglichen zu liegen. Und nun konnten sie es kaum noch abwarten, endlich zur Tat schreiten zu können.

Doch nun sollten sie stattdessen plötzlich in dieses Labyrinth ziehen. Kein Wunder, dass sie verwirrt waren. Ihre Verwirrung legte sich, als Yuki ihnen erzählte, dass sich im Labyrinth vermutlich eine ganze Stadt verberge, die sicherlich noch weitere Geheimnisse bereithielt, und sie erkannten die Bedeutung ihrer Mission.

....

......

...

»Verstehe ... Die kaiserliche Armee kann das Labyrinth nicht ignorieren.«

»Eine ganze Stadt soll darin versteckt sein? Das werde ich nicht glauben, bis ich sie mit eigenen Augen gesehen habe.«

»Deshalb sollen wir also gehen ...?«

»Jetzt habt ihr es verstanden, oder? Dem Staatsstreich wäre es dienlich, wenn sich möglichst wenige Soldaten im Land befinden. Der Einfall des Imperiums in den Jura-Wald wäre dafür ein günstiger Zeitpunkt. Aber die Truppen des Dämonenkönigs Rimuru und Veldora allein sind kein ausreichender Grund, die gesamte Armee zu entsenden.«

Yuki deutete an, dass man im Labyrinth einen solchen Grund finden könnte. Und falls nicht, würde man sich einfach einen ausdenken. Während die Armee damit abgelenkt wäre, würden Yuki und seine Leute die kaiserliche Hauptstadt unter ihre Kontrolle bringen.

Seine Worte machten die drei sprachlos. Sie wussten von dem geplanten Putsch, aber Einzelheiten erfuhren sie zum ersten Mal. Zumal Gadora bei ihnen war und zuhörte.

»M… Moment mal, Herr Yuki?!«

Shinji versuchte hastig, Yuki zu unterbrechen, aber dieser grinste ihm zu.

»Keine Sorge. Gadora weiß bereits von meinem Plan.«

»Hä?«

»Ha ha ha, das ist doch selbstverständlich. Was kümmert mich das Imperium? Mein Ziel ist es, den Luminas-Glauben auszulöschen. Wie dumm von mir, dass mir nicht aufgefallen war, dass der Gott Luminas in Wahrheit der Dämonenkönig Luminas ist. Rimuru soll ein gutes Verhältnis zu ihr haben, deshalb muss er aus dem Weg geräumt werden. Und so werde ich euch bei der Erkundung des Labyrinths unterstützen. Was danach geschieht, ist mir egal.«

Das bekannte Gadora mit einem furchterregenden Lächeln auf den Lippen.

Natürlich hatte er Gerüchte über den Dämonenkönig Rimuru gehört. Vor einem Jahr hatte das Königreich Farmas den Zorn des Sturmdrachen auf sich gezogen und war von diesem zerstört worden. Veldora, von seinem Wüten erschöpft, war dann von

Rimuru unterworfen worden. Ob er das wirklich getan hatte oder die beiden gar verbündet waren, wusste er nicht mit Gewissheit zu sagen. Aber seither hatte es keine Anzeichen mehr gegeben, dass der Sturmdrache getobt hätte, und sogar seine enorme Aura war verschwunden. Daher dachte Gadora, dass an den Gerüchten etwas Wahres dran sein könnte.

Auch unter den Dämonenkönigen hatte es Veränderungen gegeben. Statt von zehn großen Dämonenkönigen sprach man nur noch von dem Oktagramm. Kleiman war verschwunden und Rimuru schien dessen Platz eingenommen zu haben, entsprechend musste er stärker und gerissener als Kleiman sein. Zudem hatte er wohl seinen Einfluss auf den Rat der westlichen Länder ausgedehnt. Da wollte Gadora vorsichtig sein.

Vor allem verwunderte Gadora, dass beim Feldzug von Farmas nur drei von zwanzigtausend Mann überlebt hatten. Einer davon war bereits ermordet worden, blieben nur der ehemalige König und Rasen, Gadoras Schüler. Diesen müsste er baldmöglichst über das Geschehen ausfragen.

In einem normalen Krieg würde der Verlust von dreißig Prozent der Streitkräfte bereits eine Niederlage bedeuten und man würde kapitulieren. Doch nirgends fand sich eine Information dazu, dass Farmas kapituliert hätte. Und Gadora kannte den Drachen von seiner letzten Expedition. Er konnte furchtbar wüten, aber würde keine fliehenden Truppen verfolgen, um sie auszulöschen. War es ein Verbrechen von Rimuru, dass alle zwanzigtausend Mann ihr Ende gefunden hatten? Nein, nach allem, was er von dessen Charakter erfahren hatte, wäre das unvorstellbar.

Ich muss wohl davon ausgehen, dass Veldora sie vernichtet hat, bevor sie überhaupt Zeit hatten, sich zu ergeben.

Bei der Vorstellung schauderte es den alten Mann. Deshalb wollte er eine direkte Auseinandersetzung mit Veldora um jeden Preis vermeiden. Zum Glück waren bereits Maßnahmen dafür in die Wege geleitet worden. Aber Rimuru war ihm ein Rätsel und er brauchte weitere Informationen, um sich entsprechend vorbereiten zu können. Persönlich hatte er nichts gegen Rimuru, aber wenn dieser mit Luminas im Bunde war, musste er ihn vernichten. Und da Yuki ähnliche Interessen verfolgte, hatten sie beschlossen, Informationen zu tauschen und gemeinsam zu agieren.

Shinji und die anderen waren schockiert, als ihnen diese wichtige Information so beiläufig mitgeteilt wurde. Es war verständlich, dass sie einen Moment brauchten, um es zu verdauen.

D… Das heißt … Ein Fehler, und wir werden ausgelöscht …

Shinji war nicht dumm. Er wusste, dass Yuki seinem Team kein absolutes Vertrauen schenkte. Dennoch hatte er nicht den Eindruck, dass sie als bloße Bauernopfer betrachtet wurden. Nein, sie wurden auf die Probe gestellt. Offenbar kamen auch Mark und Xin zu diesem Schluss.

»Jawohl! Wir werden unser Bestes geben.«

»Zumindest werden wir dem Lehrmeister kein Klotz am Bein sein. Also können Sie sich auf uns verlassen!«

»… Ich werde mir Mühe geben.«

Zweifellos handelte es sich um eine bedeutende Mission. Es dämmerte den dreien, dass ihr Erfolg der einzige Weg war, um zu überleben.

»Dann stelle ich euch eine Frage. Wisst ihr, wie viele Dämonenkönige es gibt?«

»Ja. Acht, oder?«, antwortete Shinji.

»Hä? Waren es nicht zehn? Nee, warte mal. Ist ihre Zahl nicht auf elf gestiegen?«

»... Mark, das hat sich letztes Jahr geändert.«

Daraufhin seufzte Gadora und schimpfte: »Shinji! Sorge dafür, dass sich dieser Dummkopf die richtigen Informationen einbläut. Ein Soldat, der keine Ahnung hat, beißt als Erster ins Gras!«

Nachdem er sich beruhigt hatte, begann er ihnen seine Gedanken darzulegen.

»Es gibt acht Dämonenkönige. Sie nennen sich Dämonenkönige des Oktagramms. Ich erwähne das, weil wir es diesmal mit Rimuru zu tun haben, der ein Neuling unter ihnen ist. Auch wenn er neu ist, müssen wir vor ihm auf der Hut sein. Doch es gibt einen weiteren Grund, warum ich auf das Oktagramm zu sprechen komme. Und zwar trägt einer von ihnen den Beinamen ›Labyrinth‹. Was sagt ihr dazu?«

Das verschlug ihnen die Sprache. Selbst Yuki konnte seine Überraschung nicht verbergen.

»Labyrinth ...?«, hakte Shinji vorsichtig nach. Gadora nickte, holte ein Buch hervor und zeigte es ihnen. Dort stand geschrieben, dass es in der Republik Ulgresia einen Ort gebe, der als Unterschlupf der Elementargeister bezeichnet werde, und sich entweder im Untergrund oder im Himmel befinde. Außerdem stand in diesem Buch, dass der Unterschlupf nicht nur von Elementargeistern bewohnt werde, sondern auch von ihrer Königin, die sich von einem Elementargeist in eine Fee verwandelt habe.

»Diese Königin ist Lamrys des Labyrinths, einer der ältesten Dämonenkönige.«

Gadoras Worte lasteten schwer auf Shinji, Mark und Xin. Anschließend fuhr er fort: »Die Tür zum Labyrinth, die einst im Naturpark Urug existierte, ist verschwunden. Ich habe es selbst überprüft, also besteht daran kein Zweifel. Meinen Informationen nach zu urteilen, ist die Tür ungefähr zur gleichen Zeit verschwunden, als sich Rimuru zum Dämonenkönig erklärt hat. Dazu kommt, dass in seinem Land ein Labyrinth eröffnet worden ist ...«

»Okay, das macht die Sache klar. Ich habe mich schon gefragt, wie er so ein riesiges Labyrinth gebaut hat, aber es muss das Werk von Lamrys sein«, folgerte Yuki strahlend, offenbar überzeugt, dass er richtig lag. »Mit anderen Worten, die Dämonenkönige Rimuru und Lamrys haben sich verbündet.«

Auch für Shinji und die anderen klang diese Schlussfolgerung plausibel. Es schwante ihnen, dass ihre Ermittlungen sich noch schwieriger gestalten würden als anfangs gedacht.

»Ich zähle auf euch.«

»Vergesst nicht, auf der Hut zu sein.«

Mit dem Wissen, wie furchteinflößend und listig der Dämonenkönig Rimuru war, verließen die drei Männer das Zimmer.

Am folgenden Tag wurden Shinji, Mark und Xin von Kagari in die Nähe von Tempest gebracht. Zehn Tage nach ihrer Abreise begab sich Gadora alleine an ein anderes Ziel. Angesichts der Art und Weise, wie Yuki die drei eingeschüchtert hatte, hatte er nämlich beschlossen, ihnen die anfänglichen Ermittlungen zu überlassen. Er glaubte nicht, dass Yuki sie opfern wollte, sondern dass er ihnen mit seinen harschen Worten den Ernst der Mission klarmachen wollte.

Yuki sollte etwas ehrlicher sein. Weil er so kompetent ist, erwartet er wohl das Gleiche auch von anderen.

Dasselbe traf jedoch auch auf Gadora zu. Auch er wollte seine Schüler nicht ihrem Schicksal überlassen, sondern ihnen helfen, wenn sie in der Not waren. Nur drückte er das nie in Worten aus, weshalb ihn viele für furchteinflößend hielten.

Gadora wollte seinen früheren Schüler zu Rimuru befragen und hatte sich deshalb nach Maris, der ehemaligen Hauptstadt von Farmas, teleportiert. Dort begab er sich direkt zum Königspalast.

Rasen arbeitete gerade in seinem Büro und sprang auf, als er die Präsenz seines tot geglaubten alten Meisters spürte.

»Nicht zu fassen ... Er lebt noch?«, murmelte Rasen. Gleichzeitig wurde ihm bewusst, dass er sich in einer üblen Lage befand. Gadora war sicher seinetwegen hier, aber wohl kaum, um alte Freundschaften zu pflegen. Die Soldaten von Farmenace kannten ihn zudem nicht. Würden sie ihn am Burgtor aufhalten wollen, könnte das katastrophale Folgen haben.

Herrje. Selbst mit meinen Kräften werde ich ihn dann nicht stoppen können.

Sofort rief Rasen per magischer Kommunikation einen seiner eigenen Schüler.

Hörst du mich?

Tss! Ruf doch nicht aus heiterem Himmel nach mir.

Aber du weißt, was los ist, oder?

Ja. Gregory scheint nichts bemerkt zu haben, aber ich habe vorhin eine enorme Aura gespürt. Der Typ wird den Palast bald erreichen.

Wir haben keine Zeit zu verlieren. Kommt sofort zum Tor.

Okay … Ich bin dir ja etwas schuldig.

Damit beendete Rasen die magische Kommunikation. Er hatte zwei neue Schüler bekommen: Saare und Gregory. Sie hatten zu den Drei Kämpfenden Erleuchteten, der Leibgarde des Kaisers von Luberios, gehört. Rasen hatte sie auf seiner Inspektionsreise durchs ganze Land kennengelernt. Sie hatten ihm erzählt, dass sie einen schweren Fehler begangen hätten und deshalb nicht zurück nach Luberios könnten. Also hatte sie Rasen bei sich aufgenommen. Er handelte für gewöhnlich nicht aus Barmherzigkeit, aber Saare hatte wohl unter den Augen der Öffentlichkeit eine verheerende Niederlage gegen Diablo einstecken müssen. Das hatte dann doch sein Mitgefühl erweckt. Saare war zwar etwas aufmüpfig geraten, aber er erkannte Rasen als seinen Meister an und war ihm treu ergeben. Gregory hatte anfangs etwas eingeschüchtert gewirkt, schien aber seinen früheren Mut wiedergefunden zu haben. Ihre Stärke war jedoch offenkundig und so hatte sie Rasen für das Königreich Farmenace ausbilden und arbeiten lassen wollen. Und nun brauchte er ihre Hilfe.

Es sind also ich, Saare und Gregory. Wenn Grucius noch dazustößt, werden wir mit Gadora fertigwerden.

Einfache Soldaten waren gegenüber einer Person von so überwältigender Stärke nutzlos, aber das heutige Königreich Farmenace litt unter einem Mangel an starken Kriegern. Dem jungen Reich fehlten die alten Helden wie Forgen, der den Ritterorden von Farmas angeführt hatte, und Rasen war auf sich selbst wütend, sich noch nicht früher um dieses Problem gekümmert zu haben.

Als er das Tor erreichte, waren Saare und Gregory bereits angekommen und standen Gadora gegenüber.

»Hey. Keine Ahnung, was du hier zu suchen hast, aber unsere Aufgabe ist es, diesen Palast zu bewachen. Wir können keine unbekannten Leute hineinlassen. Das sollte dir klar sein, oder?«

»So ist es, alter Mann. Geh für heute lieber nach Hause. Wenn du jemanden besuchen möchtest, melde dich bei der Rezeption an. Dann wirst du in wenigen Tagen eine Antwort erhalten.«

Auf eine für ihre Verhältnisse friedliche Art versperrten die beiden Gadora den Weg. Rasen jedoch erschreckte dieser Anblick zu Tode.

»Halt! Lasst ihn durch!«

»Hä? Sollten wir ihn nicht aufhalten?«

»Wozu hast du uns dann gerufen?«

Sie schienen verärgert zu sein, aber das war Rasen einerlei.

»Lange nicht gesehen, Meister Gadora. Verzeiht mir bitte, dass ich mich nicht gemeldet habe. Ich wusste nicht, dass Ihr noch am Leben seid«, sagte er und kniete sich vor Gadora nieder.

Rasen wollte es tunlichst vermeiden, sich mit Gadora anzulegen, auch wenn er bereit war, im schlimmsten Fall bis zum Äußersten zu kämpfen. Doch seine Sorgen schienen unbegründet.

»Lange nicht gesehen, Rasen. Du siehst anders aus, aber anscheinend bist du es wirklich.«

»Ja. Im Gegensatz zu Euch, Meister, bewahre ich mein Leben dadurch, dass ich den Körper wechsle …«

»Keine Sorge, ich mache dir keine Vorwürfe. Ich bin hergekommen, weil ich dich etwas fragen muss. Und nebenbei bemerkt, der Bestienmensch, der sich dort versteckt, muss sich keine Sorgen machen. Hätte ich gegen euch kämpfen wollen, wäre ich nicht allein gekommen.«

Trotz dieser Worte blieben Rasen und seine Kameraden wachsam, versprachen Gadora aber, einen Ort für ein Treffen zu arrangieren.

*

Dieses Treffen fand am nächsten Tag in einem Raum des Palastes statt. Die Teilnehmer waren Youm, Grucius und Rasen. Saare und Gregory standen als Leibwächter Youms bereit. Myuran hatte ebenfalls an dem Treffen teilnehmen wollen, doch Youm hatte darauf bestanden, dass sie sich ausruhte, schließlich waren erst wenige Tage seit der Geburt ihres Kindes vergangen. Übrigens war es ein kleines Mädchen, dem sie den Namen Miem gegeben hatten. Es hatte ganz wie seine Mutter ein entzückendes Gesicht und wurde liebevoll von Edgar umsorgt.

»Nun, Meister. Was wolltet Ihr fragen?«

»Hmm. Bevor wir dazu kommen, möchte ich euch noch ein paar Ratschläge geben. Saare war dein Name, nicht wahr, Bursche? Du scheinst einigermaßen stark zu sein, aber Magie ist deine Schwäche. Lernen allein reicht nicht, um sie anzuwenden, man muss ein Gefühl für ihre Kontrolle entwickeln. Und du, Bestienmensch. Dein Name war Grucius, richtig? Was dich betrifft ...«

Und so wies Gadora alle Anwesenden auf ihre Schwächen hin. Sein Rat an Grucius war, er möge lernen, die Stärke seines Gegners einzuschätzen.

»Wenn du dich vor dem Feind verwandelst, zeigst du ihm nur eine Blöße«, riet er ihm zusätzlich.

Was Youm betraf, sei er zwar stärker als der Durchschnitt, aber solle sich nicht zu sehr auf die Macht seiner Waffen verlassen. Er müsse lernen, sich mit eigenen Kräften zu verteidigen. Gregory hingegen gab er nur den kurzen und strengen Rat, er solle an seinen Fähigkeiten arbeiten. Als Letztem wandte er sich Rasen zu.

»Ich sehe, du hast hart an deiner Magie gearbeitet. Ist das eine Art von Seelenwanderung, die du beherrschst?«

»Ja, so ist es. Ich habe sie aufbauend auf Eurer Kunst entwickelt.«

»Hmm, interessant. Im Gegensatz zu meiner Magie versetzt deine dich nicht vorübergehend in einen schwachen Zustand.«

»Danke für das Kompli...«

»Aber es hat keinen Sinn, wenn du sie nicht vollkommen beherrschst. Momentan scheinst du das volle Potenzial deines neuen Körpers noch nicht auszuschöpfen.«

»Das werde ich mir zu Herzen nehmen!«

Rasen war schweißgebadet. Er konnte diesen Makel nicht abstreiten, er war ihm selbst bereits bewusst gewesen. Gadora hatte zielsicher all ihre Schwächen erkannt.

Unheimlich. Er hat unsere Fähigkeiten durchschaut, obwohl er erst gestern eingetroffen ist …

Rasen verstummte, während Saare und Gregory sich die Predigt des alten Mannes nicht gefallen ließen.

»Hey. Was spielst du dich so auf? Was willst du schon über mich wissen?«

»Genau. Wir stehen in Rasens Schuld, aber wir haben es nicht nötig, auch seinen Meister zu bewundern. Wenn du so stolz auf deine Kräfte bist, dann stell sie uns doch unter Beweis!«

Rasen war versucht, sie zum Schweigen zu bringen, aber Gadoras Augen sagten ihm, er solle sich zurückhalten. Der alte Mann hatte mit dieser Reaktion gerechnet und wollte den beiden Kampflustigen seine Fähigkeiten präsentieren.

Wenn das so ist, dann wird es noch friedlich ausgehen. Ich werde mich auf Gadoras Plan einlassen, dachte sich Rasen.

Wie als Aufwärmübung vor ihrem eigentlichen Treffen trug Gadora gegen Saare und Gregory einen Kampf aus. Er fand auf dem Trainingsplatz statt und Gadora gewann haushoch.

»U… Unmöglich …«

»Was für ein Greis … Er scheint nicht einmal erschöpft zu sein, obwohl er es mit uns beiden aufgenommen hat. Wir haben verloren …«

Gadoras Stärke war überwältigend und musste den Stolz der beiden als zwei der ehemaligen Drei Kämpfenden Erleuchteten zunichtemachen. Alles verlief nach Gadoras Plan. Er wollte diese Kraftdemonstration nutzen, um die Verhandlungen zu erleichtern. Doch was die beiden als Nächstes sagten, schockierte ihn.

»Aber er ist nicht so schlimm wie dieser böse Geist.«

»War der Typ echt so stark? Aber ja, das mag sein. Der Hund, gegen den ich gekämpft habe, hat etwa in der gleichen Liga gespielt wie der Greis.«

»Hmm ...?«

Obwohl sie eine Niederlage hatten einstecken müssen, fanden sich Saare und Gregory leicht mit dieser Tatsache ab. Außerdem schienen sie, obwohl sie Zeugen von Gadoras Kräften geworden waren, kaum überrascht zu sein.

In der gleichen Liga wie ich? Und dazu soll es einen bösen Geist geben, der noch stärker ist ...?

Ihre unerwartete Reaktion verwirrte ihn, doch es klang nicht so, als wären sie einfach schlechte Verlierer. Stattdessen schienen ihre Worte aus tiefsten Herzen zu kommen. Als er näher darauf eingehen wollte, wurde er von Rasen unterbrochen.

»Meister Gadora, lasst uns später darüber sprechen. Zuerst werde ich Eure Fragen beantworten.«

*

Sie gingen zurück in das Empfangszimmer und setzten ihr Gespräch fort.

»Das war echt beeindruckend«, kommentierte Youm in einem lockeren Ton. »Kein Wunder, dass du Rasens Meister bist. Du bist ein wahres Monster. Ich würde niemals gegen dich gewinnen.«

»Rasen ist eine Berühmtheit, aber über seinen Meister ist kaum etwas bekannt«, fügte Grucius aufgeregt hinzu. »Myuran meinte ja, dass er eine große Persönlichkeit sei, der ein neues System der Magietheorie entwickelt habe. Nachdem ich diesen Kampf gesehen habe, glaube ich das sofort.«

Tatsächlich hatte ihnen Gadora wunderbare Künste vorgeführt. Er griff in die magische Energie seines Gegners ein, behinderte ihn bei deren Aktivierung und erzielte mit mehreren Arten von Magie gleichzeitig außergewöhnliche Effekte. Er hatte bei diesem Kampf alle Register gezogen und eine atemberaubende Demonstration seiner Kräfte gegeben. Wenn Saare und Gregory ihre vollen Kräfte einsetzten, kam Grucius nicht gegen sie an. Gadora hatte diese beiden aber spielend besiegt. Ohne Zweifel war er ein starker Mann.

Während Youm und Grucius in Hochstimmung waren, schauten die beiden Verlierer verdrießlich drein. Trotzdem konzentrierten sie sich brav auf ihre Aufgabe als Leibwächter.

»Nun, was hat Euch zu mir geführt?«, fragte Rasen erneut.

»Ich habe euch meine Stärke gezeigt, um unnötigen Widerstand zu vermeiden. Wie Rasen vielleicht weiß, richtet sich meine Zerstörungswut auf den Luminas-Glauben. Andere Ziele verfolge ich nicht. Darum täte es mir leid, wenn dieses Land durch die Invasion des Kaiserreichs unnötige Verluste erleiden sollte.«

Beiläufig ließ Gadora eine Bombe platzen.

»Das Kaiserreich ...?«

»Ernsthaft? Ausgerechnet jetzt, wo ich der König bin?«, stöhnte Youm.

»Genau«, fügte Grucius hinzu. »Ich kann mir nicht vorstellen, dass wir gewinnen. Außerdem möchte ich Myuran und meine Tochter nicht in Gefahr bringen.«

»Sie ist meine Tochter, nicht deine!«

»Halt die Klappe! Wir sind nicht blutsverwandt, aber sie ist trotzdem meine Tochter. Ich habe beschlossen, von nun an als ihr Vater zu leben!«

»Darüber hast nicht du zu entscheiden!«

Youm und Grucius gerieten in Streit, doch Rasen räusperte sich und brachte die beiden Dummköpfe zum Schweigen.

»Ich glaube, ich weiß, was Euch hergeführt hat. Dafür, dass Ihr uns vor den Verwüstungen des Krieges rettet, sollen wir uns auf die Seite des Imperiums schlagen, habe ich recht?«

»So ist es. Du kennst die Macht des Imperiums und auch ich werde mich am Krieg beteiligen. Wenn ihr euch uns anschließt und Dwargon keine Nahrung liefert, könnte es leicht mit einer Belagerung bezwungen werden.«

»Das wird nicht funktionieren, Meister Gadora«, schüttelte Rasen den Kopf. »Mittlerweile gibt es eine Zugverbindung zwischen Dwargon und Tempest, die Transporte in hoher Geschwindigkeit ermöglicht. Selbst wenn wir keine Lebensmittel liefern, könnten sie von Tempest versorgt werden.«

»Deshalb sollt ihr euch von ihnen lossagen. Auch Tempest verlässt sich auf Nahrungsimporte aus diesem Land.«

»Meister Gadora.«

Sich seiner Unhöflichkeit bewusst unterbrach Rasen, da er erkannte, dass Gadora nicht auf dem Stand der Dinge war. Die Welt veränderte sich schneller als je zuvor. Verriet Farmenace die westlichen Länder, würde es aus der Wirtschaftszone ausgeschlossen werden, was dem Untergang der Nation gleichkäme. Selbst wenn das Kaiserreich seine schützende Hand über das Land hielte, würden sie kaum den erreichten Wohlstand halten können. Rasen klärte seinen Meister darüber auf. Als er ihm außerdem den Plan schilderte, die Großstädte durch eine Eisenbahnlinie miteinander zu verbinden, seufzte Gadora.

»Aha ... Ich hatte tatsächlich bereits davon gehört, wollte aber von dir Genaueres erfahren. Aber fürchtet sich der Dämonenkönig Rimuru nicht vor der himmlischen Armee? Selbst wenn er die Engel bezwingen könnte, würden doch all die Dinge, die er erschaffen hat, immensen Schaden nehmen. Aus diesem Grund hatte das Imperium davon abgesehen, ein Schienennetz zu bauen ...«

»Lord Rimuru fürchtet sich nicht vor Schäden.«

»Stimmt. Er hasst es, wenn Leute zu Schaden kommen, aber alle anderen Schäden scheinen ihn nur wenig zu kümmern.«

»Vielmehr würde er sich freuen, dass neue Jobs für den Wiederaufbau entstehen.«

Rasen, Grucius und Youm äußerten ihre Meinungen. Vor allem Youms Worte hatten Gewicht. Keine Arbeit zu haben und sich nicht nützlich machen zu können, konnte Leute demotivieren, sie gar kriminell werden lassen. Deshalb war es die Pflicht eines Herrschers, neue Arbeitsplätze zu schaffen.

»Sobald die Bauarbeiten in allen Ländern abgeschlossen sind, bleiben nur noch Wartung und Reparatur«, merkte Youm an. »Er hat schon hin und her überlegt, was man tun könnte, wenn es so weit ist. Er hätte zwar noch einiges im Sinn, aber ihm fehlen wohl noch die nötigen Technologien dafür. Zumindest sagte er etwas in der Art, als wir letztens einen gebechert haben.«

»Sollten die Engel angreifen, würden sicherlich viele Wiederaufbauarbeiten notwendig werden. Er würde wahrscheinlich so tun, als wäre er wütend darüber, sich aber insgeheim freuen«, stimmte ihm Grucius zu. Saare und Gregory schienen sprachlos darüber zu sein, aber nichts einwenden zu wollen.

»Er mag zwar ein Dämonenkönig sein, aber würde es sich die Familie Rosso denn gefallen lassen, dass er seine Nase so in die Angelegenheiten des Westens steckt? Schließlich ist es doch die Domäne der Menschen.«

Rasens Geschichte stimmte mit den Informationen überein, die Gadora gesammelt hatte. Allerdings fehlten noch einige wichtige Details. Er nutzte die Gelegenheit und beschloss, so viele Informationen wie möglich von Rasen zu gewinnen.

Die Rossos würden sicherlich zur Tat schreiten, um ihre Rechte zu verteidigen, ohne erst auf den Einfall der himmlischen Armeen zu warten. Insbesondere bei wirtschaftlichen Angelegenheiten würden sie sicher zu allen Mitteln greifen, um Rimurus Land zu sabotieren. Das deutete Gadora mit seiner Frage an, doch in Wahrheit wollte er erfahren, wie es überhaupt um die Familie Rosso bestellt war. Rasen durchschaute seine Absicht und gab ihm die Antwort, die er sich wünschte.

»Die Familie Rosso ist bereits gefallen. Im Königreich Doran haben sich die Überlebenden versammelt, aber ihnen wird es nie wieder möglich sein, Einfluss auf den Rat auszuüben. Dass die umliegenden Länder weiterhin Handel mit ihnen betreiben, liegt daran, dass Lord Rimuru es erlaubt hat. Außerdem hat König Doran vor Lord Rimuru kapituliert.«

Rasen beschrieb den Stand der Dinge und erzählte ihm sogar die Wahrheit über den Untergang des heutigen Königreichs Farmenace. Diese Enthüllung versetzte den alten Mann in großes Erstaunen, denn diese Information war ihm neu.

»Der Dämonenkönig Rimuru soll die Armee von Farmas ganz alleine vernichtet haben? Und dazu soll die Familie Rosso gefallen sein? Nein, warte! Wenn das kein bloßes Gerücht war, was ist dann mit Gran? Was ist aus Granbell geworden?!«

Der Heroe Granbell war der stärkste Mann gewesen, den Gadora je gekannt hatte. Da er vermutete, dass jener der Anführer der Sieben Weisen war, hatte er die Pläne für die Invasion in den Westen mit Vorsicht geschmiedet.

»Das Gerücht, dass die Sieben Weisen besiegt wurden, ist also …«

»Ja, Meister, es ist wahr. Die Sieben Weisen standen Lord Rimuru feindlich gegenüber und beabsichtigten, ihn gegen Hinata, die Anführerin der Heiligen Ritter, aufzuhetzen. Allerdings ist ihr Plan gescheitert, wodurch sie alle ums Leben kamen.«

Gardora war sprachlos. Rasen erklärte ihm, dass Gran von Kardinal Nikolaus vernichtet worden war. Als Gadora das erfuhr, bejammerte er in Gedanken sein mangelhaftes

Informationsnetzwerk. Wenn Granbell tot war, erklärte das den Untergang der Familie Rosso. Hätte er all das nur früher gewusst, hätte er die Invasion ganz anders planen können.

»Dieser Bursche … Er hat davon gewusst und mir dennoch nichts gesagt …«

Yukis Gesicht blitzte vor seinen Augen auf, dieser hatte wohl vermutet, dass Gadoras Rachsucht von diesen Informationen gestillt werden könnte. Doch Gadora freute sich keineswegs.

»Meint Ihr damit vielleicht Yuki Kagurazaka? Wir können gut nachvollziehen, wie Ihr Euch fühlt. Auch wir wurden von diesem Mann ausgenutzt.«

Gadora fühlte sich beschämt und frustriert zugleich, dass sein Schüler versuchte, ihn zu trösten. Laut Rasen hatte Yuki auch Rimuru einige Scherereien gemacht, dennoch sollten sie derzeit einen Waffenstillstand geschlossen haben.

Yuki, dieser Mistkerl. Er wusste, dass mein Ziel darin besteht, den Luminas-Glauben zu vernichten. Aber mir hat er nur vage Informationen über die Westliche Heilige Kirche gegeben. Was hat er noch alles vor mir geheim gehalten?

Gadora dämmerte, dass er ausgenutzt worden war. Aber nun musste er sich Gedanken machen, wie er weiter verfahren wollte.

*

»Das bringt mich ganz aus dem Konzept. Jetzt muss ich meine Herangehensweise an den Dämonenkönig Rimuru vollständig überdenken.«

Rimuru war eine größere Bedrohung, als Gadora sich vorgestellt hatte. Wie würde er das Problem angehen? Sein Groll über die Ermordung seines besten Freundes brannte noch immer in ihm, weshalb er nicht die Absicht hatte, seine Rache am Luminas-Glauben aufzugeben. Doch diejenigen, an denen er sich vordringlich hatte rächen wollen, waren bereits tot. Er hatte nun nur noch wenig Grund, den Westen zu zerstören. Und nur das war der Grund für seine Unterstützung des Kaiserreiches. Sobald dieses zusammenbrechen würde, hätte Gadora keinen Grund mehr, es zu unterstützen.

Doch ... Es gibt noch einen Grund. Der Ursprung meiner Rache – den Dämonenkönig Luminas.

Gadora erinnerte sich an seinen Freund, der wegen seines Glaubens an diesen Gott gestorben war. Ein Gott, der in Wahrheit ein Dämonenkönig war. Er konnte es nicht weiter dulden, dass Luminas am Leben blieb. So beschloss Gadora, bei seinem Plan zu bleiben. Oder besser gesagt, er wollte es tun.

»Meister Gadora. Ich möchte mich nicht in Eure Angelegenheiten einmischen, aber es wäre besser, wenn Ihr Euren Plan verwerft.«

»Oho?«

»Noch heute bin ich stolz, Euer treuer Schüler zu sein. Meine Loyalität gegenüber meinem Herrn ist jedoch größer. Falls Ihr einen Krieg gegen sein Land anzetteln solltet, muss ich Euch als meinen Feind betrachten.«

»Meinst du damit etwa den Dämonenkönig Rimuru?«

»Nein, mein Herr ist einer seiner Untergebenen, Diablo.«

Gadora war sprachlos. Rasen war ein Schüler, auf den er stolz war. Er konnte es nicht fassen, dass jemand, der diesen hatte unterwerfen können, sich als bloßer Untergebener eines Dämonenkönigs verdingte.

»Ich weiß, es steht mir nicht zu, etwas zu sagen«, meldete sich plötzlich Saare zu Wort, »aber wenn wir schon dabei sind, möchte ich etwas erwähnen. Dieser Diablo ist der böse Geist, der mich besiegt hat.«

Also der böse Geist, der stärker sein soll als ich. Kaum zu glauben, aber wenn er Rasen gefügig gemacht hat, muss etwas Wahres dran sein. Ich sollte mir diesen Namen merken.

»Meister Gadora, ich gebe Euch einen weiteren Hinweis. Diablo, mein Herr, ist ein uralter böser Geist.«

»Wie ich mir schon dachte. Da er dich besiegen konnte, gehört er wahrscheinlich zu den antiken Wesen. Oder schlimmer noch, er könnte sogar ein prähistorisches Wesen sein, was außergewöhnlich selten ist.«

Da er sogar einen Namen besaß, wäre es nicht verwunderlich, dachte sich Gadora, wenn seine Stärke die eines Dämonenkönigs übertraf.

»Nein, er spielt in einer ganz anderen Liga.«

»Er hat behauptet, ein Fürst der bösen Geister zu sein.«

»Was ...?! Völlig absurd«, hätte Gadora fast geschrien. Es gab eine Grenze für die Evolution von bösen Geistern. So lautete die absolute Regel, und soweit Gadora wusste, gab es nur einen bösen Geist, der sich diesem Gesetz widersetzt hatte: derjenige, der sich von einem Arc Demon zu einem Demon Lord weiterentwickelt hatte, der stärkste und schrecklichste aller Dämonenkönige – Guy Crimson, Kaiser der Dunkelheit.

»Meister Gadora. Mein Herr ist jemand, bei dem man nicht darüber zu diskutieren braucht, wie lange er bereits lebt. Versteht Ihr, was ich meine?«

Rasens Stimme wurde von Gadoras Gedanken übertönt, die in seinem Kopf schwirrten.

Das kann nicht wahr sein. Nein, ich will es nicht wahrhaben.

»Ist er ein ursprünglicher böser Geist …?«

»So ist es.«

Gadora versuchte, sich zu beruhigen. Wenn das die Wahrheit war, war es kein Wunder, dass Rasen ihm diente. Und wenn ein ursprünglicher böser Geist einen materiellen Körper erhalten hatte, war es ebenfalls kein Wunder, dass er sich zu einem Fürsten der bösen Geister entwickelt hatte. Das würde drastische Änderungen des Expeditionsplans des Imperiums erfordern. Angesichts der Tatsache, wie sehr der ursprüngliche böse Geist Blanc das Imperium geplagt hatte, stand außer Frage, wie gefährlich Diablo war.

Nein, Moment mal. Damit ein ursprünglicher böser Geist einen Körper erhält, muss sich eine Katastrophe ereignet haben. Warum habe ich nichts dergleichen gehört?

Dieser Gedanke kam ihm, als er langsam die Fassung zurückgewann. Doch sofort änderte er seine Meinung.

Nein, nein. Ob dieser Diablo ein ursprünglicher böser Geist ist oder nicht, tut hier nichts zur Sache. Jedenfalls ist es eine Tatsache, dass er Rasen unterworfen hat. Also muss er zumindest ein Demon Lord sein …

Als er wieder dem Gespräch zwischen Youm und den anderen lauschte, lief es ihm kalt den Rücken hinunter.

»Diablo dient Rimuru mehr oder weniger als Butler, nicht wahr? Ich bin letztens nach Tempest gefahren, um die Eröffnung der Zugverbindung zu feiern. Dort hab ich gehört, dass er ein paar seiner Bekannten rekrutiert habe, weil er keine Lust hatte, sich mit Kleinkram abzugeben.«

»Ja, ich hab eine von diesen Frauen im Rat getroffen. Angeblich ist sie von Rimuru zur Diplomatin ernannt worden. Sie hatte weiße Haare, wunderschöne purpurrote Augen und sah umwerfend aus.«

Gadora sackte in seinem Stuhl zusammen.

S... Soll das ein Witz sein?! Diese Merkmale stimmen genau mit denen von Blanc überein ...

Gadora kam es vor, als wäre er in einem schrecklichen Albtraum gefangen. Als er Rasen einen Blick zuwarf, nickte dieser ihm zu.

»Es ist also wahr?«

»Ich würde Euch niemals anlügen, Meister.«

Der alte Mann erkannte, dass sie die Wahrheit sagten und ihn um seinetwillen davon abzuhalten versuchten, einen Krieg zu beginnen.

»Ist Tempest so gefährlich?«

Alle Anwesenden nickten stillschweigend. Daraufhin erblasste Gadora, weil er sich an die drei Männer erinnerte, die in dieses Land gereist waren.

Verdammt! Es könnte sein, dass die Jungs schon etwas angestellt haben!

Rimuru, die Hauptstadt von Tempest, war sehr belebt. Sie war zu einer Metropole angewachsen und wirkte selbst auf Shinji und die anderen so hoch entwickelt, wie sie es nur von der kaiserlichen Hauptstadt Nasca kannten. Sie waren verblüfft, hatten sie doch damit gerechnet, dass die Stadt ländlicher geprägt war.

»Es war doch davon die Rede, dass es hier nur noch ein leeres Feld mit einem einzigen Tor gäbe. Haben sich die Leute etwa getäuscht?«

»Das bezweifle ich. Entweder können sie beliebig in diesen Modus wechseln oder unsere Spione haben halluziniert.«

»... Wenn das so ist, müssen wir wachsam bleiben.«

Sie tauschten flüchtige Blicke aus und nickten einander zu. Kagari hatte sie hier durch die Elementarmagie »Warp Portal« hergebracht, anschließend war sie sofort wieder zurück ins Kaiserreich gereist. Sie würden dann mit Gadora wieder zurückkehren, sobald sie sich hier mit ihm getroffen hatten. Ihr Befehl lautete, bis dahin nichts Waghalsiges zu tun, sondern so gut wie eben möglich Nachforschungen zu betreiben. Und diesen Befehl wollten die drei Männer streng befolgen.

»Kagari ist eine echte Schönheit.«

»He, Shinji! Deine Freundin wird dir einen Korb geben, wenn du so was sagst.«

»Welche Freundin? Ich hab keine. Wenn ich eine hätte, wäre mein Leben viel lebenswerter ...«

»Hä?«

»... Es hat keinen Sinn, Mark. Shinji ist eben unsensibel.«

Sie neckten sich noch ein wenig, während sie die Einreisekontrolle am Eingang der Stadt passierten. Dank der Ausweise der Gilde, die Yuki für sie vorbereitet hatte, durften sie bereits nach einer kurzen Erklärung der Regeln in das Land einreisen. Dann bezogen sie ein Zimmer in einem Gasthaus und machten einen Stadtrundgang. Die drei waren erstaunt über das, was sie dort zu Gesicht bekamen. Als Menschen aus einer anderen Welt genossen sie einige Privilegien. Yuki war außerdem bemüht, die Ernährungssituation und die Lebensbedingungen zu verbessern, wodurch gute Nahrungsmittel und Speisen auch im Kaiserreich erhältlich waren. Doch all das verblasste im Vergleich zu den Fortschritten, die dieses Land gemacht hatte. Besonders Shinji war erstaunt. Hier gab es Takoyaki, Okonomiyaki, Yakisoba und sogar eine große Auswahl an Süßwaren wie Crêpes und Kuchen. Dazu füllten einige extrem kostbare Delikatessen die Regale, bei denen er sich fragte, woher die Zutaten überhaupt kamen. In der Stadt gab es von Imbissbuden, Cafés, Tavernen bis hin zu gehobenen Restaurants alles. Das Angebot spiegelte eine Leidenschaft für Essen wider. Sogar Speisen aus ihrer ursprünglichen Welt wurden hier nachgekocht. Die hiesigen Bewohner schienen sich bereits an die Vielfalt der Küche gewöhnt zu haben. Als Shinji in einem Restaurant Curryreis entdeckte, vergoss er Freudentränen. Auch die Toiletten waren tadellos. Und die Gasthäuser hätten gemütlicher nicht sein können. Dazu gab es ein öffentliches Badehaus, das offenbar zu einem beliebten Zeitvertreib geworden war.

»Ich glaube, ich bleibe hier. Warum überhaupt zurück ins Kaiserreich gehen? «

»Hey!«

»Ach, sorry ... War nur ein Witz. Werd doch nicht gleich sauer, Shinji.«

»Ich bin nicht sauer. Ich frage mich nur, ob wir es nicht ernsthaft in Betracht ziehen sollten.«

»... Ich möchte auch hier leben.«

Die drei blickten einander an und seufzten. Lange hatten sie den Eindruck gehabt, das die fortschrittlichste Zivilisation in dieser Welt das Östliche Kaiserreich sei. Nun mussten sie einsehen, dass sie sich getäuscht hatten. Und nicht nur hinsichtlich des kulinarischen Angebots, die Stadt schien auch ein kulturelles Zentrum zu sein und es gab allerhand Möglichkeiten, sich zu amüsieren – zumal viele Unterhaltungsangebote aus ihrer alten Welt zu kommen schienen, die in ihnen nostalgische Gefühle weckten. Auch im Kaiserreich gab es kulturelle Angebote, aber diese waren dem Adel vorbehalten oder kosteten Summen, die sich kein normaler Bürger leisten konnte. Hier jedoch ...

»Nein, nein, nein, das können wir nicht.«

»Du hast recht. Herr Yuki wäre sicher nicht einverstanden und auch Meister Gadora macht mir Angst. Zumal hier schon bald Krieg herrschen wird ... «

»... Wer vor dem Feind flieht, wird hingerichtet.«

So war es. In Kürze sollte ein Krieg ausbrechen. Als klares Angriffsziel würde ihn diese Stadt nicht unbeschadet überstehen. Die drei kannten die Macht des kaiserlichen Militärs und waren sich sicher, dass dieses Land keine Chance haben würde. Schweren Herzens fügten sie sich ihrem Schicksal und begaben sich zum Labyrinth, um ihre Mission zu erfüllen.

………

……

…

»Der Heroe Masayuki soll es erst letztens endlich geschafft haben, den Boss der fünfzigsten Ebene zu schlagen. Mir scheint das aber gar nicht so schwer zu sein.«

»Ha ha, wundert mich nicht. Schließlich meinte Herr Yuki, dass Masayuki nicht besonders stark sei.«

»… Aber sein Skill ist nicht zu unterschätzen.«

»Genau das ist der Grund, warum er vorsichtig vorgegangen ist. Er hat schließlich mehr als ein halbes Jahr hierfür gebraucht.«

Die drei befanden sich bereits in der vierzigsten Ebene. Anfangs waren sie ständig auf der Hut gewesen, aber mittlerweile hatte ihre Anspannung nachgelassen. Sie hatten im Voraus Informationen gesammelt, um Gefahren zu vermeiden. Dadurch hatten sie den Eindruck gewonnen, dass das Labyrinth stark auf Spielmechaniken beruhte. Xin schien keine Vorliebe für Spiele gehabt zu haben, aber Shinji und Mark waren begeisterte Gamer gewesen. Insbesondere Shinji hatte Rollenspiele geliebt und während seiner Laborarbeiten an der Uni immer wieder die Abenteuer auf der Spielkonsole genossen. Angesichts dieser Erfahrung war dieses Labyrinth ein Kinderspiel für sie. Die Tricks darin waren Gamern wohlbekannt. Außerdem war Xin Liuxing gut darin, Fallen aufzuspüren, weshalb es ihm mit Shinjis Tipps gelang, alle zu durchschauen.

»Ich denke, die bisherigen Herausforderer hatten es nur schwer, weil es ihnen an Wissen gemangelt hat.«

»Stimmt. Ich hab das Labyrinth ja zum Spaß als Hindernisparcours bezeichnet, aber genau das ist es. Sobald man die Absichten des Machers begreift, schafft man es mit links.«

»... Außerdem stirbt man hier nicht einmal.«

Sie hatten von dem Wiederbelebungs-Armreif gehört, als sie Informationen gesammelt hatten, und erhielten an der Rezeption jeweils einen umsonst. Mit dem angelegten Armreif wurde man, wenn man im Labyrinth ums Leben kam, am Eingang wiederbelebt. Die drei hatten gemischte Gefühle dabei. Es kam ihnen so vor, als würde in dieser eigentlich ernsten Welt eine Comedyshow abgezogen werden. Das einzige Problem war, dass sie nicht wussten, aus wie vielen Ebenen dieses Labyrinth bestand. Auch wenn sie es in einem Zug erobern wollten, waren die Rationen, die sie mitnehmen konnten, begrenzt. Die Männer waren ratlos, wie viel Proviant sie vorbereiten sollten. Doch dann wurde ihnen an der Rezeption erklärt: »Ach, darum braucht ihr euch keine Sorgen zu machen. Wenn ihr eine Treppe seht, dann findet ihr dort einen Eingang zum Gasthaus, wo man gegen eine Gebühr übernachten kann. Ihr müsst euch also nicht über Nahrungsmittel den Kopf zerbrechen. Lord Rimuru meinte, man soll nur Snacks für etwa dreihundert Yen mitnehmen. Keine Ahnung, was das bedeuten soll, aber es scheint wichtig zu sein. Ach ja, im Gasthaus halten sich auch Kaufleute auf. Denen könnt ihr die Sachen verkaufen, die ihr nicht braucht.«

Shinji hätte gerne gerufen, dass die Information über die Kaufleute deutlich wichtiger wäre als die mit den Snacks, aber unterdrückte den Impuls. Er wollte vermeiden, dass man ihm Majestätsbeleidigung vorwarf.

………

……

…

Es war bereits eine Woche vergangen, seit die drei Männer mit der Erkundung des Labyrinths begonnen hatten. Nun ruhten sie sich in einem Gasthaus innerhalb des Labyrinths aus und betrachteten ihre Beute.

»Sagt mal, wir haben in den letzten Tagen viel verdient, findet ihr nicht?«, fragte Mark gut gelaunt. »Außerdem hat der Rezeptionist behauptet, dass dieses Hotel spartanisch wäre, aber in Wahrheit ist es ziemlich komfortabel. Trotzdem ist die Übernachtungsgebühr günstig und wir haben viel Geld gespart, indem wir unnötige Sachen verkauft haben, oder?«

Auf seine Worte hin blickte Xin auf und zeigte ein wenig Interesse. Shinji holte einige Goldmünzen aus seiner Tasche. Der goldene Glanz fesselte den Blick der drei. Es war nicht nur das Geld, das sie aus dem Verkauf der Items erhalten hatten, die sie in Schatztruhen oder den Dämonen fanden. Man hatte ihnen darüber hinaus zehn Goldmünzen und sogar eine Sterngoldmünze als Preisgeld gegeben. Ein außergewöhnlicher Preis.

»Es hat sich eine stattliche Summe angesammelt. Angeblich haben selbst die besten Herausforderer den Boss der fünfzigsten Ebene noch nicht besiegt. Nur dem Team von Masayuki ist das bisher gelungen. Das macht uns wohl zur derzeit zweitbesten Gruppe.«

Masayukis Gruppe steckte offenbar im sechzigsten Stock fest. Andere Herausforderer bissen sich noch am Boss der vierzigsten Ebene die Zähne aus. Und so wurden Shinji und seine Freunde zum besten Team des Monats gewählt.

»Ach ja, die Tempest Serpent. Okay, sie war stark, aber nichts gegen uns.«

Interessant fanden sie nicht die Stärke des Bosses, sondern den Schatz, den sie nach ihrem Sieg erhielten.

»Ich frag mich, warum da ein Sockel auf dem Schwert ist. Es hat mich glatt vom Hocker gerissen, was die Händler für einen Preis dafür geboten haben ...«

»Aber echt. Was hat es mit dem Sockel auf sich? Meine magische Analyse hat mir auch nicht weitergeholfen. Wir sollten es besser behalten, bis Meister Gadora kommt.«

»Bis zur vierzigsten Ebene sind solche Schwerter nicht aufgetaucht.«

»... Stimmt. Starke Dämonen haben sie fallen lassen, irgendwo in der Nähe der fünfzigsten Ebene.«

»Ja, du hast recht. Sie scheinen selten zu sein, sind aber in der Stadt bereits in Umlauf. Angeblich kann man sie mit viel Glück auch in den Schatztruhen ab der dreißigsten Ebene finden.«

»Ihre Qualität ist hervorragend. Aber das allein kann nicht der Grund sein, warum sie so teuer sind.«

»... Vielleicht steckt ein Geheimnis dahinter.«

»Scheint so. Als ich die Händler gefragt habe, haben sie mir nur ein Lächeln geschenkt und wollten nichts verraten.«

»Das klingt verdächtig. Warten wir auf Meister Gadora. Aber mal ein anderes Thema, seht euch das hier an!«, rief Mark und holte seine Minosaxt heraus. Sie war ein Meisterstück aus Mithril, ein Unique-Item, das aus der Schatztruhe stammte, die der Boss der fünfzigsten Ebene bewacht hatte.

»Seht ihr? Ein Unique-Item! Selbst im Kaiserreich bekommt man so was nur schwer in die Finger!«

Mark war so davon begeistert, dass er seine Wange liebevoll an die Bartaxt legte. Mitglieder des Kaiserlichen Ritterordens erhielten ein Legend-Item, aber alle rangniederen Soldaten bekamen nur Ausrüstungsgegenstände ohne magische Fähigkeiten, wenn auch robust und von guter Qualität. Selbst hochrangige Offiziere gelangten nur selten an Unique-Items.

»Ja, stimmt. Herr Yuki meinte, dass die Waffen des Kaiserreichs in Massenproduktion hergestellt werden. Wir kriegen sie kaum zu Gesicht, aber offenbar haben auch die Legend-Items alle die gleiche Form.«

»... Ist das überhaupt möglich?«

»Shinji, ist das nicht nur eine Vermutung? Dass sie eine ähnliche Form haben, heißt doch nicht gleich, dass sie in Massen hergestellt werden.«

Mark schien der Gedanke zu missfallen, weil er das Gefühl bekam, dass damit auch der Wert seines neuen Unique-Items sank.

»Natürlich wäre das normalerweise undenkbar. Meister Gadora meinte ja auch, dass allein die Massenproduktion von Magiestahl schwierig sei. Unter besonderen Bedingungen wäre es aber möglich.«

»… Besondere Bedingungen?«

»Genau. Stellt euch einen Ort vor, an dem die magische Energie so dicht ist, dass ein normaler Mensch dort auf der Stelle sterben würde. Wo Leute auf Rang B einige Stunden überleben und Leute auf Rang A womöglich nur krank werden würden. Würde man dort eine Waffe oder eine Rüstung über einen langen Zeitraum lagern – vielleicht hundert oder tausend Jahre – wären die Voraussetzungen erfüllt. Sie müssten nur noch einen Besitzer bekommen, der von ihnen anerkannt wird, um sich weiterzuentwickeln.«

»Wo auf der Welt soll es bitte so einen Ort geben?«

»… Ich halte das auch für ausgeschlossen.«

»Sollte man meinen. Aber Herr Yuki und Meister Gadora behaupteten, es gebe solche Orte.«

»Okay, nehmen wir an, die beiden haben recht. Worauf willst du hinaus?«

»Na ja, ich habe mich nur gefragt, ob diese Bartaxt vielleicht auf diese Weise hergestellt wurde.«

»So ein Unsinn.«

»Ja, es klingt unsinnig. Aber die Bartaxt hat auch einen Sockel. So etwas findet man auf keiner gewöhnlichen Axt, oder?«

»Da hast du recht. Ich frage mich echt, was das wohl ist.«

»… Es ist eine schöne Waffe. Auch wenn sie eine unheimliche Form hat.«

Shinji wollte keinesfalls die Axt bemängeln. Er war auch nicht eifersüchtig darauf, wie glücklich Mark mit seiner neuen Waffe war. Schließlich konnten weder Shinji noch Xin mit Waffen umgehen, die so groß waren. Es war bloß …

»Wisst ihr, ich hab langsam das Gefühl, dass dieses Land weit gefährlicher ist, als wir dachten, wenn hier leichtfertig Waffen dieser Qualität verschenkt werden …«

Auf seine Worte hin verstummten Mark und Xin. Tatsächlich ging es den beiden ähnlich. Mark war anfangs sogar besorgt gewesen, dass der Rezeptionist die Bartaxt beschlagnahmen würde. Die Regeln besagten zwar, dass alle im Labyrinth erhaltenen Gegenstände den Herausforderern gehörten, trotzdem hatte er es sich nicht vorstellen können, dass irgendein Land eine derart starke Waffe verschenken könnte. Da sie sich keinen Ärger einhandeln wollten – waren sie doch als Spione ins Land gekommen –, hätten sie sich einer derartigen Anweisung gefügt. Aber sie hatten keine solche erhalten. Stattdessen hatten ihnen die Mitarbeiter zugejubelt und ihnen sogar noch ein Preisgeld überreicht.

»Es sind nicht nur die Waffen. Das Land an sich ist ungewöhnlich, findet ihr nicht?«

»Ja, damit hatte ich gar nicht gerechnet. Ich glaube sogar, wir hätten mehr Spaß und würden mehr Geld verdienen, wenn wir unseren Lebensunterhalt damit verdienen, im Labyrinth zu kämpfen.«

»Mark, reiß dich zusammen. Du weißt, was Deserteuren droht.«

»… Darauf steht die Todesstrafe.«

»Ach ja … Stimmt. Wie dem auch sei, auf mich wirkt das Leben in Tempest besser als das im Imperium.«

Darin waren sich alle einig, doch diese Wahl hatten sie nicht und es war nicht die richtige Zeit zum Träumen.

»Der Krieg wird hier bestimmt viel Schaden anrichten.«

»Stimmt ... Ich würde ja gern das Lager wechseln, wenn dieses Land eine Chance auf den Sieg hätte. Aber wer würde schon Leute aufnehmen wollen, die Verrat begangen haben?«

»... Wir brauchen ein Zuhause.«

Mit einem tiefen Seufzer gaben sie ihre naiven Wünsche auf. Dann wechselten sie das Thema und begannen, über ihre Strategie für den folgenden Tag nachzudenken.

»Morgen begeben wir uns in die einundfünfzigste Ebene. Die Zone, die dort beginnt, wird angeblich als ›Paradies der Toten‹ bezeichnet. Marks Bartaxt besteht aus Mithril mit heiligen Attributen, also können wir erwarten, dass sie gegen Wichte und andere Totengeister wirksam ist.«

»Ja, das Ganze wirkt echt wie ein Spiel. Ich meine, der Boss hat eine Waffe beschützt, die in der nächsten Stufe eine Schlüsselrolle spielt.«

»... Dazu kommt, dass die Dämonen Stück für Stück stärker werden.«

Auch Shinji war nicht entgangen, wie sehr das Labyrinth einem seiner geliebten RPGs glich. Auf jeder zehnten Ebene wartete ein immer schwerer zu besiegender Boss auf die Herausforderer. In der fünfzigsten Ebene hatten sie einem Gyuki namens Gozuru gegenübergestanden, der sogar die menschliche Sprache beherrschte. Dieser entsprach in seiner Stärke einem Unglück, beziehungsweise in Yukis Rangsystem einem Rang A. Ein überaus gefährlicher Gegner. Zwar waren auch Shinji, Mark und Xin stark und jeder hätte ihn auch allein besiegen können, allerdings nur mit riskanten Strategien. Diese hätten sie sich aber erlauben können, da man im Labyrinth nicht starb.

»Du sagst es«, stimmte Mark zu. »Wenn so ein Dämon die fünfzigste Ebene beschützt hat, werden die folgenden Bosse harte Brocken werden.«

»… Wir müssen unser Bestes geben«, nickte auch Xin mit einem nachdenklichen Gesicht.

Die drei waren sich einig: Bisher war alles gut gelaufen, aber von nun an mussten sie mit harten Kämpfen rechnen.

»Am besten bleiben wir bei unserer Taktik, dass Mark die Offensive übernimmt. Probieren wir doch mal, wie weit wir mit dieser Waffe kommen.«

»… Okay.«

»So starke Dämonen sind selten und man findet sie nur schwer. Ich vermute also, dass die sechzigste Ebene die letzte ist. Falls nicht, kipp ich um.«

»Ach was. Wie könnten das noch mehr sein?«, lachte Shinji. In Wahrheit aber hatte er unheimliche Gerüchte gehört, die er jedoch für sich behielt, um die anderen beiden nicht zu demotivieren. Diese besagten nämlich, das Labyrinth erstrecke sich über hundert Ebenen.

Was für ein Unsinn, dachte Shinji. Es bereitete ihm Sorgen, was für einem Boss sie sich als Nächstes stellen müssten, aber es hatte keinen Sinn, sich jetzt schon Gedanken darüber zu machen. Die drei Männer waren überzeugt, dass sie das Labyrinth erobern könnten, weil man nicht sterben konnte. Aber es war abzusehen, dass es ein langer, mühsamer Kampf werden würde.

»Na ja, schlimmstenfalls kommen wir noch lebend heraus. Also lasst uns unser Bestes geben.«

Mark und Xin nickten auf seine Worte. Ihr Ziel waren die untersten Ebenen des Labyrinths. Denn sie mussten herausfinden, ob dort Forschungslabore versteckt waren oder nicht. Die drei Männer gingen noch einmal ihre Pläne durch und legten sich anschließend schlafen.

Drei Tage später entdeckten sie endlich eine Treppe in der neunundfünfzigsten Ebene, nachdem sie giftige Sümpfe und ätzende Zonen bewältigt hatten. Diese Treppe würde sie in die sechzigste Ebene führen, wo sich die Kammer des Bosses befand. Sie hatten sieben Tage gebraucht, um die fünfzigste Ebene zu erreichen, aber von dort aus weitere drei Tage, um sich zur sechzigsten Ebene durchzukämpfen. Die Fläche der einzelnen Ebenen war kleiner geworden, aber der Schwierigkeitsgrad beträchtlich gestiegen.

»Seid ihr bereit?«

»Klar.«

»... Ja.«

In der Nacht zuvor hatten sie sich gut ausgeruht und waren nun voller Energie.

»Der nächste Boss wird Wächter genannt, genau wie der von der fünfzigsten Ebene. Wir können davon ausgehen, dass es ein intelligenter Dämon ist.«

»Ich weiß. Wahrscheinlich ist er stärker als der Wichtritter, gegen den wir gestern gekämpft haben.«

»... Geben wir von Anfang an alles.«

Die drei waren zuversichtlich. Solang sie einen kühlen Kopf bewahrten, würde sie schon mit ihm fertigwerden. Sie nickten einander zu, legten die Hand vorsichtig auf die Klinke und stießen die Tür mit einem Ruck auf.

●

Drehen wir die Uhr ein wenig zurück.

Ich arbeitete gerade in meinem Zimmer daran, ein Überwachungssystem aufzubauen. Derzeit hielten sich unsere Geheimagenten, die Souei und Moss entsandt hatten, an wichtigen Punkten innerhalb des Jura-Waldes bereit. Darüber hinaus waren sie entlang der gesamten Küste – vom Königreich Farmenace bis zum nördlichen Teil von Inglasia – und sogar auf den Gipfeln der Berge stationiert. Trotzdem hielt ich unser Informationsnetz für unzureichend. Unsere Agenten waren in Zweierteams unterwegs, aber es bestand die Möglichkeit, dass beide gleichzeitig getötet wurden. Dann würde dort die Benachrichtigungskette vollständig abreißen und wenn eine wichtige Nachricht uns deshalb zu spät erreichte, könnte es das ganze Land gefährden – was schlimmer war als der Personenschaden. Um das zu verhindern, hatte ich Souei eindringlich gebeten, äußerste Vorsicht walten zu lassen. Und ich suchte nach einer Methode, unser Netzwerk sicherer zu machen.

Ich hatte daran gedacht, das Überwachungssystem mithilfe von Magie zu betreiben. Es gab eine Art, mit der man in die Ferne blicken konnte. Sie war jedoch nicht annähernd so nützlich wie erhofft. Mit ihr konnte man lediglich die Gestalt des Ziels registrieren, weshalb sie einem nicht sonderlich viele Informationen lieferte. Außerdem konnte man nur einen einzigen Ort betrachten – wollte man woanders hinschauen, musste man die Magie von Neuem aktivieren. Zudem war sie gänzlich nutzlos, wenn der Gegner eine magische Barriere errichtet hatte. In diesem Fall würde man keine hochrangigeren Magier überwachen können, weshalb ich diesen Gedanken hatte verwerfen müssen.

Mir war dann die Idee gekommen, mittels »Megido« eine Überwachungsmagie zu entwickeln, die wie ein Netz von Sicherheitskameras funktionieren könnte. Mir war die Umsetzung kompliziert erschienen, aber »Raphael« hatte mir bestätigt, dass es mit physische Magie, Elementargeistmagie und »Raumkontrolle« möglich sei. Sollte das gelingen, könnten wir die Bewegungen des Feindes jederzeit nachvollziehen, was ein entscheidender Vorteil wäre, immerhin gewannen Informationen Kriege.

Um ehrlich zu sein, war der Prototyp dieser Magie bereits fertig. Ich hatte »Raphael« nur noch gebeten, sie etwas handlicher zu machen.

Hä? Warum ich es nicht selber mache? Ach, was redet ihr denn da? »Raphael« ist schließlich mein Skill. Wenn er hart arbeitet, dann bedeutet das, dass ich hart arbeite. So betrachtet habe ich mich in letzter Zeit vielleicht überarbeitet. Ich sollte lieber eine Pause einlegen, um mich zu erholen.

Zum ersten Mal seit einer gefühlten Ewigkeit genoss ich den Schwarztee, den Shuna für mich gemacht hatte. Nebenbei spielte ich mit dem Gedanken, die vollendete Überwachungsmagie auszuprobieren, als mich plötzlich eine Nachricht von Beretta per »Telepathie« erreichte.

Lord Rimuru, ich habe dringende Neuigkeiten!

....

......

...

Als ich ihren Bericht hörte, klappte mir die Kinnlade herunter: Eine zweite Gruppe hatte die fünfzigste Ebene des Labyrinths erobert und bereits die neunundfünfzigste Ebene erreicht. Dank Masayuki und seinen Kameraden, die gerade aber wegen der Kriegsvorbereitungen pausierten, boomte das Labyrinth und immer mehr Herausforderer strömten zu uns. Eine ganze Reihe hatte bereits die dreißigste Ebene gemeistert und auf ihren Erfahrungen aufbauend Strategien entwickelt, nicht zu sterben. Nach der dreißigsten Ebene wurde es jedoch ernster: Hier lauerten Todesfallen und Dämonen, die in Gruppen kämpften, weshalb wahre Stärke gefragt war. Aber je mehr Zeit man im Labyrinth verbrachte, desto mehr Erfahrung und bessere Ausrüstung erlangte man.

So hatten die ersten Gruppen begonnen, sich dem Boss der vierzigsten Ebene zu nähern, doch hier gerieten sie ins Stocken. Der Boss dieser Ebene war die Tempest Serpent, ein Dämon auf dem Rang A-. Ihre Atemangriffe konnten die Waffen und Rüstungen vieler Abenteurer zerstören. Diese brauchten dann entsprechend Ersatz und wir verdienten ordentlich Geld. Also ein großes Dankeschön an unsere liebe Schlange! Jammerschade, dass sie nun besiegt wurde.

Nun hatte also auch eine Gruppe den Boss der fünfzigsten Ebene geschlagen. Masayukis Gruppe hatte ja ein bisschen geschummelt, also musste diese Gruppe wirklich stark sein. Zudem hatten sie das Preisgeld gewonnen, das wir aber gerne zahlten, denn es hatte einen guten Werbeeffekt. Dank dieser Helden herrschte im Labyrinth große Aufregung und unsere Geschäfte florierten wie nie zuvor.

Die fünfzigste Ebene hatten wir intelligenten Dämonen überlassen. So wechselten sich der Gyuki Gozuru und der Baki Mezuru dabei ab, diese Ebene zu bewachen. Da beide nicht zu unterschätzen waren, war ich wirklich überrascht, dass sie besiegt worden waren. Schließlich forderten sich die zwei in ihrer Freizeit oft gegenseitig heraus und ließen sich kreative Kampftaktiken einfallen. Sie waren nicht mehr die simplen Kraftprotze von einst, sondern gingen nun strategisch an den Kampf heran. Außerdem waren die beiden gute Freunde geworden.

Ich erinnerte mich, dass ich eine ziemlich nette Belohnung für diejenigen vorbereitet hatte, die die fünfzigste Ebene eroberten. So konnte das erste Team, das sie erreichte, in der Schatztruhe sogar mit hundertprozentiger Wahrscheinlichkeit ein Unique-Item finden, das zum Minos-Set gehörte. Ich hatte es nach Minotaurus, dem Herrscher des Labyrinths, benannt. Und diese Ausrüstung war wahnsinnig stark. Wenn die Schatztruhe eine Waffe enthielt, so handelte es sich entweder um die Minosaxt oder den Minosspeer. Einen Schild gab es nicht. Verschiedene Rüstungsteile komplettierten das Set.

Ich hatte nicht erwartet, dass sich jemand derart schnell durchkämpfen würde, weshalb es zurzeit nur etwa zehn dieser

Waffen gab. Wie dem auch sei, sie waren alle von höchster Qualität. Sie waren sogar Meisterwerke, die von Kurobes besten Lehrlingen geschmiedet worden waren.

Gozuru und Mezuru waren durch die Namensgebung stärker geworden. Da solche, die einen der beiden besiegen konnten, entsprechend stark sein mussten, hatten wir beschlossen, diese streng zu überwachen. Wenn möglich, würde ich sie für mein Land rekrutieren wollen, aber vor allem mussten wir uns vor gefährlichen Feinden hüten. Das war der Grund, warum mich Barette nun rief.

....

......

...

Wie sieht die Lage aus?

Die Gruppe besteht aus drei Mitgliedern. Alle besitzen Unique-Skills.

Ich fragte mich, ob es vielleicht Bekannte von mir waren, aber meine Vermutung erwies sich schnell als falsch. Drei Personen, die Gozuru besiegt hatten und Unique-Skills besaßen ... Dazu kam, dass sie keine Stammkunden unseres Labyrinths waren, sondern Neulinge, die erst kürzlich aufgetaucht waren. In Friedenszeiten hätte ich mir keine Gedanken deshalb gemacht, aber angesichts des bevorstehenden Krieges bestand die Möglichkeit, dass es sich um Spione handelte. Das musste gründlich untersucht werden. Also verwarf ich die Idee, die Überwachungsmagie auszuprobieren, und ging stattdessen in die Überwachungszentrale des Labyrinths.

*

In der Überwachungszentrale traf ich auf Lamrys und Veldora. Offenbar hatten Dino und Bester einen freien Tag, den sie sich sicher verdient hatten, die beiden hatten in letzter Zeit sehr erschöpft gewirkt. Dahingegen strotzten Lamrys und Veldora nur so vor Energie, als würden sie Erschöpfung gar nicht kennen. Sie erinnerten mich an kleine Kinder: Solang sie etwas taten, woran sie Spaß hatten, spürten sie keine Müdigkeit.

»Ah, da seid Ihr ja, Herr Kommandant!«, rief Lamrys scherzhaft. »Die Situation bleibt vorerst unverändert!«

Keine Ahnung, was sie damit sagen wollte. Wahrscheinlich versuchte sie bloß, einen Soldaten zu spielen. Ich richtete meine Augen auf den riesigen Bildschirm, der drei junge Männer zeigte. Sie kämpften sich offenbar in einem rasanten Tempo durch das Labyrinth, wobei ihr Kampfstil sehr eigenartig war. Einer von ihnen bewegte seine Arme so, als würde er in der Luft nach etwas greifen und damit werfen. Funktionierte es vielleicht wie eine Art Druckluftgeschoss? Mit bloßer menschlicher Kraft war das sicher nicht möglich. Er war ein großer Mann von kräftiger Statur mit braunem Haar. Er hatte ein markantes Gesicht und trug Jeans und Tanktop. Ja, Jeans und Tanktop. Allein daran erkannte ich, dass er aus einer anderen Welt kam. Dann warf ich einen Blick auf die anderen beiden. Der zweite war ein kleiner, magerer Mann in einer schwarzen Robe, der dritte ein Jüngling, der einen weißen Kittel über einem Kettenhemd trug. Ja, einen weißen Kittel. Genau so einen, wie man ihn oft in Forschungslaboren oder in Krankenhäusern sah. Allerdings bekam man so etwas in dieser Welt nur selten zu Gesicht. Dieser Bursche sah eindeutig asiatisch aus – oder sagen wir besser: japanisch. Abgesehen von dem Mann in der schwarzen Robe war ich mir sicher, dass die Männer aus einer anderen Welt stammten.

Auf dem Bildschirm spielte sich ein Kampf zwischen ihnen und sechs Todeswölfen ab. Diese kamen in einer Geschwindigkeit angelaufen, auf die normale Menschen nicht hätten reagieren können. Offenbar hatten die Wölfe erkannt, dass sie möglichst schnell zum Gegner mussten, um eine Chance zu haben. Jenseits der fünfzigsten Ebene verfügten sogar die Dämonen auf den Korridoren über eine hohe Intelligenz. Übrigens kam ein einzelner Todeswolf auf den Rang B+. Ein Rudel von sechs Wölfen stellte somit eine große Gefahr dar. Da sie außerdem eine Art von Totengeistern waren, waren sie immun gegen physische Angriffe, es sei denn, sie stammten von einer heiligen oder einer magischen Waffe. Ihre Körper bestanden aus magischer Energie, weshalb sie sich sofort regenerieren konnten, auch wenn sie in Stücke gerissen wurden. Es handelte sich also um lästige Dämonen, die man nur besiegen konnte, wenn man über die richtigen Mittel verfügte. Ein kurzer Moment der Unachtsamkeit reichte aus, um von ihnen verschlungen zu werden.

»Für wen haltet ihr uns, ihr verdammten Köter?! Rrraaahh!«, brüllte der Braunhaarige, der zuvor mit Luft geworfen hatte. Diesmal stürmte er mit seiner unheilvollen Bartaxt auf sie zu. Ein Schlag damit reichte aus, damit sich drei Todeswölfe in Lichtpartikel verwandelten und verschwanden.

Moment! Kein Wunder, dass mir die Axt bekannt vorkam – es war die Minosaxt. Ein Unique-Item war natürlich eine magische Waffe, die Totengeister verwunden konnte. Außerdem erinnerte ich mich daran, dass jene Axt aus wertvollen Materialien hergestellt wurde. Genauer gesagt wurde sie aus einer ganz besonderen Legierung aus Mithril geschmiedet, bei der Silber mit Magiestahl vermischt wurde. Es handelte sich um eine heilige Waffe, die Totengeistern und Untoten großen Schaden zufügte.

»Klar«, murmelte ich, »Mit der Minosaxt reicht ein Schlag aus, um Todeswölfe zu zerschmettern.«

»Stimmt. Das ist die Waffe, die man von Gozuru gewinnen kann, oder?«, fragte Veldora. »Dieser Kerl scheint ein gutes Gespür für den Kampf zu haben. Er geht so geschickt mit der Axt um, als besäße er sie schon seit Jahren.«

Während wir ihren Kampf beobachteten, informierten die anderen mich darüber, was bisher geschehen war. Und ich wünschte mir eine Tüte Kartoffelchips. Laut ihren Schilderungen hatte fast immer der Braunhaarige alle Dämonen vernichtet. Das leuchtete mir ein. Denn dieser Kerl war zweifellos stark.

Wie hatte es dann mit den Fallen ausgesehen? Ab der einundfünfzigsten Ebene kamen die heimtückischsten und gemeinsten Fallen ins Spiel, in denen man auf der Stelle sterben konnte. Aber der in Schwarz gekleidete Mann hatte sie alle entdeckt. Ich sah, wie er genau auf die Stellen zeigte, an denen die Fallen versteckt waren. Vermutlich war das sein Unique-Skill, zumindest war so jemand für ein Abenteuer im Labyrinth unverzichtbar.

Der Bursche im weißen Kittel hatte sich bisher nur ein einziges Mal am Kampf beteiligt, nämlich an jenem gegen Gozuru. Was Veldora und Lamrys mir darüber erzählten, ergab keinen Sinn, also bat ich »Raphael«, mir die älteren Aufzeichnungen aus dem Labyrinth zu zeigen. Und was ich vor die Augen bekam, sah tatsächlich seltsam aus: Der Kerl hatte aus seiner Innentasche eine Spritze herausgeholt und seinen beiden Freunden damit etwas injiziert. Unmittelbar danach wurden Gozurus Bewegungen träge. War da vielleicht Gift oder Ähnliches im Spiel?

<Korrekt. Dem Analyseergebnis zufolge wurde das Individuum Gozuru mit einem Nervengift angegriffen, dass die Bewegungen derjenigen hemmt, die nicht dagegen resistent sind. Es lag in einem gasförmigen Zustand vor, damit wurde der Raum gefüllt.>

Aha, Giftgas. Offenbar konnte der Kerl auf der Stelle ein Gift zusammenmischen, das genau auf seinen Gegner passte. Gozuru, der sich nur noch träge hatte bewegen können, war dem Braunhaarigen ausgeliefert gewesen. Doch der mit dem Laborkittel hatte ihm den Todesstoß versetzt: Er hatte ein silbernes Skalpell hervorgeholt und Gozurus Halsschlagader mit fachmännischer Präzision aufgeschlitzt.

Dieser Kerl war wohl der Anführer dieses Teams. Es war nicht so, dass er sich nicht am Kampf beteiligte, sondern er spielte vielmehr die Rolle ihres Kommandanten. Seine Kampfkünste waren alles andere als schlecht. Ich hatte den Eindruck, dass sich der Braunhaarige auf die Offensive konzentrieren konnte, weil er darauf vertraute, dass der Anführer im Notfall eingreifen würde. Sie waren ein perfekt aufeinander eingespieltes Team.

Plötzlich klopfte es an der Tür. Anschließend öffnete sie sich leise und Shuna trat herein. Sie brachte uns die Papiere mit den Registrierungsinformationen dieser drei Männer.

»Das sind die Formulare der drei, die sie bei ihrer Einreise ausgefüllt haben.«

Mit einer kleinen Verbeugung reichte mir Shuna die Papiere.

Shinjee: dreiundzwanzig Jahre alt, Zauberkünstler.

Mark: sechsundzwanzig Jahre alt, Krieger.

Xin: siebzehn Jahre alt, Jäger.

Angeblich kamen sie aus einem kleinen Land nahe des Kaiserreiches. Es hieß, sie seien in dieses Land gekommen, um das Labyrinth herauszufordern, über das sie viele Gerüchte von Kaufleuten gehört hätten.

Okaaay. Das war eindeutig gelogen, dass sich die Balken bogen.

»Raphael« zeigte mir die Analyseergebnisse des Trios. Genau wie Beretta gesagt hatte, besaß jeder von ihnen Unique-Skills. Und diese außergewöhnlichen Männer sollten zufällig eine Gruppe gegründet haben und zusammen hergekommen sein? Das klang schon sehr an den Haaren herbeigezogen.

Ich blickte zweifelnd auf die Angaben ihrer vermeintlichen Berufe. Um sich Zauberkünstler nennen zu können, musste man zwei oder mehr Arten von Magie perfekt beherrschen. Shinjee hatte anscheinend sowohl Elementargeistmagie als auch Elementarmagie erlernt. Ein bemerkenswertes Talent. Das Gleiche galt für Krieger, die Waffen- und Kampfkunst zugleich beherrschen mussten. In diesem Fall waren Kenntnisse in einer grundlegenden

Kampfkunst sowie das Beherrschen mindestens einer Waffenkategorie zu erwarten. Bei einem Schwert war es also Schwertkampf, bei Pfeil und Bogen das Bogenschießen. Auch Wurfkünste wie Messerwerfen und Steinwerfen kamen infrage. Marks Wahl war offenbar auf Wurfkünste und Speerkunst gefallen, wobei er auch die Kampfkünste gut beherrschte – also ein Tausendsassa. Und zuletzt zu den Jägern: Sie galten als Spezialisten für die Dämonenjagd. Man musste das Bogenschießen beherrschen und dazu in der Lage sein, seinen Körper durch Magie zu verstecken – und das gehörte zu den schwierigsten aller Künste. Darüber hinaus musste man den Skill »Gefahrenerkennung« erlernt haben. Talent allein reichte also nicht aus, um sich als Jäger bezeichnen zu dürfen. Jener Beruf spielte bei Expeditionen die Schlüsselrolle. In dieser Welt besaßen nur wenige die Fähigkeit, Fallen und Dämonen zu entdecken, daher konnten grundsätzlich nur jene diesem Beruf nachgehen, die Jagdvölkern entstammten.

Somit waren drei Männer mit jeweils seltenen Berufen als Gruppe angereist – verdächtiger ging es gar nicht.

»Also ich hab das Gefühl, dass die drei Spione sind, die uns ins Netz gegangen sind.«

»Das könnte sein. Aber würden sie sich so sehr zur Schau stellen?«, kommentierte Diablo, der sich bisher im Hintergrund gehalten hatte. Er hatte mich bei der Entwicklung der neuen Überwachungsmagie beraten und sich darauf gefreut, sie auszutesten. Offenbar bereitete es ihm schlechte Laune, dass wir uns vorher einem anderen Problem widmen mussten. Er blickte so böse auf den Bildschirm, als wollte er seinen Groll an den drei Männern auslassen. Sein Urteilsvermögen hatte ihn Gott sei Dank dennoch nicht verlassen.

»Stimmt, das habe ich mich auch gefragt. Ich habe auch darüber nachgedacht, ob es vielleicht ein Ablenkungsmanöver ist, aber in der Stadt scheint nichts Verdächtiges zu passieren.«

Dieses Team war sehr dubios. Würden Spione jedoch ihre Einreisedokumente so ehrlich ausfüllen? Oder war das vielleicht eine hinterhältige Strategie, um mich zu täuschen?

»Rimuru, du machst dir viel zu viele Gedanken«, schüttelte Veldora den Kopf. »Du sagst doch sonst immer, dass Ehrlichkeit eine Tugend ist!«

»Genau! Wichtiger ist jetzt die Frage, wie wir mit diesen Herausforderern umgehen wollen!«, warf Lamrys ein.

Ich beneidete Veldora und Lamrys dafür, dass sie immer so unbekümmert waren. Aber egal. Was auch immer die Wahrheit war, wir mussten zweifellos auf der Hut sein.

Der Schwarzhaarige im weißen Kittel war also Shinjee. Aber Shinjee war offensichtlich ein Deckname. Er musste Shinji heißen. Der Braunhaarige war Mark. Er warf nicht nur mit Luftgeschossen, sondern schien alles werfen zu können, was greifbar war, sei es der Kadaver eines Dämons oder ein Stein am Boden. Fast hätte ich mich an meinem Tee verschluckt, als er einen Dämon bei lebendigem Leibe warf und damit zwei Skelettkrieger zerschmetterte. Vermutlich war sein Beruf tatsächlich der eines Kriegers. Gekonnt hieb er die Minosaxt und vernichtete einen Totengeist nach dem anderen. Der schwarz gekleidete Typ war Xin. Er hatte definitiv ein Auge dafür, Fallen aufzuspüren. Zuerst dachte ich, er benutzte den Skill »Gefahrenerkennung«, doch da er alle gefährlichen Orte im Voraus mied, musste es an seinem Unique-Skill liegen. Grundsätzlich sollte man sich jenseits der fünfzigsten Ebene eher vor Fallen hüten als vor Dämonen. Da Totengeister nicht atmeten, hatten wir die Luftbestandteile dieser Ebenen angepasst. Unter anderem hatten wir auch Räume ohne Sauerstoff eingerichtet, in welchen man sofort erstickte, wenn man nur den Fuß hineinsetzte. Dazu gab es giftige Gewässer, saure Sümpfe, Räume voll Gas und noch viele weitere Gefahren. Auf die Herausforderer wartete eine Reihe fieser Fallen, die nicht nur ihren Körper, sondern auch ihre Ausrüstung beschädigten. Diese Fallen, genauso heimtückisch wie die Persönlichkeit ihres Schöpfers, waren dazu gedacht, die Herausforderer an der Eroberung der tieferen Ebenen zu hindern. Allerdings waren sie völlig zwecklos, wenn die Herausforderer sie alle durchschauen konnten, so wie eben Xin. Außerdem hatte er einen ausgezeichneten Orientierungssinn, sodass er immer den kürzesten Weg nahm, ohne sich von den rotierenden Böden täuschen zu lassen. Das Labyrinth war für ihn gar kein Labyrinth. Und wenn sich einer aus der Gruppe Verletzungen zuzog, behandelte sie Shinjee sofort. Da er Gift neutralisieren konnte, wirkten auch diese Fallen nicht auf sie. Sie waren ein Dreierteam, das wie geschaffen dafür war, unser Labyrinth zu erobern.

Und so vergingen drei Tage. Veldora, Lamrys und ich beobachteten fröhlich die Fortschritte, die Shinjee und seine Gruppe machten. Hey, bitte nicht falsch verstehen. Wir wollten sie keinesfalls für das nächste Mal als Beispiel nehmen, wenn wir uns im

Labyrinth amüsieren wollten. Nein, wir bewunderten nur, wie gut sie waren. Diablo las in einer Ecke des Raumes ein Buch, während Shion von Shuna lernte, Kuchen zu backen. Nun goss diese uns eine weitere Tasse Tee ein. Heute tranken wir Schwarztee, der angenehm nach Apfel duftete.

»Übrigens, Rimuru. Du hast doch gesagt, die drei wären dir vielleicht ins Netz gegangen. Wie hast du das gemeint?«, fragte mich plötzlich Veldora.

Hmm? Wovon redet er …? Ach, er meint das Gespräch, das wir vor drei Tagen hatten. Meine Güte, er ist so träge wie ein großer Dinosaurier.

»Mach dir darüber keine Gedanken.«

»Ach, sei doch nicht so. Verrate es mir.«

Normalerweise interessierten ihn solche Dinge nicht die Bohne, aber heute war er ungewöhnlich hartnäckig.

»Okay. Also hör zu …«, begann ich zu erklären. Dass uns die drei ins Netz gegangen seien, meinte ich im wahrsten Sinne des Wortes. Wir hatten Katastrophenübungen eingeführt, weil uns etwas Unglaubliches möglich geworden war – wir konnten die gesamte Stadt in das Labyrinth ziehen. Lamrys Peculiar-Skill »Schöpfer des Labyrinths« war wirklich beeindruckend. Ich wusste, dass die Ebenen ausgetauscht werden konnten, aber es stellte sich heraus, dass selbst eine oberirdische Stadt mit einer der Ebenen getauscht werden konnte. Sobald die Stadt einmal in das Labyrinth gezogen worden war, musste sie vierundzwanzig Stunden in diesem Zustand bleiben. Hinsichtlich Wasser und Sauerstoff bestand kein Grund zur Sorge. Man konnte sogar die

Sonne sehen, weshalb diese Maßnahme unsere Bewohner psychisch kaum zu belasten schien. Natürlich benötigte dieses Verfahren viel Kraft, aber hier kam Veldora ins Spiel. So sollte die Stadt im Kriegsfall geschützt werden. Aber die Katastrophenübungen waren auch ein ausgezeichneter Köder, um Spione anzulocken. Denn dabei blieb ein Tor über der Erde übrig, das den Eingang zum Labyrinth bildete. Klar sah das verdächtig aus. Bei unseren Vorbesprechungen innerhalb der Führungsriege waren wir uns einig gewesen, dass jemand deshalb Nachforschungen anstellen würde.

»Ach, so war das. Kein Wunder, dank dem Meister haben sich meine Fähigkeiten ja auch verbessert! Ich freue mich, dass sie euch geholfen haben.«

»Hi hi, verstehe. Es ist also mir zu verdanken, was?«

Veldora setzte einen Hundeblick auf und sah zu mir herüber, als würde er Komplimente erwarten. Meine Fresse. Aber es war tatsächlich so, dass wir es ohne ihn nicht geschafft hätten.

»Ja, du bist uns eine riesige Hilfe, Veldora.«

»Kwaa ha ha ha! Nicht wahr? Das habe ich mir schon gedacht! Also dann, dürfte ich mir noch ein Stück Kuchen nehmen?«

Natürlich nicht! Das ist das Stück, das ich mir für später aufgehoben habe!

»Du kannst meins haben.«

Oh! Danke, Diablo!

»Sorry«, entschuldigte ich mich bei ihm.

»Nicht doch. Das ist das Mindeste, was ich für Euch tun kann, Lord Rimuru.«

Wunderbar. Also schauten wir auf den Bildschirm, während wir den Kuchen genossen. Die drei Männer waren gerade dabei, den Boss der sechzigsten Ebene herauszufordern.

»Wäre es nicht besser, sie festzunehmen? Sie sind doch Spione.«

»Nein, ich möchte sehen, wie stark sie sind und wie weit sie kommen. Ihnen das Preisgeld zu zahlen ist zwar schade, aber sie sorgen für ziemlich viel Aufsehen. Also zahlt es sich aus.«

Schlimmstenfalls konnten wir sie später immer noch festnehmen und das Geld beschlagnahmen. Sie sollten glauben, dass wir sie großzügig entlohnten, während wir sie in Wahrheit durchweg ausnutzten.

»Das ist wieder typisch für dich. Eine großartige Idee!«

»Wie mies! Aber richtig clever!«

Obwohl Veldora und Lamrys mich mit Komplimenten überhäuften, machte es mich aus irgendeinem Grund nicht glücklich. Shuna warf uns einen kalten Blick zu und schüttelte den Kopf.

»Aber wir haben‘s vermasselt. Wer hätte gedacht, dass die Minosaxt schon bei dem ersten Team auftauchen würde? Sie hat ein heiliges Attribut und ist besonders effektiv gegen Totengeister.«

»Da haben wir es wohl ein wenig zu gut gemeint, als wir uns das ausgedacht haben ...«

Der Boss der sechzigsten Ebene war Adalman. Ich hatte beschlossen, ihm den Titel »Unsterblicher König« zu geben, damit er die Herausforderer so willkommen heißen konnte wie damals, als er noch ein Wichtkönig war. Adalmans Stärke kam besonders zur Geltung, wenn er eine Armee anführte. Alleine war er schwächer als Gozuru und Mezuru, weshalb ich das Gefühl hatte, dass der Kampf diesmal enttäuschend verlaufen würde. Darüber hinaus war Adalman ein Wicht und damit äußerst anfällig gegen das heilige Element. Solange Mark die Minosaxt benutzte, hatte Adalman wohl geringe Aussichten auf einen Sieg. Ich hatte ihm zwar viele Ratschläge gegeben, aber die Schlüsselrolle spielten in dieser Ebene die Fallen. Da ich nicht viel von dem Boss erwartete, hatte ich es für okay befunden, den Herausforderern Waffen zu geben, gegen die er nicht ankam. Im Nachhinein tat es mir leid für Adalman. Leider würde er die drei nicht aufhalten können. Vielleicht war es meine Schuld, aber ich hoffte, er würde es mir nicht übelnehmen. Und so setzte ich meine Hoffnungen auf den Boss der siebzigsten Ebene.

●

»Der unsterbliche König« Adalman bewegte seine fleischlosen Lippen, als er bemerkte, dass sich in seinem Territorium Eindringlinge befanden. Seine Zähne klapperten ein wenig. Obwohl es schwer erkennbar war, hatte Adalman sein nichtexistierendes Gesicht zu einem Grinsen verzogen.

»Ihr scheint gute Laune zu haben«, sagte der ehemalige Paladin namens Albert, der seit geraumer Zeit sein treuer Gefährte war. Auch nachdem Adalman in eine Falle gelockt worden und gestorben war, war dieser stets an seiner Seite geblieben. Als sich der ehemalige Wichtkönig Rimuru unterworfen hatte, hatte sich Albert in einen Skelettkämpfer verwandelt, einen niederrangigen

Dämon. Er war so schwach geworden, dass er von Glück reden konnte, nicht ausgelöscht worden zu sein. In diesem Zustand hatte er nicht einmal sprechen können. Dass er nun wieder sprach, hatte einen simplen Grund. Er hatte sich weiterentwickelt und war nun zu einem Todespaladin herangewachsen, der weit stärker war als ein einfacher Todesritter. Als Totengeist besaß er keinen physischen Körper, aber dennoch sah er nicht anders aus als zu Lebzeiten. Die blauen Irrlichter um ihn herum und sein bleicher Teint waren die einzigen Anzeichen dafür, dass er nicht mehr unter den Lebenden weilte. Adalman trauerte seinem Körper nicht nach, den er zu Lebzeiten besessen hatte. Vielmehr liebte er den knochigen Körper, den er nun hatte. Albert hingegen nutzte seine neu erworbene magische Energie, um sich einen neuen Körper zu erschaffen, weshalb er wieder wie der nette, vitale Jüngling wirkte – auch wenn »vital« vielleicht das falsche Wort für einen Totengeist war. Er trug allerdings eine furchterregende Rüstung, an der man sofort erkannte, dass mit Albert nicht zu spaßen war.

»In der Tat, ich bin in Hochstimmung. Albert, wir bekommen Gäste.«

Auch der Ritter nickte glücklich, als er diese Worte hörte.

»Aha, sie sind also endlich angekommen.«

Da ihre Freundschaft von einem tiefen gegenseitigen Verständnis geprägt war, genügten wenige Worte, um sich zu verständigen.

»Ja. Endlich ist die Zeit gekommen. Nun können wir uns für Lord Rimuru nützlich machen, der uns Frieden und Glück beschert hat. Jetzt, wo er uns so viel Kraft geschenkt hat, können wir uns keinen Fehler mehr erlauben.«

»Selbstverständlich ist mir das bewusst.«

»Hä hä hä. Es war wohl nicht nötig, dich zu warnen. Mich hat die Vorfreude ein wenig redselig gemacht.«

Die beiden blickten einander an und brachen in schallendes Gelächter aus. Doch sie waren nicht die Einzigen im Raum; neben ihnen stand ein weiterer Dämon in Bereitschaft.

»Gyuoooohh!«

Ein bösartiges Gebell hallte durch die Stadt der Toten.

»Du bist auch schon gespannt, nicht wahr? Wunderbar. Lasst uns heute unsere Kräfte nach Herzenslust einsetzen. Beweisen wir unserem Gott die Treue, die wir ihm entgegenbringen!«

Adalman hatte seinen Gottesglauben von einst völlig verloren. Doch nun glaubte er an den Dämonenkönig Rimuru. Es waren bereits mehrere Monate nach seiner schmerzlichen Niederlage vergangen. Um sich seinem Gott Rimuru nützlich zu erweisen, hatte Adalman in dieser Zeit sogar noch stärkere Kräfte erlangt als zu seiner Zeit als Wichtkönig – so groß war sein Glaube an den Dämonenkönig. Nur glaubte dieser Dämonengott gar nicht an ihn und seine Gefährten, sondern setzte seine Hoffnungen in den nächsten Boss. Aber da Adalman und Albert das nicht wussten, waren sie voller Enthusiasmus.

Diesmal durften sie nicht verlieren. Nein, sie durften sich von nun an keine einzige Niederlage erlauben. Mit diesem Entschluss begannen Adalman und seine Kameraden, Maßnahmen gegen die törichten Eindringlinge einzuleiten, die in Kürze eintreffen würden.

Der Kampf war beendet, kaum dass er begonnen hatte.

Ich würde ja gerne erzählen, es wäre ein erbitterter Kampf gewesen, aber er war derart schnell zu Ende gegangen, dass es mir die Sprache verschlug. Dabei hatte ich sogar Spielkarten für den Fall mitgebracht, dass er arg langweilig werden würde.

Der Kampf endete mit dem haushohen Sieg von Adalman. Seine Gegner waren nicht schwach oder krank oder verletzt gewesen, sie schienen sogar hochmotiviert und in bester Verfassung. Nur hatten Adalman und seine Truppen sie in jeder Hinsicht übertroffen.

Dabei hatten sie auf mich stärker gewirkt als Adalman. Nach meiner Analyse lagen alle von ihnen über dem Rang A und besaßen jeweils Unique-Skills. Shinjee hatte den Unique-Skill »Heiler«, eine sehr ungewöhnliche Fähigkeit, die es ihm ermöglichte, Viren zu lenken. Er schien damit Lebewesen vom Körperinneren aus angreifen zu können. Er war offenbar auch in der Lage, Luftbestandteile zu manipulieren, um mikroskopisch kleine Angriffsstoffe, sogenanntes Virusgift, zu verbreiten. Gleichzeitig konnte er diese kleinsten Wesen wie bessere medizinische Nanomaschinen zur Heilung nutzen. Ein ernsthaft starker Skill – könnte irgendein Lebewesen diesen Shinjee besiegen, wenn er nicht über ein messerscharfes Sehvermögen verfügte?

Mark besaß einen Unique-Skill namens »Werfer«. Dieser ermöglichte ihm, alles zu werfen, wonach er greifen konnte. In

Kombination mit Magie zur Manipulation der Schwerkraft konnte sein Skill gefährlicher werden als eine durchschnittliche kinetische Waffe. Wahrscheinlich entfaltete er eine stärkere Wirkung, wenn er gegen eine Armee als gegen Einzelpersonen eingesetzt wurde.

Bei Xins Skill handelte es sich um eine Zusammensetzung einiger praktischer Fähigkeiten. Sein Unique-Skill »Beobachter« enthielt »Instinktives Ausweichen«, »Gefahrenerkennung«, »Fallenerkennung«, »Dämonenerkennung« und »Präsenzerkennung«. Anscheinend konnte er sogar Shinjees Virengift erkennen. In Kombination mit seinen Kampfkünsten war er hervorragend darin, Gefahren zu entkommen. Er war flink und tappte in keinerlei Fallen, was ihn zu einem geborenen Feind unseres Labyrinths machte.

Diese schon für sich genommen starken Kämpfer ergänzten sich im Team wunderbar. Deshalb hatte ich damit gerechnet, dass sie Adalman besiegen würden.

Aber Adalman und Albert mussten in kürzester Zeit enorme Fortschritte gemacht haben. Dämonen ohne eigenes Ego entwickelten sich kaum weiter, vielleicht geringfügig, wenn mehrere Jahrzehnte ins Land gingen. Aber diese Entwicklung ...

»Moment mal, was hat das zu bedeuten? Warum sind die beiden so stark geworden?!«

Und was ist das bitte für ein Drache?

In der Kammer des Bosses befanden sich Adalman, Albert und ein furchterregender Drache, den ich noch nie zuvor gesehen hatte. Er war knappe zehn Meter groß und strahlte eine bösartige Aura aus. Ich wunderte mich, wo zum Teufel sie dieses Vieh aufgetrieben und was noch alles passiert war, als ich für meine Inspektion die Stadt verlassen hatte.

»Hi hi hi! Na, hat dich das umgehauen? Weißt du, es sollte ein Geheimnis sein. Du hast den beiden doch Ausrüstung geschenkt, oder? Sie waren darüber so glücklich, dass sie danach richtig hart trainiert haben! Du weißt, die magische Energie im Labyrinth ist hoch konzentriert. Indem Adalman und Albert diese Energie absorbiert haben, ist es ihnen gelungen, ihre einstigen Kräfte wiederzuerlangen!«, verkündete Lamrys stolz.

Sie hatte recht – bei näherer Betrachtung erkannte ich, dass sich Adalman von einem Wicht zu einem Wichtkönig entwickelt hatte. Es war mir nicht aufgefallen, weil er immer noch ein Skelett war und ein prunkvolles Gewand trug, aber seine Magie war auf ein unverschämtes Niveau angestiegen. Währenddessen hatte Albert die Entwicklung zu einem Todesritter übersprungen und sich direkt in einen höherrangigen Dämon namens Todespaladin verwandelt.

»Wichtkönige und Todespaladine besitzen also die gleiche Menge an magischer Energie wie ein Arc Demon …?«

»Kwaaa ha ha ha! Die kleinen Fische geben ihr Bestes, um uns auf ihre Weise nützlich zu sein!«

Tatsächlich waren sie deutlich stärker geworden als erwartet.

»Und was ist das für ein Drache?«

»Nanu? Kanntest du ihn nicht? Das ist Adalmans Haustier.«

Sein Haustier …? Hmm … Jetzt, wo sie das sagte, erinnerte ich mich vage. Adalman hatte einmal erwähnt, dass er gern eines seiner Haustiere herbeirufen wollte oder so. Aber wer hätte gedacht, dass es dieser teuflische Drache war? Es handelte sich um einen

Todesdrachen, den Gipfel aller Totengeister. Da Shuna und die anderen von ihm wussten, dachten sie wohl, ich täte es auch. Und ich hatte es wohl zum Teil mir selbst zuzuschreiben, dass ich keine Ahnung hatte. Mir wurde klar, dass ich mir von meinen Leuten ausführlichere Berichte geben lassen musste.

Aber gut, kommen wir auf den eigentlichen Kampf zurück, auch wenn es nicht viel zu erzählen gibt. Adalman war auf seinem Thron sitzen geblieben, während der Todesdrache zu seiner Linken hockte. Allein Albert ging auf die Herausforderer zu und besiegte sie im Handumdrehen. Mark hatte nicht einmal die Zeit gehabt, die wahren Kräfte seiner Minosaxt zu entfalten. Albert hatte sie mit seinem Unique-Item, dem Verfluchten Schwert, geblockt und Mark beim Gegenangriff getötet. Xin, fassungslos über das Geschehene, hatte sich für einen Sekundenbruchteil eine Blöße gegeben, die Albert für einen blitzschnellen Angriff genutzt und so auch ihn erledigt hatte.

»Hä?«

Shinjee war schockiert gewesen, doch er hatte sich schnell gefasst und mit der Heiligen Magie »Holy Cannon« auf Albert gefeuert. Das war eine Magie der Heiligen Ritter, die außer ihnen kaum jemand beherrschte. Sie hatte Shinjee bei der Registrierung nicht angegeben und war wohl eine seiner geheimen Fähigkeiten. Er landete damit sogar einen Treffer bei Albert, doch dieser hatte gar nicht ausweichen wollen – weil er es nicht nötig hatte.

»Das kann nicht wahr sein!«, hatte Shinjee noch gerufen, bevor ihn Alberts Schwert durchbohrt hatte. Und damit war der Kampf beendet.

Aber Moment mal! Albert ist doch ein Totengeist. Das Heilige Element sollte seine Schwäche sein.

Wenn ihr euch diese Frage gerade gestellt habt – mir ging es nicht anders. Und das wäre auch Alberts Schwäche gewesen, wäre nicht Adalmans Trumpf gewesen: sein Extra-Skill »Heilig-Dämonisch-Umkehr«.

<Hinweis: ›Heilig-Dämonisch-Umkehr‹ ist eine geheime Technik, die das Individuum Adalman entwickelt hat. Mithilfe dieses Skills lassen sich die Effekte von heiligen und dämonischen Elementen miteinander vertauschen.>

Der Wichtkönig hatte also das Attribut seines Ritters zum heiligen gemacht. Auf seine Ausrüstung hatte das keine Wirkung, aber da Albert als Totengeist keine Lebenskraft besaß, konnte sie ihm trotzdem nicht entzogen werden. Und Adalman konnte diesen Skill problemlos auf seine Untergebenen wirken, da diese sich kaum widersetzen würden.

Ein heiliger Totengeist? Soll das ein Witz sein?

Das dachte ich mir insgeheim, aber Adalmans Skill hatte daraus eine Realität gemacht. Als Totengeister waren er und die Mitglieder seines Teams gegen Angriffe aller Attribute gefeit. Auch physische Angriffe hatten auf sie kaum eine Wirkung. Und nun hatten sie sogar ihre einzige Schwäche, das heilige Element, überwunden. Das sprengte den Rahmen dessen, was ein gewöhnlicher Herausforderer zu bewältigen imstande war. Adalman hatte also gesiegt, ohne auf jene Magie zurückgreifen zu müssen, die ich ihm beigebracht hatte. Und so waren Shinjee und seine Freunde mühelos besiegt und in Lichtpartikel verwandelt worden.

*

»Mein Herr, Lord Rimuru, habt Ihr das gesehen? Diesen Sieg widmen wir Euch allein!«, rief Adalman aus vollem Halse. Mir gingen währenddessen viele Gedanken durch den Kopf.

Waren Adalman und seine Leute nicht etwas zu stark, um die sechzigste Ebene zu bewachen? Okay, ich hatte Adalman geraten, dass er ein Team von Herausforderern ebenfalls als Team bekämpfen sollte. Und ja, er hatte definitiv meine Befehle befolgt und darauf geachtet, dass seine Seite die Gegner zahlenmäßig nicht übertraf.

Aber dennoch musste man hier von Betrug sprechen, oder? Ich meine, drei Dämonen des Rangs Spezial-A auf einmal? Sie versprachen ein großes Unheil und hätten ein kleineres Land auslöschen können. Was hatten sie noch vor mir geheim gehalten, wenn man das schon so leicht preisgab?

Ich nahm mir vor, mir Lamrys vorzuknöpfen, sobald sich die Lage beruhigt hatte. Jetzt musste ich Adalman und seinem Team erst einmal Lob zollen.

»Gut gemacht, Adalman! Das gehört persönlich gelobt. Also komm in die Kommandozentrale.«

»Oh! Oooooh! Eure Worte bereiten mir grenzenlose Freude! Ich werde mich sofort auf den Weg machen!«

Wie üblich war er übertrieben höflich. Tja, typisch Adalman.

»Ich sehe, Albert kann auch wieder sprechen. Bring ihn bitte ebenfalls mit.«

»Jawohl. Und mein Todesdrache ...?«

»Ich fürchte, er muss zu Hause bleiben.«

»Sehr wohl!«

Der Todesdrache blickte traurig drein, aber mit seinen zehn Metern hätte er niemals in diesen Raum gepasst. Im Gegensatz zu Veldoras Halle in der hundertsten Ebene war die Kommandozentrale nicht besonders weiträumig. Der Drache tat mir leid, aber das musste er einsehen.

Ich bat Shion, für Adalman und Albert Tee zuzubereiten. Sie erwiderte jedoch mit ernster Miene: »Kann er trinken, obwohl er nur aus Knochen besteht?«

»…«

Stimmt, ihre Frage war berechtigt. Zwar hatte Albert einen Körper wiedererlangt, aber Adalman war noch immer ein Skelett. Na ja, vielleicht würde er zumindest den Duft genießen können?

»Es geht hier eher darum, Stimmung zu machen.«

»Aha, verstehe!«

Während wir dieses bizarre Gespräch führten, wartete ich darauf, dass die beiden eintrafen.

»Ich entschuldige mich aufrichtig dafür, dass Ihr auf mich warten musstet, Lord Rimuru!«

»Ich bin zutiefst dankbar, an dieser Audienz teilnehmen zu dürfen.«

Adalman und Albert knieten sich vor mir nieder. Aus der Nähe betrachtet – statt auf dem Bildschirm – fragte ich mich sogar, ob es wirklich die Dämonen waren, die ich kannte. So sehr hatten sie sich verändert.

»Ihr habt hervorragende Arbeit geleistet. Du heißt Albert, nicht wahr? Deine Schwertkunst war ausgezeichnet. Und Adalman, deine Leistung war ebenfalls beeindruckend. Macht weiter so!«, schrie Veldora.

»Genau! Wir zählen auf euch!«, spornte Lamrys sie an.

Bei den beiden musste man sich wirklich beeilen, ich hatte noch gar kein Wort sagen können. Aber es war nicht zu spät, um selbst noch ein Kompliment zu machen.

»Ja, aber echt. Ich habe euch eine Weile nicht gesehen und war wirklich überrascht, wie viele Fortschritte ihr gemacht habt.«

Vielleicht sollten wir eher von Weiterentwicklung als von Fortschritten sprechen. Fast hätte ich noch hinzugefügt: »Diese drei waren ziemlich stark, ich hatte gar nicht mit eurem Sieg gerechnet.« Aber ich biss mir auf die Zunge. Es gab eben Dinge, die man besser für sich behielt.

»Herzlichen Dank!«

Adalman und Albert waren sichtlich gerührt. Um mein Schuldgefühl loszuwerden, sagte ich ihnen, sie sollten Platz nehmen.

»Welch angenehmes Aroma! Wenn mir jemand anderes Tee serviert hätte, hätte ich das vielleicht als Beleidigung aufgefasst …«

Ups. Also war es doch etwas grausam, jemandem Tee zu servieren, der nichts trinken konnte?

»… aber in Eurer Anwesenheit reicht allein dieser Duft aus, um meinen Geist zu entspannen und meine müden Knochen zu entlasten.«

Das war gut zu hören, aber Shion war es gewesen, die den Tee zubereitet hatte.

»Köstlich. Ein süßer und wohltuender Duft wie von Nektar. Ich, Albert, bin zutiefst dankbar, mit diesem Glücksmoment gesegnet zu sein.«

Ihr beiden übertreibt maßlos …

Offenbar war Alberts Körper mithilfe von Magie aufgebaut. Es war eine vorübergehende Fleischwerdung, die nur im Labyrinth möglich war.

»Adalman, warum erschaffst du dir nicht auch einen Körper wie Albert?«

»Oh …?«

»Na ja, ich dachte nur, dann könntest du ebenfalls Tee genießen.«

»D… Das mag stimmen, aber wie soll ich sagen? Ich lege mehr Wert auf das Ambiente …«

Aha. Keine Ahnung, aber er schien seine Gründe zu haben. Na, dann wollte ich mich nicht unnötig einmischen.

»Verstehe. Das steht dir natürlich frei.«

In diesem Sinne wechselte ich das Thema.

»Übrigens war dein Extra-Skill ›Heilig-Dämonisch-Umkehr‹ eine brillante Idee. Man erkennt, wie viel Mühe du dir gegeben hast, wenn du so eine Fähigkeit entwickelst.«

»Vielen Dank! Ohne Berettas Hilfe wäre es nicht möglich gewesen. Und außerdem …«

Durch einen Themawechsel erfuhr ich etwas völlig Unerwartetes: Luminas habe beim Erwerb dieses Skills eine Rolle gespielt.

»Lord Luminas brachte mir als Entschuldigung, wie sie es nannte, die ›Tag-Nacht-Umkehrung‹ bei, eine ihrer geheimen

Techniken. Diese haben wir mithilfe von Berettas Unique-Skill ›Umkehrer‹ verändert, wodurch ich letztendlich den jetzigen Skill erlangt habe.«

Luminas hatte sich wohl dafür entschuldigen wollen, dass sie die Sieben Weisen nicht unter Kontrolle hatte halten können. Warum hatte Granbell überhaupt geplant, Adalman zu eliminieren, obwohl er so ein treuer Diener war? Zu dieser Frage hatte ich eine Vermutung: Mit Ausnahme von Granbell hatten die Mitglieder der Sieben Weisen verzweifelt versucht, jeden aus dem Weg zu räumen, der ihre Positionen infrage stellte. Und so hatten sie beschlossen, Adalman zu beseitigen. Granbell hingegen hatte wohl eher gedacht, dass Adalman nicht als Hüter der Menschheit geeignet sei, da Adalmans Kampf gegen den Zombiedrachen nur unentschieden ausgegangen war. Es wäre jedoch taktlos gewesen, meine Theorie zu äußern. In der Hoffnung, dass Adalman es eines Tages selbst erkennen würde, wechselte ich noch einmal das Thema.

»Großartig. Dann werde ich mich bei Luminas dafür bedanken. Aber davor habe ich eine Frage an dich, Adalman.«

»Jawohl, mein Herr?«

»Mit deinen jetzigen Kräften könntest du den Boss der siebzigsten Ebene besiegen, oder?«

»Worauf wollt Ihr hinaus ...?«

Also gab ich Adalman eine ausführliche Erklärung.

....

......

...

Im Moment bildeten die Ebenen einundsechzig bis siebzig die sogenannte Golemzone. Sie waren gefüllt mit mechanischen, unermüdlichen Soldaten. Einige von ihnen waren sogar mit Prototypen unserer Schusswaffen ausgestattet. In dieser Zone lauerten zahlreiche gemeine Fallen, einschließlich Landminen. Nichtsdestotrotz waren sie nicht stark genug, um Herausforderer zu töten. Stattdessen diente diese Zone eher den Heilern als Trainingsplatz.

Der Boss dieser Ebene war der neue Elemental Colossus. Bester hatte seine Idee mit Unterstützung von Kaijin endlich vollendet. Es war ihnen gelungen, ihn zu verkleinern und sein Gewicht zu reduzieren, während die hohe Verteidigungskraft des Magiestahls beibehalten wurde. Auch waren seine Beweglichkeit stark verbessert und das Cockpit besonders geschützt worden. Der Elemental Colossus besaß kein Ego, sondern war so konzipiert, dass ein Pilot ihn von innen steuern konnte. Er hatte auch eine sehr praktische Fernbedienungsfunktion, sodass man ihn durch »Telepathie« lenken konnte. Zurzeit steuerte ihn Beretta aus der Ferne. Und da sich niemand in dem Cockpit befand, war er immun gegen Angriffe wie Shinjees Virengift. Selbst die Minosaxt konnte nichts gegen seinen Körper aus Magiestahl ausrichten. Außerdem hatte sein Panzer dank der Schuppen von Charybdis den Effekt der »Magiestörung«.

Ein unbesiegbarer, eiserner Wächter war der Demon Colossus, die überarbeitete Version des Elemental Colossus. Shinjees Team würde die siebzigste Ebene nicht erobern können. Da war ich mir sicher.

………

……

…

Nachdem ich jedoch Adalmans Team hatte kämpfen sehen, war ich mir der Überlegenheit des Colossus nicht mehr sicher.

»Veldora, wer ist deiner Meinung nach stärker? Adalman oder der Demon Colossus?«

»Adalman, keine Frage.«

»Nicht wahr? Es ist beschlossen, Adalman. Wir werden dich zum Wächter der siebzigsten Ebene befördern.«

Wusste ich's doch. Wenn auch Veldora der Meinung war, musste das die richtige Entscheidung sein.

<Hinweis: Der Unterschied in der Kampfkraft zwischen den Individuen Adalman und Demon Colossus beträgt …>

Ach, schon gut. Hier geht es mehr um die Stimmung. Ich brauche keine genauen Zahlen, danke.

»Oh! Oooooh!! Ich werde keine Mühen scheuen, um Eure Erwartungen zu erfüllen, Lord Rimuru!«

»Ich schwöre Euch, dass ich meinen Herrn, Adalman, mit all meinen Kräften unterstützen werde.«

Das erklärten mir die beiden und knieten sich erneut vor mir nieder.

Der Demon Colossus war zwar wahnsinnig stark, aber seine Erscheinung war für einen Boss nicht imponierend genug. Vor allem aber konnten wir uns nicht leisten, dass er erneut zerstört wurde. Ohne Seele wirkten Lamrys Kräfte nicht auf ihn und er würde nicht wiederbelebt werden. Sollte ich ihn vielleicht als Pilot steuern? Vielleicht würde er dann nicht mehr als Gegenstand zählen. Aber nun ja, noch hatten wir keine derartigen Pläne, also sollte erst mal Adalman die Ebene übernehmen.

»Sehr gut! Dann tausch bitte sofort die Ebenen einundfünfzig bis sechzig gegen die Ebenen einundsechzig bis siebzig!«, bat ich Lamrys.

»Alles klar! Das kannst du mir überlassen!«

Und so wurde beschlossen, jene Teile des Labyrinths auszutauschen.

*

Für mich gab es nichts mehr zu bereden, also wollte ich Adalman und Albert wieder gehen lassen, als sich plötzlich Diablo zu Wort meldete.

»Es scheint ein guter Zeitpunkt zu sein, um Euch zu unterbrechen. Ich habe nämlich etwas zu berichten.«

»Was gibt es?«

»Rasen hat mir soeben per magischer Kommunikation mitgeteilt, dass er dringende Angelegenheiten mit Euch zu besprechen habe. Angeblich sei sein alter Lehrmeister eingetroffen und bitte Euch um eine Audienz. Es ist ein Mann namens Gadora.«

Hmm, der Name sagt mir nichts.

<Hinweis: Es ist der Name der Person, die in mehreren Grimoires als Autor verzeichnet ist.>

Anscheinend war der Mann eine Berühmtheit. Auch Rasen sollte ein berühmter und brillanter Magier sein, aber sein

Lehrmeister war noch mal eine Klasse für sich. Interessant. Ich hatte nichts dagegen, ihn kennenzulernen.

»Aber ist das nicht eine Falle? Wir stehen kurz vor einem Krieg mit dem Östlichen Kaiserreich. Eine Audienz zu so einem Zeitpunkt ist ziemlich verdächtig.«

»Genau! Ihr braucht Euch nicht mit einer so dubiosen Person zu treffen!«

Shion war sogar noch alarmierter als ich. Ich konnte sie gut verstehen. Da sie und ihre Truppe meine Leibgarde waren, war es ihre Aufgabe, mich vor unnötigen Gefahren zu beschützen. Da ich bisweilen zu einer gewissen Blauäugigkeit tendieren konnte, hielt ich es immer für besser, in solchen Fällen die Meinung meiner Leute anzuhören.

»So ist es«, stimmte ihr auch Diablo zu. »Ihr braucht Rasen kein Gehör schenken. Und auch ich muss mich nicht mit jemandem wie ihm abgeben.«

Nun, wenn meine beiden Sekretäre dagegen waren, sollte ich das Gesuch wohl ausschlagen.

Doch gerade, als ich das aussprechen wollte, bemerkte ich, dass Adalman sonderbar hibbelig war. Und nun ja, ich konnte den Armen gut verstehen. Das kannte ich nur zu gut: Immer, wenn ein Meeting mit dem Vorgesetzten beendet war und man gehen wollte, kam plötzlich wichtiger Besuch oder das Telefon klingelte. Dann durfte man nicht stören und musste still auf seinem Platz die Zeit absitzen.

»Adalman, es tut mir leid, dass ich abgelenkt wurde. Ihr beiden dürft nun gehen.«

»Ach, nein! Ihr braucht Euch keine Sorgen um uns zu machen. Die Sache ist nur …«

»Hm?«

»Ähm, um ehrlich zu sein …«

»Ja?«

»Diese Person namens Gadora, von der die Rede war …«

»Ja, bitte?«

»Er könnte ein alter Freund von mir sein.«

»Was?«

Als ich ihn unwillkürlich anstarrte, bereitete das Adalman sichtlich Unbehagen.

Nein, nein. Ich glaube nicht, dass du ein Verräter bist, sagte ich ihm in Gedanken, denn er zitterte so sehr, dass ich nur Mitleid mit ihm haben konnte. Ich bat Diablo, meine Antwort hinauszuzögern, dann ließ ich Adalman alles erzählen.

Es stellte sich heraus, dass Gadora und Adalman vor mehr als tausend Jahren befreundet gewesen waren. Ich fragte, ob er dann nicht schon längst verstorben sein müsste, aber nein. Da er ein großer Magier war, sei es nicht undenkbar, dass er seine Lebensdauer mit der von ihm geschaffenen geheimen Kunst verlängert hatte. Schließlich sei niemand anderes als er es gewesen, der mithilfe von »Seelenwanderung« Adalmans Leben gerettet hatte. Der Wichtkönig kannte auch den Namen Rasen und vermutete, dass dieser einer von Gadoras ältesten und größten Schülern war. Nachdem er uns noch einige weitere Details erzählt hatte, hatte ich das Gefühl, dass es sich bei der fraglichen Person tatsächlich um den Gadora handelte, den Adalman einst gekannt hatte.

»Diablo.«

»Jawohl. Ich werde ein Treffen arrangieren.«

Genau wie man es von einem fähigen Sekretär erwartete, hatte er meine Absicht sofort begriffen. Die andere, nicht so feinfühlige Sekretärin schien zumindest keine Einwände zu haben. So wollte ich mich also mit Gadora treffen.

Für Shinji und sein Team war es das erste Mal, dass sie im Labyrinth wiederbelebt wurden. Als sie an die Oberfläche zurückkehrten, wurden sie von den vielen Zuschauern auf vielfache Arten begrüßt, die von Ermutigungen und Buhrufen bis hin zu tröstenden Worten reichten. Die Kämpfe im Labyrinth wurden in die Stadt übertragen und das Team erfreute sich großer Beliebtheit. Natürlich hätten sie der Ausstrahlung widersprechen können, aber aus zwei Gründen hatte das Shinji nicht getan: Erstens würden sie einen Teil der Gewinne erhalten, die durch die Übertragung ihrer Kämpfe erzielt wurden. Zweitens spekulierte er darauf, dass es ihre Sicherheit garantieren würde, sollten sie berühmt werden. Sie waren auf feindlichem Gebiet, aber als Berühmtheiten würde man sie kaum einfach ermorden können. Außerdem hieß es, dass nur die Bosskämpfe ausgestrahlt würden, weshalb man sich nicht ständig von der Kamera beobachtet fühlen musste.

»Echt schade. Sieht so aus, als müsstet ihr noch ein bisschen trainieren und es noch einmal versuchen.«

»Nee, das wird niemals klappen. Was zum Teufel waren das bitte für Ungeheuer? Dieser Schwertkämpfer war verdammt schnell und das Skelett, das auf dem Thron saß ... War das ein legendärer Dämon oder so?«

»Wahrscheinlich ein Wichtkönig. Selbst ein hochrangiger böser Geist wäre ihm nicht gewachsen. Er ist eine lebendige Katastrophe, die den Tod selbst kontrolliert.«

»War der Drache echt? Er sah wie eine Statue aus, aber wenn sich das Vieh auch noch am Kampf beteiligt, dann gute Nacht!«

Mit solcherlei Kommentaren wurden sie überhäuft. Das Trio lächelte nur anstatt zu antworten und versuchte, sich möglichst schnell aus dem Staub zu machen.

»Jedenfalls drücken wir euch die Daumen.«

»Damit seid ihr jetzt mit Masayuki gleichauf. Wenn ihr gegen ihn gewinnen wollt, müsst ihr irgendeinen Weg finden, diesen Boss zu besiegen, solange der Heroe noch mit den Kriegsvorbereitungen beschäftigt ist.«

»Genau. Ich habe darauf gewettet, dass ihr gewinnt. Ich zähle auf euch!«

Begleitet von derartigen Worten gingen die drei ins Gasthaus zurück. Kaum waren sie in ihrem Zimmer, fielen sie erschöpft auf die Betten.

»Hey, was machen wir jetzt?«, erkundigte sich Mark.

»Nichts. Lasst mich bitte ein bisschen ausruhen«, antwortete der völlig erschöpfte Shinji.

Sie hatten den Boss herausgefordert, aber gegen ihn hatten die vorigen neunundfünfzig Ebenen wie ein Kinderspiel gewirkt.

Selbst die unbedeutenderen Dämonen waren auf der sechzigsten Ebene geplant vorgegangen. So hatte sie ein intelligenter Dämon namens Todesoffizier in Begleitung seiner Untergebenen angegriffen. Nur mit Mühe und Not hatten sie diese besiegt und den Raum des Bosses erreicht, wo sie dann letztlich unterlegen waren.

»... Melden wir das Herrn Yuki?«

Auf Xins Frage hin setzte sich Shinji auf seinem Bett auf. Die beiden anderen taten es ihm gleich.

»Was sollen wir ihm schon erzählen? Ich hätte niemals gedacht, dass die tieferen Ebenen so fies sind.«

»Ja, bis zur neunundfünfzigsten Ebene war alles in Ordnung. Aber was war bitte in der sechzigsten los? Da sind Todesoffiziere mit Truppen von Todesrittern umhergestreift. Jeder gewöhnliche Soldat würde da in Nullkommanichts abkratzen!«

»Stimmt.«

»... Das war echt schlimm. Die Ebene wurde deutlich strenger bewacht als die vorherigen. Nicht nur der Ritter, der uns besiegt hat, sondern auch das Skelett auf dem Thron und der Todesdrache daneben ... Ich glaube, die drei sind die geheimen Bosse des Labyrinths.«

Vor lauter Aufregung redeten alle drei Männer wie ein Wasserfall. Das Selbstbewusstsein, das sie bis zum Vortag ausgestrahlt hatten, war mit einem Schlag dahin.

»Dieses Skelett auf dem Thron war sogar ein Wichtkönig. Die Zuschauer, die fortgeschrittene Analysemagie beherrschten, konnten das wohl auch erkennen. Aber er wirkt noch mal ganz anders, wenn man wirklich vor ihm steht, als auf dem Bildschirm!«

»Du sagst es. Was soll man schon tun, wenn er ohne Vorwarnung vor einem auftaucht?«

»... Um ehrlich zu sein, will ich nie wieder gegen ihn antreten.«

Xins Meinung schlossen sich auch seine beiden Freunde an. Der Wichtkönig hatte sich nicht einmal an dem Kampf beteiligt. Majestätisch war er auf seinem Thron sitzengeblieben, als wollte er die Würde eines Königs demonstrieren.

»Dieser Gozu in Ebene fünfzig entsprach einem Dämon von Rang A. Im Vergleich dazu ist der Schwierigkeitsgrad in der sechzigsten Ebene sprunghaft in die Höhe geschossen.«

»... Ja, das war fies. Bestimmt waren die ersten fünfzig Ebenen dazu gedacht, unsere Wachsamkeit zu senken.«

»Aber jetzt bin ich mir sicher. Wenn so starke Dämonen das Labyrinth beschützen, muss es dort ein Geheimnis geben«, schloss Shinji.

»Stimmt. Dieser Ritter, der sich Albert genannt hat, war schon absurd stark.«

»Auch seine Ausrüstung war anders als die der bisherigen Bosse. Ich habe ihn analysiert, während er gegen Mark gekämpft hat. Schockierenderweise hat er Unique-Items getragen.«

»Kein Wunder. Dabei dachte ich, ich könnte jeden Gegner mit meiner Minosaxt vernichten.«

»Einen Boss mit einer Waffe zu besiegen, die man kurz zuvor gefunden hat, funktioniert wahrscheinlich nur in der Spielewelt.«

»Hast wohl recht. Wir haben uns wohl ein bisschen überschätzt.«

»... Stimmt.«

Die drei tauschten Blicke aus und stießen tiefe Seufzer aus. Aber sie hatten sich etwas beruhigt und wollten sich nun mit einem Tee entspannen.

»Wollen wir es morgen noch einmal versuchen?«

»Meinst du das ernst?«

»... Es wird nicht klappen. Egal wie oft wir es versuchen, diesen Boss werden wir nie besiegen.«

»Ach je, stimmt auch wieder.«

»Masayuki ist doch der Typ, von dem uns Herr Yuki erzählt hat, oder? Er soll ein verdammter Glückspilz sein, aber hatte der sich schon an der sechzigsten Ebene versucht?«

»Nein, offenbar noch nicht. Aber er soll gut vorankommen. Bisher ist er noch kein einziges Mal gestorben.«

»Und was ist mit den anderen Teams?«

»Es gibt Gerüchte, dass sich die Stärksten in der fünfzigsten Ebene aufhalten. Sie haben den Sendevertrag aber nicht unterzeichnet. Also ist der Höchstrekord unter den ausgestrahlten Kämpfen, abgesehen von unseren, die Eroberung der fünfzigsten Ebene durch Masayuki. Ansonsten scheint es in der vierzigsten Ebene noch mehrere Gruppen zu geben.«

Nur jede zehnte Ebene war mit Kameras versehen. Bei besonderen Anlässen begleiteten auch Reporter ausgewählte Herausforderer durch das Labyrinth. Entsprechend hatte es in der Stadt für großes Aufsehen gesorgt, als Shinji und seine Freunde den Boss der sechzigsten Ebene herausgefordert hatten. Sie hatten bereits mehrere Rekorde gebrochen und einige Wetten liefen auf sie.

»Wahrscheinlich bekommt Masayuki hinter vorgehaltener Hand ein paar Informationen. Zum Beispiel, dass in der sechzigsten Ebene ein geheimer Boss lauert.«

»Kein Wunder, dass wir verloren haben. Es waren schließlich zwei enorm starke Kerle und dazu noch ein Drache. Was hat sich der Schöpfer nur dabei gedacht?«

»... Bis zur fünfzigsten Ebene war alles gut ausgewogen. Also müssen das echt die geheimen Bosse gewesen sein. Ich bin mir sicher, dass unter der sechzigsten Ebene eine Stadt liegt.«

Die drei trösteten einander und begannen, ihre nächsten Schritte zu planen.

»Jetzt, wo wir im Rampenlicht stehen, können wir nicht weiter Spionage betreiben.«

»Doch, das ist kein Problem. Wie bereits erklärt, sind wir so auf der sicheren Seite.«

»... Bisher haben wir nur das Labyrinth erkundet.«

»Wollen wir dann warten, bis Meister Gadora kommt? Wir allein werden es nicht schaffen, egal wie oft wir uns daran versuchen. Oder gehen wir trainieren?«, scherzte Mark.

»Lasst uns Herrn Yuki Bescheid geben, dass es definitiv etwas jenseits dieser Ebenen gibt und die Wächter ungewöhnlich stark waren.«

»Außerdem sollten wir ihm sagen, wie groß das Labyrinth ist. Das Gebäude war so gewaltig, dass es unmöglich von Hand geschaffen sein kann. Irgendeine Magie muss da im Spiel sein.«

»... Vergiss auch nicht zu erwähnen, dass die Dämonen auf Ebene sechzig bei Weitem die stärksten waren.«

»Ich weiß«, nickte Shinji. »Lasst uns eine Sightseeingtour machen, nachdem wir Yuki kontaktiert haben.«

Nun war es an der Zeit zu handeln. Die drei Männer traten auf die geschäftigen Straßen der Nacht hinaus.

*

Zunächst begaben sich Shinji und seine Freunde an den Stadtrand, um sich bei ihrem Vorgesetzten zu melden. Dazu sandten sie Yuki einen kurzen Bericht. Nach etwa zehn Minuten wurden sie von ihm per magischer Kommunikation kontaktiert.

Hi. Schön, dass es euch gut geht.

Bis gestern ging es uns gut. Heute lief es grauenhaft.

Ha ha ha, ihr scheint es schwer gehabt zu haben. Was plant ihr als Nächstes?

Das hängt von Meister Gadora ab. Allein können wir die sechzigste Ebene nicht erobern. Außerdem gibt es keine andere Möglichkeit, sich in das Labyrinth zu schleichen.

Okay, das dachte ich mir schon. Diesbezüglich möchte ich euch etwas fragen.

Ja, bitte?

Wie stark war eurer Meinung nach der Boss der sechzigsten Ebene?

Das Trio begriff, dass Yuki wissen wollte, wie stark der Gegner im Vergleich zu dem Kaiserlichen Ritterorden war. Shinji dachte angestrengt nach, er hatte keine Karriereambitionen und interessierte sich nicht für die Rangkämpfe innerhalb des Militärs.

Da Yuki ihm einst geholfen hatte, fühlte er sich ihm verpflichtet. Da er sich aber keiner kriminellen Organisation hatte anschließen wollen, war er dem Militär beigetreten. Als Yuki Korpskommandant wurde, wurde er schnell von seiner früheren Abteilung, dem Panzerkorps, ins Gemischte Korps versetzt. Vielen Menschen, die aus einer anderen Welt kamen, ging es ähnlich wie ihm: Sie versuchten, ein sorgloses Leben zu führen und Verantwortungen zu vermeiden, indem sie ihre Kräfte nicht zur Schau stellten. Daher waren ihre wahren Fähigkeiten häufig unbekannt und entsprechend wusste auch Shinji nicht, wie stark der Kaiserliche Ritterorden tatsächlich war – nur dass er als stärkste Truppe des Imperiums galt.

Gute Frage. Sicherlich auf dem Niveau der oberen fünfzig Ränge. Niederrangige Soldaten dürften kaum mit ihm fertigwerden.

Du beziehst dich allein auf die Stärke von diesem Albert?

Genau. Da fällt mir ein … Ich weiß nicht, ob Ihnen das helfen wird, eine Vorstellung von seiner Stärke zu bekommen, aber ich habe einmal als Militärarzt an einer Expedition gegen einen Arc Demon teilgenommen. Ich habe nur einen flüchtigen Blick auf ihn erhascht, aber der Wichtkönig, den ich heute gesehen habe, besaß ungefähr die gleiche Menge an magischer Energie wie jener böse Geist.

Du meinst den ›Vorfall am roten Seeufer‹?

Ja, genau.

Okay. Das hat mir sehr geholfen. Dann könnt ihr drei es ruhig angehen, bis Meister Gadora zu euch stößt.

Mit diesen Worten beendete Yuki die magische Kommunikation.

....

......

...

Der sogenannte Vorfall am roten Seeufer galt als eines der schrecklichsten Ereignisse in der Geschichte des Kaiserreichs. Ein Vasallenstaat, der neben einem idyllischen See gelegen war, hatte eine Revolution angezettelt und seine Unabhängigkeit gefordert. Da der König dieses Staates militärisch dem Kaiserreich weit unterlegen war, hatte er auf ein Mittel zurückgegriffen, das eine Tragödie zur Folge hatte: die verbotene Kunst, einen bösen Geist zu beschwören. Jener König hatte seinen Magiern befohlen, den stärksten bösen Geist zu beschwören, den sie noch würden kontrollieren können – und so sein Land dem Untergang preisgegeben.

Der Grund für die Rebellion war gewesen, dass ein Adliger aus dem Kaiserreich die Prinzessin, die einzige Tochter des Königs, als Konkubine gefordert hatte. Es geschah nicht selten, dass Adlige, denen der Kaiser die Verwaltungen der abgelegenen Provinzen übertragen hatte, ihre Macht missbrauchten und diese Länder schikanierten.

Doch auch der beschworene böse Geist hatte als Preis seiner Beschwörung besagte Prinzessin verlangt. Der König hatte sich dem verweigert, aber der oberste Hofmagier hatte diesen Wunsch erfüllt, da er beim Anblick des Dämons dem Wahnsinn verfallen war. Und so hatte der böse Geist hämisch grinsend den Körper der Prinzessin in Besitz genommen. Der König war vor Wut außer sich gewesen, doch schon bald hatte sich die Wut in puren Schrecken verwandelt, als der böse Geist im Körper seiner Tochter begann, das Land zu verwüsten. Als diese Nachricht in der Hauptstadt eingetroffen war, war sogleich ein Trupp entsandt worden, den Dämon zu vernichten. Und er war gerade noch rechtzeitig eingetroffen – nur einen Tag später, und die Welt hätte die Geburt eines zweiten Guy Crimson erlebt. Doch der einst idyllische See war von vergossenem Blut scharlachrot gefärbt.

Dieser abscheuliche Vorfall galt seither als das tragischste Ereignis, das das Kaiserreich in den letzten Jahrhunderten erlebt hatte. Das Panzerkorps hatte ihn beendet. So stand es jedenfalls im offiziellen Bericht, die Realität sah anders aus.

Die Haupttruppe war dem Arc Demon nicht gewachsen gewesen. Shinji, der als Militärarzt an der Expedition teilgenommen hatte, hatte aus der Ferne mitangesehen, wie eine kleine Anzahl von Elitesoldaten den Arc Demon besiegt hatte. Doch Shinji hatte sich gewundert. Zwar tyrannisierten Adlige gern kleine Länder, aber warum sollte sich der böse Geist an den Einwohnern austoben? Auch hatte das Imperium aus seiner Sicht ungewöhnlich schnell reagiert. Normalerweise verschlang die Vorbereitung eines solchen militärischen Eingreifens viel mehr Zeit. Dass alles so rasant vonstattengegangen und man gerade noch rechtzeitig vor der endgültigen Fleischwerdung des bösen Geistes eingetroffen war, um sie in letzter Sekunde zu verhindern, war für Shinji ein Zeichen, dass alles von Anfang an so geplant gewesen war. Doch diesen Gedanken hätte er niemals laut geäußert. Er hatte die

Macht derjenigen gesehen, die den Arc Demon bekämpft hatten, und erkannt, dass es Dinge auf dieser Welt gab, die man besser nicht wusste.

Wahrscheinlich waren das hochrangige Kaiserliche Ritter gewesen ...

Shinji war überzeugt, dass er sie niemals würde besiegen können, egal wie sehr er es auch versuchte. Ihm war, als würden sie in einer ganz anderen Welt leben. Und so hatte er auch jedes Interesse an den Rangkämpfen verloren.

....

......

...

Als Shinji tief Luft holte und sich entspannte, sprachen ihn Mark und Xin an.

»Fertig?«

»... Gute Arbeit.«

»Ja, das wäre erledigt. Lasst es uns ruhig angehen, bis Meister Gadora eintrifft.«

»Okay. Aber sag mal, Shinji, du hast den Vorfall am roten Seeufer miterlebt?«

»... Ich bin froh, dass du überlebt hast.«

»Na ja. Ich hab es nur überlebt, weil ich mich tot gestellt habe. Große Leistung, was?«

»Weniger als dreißig Prozent sind von dieser Mission zurückgekehrt. Allein dass du überlebt hast, ist beeindruckend.«

»Meinetwegen, aber an so was möchte ich nie wieder teilnehmen müssen. Auch als Arzt war ich völlig nutzlos.«

»... Wieso?«

»Es gab keine Verwundeten, alle waren auf der Stelle tot. Darum wollte ich mich auch einfach nur in Sicherheit bringen.«

»Wow, das klingt übel. Sind Arc Demons so gefährlich?«

»Sie gefährlich zu nennen, wäre eine Verharmlosung. Kurz hatte ich damals das Gefühl gehabt, unsere Blicke hätten sich getroffen. Und dass er mich aus irgendeinem Grund hat gehen lassen. Aber ich mache mir heute noch fast in die Hosen, wenn ich an seine purpurroten Augen denke«, lachte Shinji.

»Wenn dieses Skelett wirklich genauso stark sein soll wie der schreckliche Arc Demon, dann haben wir echt keine Chance.«

»... Sind sie wirklich genauso stark?«

»Zumindest nach ihrer magischen Energie zu urteilen. Man sagt, je länger ein böser Geist lebt, desto stärker wird er. Der, den ich gesehen habe, muss einer von den älteren gewesen sein.«

Ansonsten hätten die hohen Tiere des Imperiums nicht solche drastischen Maßnahmen ergriffen. Er war im Begriff, das hinzuzufügen, aber biss sich auf die Zunge.

»Na ja. Es bringt nichts, sich darüber Gedanken zu machen. Ich habe gehört, dass gewisse Leute an einer Maschine arbeiten, mit der man die Stärke anderer messen kann. Aber das wird wahrscheinlich nichts bringen. Zum Beispiel war dieser Ritter viel stärker, als er seiner Energie nach sein sollte. Denkt doch zurück an eure Schulzeit. Körperliche Stärke war nicht der einzige Faktor, der darüber bestimmt hat, wer einen Streit gewinnt, oder?«

»Okay, ich weiß, was du meinst.«

»... Stimmt.«

»So ist es eben. Es gibt Dämonen von unermesslicher Stärke. Es genügt, wenn wir uns das merken.«

Und so beschlossen die drei Männer, sich mit dieser Tatsache abzufinden.

*

Kurz vor Ladenschluss eilten sie schnell zur Zweigstelle der Gilde. Dort verkauften sie die Magiekristalle und Waffen, die sie nicht brauchten.

»Meine Güte! Das sind Magiekristalle aus den unteren Ebenen, oder? Die Qualität ist vorzüglich.«

»Oh, eine weitere Waffe mit Sockel? Und dazu aus reinem Magiestahl. So was bekommt man in keinem anderen Land. Ist euch das klar?«

Die Mitglieder der Gilde diskutierten fröhlich über die Beute des Trios. Bei anderen Händlern hätten sie wahrscheinlich mehr Gewinn erzielt, aber da ihre Mission darin bestand, das Land auszukundschaften, wollten sie nicht mehr Bekanntschaften schließen als nötig. Aber auch die Gilde bezahlte nicht schlecht und sie hatten in den letzten Tagen viel Geld verdient.

Beim Militär erhielt man sein Jahresgehalt im Voraus. Sollte man befördert werden, bekam man die Differenz im Folgejahr ausgezahlt. Trat man frisch ein, bekam man direkt den Lohn für die verbleibenden Tage im Jahr. Bereits ein einfacher Soldat erhielt einen Sold von zehn Goldmünzen; Verpflegung, Kleidung und Unterkunft wurden gestellt. Für das einfache Volk oder für Leute, die mittellos waren, waren das lukrative Konditionen. Zudem gab es je nach Dienstgrad, Bedarf und für gefährliche Missionen Zuschüsse. Mark und Xin hatten den Rang eines Oberleutnants inne, während Shinji den eines Majors mit einer Qualifikation als Militärarzt bekleidete. Ein Oberleutnant erhielt sechsunddreißig Goldmünzen, ein Major bekam vierundvierzig. Da das Imperium Menschen aus einer anderen Welt zusätzliche Privilegien gewährte, kamen Mark und Xin im Jahr auf etwa fünfzig Goldmünzen, Shinji auf etwas weniger als siebzig.

Als Soldat hatte man im Vergleich zu einem einfachen Bürger also ein gutes Auskommen, selbst für die Hauptstadt mit ihren hohen Lebenserhaltungskosten. Aber dank ihrer Reise nach Tempest wurde den drei Männern klar, dass sie nicht auf die Armee angewiesen waren. Sie würden auch ein gutes Leben führen können, wenn sie sich zu dritt durch das Labyrinth schlagen würden. Allein der letzte Verkauf in der Gilde hatte ihnen dreihundert Goldstücke eingebracht, mehr als ihr gemeinsamer Jahressold. Hinzu kamen noch die Unique-Items.

Allen dreien war bewusst, was das bedeutete, sie wagten aber nicht, es laut auszusprechen. Und so gingen sie wortlos durch die Stadt und begaben sich in eines der erstklassigen Restaurants. So einen Luxus hatten sie sich schon lange nicht mehr gegönnt.

»... War das wirklich okay? Dass wir Ausrüstung verkauft haben, ohne Herrn Yuki zu fragen?«, warf Xin besorgt in die Runde. Doch Shinji und Mark blieben selbstbewusst.

»Na klar. Wir haben ja nicht alles verkauft, sondern einige Muster beiseitegelegt.«

»Wir können sowieso nicht alles mitnehmen. Die interessantesten Sachen müssen reichen.«

Alles, was bei einer Militäraktion erbeutet wurde, gehörte der Armee, wenn die Soldaten keine explizite Erlaubnis bekamen, es zu behalten. Aber die Mission von Shinji und seinen Freunden lautete, das Labyrinth zu untersuchen, wofür sie sich als Abenteurer ausgeben mussten. Und als solche wären sie nur glaubhaft, wenn sie mit den Sachen handelten. Zudem würde sie Yuki nicht zur Herausgabe nötigen, solang sie ihm die Dinge vorlegten, die einen Erkenntnisgewinn versprachen.

»Aber sagt mal ... Wenn uns das Militär das ganze Geld abnimmt, das wir verdient haben, sollten wir ernsthaft darüber nachdenken, hierher auszuwandern. Findet ihr nicht?«

Xin und Mark nickten. Die Goldmünzen, die in Dwargon hergestellt wurden, waren auch im Kaiserreich als Zahlungsmittel anerkannt.

»Ja, das sollten wir echt in Betracht ziehen.«

»... Stimmt. Es würde bestimmt mehr Spaß machen, hier zu wohnen und zu arbeiten.«

Shinji hatte den Vorschlag nur halb ernst gemeint, doch Mark und Xin zeigten mehr Interesse als gedacht. Das Kaiserreich war zwar ein Zentrum modernster Technologie und Kultur. Insbesondere seine Hauptstadt war fortschrittlich, das Essen köstlich und der Lebensstandard hoch. Solang sie Geld hatten, konnten sie so glücklich leben wie in ihrer früheren Welt. Allerdings waren die drei Männer Soldaten: Jede Mission konnte ihren Tod bedeuten. In dieser Hinsicht war das Labyrinth ein Paradies – schließlich konnte man dort nicht sterben. Und ohne Angst vor dem Tod konnten sie so viel Geld verdienen, wie sie wollten, und jeden Tag in vollen Zügen genießen.

Nun wäre das viele Geld auch egal gewesen, wenn es keine Vergnügungen gegeben hätte. Doch die gab es in der Dämonenstadt in Hülle und Fülle. Es gab etwa dieses Kolosseum, das an Tagen, an denen keine Veranstaltungen darin stattfanden, von allen genutzt werden konnte. Die Bürger und viele Abenteurer spielten dann miteinander Fußball, Baseball und andere Ballsportarten. Zudem gab es heiße Quellen und Theater, deren Stücke – wie sie bei ihren Ermittlungen herausfanden – täglich gut besucht waren. Das Essen war so gut wie das im Kaiserreich, wenn nicht sogar besser, und bot alles, was das Herz begehrte: von zahlreichen Süßigkeiten über eine große Auswahl von Likören bis hin zur japanischen Küche, die Shinji schon schmerzlich vermisst hatte.

Und überhaupt waren sie nur Yuki wirklich verpflichtet, der sich gar nicht mit diesem Dämonenkönig Rimuru verfeinden wollte. Im Grunde wären sie gar keine Verräter, wenn sie in dieses Land übersiedeln würden ...

»Deserteuren droht die Todesstrafe. Aber wir befinden uns ja gar nicht im Krieg, oder?«

»Genau. Darüber habe ich auch nachgedacht, Shinji. Gerade könnten wir noch freiwillig aus der Armee austreten, oder?«

»... Ich glaube, das hängt von Herrn Yuki ab.«

»Das Problem ist bloß, dass ein Krieg bevorsteht«, murmelte Mark.

Genau deshalb zögerten sie mit ihrer Entscheidung. Ein Krieg drohte und er würde dieses Land verwüsten. Ansonsten gäbe es keinen Zweifel hierherzuziehen.

»Was meint ihr, welche Seite wird gewinnen?«

»... Die Frage ist eher: Was würden wir tun, wenn uns befohlen wird, diese Stadt anzugreifen?«

Die drei tauschten vielsagende Blicke aus. Das Essen, das ihnen eben noch so gut geschmeckt hatte, schmeckte plötzlich fade. Aus zwei Gründen bereitete ihnen dieser Gedanke Unbehagen: Zum einen war ihnen diese Stadt schon nach der kurzen Zeit sehr ans Herz gewachsen und die Vorstellung, dass sie zerstört werden könnte, gefiel ihnen überhaupt nicht. Zum anderen waren sie sich nach ihrem verlorenen Bosskampf im Labyrinth ziemlich sicher, dass es in diesem Land unglaublich starke Leute gab.

»Natürlich sind Wächter von wichtigen Einrichtungen stark. Aber sollten die Soldaten dieses Landes wirklich sehr viel schwächer sein als irgendwelche Wächter? Ich glaub ja eher nicht.«

»Da bin ich ganz deiner Meinung. Zumindest muss der Dämonenkönig Rimuru eine Klasse für sich sein. Vor langer Zeit soll ein unheimlicher Drache namens Veldora eine ganze Stadt vernichtet haben. Und ich glaube, auch dieser Wichtkönig wäre dazu in der Lage.«

Shinji nickte.

»Angeblich können Arc Demons Nuklearmagie einsetzen. Diese Dämonen könnten mit den Atomwaffen auf der Erde vergleichbar sein.«

»Stimmt. Angeblich kann man einen Krieg ja mit zahlenmäßiger Überlegenheit gewinnen. Aber bei diesem Boss bringt Masse allein nichts.«

»... Ja, es bräuchte sicher ein paar Dutzend Krieger auf unserem Niveau, um ihn zu besiegen.«

Alle drei zerbrachen sich den Kopf darüber, was zu tun war. Doch in wenigen Augenblicken sollten sie von Gadora per magischer Kommunikation benachrichtigt werden.

●

Ein alter Mann hatte sich vor mir niedergeworfen. Hinter ihm warfen sich die drei Herausforderer, die ich gestern auf dem Bildschirm beobachtet hatte, ebenfalls zu Boden.

Der Alte war dieser Gadora, der mich um eine Audienz gebeten hatte. Seine magische Robe war schlicht, aber von hoher Qualität. Er hatte einen durchdringenden Blick, der ihn gar nicht wie einen Greis wirken ließ.

Wie ich mir schon gedacht hatte, hieß Shinjee in Wirklichkeit Shinji, mit vollem Namen Shinji Tanimura. Die beiden anderen hatten sich offenbar mit ihren richtigen Namen registriert. Diese drei Jungs waren angeblich die Schüler dieses großen Magiers Gadora. Das Trio arbeite für Yuki, aber derzeit stünden sie Gadora als Assistenten zur Verfügung.

Das in etwa hatten sie mir erzählt, bevor sie sich vor mir niedergekniet hatten. Aber so konnten wir ja nicht miteinander reden.

»Äh, na ja ... Das habe ich mir schon gedacht. Wie dem auch sei, so kann man doch nicht ordentlich miteinander reden. Lasst uns woanders hingehen.«

»Erhebt eure Köpfe«, befahl Shion ihnen großspurig. *Diese ganzen Formalitäten. Ich hatte immer das Gefühl, dass ich bei einer Audienz irgendwas falsch mache. Ich würde so viel lieber lockerer mit ihnen plaudern.*

»S... Sehr wohl, Eure Majestät!«

Angesichts der übertrieben höflichen Antwort von Gadora hatte ich das Gefühl, dass das bevorstehende Gespräch noch mühsam werden würde.

Wir begaben uns in den schlichteren Empfangsraum, dort konnte ich mich besser entspannen. In dem luxuriösen hatte ich bei all den hochwertigen Möbeln ständig die Sorge, irgendwo einen Kratzer oder Flecken reinzumachen. Shinji und den anderen schien es ähnlich zu gehen. Ihre Gesichter waren zumindest nicht mehr ganz so blass.

»Kaffee oder Tee?«, fragte ich sie locker.

»D... Dann bitte Kaffee.«

»S... Shinjiiii!!«, schrie Gadora entrüstet, aber ich beschwichtigte ihn.

»Gadora, was ist mit dir?«

»I... Ich? Äh ... Dann hätte ich gern das Gleiche wie Shinji.«

Hä? Gibt es im Kaiserreich etwa keinen Kaffee? Vielleicht ist er nicht so leicht zu erhalten wie bei uns.

Als ich mich an Mark und Xin wandte, nickten sie mir eifrig zu. Offenbar wollten sie ebenfalls Kaffee.

»Shuna, bring uns vier Tassen Caffè Americano!«

»Americano?!«

»Oh, wolltest du lieber etwas Schwächeres? Vielleicht eine Mischung? Wie wäre es mit ›Tempest‹?«

»N… Nein, nein, das habe ich nicht so gemeint. Ähm…«

»Ja, bitte?«

»L… Lord Rimuru, kommt Ihr vielleicht aus einer anderen Welt?«

»Ja, und?«

Warum fragte er das? War ihnen das etwa noch nicht bekannt? Als ich fragend in die Runde blickte, sah ich, wie Gadora das Gesicht verzog. Offenbar hatte er es gewusst, aber vergessen, es ihnen zu sagen. Aber egal, das war eh nicht so wichtig.

»Okay, dann legt bitte los.«

Shuna servierte ihnen den Kaffee, den sie zubereitet hatte. Milch und Zucker standen auf dem Tisch. Ich hörte zu, was Gadora zu sagen hatte, während Shinji und seine Freunde sichtlich beeindruckt von dem Kaffee waren. Shinji nahm einen Schluck von seinem Kaffee und murmelte: »Das ist köstlich!«, was ihm einen bösen Blick von Gadora einbrachte. Doch ich war so freundlich, darüber hinwegzusehen.

Dann ließ Gadora aus heiterem Himmel eine Bombe platzen.

»Um ehrlich zu sein, wurde ich mehrmals wiedergeboren.«

Die drei Freunde waren genauso überrascht wie ich und drehten sich zu ihm um. Der alte Mann erzählte, dass er seit geraumer Zeit versucht hatte, die großen magischen Künste zu meistern. Zu diesem Zweck hatte er sich unzählige Male wiederbelebt. Jedes

Mal, wenn er wiedergeboren wurde, hatte er all die wertvollen Bücher studiert, die er in den jeweiligen Königspalästen in die Finger hatte bekommen können, und sich so einen riesigen Wissensschatz angeeignet. Zu dieser Zeit, als er heimlich magische Experimente betrieben hatte, hatte er Adalman kennengelernt und sich mit ihm angefreundet.

»Wie gesagt habe ich die Westliche Heilige Kirche dafür gehasst, meinen Freund Adalman umgebracht zu haben. Seit Jahrhunderten plane ich daher, das Kaiserreich gegen sie auszuspielen.«

Und so setzte Gadora seine Geschichte fort. Für seine Rache war er ins Östliche Kaiserreich gezogen und hatte dort Schritt für Schritt Vertrauen aufgebaut. Und er hatte angeblich sogar den Kampf gegen Veldora miterlebt.

»Ehrlich gesagt war ich froh, bereits das Ritual für meine Reinkarnation abgeschlossen zu haben. Ich wollte ihn mit eigenen Augen sehen – den Gipfel aller Dämonen …«

Es gab nur vier Drachenarten auf dieser Welt. Und sie waren die stärkste Rasse – die über allen anderen Dämonen stand. Gadora sagte, er glaube aufgrund seiner Erfahrung mit Valdora nicht, dass die kaiserliche Armee ihn jemals würde besiegen können. Und weil der erwähnte Drache persönlich neben ihm stand, als er das sagte, warf dieser mir ein paar etwas zu fröhliche Blicke zu.

Okay, langsam reicht's. Er ist stark, keine Frage, aber so viel Lob hat er nicht verdient.

»Nein, sagen wir besser: Mit der richtigen Strategie könnten sie einen Sieg erringen. Aber diese Schwachköpfe wollen ihn unbedingt unterwerfen. Ich habe ihnen immer wieder davon abgeraten, weil das völlig unmöglich ist.«

Nach seiner bisherigen Geschichte wirkte Gadora wie ein Mensch von Charakter, aber dennoch war er für die wachsenden Ambitionen des Imperiums verantwortlich.

Ich bat ihn, auf den Punkt zu kommen und die jüngsten Entwicklungen näher zu erläutern.

»Das bedeutet also, dass es hauptsächlich deine Schuld ist, dass das Kaiserreich versucht, einen Krieg zu beginnen?«

»Nun ja, sagen wir, teilweise ...«

Hey. Versucht er, es schönzureden? Der Greis ist doch offensichtlich für den ganzen Schlamassel verantwortlich.

Als Gadora merkte, dass ich schlechte Laune bekam, bemühte er sich hastig um eine Ausrede.

»Versteht mich bitte nicht falsch! Das Kaiserreich war schon immer eine Hegemonialmacht. Wenn ich seine Ambitionen nicht geschickt gelenkt hätte, hätte es die ganze Welt verwüstet. Deshalb habe ich es nach Westen schauen lassen. Und das passte auch zu meinem Ziel. Also dachte ich, es kommt mir gelegen ...«

Wie bitte?! Das heißt ja, wir wurden ohne Grund hineingezogen!

»Ich war dagegen, in den Jura-Wald einzumarschieren. Schließlich hält sich der Sturmdrache hier auf und ich wollte nicht den gleichen Fehler machen wie zuvor. Daher habe ich vorgeschlagen, uns auf das Königreich der Zwerge zu konzentrieren. Doch leider gab es zu viele Sturköpfe, die lieber alles mit Gewalt lösen wollten ...«

Gadora jammerte, doch mein Interesse galt etwas anderem.

»Warte mal! Das Kaiserreich plant also echt, Dwargon anzugreifen?!«

Ich hatte diese Invasionsroute schon fast abgehakt, mussten wir nun doch damit rechnen?

»Aha, Ihr wart Euch dieser Option bewusst? Ein Angriff war nicht direkt geplant. Mein Vorschlag lautete, mit König Gazelle ein Abkommen zu schließen, unsere Armeen passieren zu lassen. Mein Groll richtet sich schließlich nur gegen die Westliche Heilige Kirche.«

Gadora war bereits informiert, dass Adalman wohlauf war. Ich hatte ihm versprochen, dass sie sich nach unserer Audienz treffen würden. Genau darum erkannte er, dass seine Bemühungen umsonst gewesen waren, und wollte nun keinen Krieg mehr. Er selbst hätte zwar kein Recht, den Krieg eigenmächtig zu stoppen, aber er stünde dem Kaiser nahe und wolle sich bei der nächsten Sitzung gegen den Krieg einsetzen. Gadora wirkte auf mich ein wenig wie ein Opportunist, aber wenn wir mit seiner Hilfe einen Krieg vermeiden konnten, würde ich keine Einwände erheben.

Jedenfalls wollten wir möglichst viele Informationen aus ihm rausholen. Benimaru und die anderen standen im Nebenraum bereit und hörten unser Gespräch mit an. Meine Aufgabe war es, Gadora bei Laune zu halten und reden zu lassen.

»König Gazelle hat abgelehnt, oder?«

»Ja, das war auch zu erwarten. Daraufhin wurde vorgeschlagen, ein Attentat auf ihn zu verüben, doch ich war dagegen. Wenn wir uns schon mit ihm verfeinden, sollten wir frontal gegen ihn kämpfen!«

Äh, das war nichts, worauf man stolz sein sollte. Der alte Gadora war viel gewaltbereiter als gedacht. Insgeheim schüttelte ich darüber den Kopf, aber ich entlockte ihm noch weitere Informationen – vom Aufbau der kaiserlichen Armee bis hin zur Denkweise der oberen Ränge. Er enthüllte sogar die schockierende Nachricht, dass Yuki einen Putsch plante. Und so hatte ich ihn weitestgehend ausgequetscht. Zuletzt sagte Gadora uns in lässigem Ton seine ehrliche Meinung.

»Ich bin gegenüber dem Kaiserreich nicht verpflichtet. Die Armeekorps, die ich trainiert habe, wurden aufgelöst, und man nahm mir meine Männer. Shinji, Mark und Xin waren meine Schüler, also habe ich darum gebeten, sie mir auszuleihen. Jetzt, wo ich weiß, dass Adalman – mehr oder weniger – wohlauf ist, werde ich dem Imperium keine Träne nachweinen.«

Er gab damit zu, dass er tief in seinem Herzen ein Egoist ohne jegliches Gefühl von Loyalität war. Meine Güte! Aber unter uns gesagt, irgendwie empfand ich einen gewissen Respekt vor ihm.

»Aus diesem Grund möchte ich für Euch mein Bestes geben, wenn Ihr mir die Ehre gewähren wollt, mich als einen Eurer Untertanen aufzunehmen!«

Der traute sich vielleicht was. Eben noch beteuerte er, keine Loyalität zu kennen, und nun bot er uns eben diese an. Er war mir nicht unsympathisch, allerdings hörte meine Führungsriege im Nachbarraum zu. Ich hatte das Gefühl, dass ihnen Gadoras

Einstellung ziemlich übel aufstieß. Da könnte es später etwas schwierig werden, sie zu beschwichtigen.

Und so beschloss ich, den guten alten Gadora vorübergehend mit dem Status eines Gastes aufzunehmen. Da er den Wunsch geäußert hatte, mir zu dienen, wollte ich ihn so hart wie möglich arbeiten lassen. Ich verlangte keine Loyalität, aber erwartete, dass er keine Mühen scheute. Ich hatte ihm ein Treffen mit Adalman versprochen und ihm die Erlaubnis gegeben, sich in die siebzigste Ebene zu teleportieren. Sein Wissen würde sich bestimmt noch als nützlich erweisen, wenn man ihn als Assistent Lamrys unterstellen könnte. Aber vorerst war geplant, ihn zurück ins Kaiserreich zu schicken und dort eine kleine Aufgabe erledigen zu lassen.

Shinji und sein Team hatten beschlossen, nach Tempest auszuwandern. Sie wollten sich eine kurze Auszeit nehmen und dann über ihre berufliche Zukunft entscheiden. Da mich die drei aufrichtig darum gebeten hatten, hatte ich keinen Grund abzulehnen. Falls sie uns verraten sollten, würden sie für immer aus unserem Land verbannt werden. Diese Vorstellung war den drei Jungs sichtlich unangenehm, weshalb sie mir ihre Loyalität schworen. Allerdings schienen sie noch immer Respekt gegenüber Yuki zu haben und wollten nicht als Feinde gegen ihn agieren. Auch diesbezüglich sah ich keine Probleme.

»Wisst ihr, wir haben eine komplizierte Beziehung zu Yuki und seinen Leuten. Momentan befinden wir uns in einem Waffenstillstand. Okay, er hat mich sauer gemacht und ich möchte es ihm irgendwie heimzahlen. Trotzdem gelingt es mir nicht, ihn zu hassen.«

Schließlich war Yuki einer von Shizus Schülern. Wenn ich mich an Shizu erinnerte, wie glücklich sie mir von ihm erzählt hatte, machte mich das nachsichtig. Dazu war er aus meiner alten Heimat. Aber das hieß nicht, dass ich ihm wieder vertraut hätte. Das hätte ich mir in einer solchen Welt nicht erlauben können, wenn mir mein Leben lieb war.

»Ihr solltet Yuki auch nicht allzu sehr vertrauen«, warnte ich sie. Daraufhin nickte Gadora aus irgendeinem Grund und blickte so drein, als hätte er diesbezüglich etwas auf dem Herzen. Angeblich kannten sich die beiden und pflegten zueinander eine kooperative Beziehung. Vielleicht könnte er uns dabei helfen, uns mit Yuki zu versöhnen. Auch in dieser Hinsicht war es sicherlich eine gute Entscheidung, den alten Mann bei uns aufzunehmen. Allein die Tatsache, dass Gadora Yuki misstraute, machte den Magier für mich vertrauenswürdig.

Anschließend führte ich ihn zu Adalman. Die beiden freuten sich sehr, sich nach vielen Jahren wiederzusehen, und schwelgten in Erinnerungen. Adalman war damit einverstanden, Gadora bei sich aufzunehmen, also überließ ich ihn vorerst seiner Obhut.

Doch zunächst musste er sich seiner Mission widmen. Ich hatte ihm nämlich befohlen, ins Kaiserreich zurückzukehren und meinen Plan auszuführen. Die erste Aufgabe bestand in einer Antikriegsbewegung.

»Denkst du, du wirst es schaffen?«

»Ihr könnt Euch auf mich verlassen. Ich bin es gewohnt, hinter den Kulissen zu agieren.«

Nun ja, das lag auf der Hand. Normalerweise konnte jedoch ein Einzelner unmöglich gegen einen Staat ankommen. So sehr ich Gadora auch vertrauen wollte, ich fand es klüger, auch einen Plan B zu entwickeln.

»Perfekt wäre es, wenn wir den Krieg verhindern könnten. Aber nach dem, was du mir erzählt hast, halte ich das für schwierig. Das Kaiserreich ist eine Hegemonialmacht, oder? Dann wird es nicht aufzuhalten sein, sobald es sich in Bewegung gesetzt hat.«

»Aber ...«

»Deshalb möchte ich, dass du seine Truppen notfalls in unser Labyrinth lockst.«

»Wie meint Ihr das?«

Ich erklärte ihm, dass es im Labyrinth keine Rolle spielen würde, wie viel Schaden so ein Krieg anrichten würde.

»Aha, verstehe. Ihr möchtet also die kaiserlichen Truppen schwächen und ihnen den Kampfgeist nehmen?«

»Genau. Yuki wird die Situation höchstwahrscheinlich ausnutzen und im Osten Chaos anrichten. Und wenn es so weit kommt, wird das Kaiserreich nicht weiterkämpfen können.«

Ich war mir nicht sicher, ob alles so reibungslos ablaufen würde wie beschrieben. Doch es war Tatsache, dass innerhalb des Labyrinths niemand zu Schaden kommen würde. Nachdem ich Gadora dieses System erklärt hatte, gab ich ihm drei Wiederbelebungs-Armreife und einige im Labyrinth hergestellte Waffen und Rüstungen. Diese sollten als Köder benutzt werden, um die kaiserliche Armee dazu zu bringen, das Labyrinth zu betreten. Es war ohnehin schwer vorstellbar, dass sie das Labyrinth ignorierten und weiter nach Westen marschierten, denn dann hätten sie uns im Rücken. Aber wenn wir sie noch mit Schätzen locken konnten, waren wir auf der sicheren Seite.

»Jetzt habe ich alles begriffen. Eine brillante Idee! Ich kenne einige gierige Kommandanten und bin mir sicher, dass Euer Plan erfolgreich sein wird«, antwortete Gadora zuversichtlich.

Er sollte den Krieg nach Möglichkeit vermeiden. Wenn das misslang, sollte er sie ins Labyrinth locken. Wie es für uns ausgehen würde, hing von Gadoras Geschick ab.

Und wenn auch unerwartet hatte ich einmal mehr neue Kameraden gewonnen.

4. Kapitel

Das Kaiserreich schreitet zur Tat

Im Osten lauerte ein geheimnisvoller Mann – Tatsuya Kondo, ein Mann aus einer anderen Welt, der jedes Geheimnis des Kaiserreichs kannte. Er hatte kurzes schwarzes Haar, sein Pony reichte bis zu seinen Augen, was seine scharfen Konturen ein wenig abmilderte. Auf dem ersten Blick wirkte er wie ein netter junger Mann Anfang zwanzig, aber sein Herz war kalt und eisern. Sein Gesicht war emotionslos und sein durchdringender Blick schien jedes Gegenüber komplett zu durchschauen. Und das war auch kein Wunder. Denn Tatsuya Kondo – oder besser gesagt Oberleutnant Kondo – war in Wahrheit älter, als er aussah.

....

......

...

Hier in der kaiserlichen Hauptstadt begegnete man nicht selten Menschen aus einer anderen Welt, denn es gehörte zu den Prinzipien des Reichs, sie aus der ganzen Welt hierherzuholen und zu beschützen. Tatsuya war einer von ihnen. In dieser Welt existierte Magie, und genau das war der Grund, weshalb er gerettet worden war.

Vor über siebzig Jahren war Tatsuya bereit gewesen, sein Leben für den Schutz seines Heimatlandes zu geben. So hatte er seinen Flieger bei dem Sonderkommando direkt auf die feindliche Flotte zugesteuert. Damals war es ihm so erschienen, als wäre das ihre einzige Option gewesen. Aber wenn er heute an seine Kameraden zurückdachte, die dabei ihr Leben gelassen hatten, so wünschte er sich, einen Sinn darin erkennen zu können. Um sie im Gedächtnis zu behalten und ihre Träume niemals zu vergessen, hatte Tatsuya an seinem Rang eines Oberleutnants – seinem damaligen Dienstgrad – festgehalten.

Bei dem Sonderkommando war Tatsuya auf den Tod gefasst gewesen. Doch nachdem ihn das blendende Licht und die Hitze der Explosion umhüllt hatten, hatte er sich in einer anderen Welt wiedergefunden, lebendig.

Tatsuya war in einem Garten aufgetaucht, den nur der Kaiser und einige seiner engsten Vertrauten betreten durften. Und wie es der Zufall so wollte, war just in diesem Moment der Kaiser zur Erholung dort gewesen.

»Interessant. Das muss Schicksal sein.«

Das waren die letzten Worte gewesen, die Tatsuya gehört hatte, bevor er das Bewusstsein verloren hatte. Als er die Augen wieder aufgeschlagen hatte, war sein Körper ohne Verletzungen gewesen. Sein heutiges Leben verdankte er dem Kaiser und um seine Dankbarkeit zu zeigen, hatte er sich geschworen, sein Leben fortan diesem zu widmen.

Und so lebte er bis zum heutigen Tag einzig und allein für den Kaiser. Dabei trat er niemals ins Rampenlicht. Da er nicht alterte, hatte er noch immer seine damalige Gestalt. Er residierte im Hauptquartier des Geheimdienstes, das in den Schatten der kaiserlichen Hauptstadt verborgen war.

Das Phantom, das in einem Nest von Informationen haust.

Der Mann, der in der Finsternis des Imperiums lauert.

Das Wesen, das Mensch und Dämon zugleich ist.

Zahlreiche derartige Beschreibungen gab es für Oberleutnant Kondo, den Leiter des Kaiserlichen Geheimdienstes. Sogar die

Korpskommandanten nahmen ihn todernst. Jeder fürchtete sich vor diesem geheimnisvollen Mann.

....

......

...

Gadora hatte Shinji und seine Freunde ins Labyrinth geschickt, worüber natürlich auch der Kaiserliche Geheimdienst informiert war.

Oberleutnant Kondo war ein wortkarger Mann. »Aha, danke«, war seine kurze Bemerkung dazu gewesen. Die Agenten, die bereits an ihren Vorgesetzten gewöhnt waren, verbeugten sich und verließen den Raum. Der Oberleutnant war nicht der Typ, der seine Gedanken anderen offenlegte.

Der Bericht enthielt detaillierte Informationen über die Männer, die für Yuki arbeiteten. Im Kaiserreich hielten sich mehr als eintausend Menschen aus einer anderen Welt auf. Bei weniger als zehn Prozent von ihnen war kein Unique-Skill erwacht. Diese Menschen führten ein friedliches Leben in der kaiserlichen Hauptstadt. Bei rund zehn Prozent war ein Unique-Skill erwacht, der für den Kampf geeignet war. Diese etwa einhundert Menschen waren einem der Korps zugeordnet worden, das ihren individuellen Fähigkeiten entsprach. Die übrigen hatten zu ihrem Skill passende reguläre Arbeitsplätze angeboten bekommen. Die im Bericht erwähnten Männer gehörten der Armee an.

Yuki Kagurazaka war der Mann, der in den westlichen Ländern die Gilde gegründet hatte. Bis vor einem Jahr hatte er als ihr Großmeister gearbeitet und seine Befugnisse genutzt, um

Menschen aus einer anderen Welt in Schutz zu nehmen – so hatte es Yuki jedenfalls dem Kaiserreich gegenüber geschildert. Ermittlungen hatten aber bereits aufgedeckt, dass das gelogen war: Er hatte sich mit der Familie Rosso zusammengetan und deren Macht ausgenutzt. Außerdem sollten sich im Westen zahlreiche Beschworene aufhalten, die durch verbotene Rituale in diese Welt gerufen worden waren. Ansonsten ließe sich nicht erklären, weshalb sich so viele Menschen mit Unique-Skills, die auf einen Kampf ausgelegt waren, in ihrer Armee aufhielten. Bei Beschworenen konnte man sich den Gehorsam durch einen Fluch sichern. Daher war die Beschwörung der beste Weg, um Untergebene heranzuziehen, die ihren Herrn niemals verraten würden.

Solche Menschen aus einer anderen Welt befanden sich nun in jedem ihrer Korps. Diese Tatsache fand Oberleutnant Kondo alarmierend – und seine Befürchtungen waren berechtigt, wie der Bericht ihm nun bestätigte. Basierend auf Yukis Worten und Taten seit seiner Emigration ins Kaiserreich wurde die Wahrscheinlichkeit als äußerst hoch eingeschätzt, dass er einen Staatsstreich plante.

Darüber hinaus waren die Leute, die Yuki in den Osten hatte schicken lassen, bereits identifiziert worden. Dank seiner Leistungen hatte ihm das Kaiserreich Asyl gewährt, aber Yuki schien die Gnade, die ihm zuteilgeworden war, vergessen zu haben und seinen Einfluss ausweiten zu wollen. So hatte er seine Anhänger in alle Armeekorps geschickt und einige von ihnen waren sogar in den Kaiserlichen Ritterorden aufgenommen worden. Auf keinem Fall konnte Tatsuya zulassen, dass sich unter den Kaiserlichen

Rittern, die mit dem Schutz Seiner Kaiserlichen Majestät beauftragt waren, Verräter versteckten.

Er ist gefährlich. Yuki Kagurazaka – ich werde dich eliminieren müssen.

So lautete der Entschluss, den Oberleutnant Kondo fasste. Doch noch war nicht der richtige Zeitpunkt, um zur Tat zu schreiten. Es gab Informationen, dass der große Magier Gadora mit Yuki verbündet sei, doch wie eng ihre Beziehung wirklich war, war unklar. Gadora spielte im Kaiserreich eine wichtige Rolle und es war unwahrscheinlich, dass er das Reich verraten würde. Kondo wusste aber, dass der alte Mann sie nur unterstützte, weil seine Ziele mit denen des Kaiserreichs übereinstimmten. Und das konnte sich ändern.

Wenn es so weit kommt, stellt auch der Greis eine Gefahr dar. Und dann ...

Yuki und Gadora. Yuki hatte die Gestalt eines jungen Mannes, doch sein Verhalten deutete auf einen weitaus größeren Erfahrungsschatz hin. Genau wie bei Kondo war es gefährlich, ihn allein nach seinem Aussehen zu beurteilen. Gadora wirkte äußerlich wie ein alter Mann, doch in Wahrheit war er ein mysteriöser Mann, der seit über einem Jahrtausend in dieser Welt war. Man musste gefasst sein, wenn man so jemanden wie ihn herausfordern wollte.

Genau darum sammelte Kondo Informationen. Er hatte zahlreiche Beweise, doch es waren immer noch nicht genug. Noch konnte er nicht öffentlich zur Tat schreiten. Zurzeit wurde jeder einzelne jener Menschen aus einer anderen Welt unter die Lupe genommen, die Yuki ihre Treue geschworen hatten. Es sollte ermittelt werden, ob einer von ihnen mit einem Fluch belegt war.

Sollten sich Yuki oder Gadora verdächtig verhalten, dann ...

»Dann dürfen sie nicht erwarten, dass wir sie in einem öffentlichen Prozess richten.«

Oberleutnant Kondo, der Mann, der in der Finsternis des Kaiserreichs lauerte, kannte für Verräter keine Gnade.

»Tut, was ihr wollt. Euer Leben liegt bereits in meiner Hand«, flüsterte Kondo in der Finsternis der kaiserlichen Hauptstadt mit eiskaltem Blick.

●

Ein hagerer Mann in seinen Vierzigern saß auf einem eleganten Stuhl eines luxuriösen Büros. Er trug eine Augenklappe über dem linken Auge. Sein Name war Caligurio. Er war der Kommandant des Panzerkorps, der größten Streitmacht des Kaiserreichs.

Auf seinem Schreibtisch lagen mehrere Magiekristalle. Es handelte sich dabei um Exemplare von hoher Reinheit und Qualität, die eine Quelle von Zauberenergie waren. Dank der Technik, die Yuki eingeführt hatte, konnten Magiekristalle, die aus dem Kern eines Dämonen entnommen wurden, zu Magiesteinen veredelt werden. Es gab auch natürliche Magiesteine, die von Dämonen gewonnen wurden. Diese konnten jedoch nur von denjenigen Wesen extrahiert werden, die große Mengen von magischer Energie besaßen, wie beispielsweise Dämonen von Rang A und höher. Solche natürlichen Magiesteine waren von unvergleichlich hoher

Qualität und wurden häufig eher als Schmuck oder magische Katalysatoren verwendet. Sie waren zu selten, um sie als ständige Energieressource verwenden zu können.

Caligurio hob den Magiekristall von seinem Schreibtisch auf. Je genauer er ihn beobachtete, desto mehr bewunderte er dessen Qualität. Dann legte er ihn wieder ab und streckte stattdessen die Hand nach dem Bericht aus, der ihm zusammen mit diesem Kristall zugesandt worden war. Es handelte sich dabei um den Ergebnisbericht des Forschungsinstituts.

Mit einem Magiekristall dieser Reinheit würden hundert Magiesteine hergestellt werden können. Er war sogar von so hoher Reinheit, dass er ohne Veredelung in Energie würde umgewandelt werden können. Um solche ausgezeichneten Exemplare zu sammeln, musste man mindestens Rang-B-Dämonen töten.

»Gadora, dieser Dreckskerl!«, rief er wütend. »Hat er etwa geglaubt, er könnte das vor mir verbergen ...?!«

Er hatte die Forscher bestochen, damit sie ihn benachrichtigen würden, wenn es interessante Neuigkeiten gab. Und so war ihm dieser Bericht zugestellt worden.

Gadora hatte diese Magiekristalle erst vor Kurzem mitgebracht. Es war nicht bekannt, woher er sie hatte, aber der Anzahl nach zu urteilen, wurde vermutet, dass er eine Kolonie von Dämonen gefunden hatte. Schließlich waren sie ausnahmslos von erstklassiger Qualität und enthielten laut Testergebnissen alle etwa die gleiche Menge an Energie. Da Magiekristalle von verschiedenen Dämonenarten zwangsläufig eine andere Qualität besaßen, hätte man sie veredeln und zu Magiesteinen verarbeiten müssen.

Doch das war bei diesen Exemplaren nicht der Fall, sie mussten alle von derselben Dämonenart stammen. Wenn das Kaiserreich dieses Rudel regelmäßig überfallen könnte, würde das ihre Energieversorgung erheblich verbessern. Das waren zumindest Caligurios Überlegungen.

Allerdings stellte sich die Lage komplizierter dar. Der Bericht schloss damit, dass man den Ort sichern müsste, von dem diese Magiekristalle stammten, wenn eine nachhaltige Energieversorgung angestrebt werde. Und dieser Ort war bereits identifiziert worden. Es handelte sich um das unterirdische Labyrinth, das in der Domäne des Dämonenkönigs Rimuru liegen sollte.

»In letzter Zeit hat er sich nur mit Yuki, diesem Knirps, abgegeben. Mich hat er nicht einmal besucht. Hat er etwa gedacht, er könnte hinter meinem Rücken Geschäfte machen? Das wird er mir büßen!«

Das war der Grund für seine schlechte Laune.

Und das war noch nicht alles. Caligurio war von den hochrangigen Adligen eine interessante Geschichte zu Ohren gekommen. Sie waren in einer großen Gruppe zu ihm gekommen und hatten ihm mit einem hämischen Lächeln mitgeteilt, dass sich Gadora in das Labyrinth begeben und dabei drei seiner Schüler verloren hatte. Wäre das alles gewesen, dann hätte Caligurio bloß Mitleid mit ihm gehabt. Doch Gadora hatte Dinge mitgebracht, die sein Interesse geweckt hatten. Darunter war ein Schwert, das Caligurio nun zur Zierde an seine Zimmerwand gehängt hatte. Es bestand aus hochwertigem, reinem Magiestahl und war ohne Zweifel von einem meisterhaften Handwerker gefertigt worden.

Ein prächtiges Schwert, das selbst den besten Schmieden Dwargons alle Ehre gemacht hätte. Nein, die Qualität seines Materials machte es sogar noch besser.

Das Schwert unterschied sich deutlich von denen, die im Kaiserreich im Umlauf waren. Caligurio hatte den Adligen drei solcher exzellenten Schwerter abgekauft und eines von ihnen den Forschern seiner Truppe zur Untersuchung geschickt.

»Es sind sehr seltene Items und sie besitzen vielleicht einen sonderbaren Effekt«, hatten die Adligen stolz erzählt und Caligurio dazu gedrängt, sie zu kaufen – trotz der Tatsache, dass Gadora sie ihnen geschenkt hatte. Als Caligurio sie fragte, was Gadora im Austausch gefordert hatte, stellten sie sich dumm. Am Ende hatte er jedes Schwert für je hundert Goldmünzen erstanden.

Caligurio war als Adliger der unteren Klasse geboren worden, war aber durch sein Talent bis zum Korpskommandanten aufgestiegen. Im Kaiserreich galt das Leistungsprinzip und so war er auf eine höhere Position gekommen als die meisten Adligen, die ihr Ansehen allein ihrer Geburt zu verdanken hatten. Und so mussten eher diese darauf achten, ihm entsprechende Ehrerbietung entgegenzubringen.

Tief in ihrem Herzen schauen sie auf mich herab, aber das spielt keine Rolle. Wichtiger ist, dass ich sie geschickt für mich ausnutze.

Hochrangige Adlige handelten stets in ihrem eigenen Interesse. Keinesfalls hatten sie ihm diese Information nur aus gutem Willen mitgeteilt. Sie mussten einen Hintergedanken dabei gehabt haben, dass sie ihm Gadoras Worte auf die Nase gebunden hatten. Wahrscheinlich wägten sie ab, ob sie fortan ihn oder Yuki unterstützen sollten.

»Dieser gierige Adel! Aber wie auch immer, ich muss mich jetzt auf Gadora konzentrieren. Wie konnte er es wagen, den Adligen vorzuschlagen, das Labyrinth dem Gemischten Korps anzuvertrauen? Stattdessen hätte er meine Armee empfehlen sollen … Wer hätte gedacht, dass er es mir noch immer übelnimmt, dass ich ihm das Panzerkorps genommen habe?«

Dank Gadoras Unterstützung war das Panzerkorps erfolgreich modernisiert worden. Obwohl die Zahl seiner Streitkräfte dadurch um das Zehn- bis Hundertfache gestiegen war, hatte Gadora keinerlei Befehlsgewalt. Caligurio nahm an, dass der alte Mann aus diesem Grund auf ihn eifersüchtig war.

»Nun gut. Zum Glück habe ich Informationen von diesen Adligen bekommen. Das wird es mir ermöglichen, dem Gemischten Korps zuvorzukommen und statt ihnen das Labyrinth zu plündern.«

Natürlich würde es ihn einiges kosten, den hochrangigen Adel auf seine Seite zu ziehen. Auch würde er einen Teil der Beute mit ihnen teilen müssen. Trotzdem hielt er das Ganze für keinen schlechten Deal.

Die Magiekristalle sind nicht das Einzige, was das Labyrinth zu bieten hat. Zum Beispiel ist dieses Schwert von ausgezeichneter Qualität. Es ist ein Rare-Item, aber es könnte sich in hundert Jahren zu einem Unique-Item entwickeln. Vielleicht sogar früher, weil es aus so feinem Magiestahl besteht. Allein das stellt einen ausreichenden Grund dafür dar, das Labyrinth zu erobern!

Mit diesem Gedanken hatte Caligurio beschlossen, die Adligen für sich zu gewinnen. Während er über seine nächsten Schritte nachdachte, beschäftigte ihn eine Frage:

Wozu dient dieser Sockel?

Die hochrangigen Adligen sprachen von sonderbaren Effekten, aber vermutlich hatten sie diese Information von Gadora erhalten. Auch bei näherer Betrachtung konnte Caligurio nichts dergleichen erkennen. Daher hatte er seinen Forschern ein Exemplar geschickt, aber die Analyseergebnisse standen noch aus.

Nun, im Gegensatz zum Westen ist bei uns das Zeitalter des Schwertes ohnehin vorbei …

So wertvoll dieses Schwert auch sein mochte, für die modernisierten Truppen würde es keine Bedeutung haben. Nur seine engsten Mitarbeiter und er selbst würden das volle Potenzial nutzen können. Entsprechend gespannt war Caligurio auf die Ergebnisse der Analyse.

Einige Tage später erhielt Caligurio einen erstaunlichen Bericht.

»Ich werde es Ihnen darlegen.«

Mit diesen Worten präsentierte ihm der Leiter der technologischen Abteilung persönlich die Ergebnisse. Die wissenschaftliche Analyse hatte gezeigt, dass der Sockel keine bloße Dekoration war, sondern Energie absorbieren konnte. Es handelte sich also nicht nur um ein Schwert, sondern um eine Apparatur, um Magie zu wirken.

»Dämonenkönig Rimuru … Ihn muss man ernst nehmen. Faszinierend, was er sich für Sachen ausdenkt.«

»In der Tat«, pflichtete ihm der Leiter bei. »Dieses Schwert wirkt auf den ersten Blick wie eine Nahkampfwaffe, soll aber wahrscheinlich den Gegner überraschen, wenn der Nutzer dieser Klinge plötzlich mit Magie angreift.«

So war es. Die Besonderheit dieser Waffe bestand darin, sogar solche mit magischen Kräften auszustatten, die keine beherrschten.

»Ist es wahr, dass solche Schwerter in jenem Labyrinth zu finden sind?«

»Ja, dafür haben wir Belege. Ich habe einige meiner Leute entsandt, um Nachforschungen anzustellen. Gadora scheint die Wahrheit gesagt zu haben.«

Caligurio hatte seine Männer ebenfalls in die Dämonenstadt geschickt, um Informationen über das Labyrinth zu sammeln. Sie taten sich zwar in der vierzigsten Ebene schwer, hatten aber von Kaufleuten interessante Geschichten aufgeschnappt. So sollten diese gesockelten Waffen im Labyrinth zu finden sein und zu hohen Preisen verkauft werden, wenn auch günstiger als Unique-Items.

»Was ist dann der Zweck dahinter …?«

»Hmpf!«, schnaubte Caligurio. »Das liegt doch auf der Hand. Auch wir testen neue Waffen gut, bevor wir sie in der Praxis einsetzen, oder?«

Der Direktor der technischen Abteilung war klug, aber es fehlte ihm an strategischem Denken. Erst durch Caligurios Worte erkannte er endlich das Ziel dessen, was in Tempest getan wurde.

»Aha, jetzt verstehe ich. Also gibt der Dämonenkönig sie an eine Reihe von Abenteurern, um den Effekt zu untersuchen? Das klingt plausibel. Als wir einen Magiestein in den Sockel eingesetzt haben, ist der Rang dieses Schwerts gestiegen. Es wurde zu einem mächtigen magischen Schwert, aber es schien noch andere Funktionen zu haben. Um diese herauszufinden, sind verschiedene Experimente notwendig, die viel Zeit in Anspruch nehmen.«

»Ja. Dafür verteilt er die Waffen an seine Leute, damit diese das ausprobieren. Und sobald er seine Ergebnisse bekommen hat, wird er sie sicherlich wieder einsammeln lassen.«

Zu einem gewissen Grad hatte Caligurio Rimurus Absichten begriffen. Er schlussfolgerte, dass sich diese Waffen noch in einem experimentellen Stadium befanden. Sein Instinkt sagte ihm, dass es gefährlich wäre, Tempest weiter Zeit für seine Experimente zu lassen.

»Raffiniert. Sie führen also an einem Ort Menschenversuche aus, an dem keine Gefahr besteht zu sterben.«

»Angeblich braucht man diesen Armreif, um sich abzusichern. Wie er funktioniert, hat unsere Analyse jedoch noch nicht herausfinden können. Wenn dieses Gerücht wahr ist, würde er die militärische Ausbildung um einiges vereinfachen.«

Mit diesen Worten nahm der Leiter eine kleine, fest verschlossene Schachtel und überreichte sie Caligurio. In dieser befand sich einer der Schätze, die Gadora heimgebracht hatte: der Wiederbelebungs-Armreif.

»Natürlich sind das fragwürdige Informationen. Aber sobald es meiner Armee gelingt, das Labyrinth in Besitz zu nehmen ...«

Dann könnten sie das Gerücht überprüfen. Und falls es sich als wahr herausstellte, wäre dies eine große Errungenschaft.

»Oho, Sie sind ein ehrgeiziger Mann. Werden Sie auch nicht davor zurückschrecken, sich dem Dämonenkönig zu stellen?«

»Selbstverständlich. Es wäre töricht, sich ohne einen bestimmten Grund mit ihm anzulegen, aber der Jura-Wald befindet sich auf unserer Invasionsroute. Da auch dieses Labyrinth dort gelegen ist, wird es jemand tun müssen.«

»Hä hä hä, Sie sagen es.«

Die beiden brachen in schallendes Gelächter aus.

»Damit können wir eine stabile Versorgung von Magiekristallen und ein effizientes Testgelände sicherstellen. Und wenn alles glatt läuft, werden wir auch die neuen Waffen des Feindes an uns reißen.«

»Dafür muss Ihr Panzerkorps das Land erobern, bevor die anderen Truppen eine Chance bekommen.«

»Ja, das steht außer Frage. Du darfst dich auf die Ergebnisse freuen«, versicherte ihm Caligurio mit einem boshaften Lächeln.

»Allerdings scheint der alte Mann senil geworden zu sein.«

»Du sagst es. Er war so geblendet von den Magiekristallen, dass er die wichtigeren Dinge nicht erkannte. Damit meine ich das Labyrinth, seine Schätze sowie die Qualität der Schwerter.«

»Das muss daran liegen, dass er sich ausschließlich auf Magie verlässt. Waffen wie diese, deren Rang sich verändert, hat die Welt schließlich noch nicht gesehen.«

So großartig Gadora auch war, das Zeitalter der Magie ging bereits zu Ende. Es wehte ein neuer Wind namens Wissenschaft. Eine neue Ära war eingeläutet, die Magie mit dieser kombinierte.

Darum ist das Panzerkorps in meinen Händen besser aufgehoben als in seinen. Ich würde diesem Greis ja Respekt erweisen, wenn er sich im Hintergrund halten würde. Aber jetzt, da er sich mit Yuki verbündet hat, werde ich ihm keinesfalls vergeben.

Caligurio begann in Gedanken eine Strategie zu entwickeln. Mehrere Dämonenkönige gleichzeitig zu bekämpfen wäre töricht, aber den Dämonenkönig Rimuru allein zu besiegen wäre ein Kinderspiel. Außerdem war der Sturmdrache ein Ziel ihrer Expedition. Es war seit jeher ein sehnlicher Wunsch des Kaiserreichs, Veldora zu unterwerfen. Darum beabsichtigte Caligurio, den Drachen mit seinen neu entwickelten Waffen zu bezwingen. Zu diesem Zweck nahm er kleinere Opfer in Kauf. Aber dennoch hatte sich Gadora hartnäckig quergestellt. Genau das war die Angelegenheit gewesen, die einen Keil zwischen die beiden getrieben hatte.

Hmpf! Sobald wir den Sturmdrachen auf unserer Seite haben, ist uns selbst dieser Schleim nicht mehr gewachsen. Nun ist die Zeit gekommen. Wir werden dem Volk beweisen, dass wir die stärkste Armee des Imperiums sind!

Caligurio war aufgeregt. Er würde Gadora zu Fall bringen und im Imperium eine unerschütterliche Position erlangen. Dazu brauchte er eine krönende Leistung, weshalb es von größter Bedeutung war, dass sein Panzerkorps den Drachen unterwarf und das Labyrinth eroberte. Und damit das gelang …

»Bei der nächsten Sitzung in Anwesenheit des Kaisers werde ich den Angriff vorschlagen.«

»Oh, es ist so weit?«

Caligurio nickte. Sie sollten dem Dämonenkönig keine Zeit lassen, sich auf einen Krieg vorzubereiten – mit diesem Argument wollte er die Opposition zum Schweigen bringen.

Gadora, ich werde mir nicht gefallen lassen, dass du mir zuvorkommst. Und Yuki, du Rotzbengel. Bist du übermütig geworden, weil du Gadora an deiner Seite hast? Ich werde dir zeigen, wo der Hammer hängt.

Caligurio verlachte seinen törichten Kollegen – den Dummkopf, der die Chance hatte, entscheidende Informationen zu gewinnen, sie aber unwissend entgleiten ließ. Caligurio war fest überzeugt, dass Gadora letzten Endes nur ein minderbemittelter Emporkömmling war. Während er ihn verspottete, grübelte er unablässig darüber nach, wie er den größten Gewinn würde erzielen können.

In Gedanken versunken bereitete Caligurio vor, wie er auf der Sitzung mit dem Kaiser zum baldigen Kriegsbeginn aufrufen wollte.

●

Die Sitzung war kurz davor zu beginnen. Anders als in Friedenszeiten waren nicht nur die teilnehmenden Offiziere, sondern auch die Beamten sichtlich nervös. Offenbar hatten selbst Außenstehende diese angespannte Atmosphäre spüren können, weshalb sie es nicht wagten, sich dem Konferenzsaal zu nähern. Dieses Treffen war anders als die üblichen. Das hatte jeder erkannt.

Als der Kaiser angekündigt wurde, verneigten sich alle Anwesenden. Hinter dem Bambusvorhang war eine Silhouette zu erkennen: die von Ludra Nam Ul Nasca, Herrscher des Vereinigten Östlichen Imperiums Nasca Namrium Ulmeria, der stärksten Militärmacht der Welt. Der Bambusvorhang verdeckte sein Angesicht, ebenso wie seine wahren Absichten. Niemand außer seinen engsten Vertrauten bekam ihn je zu Gesicht. Er hatte eine erhabene Präsenz, die jeden einschüchterte, der sich in seiner Gegenwart aufhielt. Der Kaiser war unvergleichlich und seine Macht absolut. Nur einer Handvoll Personen war es gestattet, dem Kaiser ihre Meinung kundzutun.

Im Sitzungssaal hatten sich nahezu zweihundert Personen versammelt: die drei Generäle mit ihren Adjutanten, der Kaiserliche Ritterorden und schließlich die Kabinettsminister, die die Regierungsgeschäfte leiteten, sowie die Abgeordneten des Oberhauses. Sie alle hielten nun ihre Köpfe gesenkt. Nur das Rascheln der Kleidung hallte durch die Halle – bis auch dieses Geräusch verstummte. Als Stichwort gab der Minister dem Zeremonienmeister ein Zeichen.

»Seine Kaiserliche Majestät ist angekommen!«

Daraufhin begrüßten ihn alle Teilnehmenden einstimmig. Ein ohrenbetäubender Ruf durchbrach die Stille. Und so begann die kaiserliche Sitzung, bei der die Durchführung der großen Expedition zur Diskussion stand, die in die Geschichte eingehen sollte.

....

......

...

Die Sitzung wurde feierlich eröffnet.

Zunächst stellte sich die Frage, unter welchem Vorwand dieser Krieg begonnen werden sollte. Die Antwort darauf war einfach: weil der Kaiser es wünschte.

Als Nächstes musste man sich Gedanken darüber machen, ob ein Krieg überhaupt möglich war. Hier schieden sich die Geister. Einige mahnten Vorsicht an, andere befürworteten ein schnelles und entschiedenes Vorgehen. Die Beamten vertraten die Ansicht, zunächst diplomatisch mit militärischen Maßnahmen zu drohen, um die westlichen Länder zur Kapitulation zu bewegen.

Wenn der Kaiser den Krieg forderte, gab es keinen Raum für Diskussion. Aber ein solcher Befehl war noch nicht ergangen. Da der Beginn des Krieges nur eine Frage der Zeit war, drehte es sich allein darum, wie er vonstattengehen sollte.

Die Dämonenkönige, die über ihre eigenen Länder regierten, stellten zwar ein Hindernis dar, sie würden sich aber nicht einmischen, solange ihre Territorien unverletzt blieben. Die größte Hürde stellte also der Sturmdrache Veldora dar, weshalb sich die Diskussion auf den Jura-Wald konzentrierte.

Doch einer sprach sich gegen den Krieg aus. Es war der große Magier des Imperiums – Meister Gadora. Offen und furchtlos trug er dem Kaiser seine Ansicht vor.

»Bei allem Respekt, Eure Majestät, ich bin dagegen.«

»Das schon wieder, Meister Gadora? Was für eine feige Aussage!«, lachte ihn einer der drei Generäle aus – der Kommandant des Panzerkorps, Caligurio. Dieses Streitgespräch zwischen den beiden spielte sich bei jeder Sitzung ab. Denn der eine repräsentierte die vorsichtige, der andere die kriegerische Fraktion.

»Es dürfte kein Problem sein, den Westen zu vernichten. Doch im Jura-Wald haust der Sturmdrache Veldora. Erst letztes Jahr wurde seine Wiederbelebung bestätigt. Es liegt also auf der Hand, dass Vorsicht geboten ist.«

In den dreihundert Jahren seit dem Kampf gegen Veldora war die Erinnerung an den Schrecken verblasst. So stimmten nur wenige Gadora zu, die Mehrheit war für den Krieg. Caligurio hatte die Reaktionen beobachtet und heizte die Befürworter weiter an.

»Meister Gadora, deine Vorsicht in allen Ehren. Aber wie ich dir schon mehrfach versichert habe, sind unsere Maßnahmen gegen Veldora bis ins kleinste Detail durchgeplant. Mit unseren neuen Waffen werden wir ihn bezwingen!«

»Dass ich nicht lache! Hör auf, in einer Illusion zu leben, Caligurio. Solange die Möglichkeit eines Scheiterns nicht ausgeschlossen ist, müssen wir Vorsicht walten lassen. Ganz zu schweigen davon, dass in diesem Wald ein neuer Dämonenkönig an die Macht gekommen ist. Und es hat sich in der Vergangenheit bewährt, sich nicht mit Dämonenkönigen anzulegen. Zumal der wiederbelebte Sturmdrache scheinbar mit diesem Rimuru verbündet ist.«

Eine mögliche Route führte durch die Todesschlucht, die im ehemaligen Herrschaftsgebiet Kleimans lag. Sie ermöglichte den Durchzug einer großen Armee. Doch auf dieser Route würden sie zwangsläufig den Zorn des Dämonenkönigs Millim auf sich ziehen, weshalb sie diese Option ausgeschlossen hatten. Doch auf dem Weg durch den Jura-Wald lauerten nun der wiedererwachte Sturmdrache und der Dämonenkönig Rimuru. Gadora pochte darauf, dass es keinen Grund gebe, sich mehr Feinde zu machen als nötig – was Zustimmung unter den Beamten fand, doch Caligurio bloß verächtlich lachen ließ.

»Meister Gadora, willst du etwa damit sagen, dass wir den innigsten Wunsch des Imperiums aufgeben sollen?«

Solange sie nicht durch den Jura-Wald marschierten, würde es sich schwierig gestalten, eine große Armee in den Westen zu entsenden. Caligurios Frage wurde aus diesem Grund von den Offizieren unterstützt.

»Herr Caligurio hat recht. Selbst Dämonenkönige stellen angesichts unserer kaiserlichen Armee keinerlei Bedrohung dar!«

»Was für eine Beleidigung! Meister Gadora, habt Ihr etwa vor, dem Willen des Kaisers zu trotzen?!«

»Nein! Aber denkt doch einmal nach. Es wäre klüger, den Zwergenkönig um Unterstützung zu bitten, anstatt gegen einen Dämonenkönig zu kämpfen. So wird es keine Verluste geben und es wird einfacher sein, den Westen zu erobern!«

Jemand lachte lauthals über Gadoras Bemerkung.

»Du machst dich lächerlich, werter Gadora. Der Zwergenkönig ist ein meisterhafter Schwertkämpfer und ein Mann von großer Ehre. Seine Vorgänger waren Helden, auch der jetzige König ist außergewöhnlich stark und seine Gefährten sind ebenfalls berühmte Helden. Die Zwerge sind ein deutlich härterer Brocken als ein neuer Dämonenkönig, so gerne ich mich auch mit ihnen messen würde. Und beim Volk dürfte es weitaus besser ankommen, einen Dämonenkönig zu vernichten als gegen anerkannte Helden zu kämpfen.«

Dies sagte niemand Geringeres als einer der drei Generäle, der Kommandant des Biesterkorps, der Biesterkönig Gladim. Allein dass er sich von seinem Sitz erhob, wirkte auf die anderen Teilnehmer einschüchternd. Er strahlte dabei eine beinahe königliche Würde aus. Gladim herrschte mit starker Hand über die magischen Biester und man sagte, er sei der zweitstärkste Mann des Kaiserreichs, obwohl sein Rang nur zweistellig war. Schon früh hatte ihm seine Stärke den Rang eines Kommandanten eingebracht und er war damit von den Rangkämpfen entbunden, weshalb er davon überzeugt war, in Wahrheit der Allerstärkste zu sein. Deshalb war ihm der alte Mann, der als stärker galt als er selbst, schon immer ein Dorn im Auge gewesen. Da er nach Instinkt, nicht nach Logik handelte, kam Gadora nicht sonderlich gut mit ihm klar.

»Gladim, du hast etwas missverstanden«, antwortete Gadora gelassen. »Mein Vorschlag ist, dass wir uns mit König Gazelle verbünden sollten!«

»Alter Narr. Jeder gehört unterworfen, der sich uns in den Weg stellt. Aber du willst sie überlisten? Von wegen! Du bist uns nur ein Klotz am Bein, nun, da unsere Vorbereitungen bereits abgeschlossen sind!«

»Red keinen Unsinn! Dwargon ist eine natürliche Festung. Es ist unmöglich, es mit Gewalt zu …«

»Sei still!«, herrschte ihn Gladim an. »Du wagst es, in Anwesenheit Seiner Kaiserlichen Majestät derart zu jammern? Kein

Wunder, dass du deines Amtes als Korpskommandant enthoben wurdest!«

Das entsprach den Tatsachen. Bis vor etwa dreißig Jahren hatte Gadora das Magiekorps als eine der drei großen Armeen des Imperiums befehligt. Doch Magie konnte nur wirken, wer mit entsprechendem Talent geboren wurde, und so war die Truppenstärke gering geblieben. Magie war zwar im Kampf nützlich, doch das Imperium hatte einen Durchbruch erzielt, der das Magiekorps obsolet gemacht und schließlich zu seiner Auflösung geführt hatte: die Entwicklung einer kleinen magischen Waffe namens Zauberpistole, die ihre Energie aus Magiesteinen gewann und sie mithilfe eines in den Gewehrlauf eingravierten magischen Kreises entfesselte. Hinzu kam der Zaubersäbel, der für den Nahkampf gedacht war und nach einem verwandten Prinzip funktionierte. Die Funktionsweise war der von den gesockelten Waffen aus Tempest nicht unähnlich, weshalb die technische Abteilung deren Zweck so schnell durchschaut hatte. Sie erlaubten nun jedermann auf dem Schlachtfeld, Magie zu wirken.

»Ha ha ha, Meister Gadora. Du bist alt geworden«, lachte Caligurio verächtlich. »Dein Wissen über Magie stellt einen Schatz des Imperiums dar. Auch ich schulde dir Dank für deine Unterstützung bei der Entwicklung neuer magischer Waffen für mein Panzerkorps, aber wie Gladim schon sagte, zeugen deine heutigen Einwände von nicht mehr als Feigheit!«

Aus den Reihen der Abgeordneten und der Offiziere ertönte Gekicher.

»Hast du überhaupt begriffen, mit wem du dich anzulegen gedenkst? Bei jenem Drachen handelt es sich um die mächtigste Spezies dieser Welt.«

»Du bist derjenige, der nicht begreift. Die kaiserliche Armee ist heute anders aufgestellt als vor Hunderten von Jahren. Wir haben das Wissen der Menschen aus einer anderen Welt erworben und ein technologisches System – die Wissenschaft – aufgebaut, das sich von dem dieser Welt abhebt. Dank dieser neuen Technologie hat sich die militärische Stärke des Imperiums mehr als verzehnfacht. Ein altmodischer Magier wie du vermag in der modernen Kriegsführung nicht mitzuhalten. Ein Gnadenbrot Seiner Kaiserlichen Majestät ist alles, worauf du noch hoffen kannst.«

»W… Wie kannst du es wagen?!«

Gadora schrie vor Empörung auf, aber in Wirklichkeit täuschte er sie nur vor. Schließlich hatte sich der alte Mann bereits auf die Seite Rimurus geschlagen. Er riet den Anwesenden zwar, einen Krieg zu vermeiden, aber was letztendlich mit ihnen geschah, interessierte ihn nicht im Geringsten.

Diese armseligen Idioten. Die Wissenschaft hat in der Tat wunderbares Wissen hervorgebracht, aber auch in der Magischen Dynastie Sarion gibt es Magiewissenschaften. Dazu kommt, dass Lord Rimuru ebenfalls aus einer anderen Welt kommt. Wer weiß, ob die militärische Stärke des Imperiums ihnen wirklich eine Vormachtstellung garantiert …

Jetzt, da er Tempest und Rimuru kannte, zweifelte Gadora am Sieg des Imperiums. Er wünschte seinen ehemaligen Weggefährten deshalb aber nicht, dass sie in ihr Verderben rannten, und fühlte sich auch immer noch dem Kaiser verpflichtet. Yuki würde zudem einen Putsch versuchen und dabei den Kaiser festnehmen oder gar töten lassen. Das würde die Welt ins Chaos stürzen, was Gadora nicht hinnehmen konnte, seit er keinen Grund mehr für einen Krieg sah.

Nun, weitere Ratschläge scheinen vergebliche Liebesmüh zu sein. Ich werde also Lord Rimurus Befehl ausführen und die Aufmerksamkeit der kaiserlichen Armee aufs Labyrinth lenken.

Heimlich fasste Gadora diesen Entschluss. Dann richtete er seine Augen auf Yuki, der sich noch nicht zu Wort gemeldet hatte.

*

Caligurio fasste Gadoras Schweigen als Niederlage auf. Nach der Auflösung des Magiekorps hatte Gadora nur noch eine Ehrenposition als technischer Berater des Panzerkorps inne. Trotzdem war seine Macht weithin bekannt und er hatte wahrscheinlich noch immer mehr Einfluss als Caligurio. So hatte Gadora auch Yuki, diesen Rotzlöffel, als Korpskommandanten empfohlen. *Wie ärgerlich.*

Im Laufe der Zeit hatten die Kriegsanstrengungen stetig zugenommen. Und Gadora gehörte für Caligurio zweifellos zu denjenigen, die mit dieser Entwicklung nicht hatten Schritt halten können.

Das Imperium trat in eine neue Ära ein. Die drei neuen Armeekorps waren stärker als alles, was das Reich je zuvor aufgeboten hatte.

....

......

...

Das von Caligurio befehligte Panzerkorps war die größte Streitmacht des Imperiums und repräsentierte eine Kombination von magischer Technologie und Wissenschaft aus einer anderen Welt. Insgesamt fasste die Armee mehr als zwei Millionen Mann, viele davon aber fest vor Ort stationiert. Für einen Angriffskrieg würde nur eine Million mobilisiert werden können, was immer noch eine ungeheuer große Armee darstellte. Hundert Jahre zuvor wäre eine Streitmacht von solcher Stärke noch undenkbar gewesen.

Das Biesterkorps stand unter dem Kommando von Gladim. Die DNA-Sequenzierung, eine Technologie aus der anderen Welt, hatte es möglich gemacht, magische Biester zu züchten. Sie waren militärisch gedrillt worden und bildeten nun als starke Dämonenreittiere den Kern der Armee. Per Blutanalyse hatte man als Reiter jene Krieger ausgemacht, die aus der Blutlinie alter Helden stammten. Man sagte, dass nur einer unter Zehntausend geeignet war, sich diesem Korps anzuschließen. Und so bestand es aus gerade einmal dreißigtausend Soldaten. Die magischen Biester allein waren allerdings bereits auf Rang A- und mit ihren Reitern erreichten sie eine unglaubliche Stärke. Das Korps war eine Elitetruppe, auf die das Kaiserreich stolz war.

Die dritte und letzte Armee war das Gemischte Korps, das von Yuki befehligt wurde. Es hieß, dass es sich um einen zusammengewürfelten Haufen handelte, deren Mitglieder unfähig waren, mit anderen zusammenzuarbeiten. Doch das lag daran, dass jeder einzelne Soldat außergewöhnliche Fähigkeiten besaß. Tatsächlich waren die Talente der Männer so überragend, dass man sie nur schwer unter Kontrolle bekam. Zudem verfügte das Korps über verschiedene Waffen, deren Wirkungsweise noch nicht völlig geklärt war. Bis Yuki die Führung übernommen hatte, hatte man seine Mitglieder mehr oder weniger nur in Schach halten wollen, doch nun hatte sich das Korps zu einem Ass im Ärmel entwickelt. Es umfasste etwa zweihunderttausend Mann, von denen die Hälfte als Aufklärungskräfte oder Nichtkombattanten arbeiteten, sodass etwa einhunderttausend Soldaten mobilisiert werden konnten. Darunter befand sich auch eine Truppe von Elitesoldaten, die Yuki ausgewählt hatte und die ihm treu ergeben waren.

………

……

…

Das waren also die drei neuen Armeekorps des Kaiserreichs: eine gewaltige Streitmacht. Sobald der Kaiser das Edikt erlassen würde, würde sich ein Heer von einer Million und einhundertdreißigtausend Soldaten in Bewegung setzen. Der Kaiserliche Geheimdienst schätzte die Streitmacht der westlichen Länder auf weniger als eine Million, wovon etwa vierhunderttausend Mann mobilisiert werden konnten. Zudem zögerten diese Länder noch zusammenzuarbeiten.

Caligurio führte das Panzerkorps an, für den Krieg wollte er seine besten Streitkräfte auswählen:

Die Maschinensoldatenlegion: Diese Truppe stellte die Hauptstreitmacht dar. Sie bestand aus Soldaten, die sich mittels der Technologie aus der anderen Welt magischer Modifikationen unterzogen hatten. Ihre individuelle Stärke kam mindestens auf den Rang C+, während die Besten von ihnen sogar den Rang A erreichten. Dieser Legion gehörten siebenhunderttausend Soldaten an.

Die Magiepanzerdivision: Diese Truppe verfügte über zweitausend Magiepanzer – eine neue Waffe, die bereits für den praktischen Gebrauch eingerichtet wurde. Ein Magiepanzer wurde von jeweils fünf Männern gesteuert und verfügte über eine revolutionäre Leistungsfähigkeit. Das Hauptgeschütz war die sogenannte Magiekanone, die eine Mündungsgeschwindigkeit von zweitausend Metern pro Sekunde erreichte. Sie verfügte über eine Kapazität von fünfzig Schuss und konnte fünf Schüsse pro Minute abfeuern. Ihre enorme Zerstörungskraft entsprach der Magie »Ultraflammenexplosion«. Obwohl diese Kanone nach magischen Prinzipien funktionierte, bestand das Geschoss selbst aus herkömmlichem Eisen. Es handelte sich um eine beeindruckende Schusswaffe, die sowohl Anti-Magie-Barrieren als auch Anti-Bogen-Verteidigungen ohne Weiteres durchdringen konnte. Eine solch enorme Macht war ehedem nur Zauberern – also Elitemagiern – vorbehalten gewesen, nun konnte sie von gewöhnlichen Soldaten benutzt werden.

Die Luftbewegliche Infanterie: Diese Truppe bestand aus hunderttausend Soldaten und vierhundert Luftschiffen, die das Ergebnis des Wissens aus einer anderen Welt und der Stolz des

Imperiums waren. Jedes dieser Schiffe konnte bis zu vierhundert Passagiere befördern. Davon übernahmen fünfzig Mann die Steuerung, während die übrige Besatzung für die Abwehrmagie oder das Bombardement zuständig war. Diese Kriegsschiffe waren mit einer großen Anzahl magisch verstärkter Kanonen ausgestattet, sodass sie sich hervorragend sowohl für den Angriff als auch für die Verteidigung eigneten. Andere Länder kannten den Luftkampf kaum und so würden diese Schiffe ganz neue Strategien ermöglichen – etwa eine große Zahl an Truppen hinter die feindlichen Linien zu bringen und den Feind so in die Zange zu nehmen.

Mit dieser großen Armee fühlte sich Caligurio unschlagbar. Durchschnittliche Ritter in dieser Welt kamen vielleicht auf Rang C. Wenn sie bis an die Zähne bewaffnet und durchtrainiert waren, erreichten einige womöglich auch einen Rang B. Jeder von Caligurios Männern war ihnen überlegen und zusammen mit den neuen Waffen der Panzer und Luftschiffen hatte er reichlich Grund zu der Annahme, dass das Imperium unbesiegbar war.

Sei es Veldora oder ein Dämonenkönig – mit einer Armee dieser Stärke gibt es nichts zu befürchten! Mein Korps wäre sogar dazu in der Lage, die Welt zu erobern!

Voller Zuversicht schaute Caligurio zu Gadora und bemerkte deshalb, dass sich dessen Blick auf Yuki richtete. Und im nächsten Moment ergriff der junge Mann das Wort.

»Ich stimme zu, dass Gadora zu vorsichtig ist. Wenn man mich fragt, braucht man vor dem Sturmdrachen gar nicht so große Angst zu haben. Wie Kommandant Caligurio richtig sagte, wird die heutige Armee des Kaiserreichs gut mit ihm zurechtkommen.«

Yuki hatte sich auf dieser kaiserlichen Sitzung zum ersten Mal geäußert. Dass er Caligurios Meinung teilte, machte diesen misstrauisch.

Du Rotzlöffel. Willst du dich etwa freiwillig dazu melden, das Labyrinth zu erobern? Pah! Du dachtest wohl, ich wüsste nichts davon. Merk dir: Jemand, der schlecht informiert ist, kann niemals die Rolle eines Kommandanten übernehmen!

Obwohl Caligurio ihn in Gedanken verfluchte, lächelte er Yuki freundlich zu. Was Gladim betraf, so stellte er eine Ausnahme dar. Ihm war der Posten eines Kommandanten nur zuteilgeworden, weil er außergewöhnlich stark war. Doch Yuki war dieser Rolle in Caligurios Augen noch nicht gewachsen. Das war der Grund, weshalb er ihm gegenüber stets eine feindliche Haltung einnahm.

Caligurio ergriff das Wort, ohne seine wahren Gefühle preiszugeben.

»Beeindruckend. Für einen aufstrebenden jungen Mann bist du sehr selbstbewusst.«

»Ach, du übertreibst. Wichtiger ist meiner Meinung nach, Nachforschungen anzustellen, bevor wir in den Krieg ziehen. Um durch den Jura-Wald zu marschieren, müssen wir das Territorium des Dämonenkönigs Rimuru durchqueren. Dazu ist mir übrigens eine interessante Sache zu Ohren gekommen. Die Dämonenstadt soll sich in seinem Labyrinth verstecken können.«

»Ach, ein Labyrinth?«

»Genau. Es befindet sich im Untergrund der Hauptstadt. Ich weiß nicht, wie es funktioniert, aber angeblich kann die Hauptstadt vom Erdboden verschwinden und hinterlässt dabei nur ein einziges großes Tor.«

Während Caligurio Unwissenheit vortäuschte, lächelte Yuki zufrieden.

Hmpf! Wie töricht. Er wird sicher anbieten, es auf eigene Faust zu untersuchen, um schließlich die Rechte über das Labyrinth an sich zu reißen. Aber das lasse ich mir nicht gefallen.

Caligurio lachte sich ins Fäustchen.

»Oho. Sind Sie sich sicher, dass diese Informationen der Wahrheit entsprechen?«, fragte jemand und andere stimmten mit ein.

»Wenn dem so ist, dürfen wir das Labyrinth nicht ignorieren. Die Truppen des Dämonenkönigs könnten von hinten angreifen, nachdem unsere vorbeigezogen sind.«

»So ist es. Der Westen ist nicht dumm, also werden sie wahrscheinlich eine Verteidigungslinie bilden. Wenn die feindliche Armee unsere Nachschublinie unterbrechen würde, steckten unsere Truppen in der Klemme.«

»Dann ist es vielleicht doch gefährlich, durch den Jura-Wald zu marschieren.«

Angeregt von Yukis Worten begannen einige, ihre Meinungen kundzutun. Yuki blickte fröhlich in die Runde, weil es wahrscheinlich genau das war, worauf er abgezielt hatte.

»An der Glaubwürdigkeit der Informationen besteht kein Zweifel. Schließlich ist Meister Gadora selbst ins Labyrinth gegangen und hat die Angelegenheit für uns untersucht!«, bekräftigte er, den richtigen Moment abpassend. »Er hält den Dämonenkönig Rimuru deshalb für eine Bedrohung, weil er ihn mit eigenen Augen gesehen hat. Dabei hat er auch das Gerücht gehört, dass sich das Labyrinth über hundert Ebenen erstrecke und der Sturmdrache Veldora selbst die letzte Ebene bewache. Ja, es ist bloß ein Gerücht, die Ermittlungen mussten in der sechzigsten Ebene abgebrochen werden, nachdem wir Opfer zu beklagen hatten. Man sagt, selbst der Heroe Masayuki habe sich noch nicht bis dahin durchgekämpft. Also können wir davon ausgehen, dass diese Ebene dem Schwierigkeitsgrad A+ entspricht. Unabhängig davon, welche Route wir für unsere Invasion wählen, sollte dieses Labyrinth unbedingt erforscht werden.«

Yuki hatte seine übliche unbefangene Art abgelegt und einen ernsten Ton angeschlagen.

»Opfer …?«

»Das ist bedauerlich zu hören.«

»Eine Untersuchung sollte kein Problem darstellen. Warum überlassen wir die Angelegenheit nicht dem Gemischten Korps?«

Während die Adligen aufgeregt dem jungen Mann beipflichteten, kochte in Caligurios Adern das Blut.

Tss! Diese bestochenen Idioten! Yuki, du hättest Politiker statt Kommandant werden sollen.

Selbst diejenigen, die nicht bestochen worden waren, schienen sich Yuki anschließen zu wollen. Verärgert von dem Lauf der Dinge erhob sich Caligurio vom Stuhl und rief: »Einen Moment!«

Dann verbeugte er sich vor dem Kaiser, der hinter dem Bambusvorhang saß.

»Eure Kaiserliche Majestät! Meister Gadora und Yuki scheinen große Angst vor Veldora zu haben, ich aber nicht. Auch vor dem Westen habe ich keine! Mein einziger Wunsch ist es, Eure Sorgen aus der Welt zu schaffen. Also erteilt mir bitte den Befehl, den Westen zu erobern! Dann werde ich, Caligurio, mein Leben riskieren und Euren Erwartungen gerecht werden!«

Caligurios Rede schockierte alle Anwesenden. Denn es galt als Tabu, den Kaiser direkt anzusprechen.

»Was zum ...! Wie können Sie es wagen?!«

»Sie wissen doch, wie unverzeihlich das ist, Herr Caligurio!«

»Caligurio, willst du uns allen die Schau stehlen?«, regte sich Gladim auf. »Eure Kaiserliche Majestät, mein Biesterkorps ist auch jederzeit für den Kampf bereit. Befehlt bitte auch uns, in die Schlacht zu ziehen!«

Daraufhin reagierte Yuki hastig: »Bitte vertraut mir und dem Gemischten Korps die Ermittlungen an!«

Alle drei Generäle hatten sich nun erhoben und sich zum Kaiser hin verbeugt. Nun war der Kaiser der Einzige, der Ordnung im Saal zu schaffen vermochte.

... Nein. Es gab noch eine weitere Person. Diese befand sich ebenfalls auf der anderen Seite des Bambusvorhangs und lachte charmant – der Oberbefehlshaber der kaiserlichen Armee, der Generalfeldmarschall.

»Seid still, ihr Dummköpfe. Vor euch sitzt niemand Geringeres als Seine Majestät, Kaiser Ludra.«

Kein normaler Mensch hätte den Kaiser mit Namen anreden dürfen. Doch ihm als Marschall war es gestattet.

*

Der Rang des Generalfeldmarschalls bedeutete, dass es sich um die stärkste Person des ganzen Reiches handelte. Nur enge Vertraute wussten, wer sie war. Ihr Name blieb der Öffentlichkeit verborgen und es hieß, sie bliebe stets an der Seite des Kaisers, um ihn zu beschützen.

Als der Generalfeldmarschall seine Stimme erhoben hatte, waren alle Anwesenden schlagartig verstummt und hatten sich zu Boden geworfen, als seine Stimme erneut ertönte.

»Was kann uns Veldora schon anhaben? Er ist uns bei der letzten Expedition in die Quere gekommen, aber hat dieses Ereignis das Imperium erschüttert?«

»Nein!«, riefen alle einstimmig.

»Selbstverständlich nicht. Denn dieses Reich trägt den Segen Seiner Kaiserlichen Majestät.«

»Jawohl!«

Es wäre untertrieben gewesen, die Stimmung als bedrückend zu bezeichnen. Niemand wagte es, dem Marschall zu widersprechen.

»Yuki heißt du, nicht wahr? Es ist noch nicht einmal ein Jahr vergangen, seit du in das Imperium gekommen bist, und deine Leistungen sind beeindruckend. Allerdings bist du zu naiv. Viel zu naiv, mein Lieber. Weißt du, warum das Kaiserreich seit der Auferstehung Veldoras noch nichts unternommen hat?«

»Weil wir noch nicht bereit waren ...«, antwortete Yuki vorsichtig. Doch der Marschall lachte nur verächtlich. »Nein. Es liegt an den Dummköpfen, die vor lauter Angst alle möglichen Gründe angeführt haben, um sich zu drücken. Habe ich recht, Gadora?«

»J... Jawohl!«

Tief in ihren Herzen wussten alle, dass der Marschall die Wahrheit sagte. Selbst Gadora vermochte es nicht zu leugnen, er hatte einen Kampf gegen den Sturmdrachen verhindern wollen.

Aber was ist mit ihr los? Warum ist sie so ungeduldig?

Gadora war einer der wenigen, die das wahre Gesicht des Marschalls kannten. Deshalb kam es ihm so vor, als ob der sonst so distanzierte Marschall ungewöhnlich beunruhigt wäre. Öffentlich wollte er das nicht ansprechen, doch ein Gefühl der Nervosität überkam ihn.

Der Marschall fuhr fort.

»Es ist unwahrscheinlich, dass der Zwergenkönig Gazelle mit sich verhandeln ließe. Ich bin mir sicher, dass du dir darüber im Klaren bist. Wieso beharrst du so sehr darauf? Oder bist du dümmer, als ich glaubte? Sag nicht, du willst dem Imperium in die Parade fahren.«

Die Stimme war so kalt, dass sich Gadora die Nackenhaare aufstellten.

Hat sie mich durchschaut ...? Nein, unmöglich, dachte Gadora. Er hatte dem Reich lange Zeit gedient, sogar als Berater des Kaisers persönlich. Trotzdem konnte er sich dem Marschall nicht widersetzen.

Jetzt, wo ich darüber nachdenke, kenne ich nicht einmal ihren Namen ...

Gadora hatte Vertrauen genossen und wurde geschätzt. Doch nun überkamen ihn Zweifel. Er fragte sich zum ersten Mal, wer der Kaiser überhaupt war.

Der Marschall wandte seine Aufmerksamkeit von Gadora ab und Caligurio zu.

»Also, Caligurio. Du denkst, du kannst gewinnen?«

»Jawohl! Selbstverständlich, Eure Exzellenz!«

»Aha. Dann erzähl mir deinen Plan.«

»D... Das ...«

Caligurios Mut verblasste angesichts der Dominanz des Marschalls. Nun dämmerte es ihm, dass seine Annahme zu naiv gewesen war, aufgrund zahlenmäßiger Überlegenheit den Sieg davonzutragen. Aber gegen den Sturmdrachen hatte er in all den Jahren einen sorgfältigen Plan ausgearbeitet. Er hatte keine Angst vor Veldora, der für ihn nur ein weiterer Drache war.

Die Drachen, die im Canaat-Gebirge lebten, waren durchaus starke Dämonen. Die Lesser Dragons, die am Fuße der Berge hausten, waren noch vergleichsweise harmlos, aber die ausgewachsenen Dragons erreichten einen Rang A und höher. Wurden sie zu Arc Dragons mit elementaren Attributen, konnten sie allein ein kleines Land in den Untergang treiben. Das Panzerkorps hatte mehrfach Drachen im Manöver bekämpft. Um einen einzigen zu besiegen und keine größeren Schäden zu erleiden, brauchte es etwa fünfhundert Soldaten. Angesicht ihrer Truppenstärke würden sie es mit einer ganzen Horde Drachen aufnehmen können.

Caligurio hielt Veldora für einen dieser Drachen und fragte sich, warum man ihn fürchten sollte. Die Stärke von Dämonen wurde durch die Menge ihrer magischen Energie bestimmt. Drachen waren stark, sie besaßen eine hohe Verteidigungskraft und verfügten über enorme magische Reserven. Sie erlaubten ihnen Atemangriffe, die ganze Landstriche verwüsten konnten.

Deshalb hatten Caligurio und seine Männer eine Geheimwaffe in petto: den Magieannullator – eine neue Technologie, die sich nicht durch »Magiestörung« und Ähnliches aufhalten ließ. Indem der Magieannullator direkt auf die magische Energie wirkte, brachte er sie außer Kontrolle. Wenn sie sich auf einen Magier richtete, würde dieser keinen Zauberspruch mehr wirken können. Ein Dämon, dessen Körper aus Magie bestand, würde in allen seinen Bewegungen eingeschränkt und kampfunfähig werden. Und die Wirkung war sogar noch stärker, je höher die Energiemasse war. Entsprechend vertraute Caligurio darauf, dass ihnen dies bei Veldora nützen würde.

Sein zweites Ass im Ärmel war der Magiepanzer. Seine Magiekanone hatte einen so verheerenden Effekt, dass selbst gigantische magische Biester mit einem Schuss zum Erliegen kämen. Experimente mit gefangenen Drachen hatten gezeigt, dass selbst diejenigen auf dem Rang A mit nur einem Treffer getötet werden konnten.

Die Strategie, die Caligurio für den Kampf gegen Veldora entwickelt hatte, sah folgendermaßen aus:

Infanteristen würden Veldora in den Wald locken, damit sie ihn mithilfe des dort installierten Magieannullators festhalten konnten. Daraufhin würden Soldaten von Luftschiffen aus mehrere Magieannullatoren auf Veldora richten, um ihn vollständig bewegungsunfähig zu machen. Zuletzt sollten zweitausend Magiepanzer mit ihren Magiekanonen auf ihn feuern, was selbst diesen uralten Drachen zur Strecke bringen sollte. Und Caligurios Truppen hatten bereits Erfahrung im Kampf gegen Drachen.

Er tat sich jedoch schwer, dem Marschall seine Pläne zu schildern.

»D… Deshalb werden wir die Panzer aufstellen und anschließend den Sturmdrachen dorthin locken …«

Er war der Ansicht gewesen, dass die zahlenmäßige Überlegenheit ihren Sieg garantierte, und hatte daher geplant, die Details vor Ort zu entscheiden. Seine Panzer waren robust und angeblich sollte auch eine Überlandstraße zum Königreich der Zwerge ausgebaut sein, über die sich schweres Gefährt transportieren ließ. Aber solche vagen Antworten konnte er dem Marschall gegenüber nicht vorbringen.

Ich war so darauf konzentriert, unsere Truppen zu stärken, dass ich es versäumt habe, das voraussichtliche Schlachtfeld zu untersuchen. Mein Fehler …

Caligurio musste sich der bitteren Realität stellen.

»Wie inkompetent du bist. Anscheinend liegt ein großes Missverständnis vor. Wieso willst du Veldora vernichten?«

»Hä …?«, platzte Caligurio heraus, unfähig die Frage zu verarbeiten. Der Marschall starrte ihn aus kalten Augen an.

»Warum glaubst du, dass das Imperium nichts unternommen hat, als Veldora versiegelt war?«

»W… Weil unsere Vorbereitungen noch nicht …«

»Falsch, du Dummkopf. Wir haben darauf gewartet, dass Veldora wiedererwacht, damit wir es ihm ein für alle Mal heimzahlen können. Und zwar, wenn er bei vollen Kräften ist. Nur auf diese Weise können wir der Welt die Macht Seiner Kaiserlichen Majestät demonstrieren. Warum sollten wir Veldora also vernichten? Wir werden ihn unterwerfen, um den Sieg des Imperiums zu besiegeln!«

Die Worte des Marschalls hallten im Konferenzsaal wider. Alle waren von Angst und Ehrfurcht ergriffen. Auch Gadora schauderte bei diesen Worten.

Das ist verrückt. Meint sie das ernst? Habe ich nicht deutlich gemacht, dass »Seelenkontrolle« nicht funktionieren wird? Und doch ...

Und doch hatten die Worte des Marschalls etwas Überzeugendes. Sie ließen ihn daran zweifeln, ob ein solches Vorhaben wirklich unmöglich war. Bei diesem Gedanken überkam Gadora ein Gefühl der Furcht.

Nun, wo ich darüber nachdenke, ist es schon seltsam. Wer ist der Marschall? Ich kannte sie zwar irgendwie, aber habe mich nie gewundert, warum ich ihren Namen nicht weiß. Kann es etwa sein, dass ...

Ein unbehaglicher Verdacht kam in Gadora auf. Der Marschall könnte »Seelenkontrolle« beherrschen und sogar ihn, den großen Magier des Imperiums, darin übertreffen. Nein, es war kein bloßer Verdacht. Seine Gewissheit wuchs von Minute zu Minute.

Gadora riss die Augen weit auf und schaute aufmerksam auf den Bambusvorhang. Eine graziöse Silhouette war dort erkennbar. Der alte Mann hatte den Eindruck, dass es sich um ein Ungeheuer handelte, das jenseits aller Vorstellungskraft lag – so furchterregend, als hätte zum Beispiel eine Drachenart eine menschliche Gestalt angenommen. Diesen Gedanken schlug sich Gadora jedoch hastig aus dem Kopf.

*

Die Anspannung im Konferenzsaal war greifbar, als plötzlich die Stimme eines jungen Mannes ertönte.

»Dann möchte ich gern einen Plan vorschlagen.«

Es war Yuki. Allein sein Mut, in dieser Lage das Wort zu ergreifen, verdiente Anerkennung.

»Ich höre.«

Eine ebenso sanfte wie kalte Stimme erlaubte ihm zu sprechen, woraufhin er sich verbeugte.

»Ich glaube nicht, dass es die richtige Zeit für Streitigkeiten ist. Bitte erlauben Sie mir also, meine ehrliche Meinung darzulegen.«

Nach diesen einführenden Worten begann Yuki seine Strategie zu präsentieren. Diese sah wie folgt aus:

Zu Beginn der Invasion sollte das Panzerkorps frontal in den Jura-Wald eindringen. Die Truppen des Dämonenkönigs Rimuru versammelten sich derzeit nahe der Kreuzung zwischen dem Jura-Wald und dem Ameld-Strom. Berichten zufolge nutzten sie die dort gelegene Stadt als Hauptquartier und waren in höchster Alarmbereitschaft.

Die Invasionsroute der kaiserlichen Armee in den Westen führte über einen Weg, der zwischen dem Canaat-Gebirge und dem Jura-Wald entlangführte. Im östlichen Teil des Waldes gab es keine Straßen, weshalb der Vormarsch zu langsam erfolgen würde. Über den erwähnten Weg würden sie bis kurz vor den zentralen Zugang zum Land der Kriegsnation Dwargon vorrücken und anschließend entlang des Ameld-Stroms nach Süden marschieren, um zu Rimurus Hauptquartier zu gelangen. Dort würde der Kampf beginnen – wäre da nicht ein Problem.

»Einen Moment mal. Wir würden damit Dwargon provozieren!«, warf Caligurio zu Recht ein. »Man sagt, dass sich König Gazelle und Dämonenkönig Rimuru gut verstehen und ein Bündnis eingegangen sind. Bei deinem Plan würden wir sofort in die Zange genommen werden!«

Und wenn das geschehen sollte, würden sie selbst mit ihren Luftschiffen nicht für Nachschub sorgen können.

Doch Yuki grinste nur, als habe er nichts anderes als diesen Einwand erwartet.

»Keine Sorge. Unser Ziel wird nicht diese Stadt sein, sondern Dwargon. Wenn König Gazelle nicht zu Verhandlungen bereit ist, warum sollten wir dann sein Land verschonen?«

»Was ...?!«

Yukis Aussage verschlug Caligurio die Sprache und versetzte den Saal in Aufruhr.

»Wollen Sie etwa sagen, dass wir die Kriegsnation Dwargon angreifen sollen?! Der Sieg wäre sicher unser, aber wir müssten viele Opfer in Kauf nehmen!«

»Uns werden Truppen fehlen, um anschließend noch den Westen zu unterwerfen.«

»Schließlich wird das Land der Zwerge von einer natürlichen Festung geschützt.«

Es gab viele Einwände im Saal, doch Yukis Grinsen wurde nur immer breiter.

»Genau. Dwargon ist eine Festung und gilt deshalb als uneinnehmbar. Allerdings ist ihre Verteidigung gegen Magie ausgerichtet, wir aber verfügen über Panzer. Ist der erste Wall gefallen, wird es ein Leichtes sein, das kleine Land zu erobern.«

»Hmm …«

Yuki hatte recht. Das Zwergenreich war auf einen Angriff aus Osten vorbereitet. Würden sie einen Angriff auf Rimurus Hauptquartier vortäuschen und dann überraschend den zentralen Zugang mit den Panzern belagern, würde es keine Verstärkung aus Dwargon geben und auch das Hauptquartier würde fallen.

»Verstehe … Dieser Plan könnte interessanter sein als gedacht«, murmelte Caligurio.

»Nicht wahr? Der Dämonenkönig Rimuru wäre gezwungen, den Zwergen zu Hilfe zu eilen. Damit hätten wir die Initiative und könnten das Schlachtfeld vorbereiten, auf dem wir seine Truppen abfangen …«

»Damit wäre unsere Armee im Vorteil.«

Nicht schlecht, dachte Caligurio und nickte.

»Ich vermute, dass im Hauptquartier nur die Vorhut stationiert ist. Trotzdem würden sie im Jura-Wald die Oberhand haben, was uns viele Verluste einbringen würde. Wenn wir zuvor das Königreich der Zwerge einnehmen, könnte uns ihre Feste als Verteidigung dienen.«

Yukis Worte waren teilweise gelogen. Durch den Einsatz ihrer Magiekanonen würde der zentrale Zugang zerstört werden. Auch wenn die Zwerge in ihre unterirdische Höhle fliehen sollten – die städtischen Gebiete rund um den Eingang wären zerstört und das Imperium könnte sie erst nach Kriegsende wiederaufbauen. Entgegen Yukis Worten würden sie die Anlage also nicht zu ihrem Vorteil nutzen können. Caligurio durchschaute das, beschloss jedoch mitzuspielen.

»Sicherlich wird es nicht so reibungslos verlaufen, wie du beschreibst, aber dein Vorschlag ist eine Überlegung wert. Zumindest ist es aufregender, eine Falle zu stellen und alle Mäuse auf einmal zu töten, als sie durch den Wald zu jagen. Und anschließend können wir würdevoll in die Hauptstadt von Tempest einmarschieren.«

»Zu diesem Plan gehört noch etwas. Wie jeder weiß, schlagen meine Männer vom Gemischten Korps im Zweikampf besser als im geordneten Truppenverband. Deshalb halte ich sie für am geeignetsten, das Labyrinth zu untersuchen. Wie bereits erwähnt, soll Veldora die hundertste Ebene bewachen. Aber um sicherzugehen, muss das überprüft werden. Sehe ich das richtig?«

Darauf wollte er also hinaus.

Caligurio musste innerlich lächeln. Er hatte nicht erwartet, dass Yuki seine Ziele aufgeben würde, und bereits mit so etwas gerechnet.

»Das ist nicht nötig. Taktisch sollten wir davon ausgehen, dass die Hauptstreitmacht des Dämonenkönigs Rimuru in der Hauptstadt stationiert ist. Würden wir an ihrem Hauptquartier nahe der Front vorbeiziehen, gerieten wir von beiden Seiten ins Kreuzfeuer. Es wäre also besser, meine Armee durch den ungepflasterten Wald zum Labyrinth marschieren zu lassen. Überhaupt würde ich gerne mit eigenen Augen sehen, dass eine ganze Stadt einfach so verschwinden kann, bevor ich das glaube.«

Als Caligurio protestierte, huschte ein Ausdruck der Frustration über Yukis Gesicht.

Hä hä hä, du bist noch grün hinter den Ohren. Bild dir ja nicht ein, dass alles so läuft, wie du es dir wünschst!

Daraufhin warf nun der Feldmarschall ein: »Endlich geht es hier so zu wie in einem anständigen Militärrat. Nun, du scheinst zuversichtlich zu sein, Caligurio. Also überlasse ich dir die Sache mit dem Dämonenkönig Rimuru.«

Sein Befehl besiegelte die Invasion des Jura-Waldes durch das Panzerkorps. Dann fuhr er fort: »Aber das allein genügt nicht. Wollen wir Dwargon angreifen, müssen wir es auch von Osten aus unter Druck setzen. Das überlasse ich dem Gemischten Korps, zusammen mit der Mission, unsere Hauptstadt zu verteidigen. Als Kommandant ist es dir überlassen, wie du die Truppen formierst.«

»... Jawohl.«

Yuki war kurz davor zu widersprechen, aber biss sich auf die Zunge. Denn dem Ton des Marschalls nach duldete der keine Widerworte. Stattdessen meldete sich Korpskommandant Gladim zu Wort.

»M... Moment mal! Bedeutet das, dass mein Biesterkorps nicht an diesem Krieg teilnehmen wird?! Ich verspreche, dass wir uns nützlich machen werden, also bitte ...«, rief er verzweifelt. Wenn ihm und seinem Korps befohlen würde in der kaiserlichen Hauptstadt zu bleiben, könnte sich das Biesterkorps – das kleinste der drei Korps – kaum an den Kämpfen beteiligen. Stattdessen würden die Soldaten der anderen Regimenter an allen strategisch wichtigen Punkten stationiert sein, sodass er keine Chance hätte, sich während des Krieges Verdienste zu erwerben.

»Keine Panik, du Dummkopf. Ich habe bereits geplant, wie ich dich einsetzen werde.«

»Tatsächlich?! U... Und was wird meine Mission sein?«

»Du wirst mit dem gesamten Biesterkorps nach Norden marschieren.«

Gladim war der Schreck anzusehen. Theoretisch erschien ihm der Plan sinnvoll, Würden sie die westlichen Länder angreifen, während König Gazelle und der Dämonenkönig Rimuru noch mit der Verteidigung ihrer eigenen Länder beschäftigt waren, würde das dem Westen eine böse Überraschung bescheren. Und das Imperium hatte ausreichend Truppen, um einen solchen Dreifrontenkrieg zu führen. Allerdings grenzte es an Wahnsinn, Zehntausende Soldaten über das Canaat-Gebirge zu führen. Gladim zögerte, ob er darauf hinweisen sollte, doch dann hörte er den Marschall laut lachen.

»Nimm den Seeweg, Gladim, und greif die Hauptstadt Inglasias an. Was das Königreich Farmenace betrifft, können wir es jederzeit einnehmen, sobald wir Dwargon erobert haben.«

»W… Wie bitte? Über das Meer? Aber unser Reich verfügt über keine Kriegsschiffe, die für den Massentransport geeignet sind …«

»Doch, wir haben welche. Nicht wahr, Caligurio?«

Der Marschall sprach seinen Namen mit einem Unterton aus, sodass Caligurio sofort wusste, dass er keine Widerrede duldete.

»So ist es. Meine Männer haben ein neues Transportmittel entwickelt, das Luftschiff genannt wird. Damit und mithilfe der Luftbeweglichen Infanterie werden wir das Biesterkorps befördern können.«

Caligurios Worte sorgten im Konferenzsaal für Aufregung. Denn das bedeutete, dass es eine Möglichkeit gab, in die westlichen Länder einzudringen, ohne den Jura-Wald durchqueren zu müssen.

»Allerdings«, fuhr Caligurio fort und wandte sich an Gladim, »sind sie im Kampf gegen den Sturmdrachen unerlässlich. Also könnten wir dich und deine Männer nur beim Transport unterstützen. Reicht das?«

Caligurio wollte hundert Luftschiffe bei sich behalten und mit so vielen Kanonen beladen, wie sie befördern konnten. Die restlichen dreihundert Luftschiffe reichten für den Transport von weit über hunderttausend Soldaten aus, wenn die Schiffe selbst nicht an Kampfhandlungen teilnehmen und deshalb nicht mit Waffensystemen und deren Mannschaften bestückt werden mussten.

Gladim ließ sich den gesamten Plan durch den Kopf gehen. Es war eine große Ehre, gegen den Dämonenkönig Rimuru und den

Sturmdrachen Veldora kämpfen zu dürfen. Aber diese Strategie war ebenso reizvoll. Es wäre ein Blitzkrieg, wie es ihn noch nie in der Geschichte gegeben hatte. Die westlichen Länder würden nicht schnell genug reagieren können, um mit Gladims Biesterkorps fertigzuwerden. Er würde die berühmten Heiligen Ritter vernichten können, mitsamt ihrer Anführerin Hinata Sakaguchi, deren Ruf bis ins Imperium reichte. Gladim spürte, wie es bereits angenehm in seinen Fäusten juckte.

»In Ordnung!«, brüllte der Biesterkönig. »Wenn du uns unversehrt bis zum Schlachtfeld transportieren kannst, werden wir diesen Plan durchziehen!«

Seine Zustimmung steigerte die Aufregung im Konferenzsaal.

»Wir werden gewinnen! Ganz gewiss!«

»Der Sieg gehört uns, dem Imperium!«

»Lang lebe der Kaiser!«

Die Vorstellung eines nahen Sieges ließ viele Anwesende bereits in Jubel ausbrechen. Und als Antwort auf ihre Inbrunst versprach Caligurio seinem Kollegen: »Auf dem Seeweg wirst du eine Konfrontation mit Drachen vermeiden können. Du wirst sicher im Westen ankommen.«

Tatsächlich hatte Caligurio diesen Plan bereits selbst einmal in Erwägung gezogen. Die Drachen flogen nicht bis aufs Meer hinaus und in der Luft mussten sie keine Meeresungeheuer fürchten. Für sich selbst hatte er ihn allerdings verworfen, weil die Koordination mit den Panzertruppen schwer gewesen wäre. Aber daher kannte Caligurio die Route bereits in- und auswendig und war mit dem Verlauf der Dinge zufrieden.

Interessant. Wir werden das Biesterkorps mit den Luftschiffen befördern und uns danach auf Unterstützung und Nachschub konzentrieren. So lasse ich es jedenfalls aussehen. Aber meine Männer werden die Lorbeeren ernten. Das alliierte Heer ist nur ein zusammengewürfelter Haufen. Seine Soldaten werden in Panik verfallen, wenn im Norden eine große Streitmacht erscheint. Dann werden sie dem Dämonenkönig Rimuru keine Hilfstruppen schicken können.

Er würde sich also ungestört auf das Labyrinth und den Sturmdrachen konzentrieren können. Und er rechnete damit, dass ihm dies größere Verdienste einbringen würde.

»Habt ihr irgendwelche Einwände?«, fragte der Marschall.

»Nein. Ich werde in Absprache mit Gladim eine Strategie erarbeiten, um unsere Mission zu erfüllen.«

»So ist es. Wenn er uns in den Westen bringt, werden wir unseren Feinden zeigen, wo der Hammer hängt!«

»Dann werde ich den Zwergen unsere Macht demonstrieren«, fügte Yuki hinzu.

»Sobald beim Zentraleingang Kämpfe ausbrechen, werden sie ihre Streitkräfte vom Osten dorthin verlagern. Doch ...«

»Wir sollten trotzdem damit rechnen, dass uns die Zwerge vielleicht rasend vor Wut angreifen? Das ist mir schon klar.«

Yuki benahm sich so wie immer, auch wenn er dem Marschall gegenüberstand. Alle Anwesenden, einschließlich der anderen Korpskommandanten, starrten ihn ungläubig an. Sie fragten sich, ob er ein dickes Fell hatte oder schlichtweg dumm war. Doch Yuki ignorierte ihre Blicke.

»Sehr gut. Dann beginnt sofort mit den Vorbereitungen!«

»Jawohl!«

Der Befehl wurde erlassen. Ohne dass der Kaiser Ludra auch nur ein Wort gesprochen hatte, war der Dreifrontenkrieg des Imperiums beschlossen worden. Noch am selben Tag wurde der kaiserliche Erlass zur Eröffnung des Krieges verabschiedet. Im Imperium herrschte Hochstimmung. Endlich, nach Jahrhunderten der Geduld, war das Östliche Kaiserreich bereit, seine militärische Macht zu demonstrieren.

Als die Sitzung vorbei war, stieß Yuki einen erleichterten Seufzer aus. Bei den vorherigen Treffen hatte sich der Marschall niemals eingemischt. Nun war Yuki gezwungen gewesen, seinen Plan ein wenig anzupassen ...

Es sollte alles kein Problem sein. Meine Armee wird wie geplant in der Nähe der kaiserlichen Hauptstadt stationiert werden. Das Panzerkorps ist an der Front und damit aus dem Weg. Ich hätte nicht damit gerechnet, dass auch das Biesterkorps entsandt wird, in das ich Vega geschmuggelt hatte, aber der Putsch wird mir auch allein mit meinem Gemischten Korps gelingen.

Sein ursprünglicher Plan hatte vorgesehen, Vega die Schlüsselfigur bei dem Putsch zu überlassen und ihm – falls er scheitern sollte – die Schuld in die Schuhe zu schieben. Aber das war nur als Ablenkungsmanöver geplant, damit Yuki ungestörter würde agieren können. Notwendig war es nicht. Und Caligurio, dieser Idiot, hatte ihm direkt in die Hände gespielt.

Caligurio war eher Stratege als Krieger. Er war stark genug, um sich zu behaupten, aber letztendlich legte er das Augenmerk auf Taktik und vermied Risiken. Aber er war auch habgierig und scheute keine Verluste, wenn entsprechender Gewinn lockte. Das machte es leicht, ihn zu manipulieren. Man musste nur erwähnen, wie reich Tempest war und welche Schätze das Labyrinth möglicherweise beherbergte. Und um keinen Verdacht zu erregen, hatte Yuki so getan, als hätte er selbst Interesse an diesen Reichtümern.

Aber dennoch ...

»Warum schaust du so betrübt?«, fragte Yuki denjenigen, der ihm gegenübersaß – Gadora.

»Hmm, es geht um den Marschall ...«

»Den Marschall?«

»Genau. Ich habe mich gefragt, warum er so ungeduldig war.«

»Ungeduldig? Den Eindruck hat er auf mich nicht gemacht.«

Yuki konnte sich nicht erklären, warum ihn so eine Kleinigkeit störte. Trotzdem blieb Gadora nachdenklich.

»Na ja, aber der Marschall ist ein echtes Ungeheuer. Um ehrlich zu sein, bin ich mir nicht sicher, ob ich ihn besiegen könnte. Und das will was heißen.«

Yuki vermochte die Stärke der meisten Gegner einzuschätzen, ohne gegen sie kämpfen zu müssen. Und mit seinem erwachten Ultimate-Skill konnte er sogar verborgene Fähigkeiten durchschauen. Trotzdem war es ihm nicht möglich gewesen, den Marschall zu analysieren. Allein das bewies, wie gefährlich er war.

»Der Marschall wird immer neu ernannt, wenn ein neuer Kaiser die Nachfolge antritt. Er steht immer treu an des Kaisers Seite, um ihn zu beschützen. Aber auch wenn er stets der Stärkste im Imperium war, sind mir nie Aufzeichnungen darüber untergekommen, dass sich je ein Marschall in militärische Angelegenheiten eingemischt hätte. Warum hat er es diesmal getan ...?«

Auch wenn Yuki nicht damit gerechnet hatte, dass der Marschall derart stark war, kam es nicht völlig überraschend. Der stärkste Dämonenkönig, Guy Crimson, schien dem Kaiserreich feindlich gesinnt zu sein, ließ diesem aber freie Hand. Als Grund vermutete Yuki, dass es im Reich möglicherweise eine Person gab, vor der sich selbst Guy in Acht nehmen musste. Und der Feldmarschall wirkte auf Yuki wie ein guter Kandidat dafür.

Sobald der Krieg ausbricht und die Welt ins Chaos stürzt, werden mit Sicherheit ungeheuerliche Dinge passieren. Und dann könnte es sein, dass Verborgenes ans Licht kommt!

Bei dieser Vorstellung musste Yuki unwillkürlich grinsen. Gadora warf einen Blick auf ihn und seufzte, aber Grübelei brachte ihn jetzt nicht weiter. Stattdessen beschloss er zu besprechen, wie sie in Zukunft vorgehen würden.

»Also, Yuki. Ich bleibe bei meinem Plan. Jetzt, wo ich keinen Grund mehr habe, mich am Westen zu rächen, möchte ich einen Krieg lieber vermeiden.«

»Du kannst doch nicht allen Ernstes so egoistisch sein. Dabei hast du die Leute doch zum Krieg aufgehetzt.«

»Nun, das kann ich nicht leugnen.«

Gadora war ein eigenwilliger Mann, der sich nicht darum scherte, was andere ihm sagten. Solange er und seine Kameraden in Sicherheit waren, war ihm alles andere gleichgültig. Er war zwar ein großer Magier, bildete sich aber nicht ein, allmächtig zu sein. Er kannte seine Grenzen. Genau aus diesem Grund bestand er verzweifelt darauf, den Krieg zu vermeiden, und betrachtete das als seinen letzten Dienst für das Imperium.

Dämonenkönige galten als Feinde der Menschheit. Sie waren übermächtige Wesen, weshalb es grundsätzlich ratsam war, sich nicht mit ihnen anzulegen. Da Gadora nicht mehr auf Rache aus war und den Dämonenkönig Rimuru kennengelernt hatte, der ihm freundlich und gutmütig erschien, wollte er verhindern, dass das Imperium einen schweren Fehler beging.

Die Stärke von Tempest hatte ihn überrascht: Selbst Adalman, der Gadora wahrscheinlich ebenbürtig war, hatte bloß die sechzigste Ebene bewacht. Auch wenn er nun zum Wächter der siebzigsten befördert worden war, hieß das trotzdem, dass es noch weit stärkere Wesen dort geben musste. Zudem hatte Rimuru seine Führungsriege an der Seite.

Es ist der Gipfel der Torheit, sich mit so einem Land anzulegen.

Gadora war sich sicher, dass das Imperium eine vernichtende Niederlage erleiden würde. Er wusste nicht, was Shinji und seine Freunde von Rimuru hielten, aber er spürte etwas Furchterregendes an ihm. Leider war sein Versuch gescheitert, dem Imperium den Krieg auszureden, aber an seine Abmachung mit Rimuru hatte er sich halten können: die Augen der kaiserlichen Armee auf das Labyrinth zu lenken. Nun musste er sich Gedanken um seine eigene Zukunft machen.

»Es soll mich nicht kümmern, was mit denen passiert, die nicht hören wollen. Ich werde Seine Kaiserliche Majestät um eine letzte Audienz bitten und mich dann auf den Weg in das Dämonenland machen.«

»Du erklärst also frei heraus, dass du das Imperium verrätst.«

»Nein, es ist kein Verrat. Ich lebe nur weiterhin, wie es mir gefällt. Yuki, das bedeutet nicht, dass unsere Freundschaft hier endet. Du kannst dich jederzeit an mich wenden, wenn du Hilfe brauchst.«

Gadora war egoistisch, aber denen gegenüber mitfühlend, die ihm nahestanden. Das galt auch für Yuki, den er offenbar ins Herz geschlossen hatte.

»Ha ha ha, alles klar!«, nickte Yuki mit einem bitteren Lächeln.

»Nun, in Tempest bin ich jetzt ein Neuankömmling. Ich muss noch beweisen, dass man mir vertrauen kann. Also erwarte nicht, dass du mich ausnutzen kannst.«

»Wow, wie fies! Solche Gedanken behält man normalerweise für sich.«

»Red keinen Stuss. Menschen, die so dreist sind wie du, muss man so was offen ins Gesicht sagen. Ach ja, bei dreist fällt mir ein, ich kann mich gar nicht von den Clowns verabschieden. Lässt du sie wieder irgendwo Intrigen schmieden?«

»Das kann man so sagen. Genaueres erzähle ich dir aber nicht, weil sonst Herr Rimuru davon Wind bekommt.«

»Ha ha ha! Du hast recht. Dann werde ich dich nicht ausfragen. Sag ihnen bitte, dass ich auch für sie da bin, wenn sie mich brauchen.«

»Danke, das werde ich ausrichten«, antwortete Yuki grinsend. Er hatte ebenfalls Gefallen an Gadora gefunden, denn er bewunderte seine Ehrlichkeit. Nachdem sie einander ins Gesicht gelacht hatten, reichten sie sich die Hände.

»Gut, dann mache ich mich auf den Weg. Yuki, du kannst deinen Staatsstreich oder was auch immer mit so viel Krawall inszenieren, wie du willst. Allerdings ...!«

»Jaja, ich weiß. Du lässt nicht zu, dass ich den Kaiser ermorde, nicht wahr?«

»So ist es. Gut, dass du das begriffen hast. Also dann, leb wohl!«

Und so trennten sich Yuki und Gadora.

●

Gadoras Bitte um eine Audienz wurde gewährt.

Ich möchte den Kaiser noch ein weiteres Mal warnen.

Dieser Gedanke lastete schwer auf ihm, als er nervös darauf wartete, gerufen zu werden. Es war nicht abzusehen, ob der Kaiser seinen Rat befolgen würde. Trotzdem wollte er dem Kaiser, dem er jahrelang gedient hatte, einen letzten Dienst erweisen.

»Seine Kaiserliche Majestät erwartet Sie«, sprach ihn ein Diener an, der sein Gesicht verdeckt hatte. Gadora folgte ihm und ging den Flur zum Audienzsaal entlang. Von hier konnte man einen

Blick auf die rosa Kirschblüten erhaschen, die das ganze Jahr in Blüte standen und den Wohlstand des Imperiums symbolisierten.

»So bezaubernd wie immer. Sie sind jedoch unbeliebt bei denen, die aus diesem Japan der anderen Welt kommen.«

»... Ach so?«

»Ja. Sie sagen, dass Kirschblüten so schön seien, weil ihre Schönheit vergänglich ist. So kann man die Dinge auch betrachten. Nicht wahr, Herr Kondo?«

»...«

Daraufhin tauchte ein Mann aus dem Schatten eines Kirschblütenbaumes auf.

»Ich dachte, ich hätte meine Aura verborgen.«

»Stimmt«, antwortete Gadora und holte seinen geliebten Stab heraus, »ich habe dich gar nicht bemerkt. Es war nur eine Art Vorahnung. Aus irgendeinem Grund hatte ich ein unheilvolles Gefühl.«

Der Diener war mittlerweile verschwunden.

»Ich kann dir nicht erlauben, den Kaiser zu sehen.«

»Wieso?«

»Ich habe nicht die Absicht, dir den Grund zu nennen. Es ist sowieso zwecklos.«

So antwortete Oberleutnant Kondo und hob seine Hand, in der er einen schwarz glänzenden Gegenstand aus Eisen hielt. Es handelte sich um eine Nambu-Pistole, die erste halbautomatische Handfeuerwaffe in der Geschichte Japans.

»Du willst mich töten?«, fragte Gadora und funkelte ihn an, aber Oberleutnant Kondo ließ sich nicht beirren.

»Kondo ... Du ...?!«

Gerade als er seine Stimme erheben wollte, spürte er einen stechenden Schmerz in seiner Brust und brach zusammen. Der alte Mann war wachsam gewesen. Er war bestens über Waffen informiert, sodass er Kondos Finger ständig im Auge behalten hatte. Außerdem hatte er keinen Knall gehört. Während Gadora am Boden lag und sein Bewusstsein nach und nach verblasste, erkannte er, dass der Schmerz in seiner Brust von einem Messerstich in den Rücken kam und nicht von einer Kugel stammte. Es war also nicht das Werk von Kondo, sondern von jemand anderem ...

»Wieso hast du dich eingemischt?«

»Weil dieser Mann gefährlich ist. Hätten wir diesen Verräter am Leben gelassen, hätte er die Herrschaft des nächsten Kaisers behindert.«

Die Stimme dieser Person kam Gadora bekannt vor. Er konnte es nicht fassen und fragte sich, ob sein Verstand ihm am Rande des Todes einen Streich spielte.

»Er war ein Freund Seiner Kaiserlichen Majestät ...«

Langsam verlor Gadora das Bewusstsein, sodass die Stimme Kondos ihn nicht mehr erreichte. Er spürte, dass der Moment seines Todes nahe war.

Ist das Gift? Jemand hatte das bereits geplant. Das muss die Strafe dafür sein, dass ich den Kaiser verraten wollte ... Aber ...

Wenn er nichts unternahm, würde er gewiss sterben. Unter den ewigen Kirschblüten, die auf ihn herabfielen, wagte Gadora einen letzten Versuch. Er aktivierte eine Magie, die er im Voraus vorbereitet hatte.

Dann verlor er das Bewusstsein.

Grobe Skizzen

5. Kapitel

Kurz vor Kriegsausbruch

Meine Wiedergeburt als SCHLEIM in einer anderen Welt

Nachdem wir Gadora ins Imperium geschickt hatten, war es Zeit für ein kleines Verhör. Vorknöpfen wollte ich mir nicht Shinji oder seine Freunde, sondern Lamrys. Sie hatte mir mit Adalman und seinen Gefährten eine ziemliche Überraschung beschert und ich war mir ziemlich sicher, dass sie mir noch weitere Dinge verheimlichte.

»Äh, wieso …? Ich hab keine Geheimnisse vor dir …«

Lamrys wurde hibbelig und wich meinem Blick aus. Offensichtlicher konnte es nicht sein. Als ich ihr damit drohte, dass es nie wieder Kuchen für sie gäbe, sprudelte es aber wie ein Wasserfall aus ihr heraus.

»Was wollen Sie wissen, Herr Kommandant?!«

Kommandant? Na ja, was auch immer. Es hatte keinen Sinn, auf ihre seltsamen Aussagen einzugehen. Also startete ich das Verhör.

»Adalman hat eine viel bessere Leistung an den Tag gelegt, als ich erwartet hatte. Schön und gut. Aber was war mit den anderen? Ich hätte nicht gedacht, dass Albert Shinji und seine Freunde alleine besiegt. Und von dem Todesdrachen habe ich auch nichts gewusst. Sag nicht, auf den anderen Ebenen hat es ähnliche Veränderungen gegeben.«

»Ähm, Albert unterrichtet einen Burschen namens Arno. Er ist zurzeit dabei, sich noch mal an den unteren Ebenen zu versuchen, um seine Kräfte auszutesten …«

»Halt!«, unterbrach ich sie hastig. Albert sollte Arno unterrichtet haben? Und nicht umgekehrt? Schließlich war Arno doch einer der stärksten Heiligen Ritter. Mir wollte es nicht in den Kopf, was Lamrys da erzählte.

»Weißt du, Hinata hat Arno und seine Kameraden nach ihrem letzten Versuch ausgeschimpft. Daraufhin haben sie beschlossen, das Labyrinth erneut herauszufordern. Bei dem Versuch haben sie es auch über die siebzigste Ebene hinaus geschafft, weil der Demon Colossus noch nicht fertiggestellt war.«

»Aha, okay. Und was ist dann passiert?«

»Halt dich gut fest! Danach haben die Jungs schon wieder verloren!«

»Ha ha ha ha! Es war ein herrlicher Anblick!«

Bei dieser Erinnerung lachten Lamrys und Veldora fröhlich auf.

Klingt, als wäre das sehr lustig gewesen.

<Hinweis: Ihr Kampf wurde aufgezeichnet.>

Echt?! Großartig, »Raphael«! Ich werde mir die Aufnahme später ansehen, also konzentrieren wir uns jetzt darauf, was Lamrys mir zu erzählen hat.

»Und wie weit sind Arno und seine Kumpels gekommen?«

Ich vermutete, dass sie in den Drachenkammern der Ebenen sechsundneunzig bis neunundneunzig steckengeblieben waren. Diese Räume waren mit verschiedenen Effekten ausgestattet, weshalb sich jeder Normalsterbliche daran die Zähne ausbeißen würde.

»Hmm, wenn ich mich recht entsinne ...«

»Der nächste Boss hat sie besiegt. Es war witzig, wie sie flennend vor ihm geflohen sind!«

Na, du bist ja ein kleiner Sadist. ... Aber Moment mal. Hat er gerade gesagt, der nächste Boss?

»Nanu? War der Boss der achtzigsten Ebene so stark?«

»Hä? Was meinst du?«

»Ich meine, Arno gehört zu den Zehn Großen Heiligen und die sollen doch etwa so stark sein wie Kleiman?«

Als ich es aussprach, wurde es mir selbst klar: Auch Adalman und Albert waren stärker als Kleiman, selbst als erwachten Dämonenkönig hätten sie ihn mit ihrem Haustierchen, dem Todesdrachen, geschlagen.

»Ähm ... Wie soll ich sagen ...?«, stotterte Lamrys vor sich hin.

Ich erinnerte mich, dass wir Zegion die achtzigste Ebene anvertraut hatten. Mithilfe meiner eigenen Zellen hatte ich Zegions Wunden geheilt und Magiestahl auf seine Außenhülle aufgebracht. Dank dessen war er nun dazu fähig, sich in hoher Geschwindigkeit zu bewegen und sogar sein Gefolge zu beschwören. Da Tryney es befürwortet hatte, ihm die achtzigste Ebene zu überlassen, hatte auch ich nichts dagegen einzuwenden gehabt. Die Idee dahinter war die folgende gewesen: Zuerst sollten die Herausforderer gegen den trägen Kolossus kämpfen, wohingegen sie sich im darauffolgenden Kampf gegen die, blitzschnellen Insekten umso schwerer tun sollten.

War er vielleicht geschlüpft und hatte sich zu seiner vollendeten Form entwickelt? Mir war zu Ohren gekommen, dass Veldora ihn trainieren wollte, aber das konnte kaum der Grund sein. Schließlich war Zegion ein Insekt. Ich hatte keine Ahnung, wie er Veldoras »Mordkampftechnik« sinnvoll einsetzen sollte. Ich hatte den Drachen nur tun lassen, was er wollte, weil er daran Spaß zu haben schien. Doch vielleicht hätte ich die Angelegenheit lieber nicht auf die leichte Schulter nehmen sollen.

»Hey, was ist aus Zegion geworden?«

Als ich Lamrys, die wieder nervös umherblickte, weiter ausfragen wollte, mischte sich Veldora ein: »Mein Schüler Zegion hat eine vollständige Metamorphose durchgemacht! Aus ihm ist ein unbesiegbarer Krieger geworden, der meine Techniken geerbt hat!«

»…«

»Dazu solltest du wissen, dass es Arno und seine Gefährten nicht einmal wert waren, meinem Schüler gegenüberzutreten! Der Wärter der neunundsiebzigsten Ebene hat sie nämlich zugrunde gerichtet!«

Jetzt hatte ich begriffen, was passiert war. Die Ritter waren von dem Boss der neunundsiebzigsten Ebene, Apito, der Queen Wasp, besiegt worden. Ihr Merkmal waren ihre ultraschnellen Bewegungen und ihr tödliches Gift. Trotz der vielen Jahre, in denen Arno und seine Kollegen an ihrer Schwertkunst gearbeitet hatten, hatten sie es angeblich nicht einmal vermocht, sie zu berühren. Und so waren sie von dem Gefolge der Königin ein ums andere Mal gestochen worden, bis sie schließlich unter Tränen geflohen waren.

Heiliger Strohsack!

Am liebsten hätte ich laut aufgeschrien.

»Warum hast du mir das nicht erzählt?! Du wusstest doch, dass ich unglaublich viel um die Ohren hatte!«

»Nein, nein, hör mir doch zu! Ich bin nicht die Einzige, die schuld ist! Der Lehrmeister war auch richtig motiviert gewesen, die Insekten zu trainieren!«

»H… He, was soll das?! Willst du mich etwa verraten?!«

»Aber das ist unfair! Wieso schaust du so, als ginge es dich nichts an?!«

»Grrr …«

Es sah so aus, als hätte auch Veldora seine Finger im Spiel gehabt. Kein Wunder. Jeder würde an etwas teilnehmen wollen, das nach so viel Spaß klang. Allerdings fühlte es sich für mich an, als wäre ich hintergangen worden. Sie hatten solche witzigen Dinge für sich behalten? Nein, es war wohl mein Fehler gewesen, ihnen alles zu überlassen. Das würde mir kein weiteres Mal passieren. Im Moment störte mich etwas anderes.

»Hey, eine Sache verstehe ich nicht so recht. Wie hast du das gemeint, dass du Zegion trainierst?«

Er ist doch ein Insekt, oder nicht? Oder hat er durch seine Metamorphose etwa eine menschliche Form angenommen?

Meine Mutmaßung erwies sich als korrekt.

»Hi hi hi, ist es dir endlich aufgefallen? Ich habe schon gemerkt, dass du etwas missverstanden hattest. Aber ich habe den Mund gehalten, weil es so lustig war!«

Urgh. Er kann mich mal …!

Diesmal hatte er mich reingelegt. Ich bat »Raphael«, die Aufzeichnungen zu durchsuchen und mir ein Bild von Zegion zu zeigen. Und tatsächlich hatte er eine schlanke menschliche Gestalt angenommen. Er erinnerte mich an die starke Insektenbestie, die Shion in Luberios besiegt hatte – Razul. Wie dieser strahlte Zegion die Aura eines mächtigen Individuums aus. Es war diese neue Gestalt, die ihm zu einer Fülle neuer Kampftechniken verholfen hatte.

Apito hatte eine ähnliche Transformation durchgemacht. Sie hatte nun eine Gestalt, die einer schönen Frau ähnelte. Das hätte mir früher auffallen sollen, als mir Hinata gesagt hatte, dass sie Apito unterrichtete. Damals hatte ich gedacht, dass sie nur Kampftrainings durchführten, aber offenbar brachte Hinata ihr wirklich einige Dinge bei. Auf diese Weise hatte Apito grundlegende Kenntnisse in der Kampfkunst erworben, was ihre Bewegungen um einiges verfeinert hatte. Sie schien auch gemeinsam mit Zegion zu trainieren, sodass sie ebenfalls ein hohes Level erreichte.

Die bittere Niederlage von Arno und seinen Kollegen war ein Beweis dafür.

»Also haben die Jungs beschlossen, ihre Fähigkeiten noch einmal zu verbessern.«

Mit Anfängergeist begannen sie also, sich wieder von der ersten Ebene aus durch das Labyrinth zu kämpfen. Aber dennoch zwang sie ein einziger Ritter in der sechzigsten Ebene in die Knie: der Todespaladin Albert, der Gefährte des unsterblichen Königs Adalman, der vor Jahrhunderten der stärkste aller Paladine gewesen war.

»Und seitdem hat Albert sie immer wieder windelweich geprügelt.«

Nachdem er Arnos Team besiegt hatte, hatte Albert angeblich gefragt: »Ich habe gehört, dass ihr euch neuerdings als Heilige Ritter bezeichnet. Hat sich nicht nur der Name, sondern auch die Qualität des Ordens verändert? Haben die denn nur noch Luschen zu bieten?«

Das hatte Arno ernsthaft wütend gemacht, doch selbst seine stärkste Technik »Aether Break« hatte nichts gegen Albert ausrichten können. Da der Todespaladin mit dem Körper eines Dämons und jenen Schwerttechniken, die er zu Lebzeiten beherrscht hatte, kämpfte, war der Heilige Ritter ihm ausgeliefert gewesen. Sein unsterblicher Körper ermüdete niemals und konnte sogar abgetrennte Gliedmaßen wiederherstellen. Er war so stark, dass es schon fast gemein war. Man konnte ihn nur besiegen, wenn man ihn mit elementaren Attributen angriff, die seine Schwäche darstellten. Allerdings machte ihn Adalmans »Heilig-Dämonisch-Umkehr« noch unschlagbarer, als er ohnehin schon war.

Es wunderte mich nicht, dass Arno und seine Leute verloren hatten. Adalmans Teammitglieder hatten sich zu hochrangigen Dämonen weiterentwickelt, indem sie die magische Energie absorbierten, die innerhalb des Labyrinths zur Verfügung stand. Und genau zu diesem Zeitpunkt hatte Arno sie herausgefordert. Er war ein echter Pechvogel. Man konnte es jedoch auch anders betrachten und von Glück sprechen, dass er die Gelegenheit bekommen hatte, gegen den stärksten Ritter aus einer früheren Zeit anzutreten.

Offenbar wurden Arno und die anderen Heiligen Ritter nun regelmäßig von Albert trainiert.

*

Auf diese Weise hatte sich die sechzigste Ebene in eine gefährliche Zone verwandelt, doch ...

»Wie sieht es in den anderen Ebenen aus?«

An dieser Stelle war mir schon klar, wie die Antwort darauf ausfallen würde. Ich vermutete, dass Adalman, Zegion und Apito nicht die Einzigen waren, die so eine verrückte Entwicklung durchgemacht hatten.

Mein Verdacht wurde bestätigt. So war mittlerweile eine Gruppe gebildet worden, die sich als die Zehn Besten des Labyrinths bezeichneten. Ihre Mitglieder waren vielleicht sogar meiner Führungsriege ebenbürtig. Natürlich zählte Adalman zu ihnen, genau wie sein Gefährte Albert. Apito, die sich zu einer Insect Queen weiterentwickelt hatte, gehörte ebenfalls dazu. Zegion hatte sich sogar zum Anführer dieser Zehn aufgeschwungen. Außerdem zählte Kumara zu der Gruppe. Sie konnte angeblich die Gestalt einer Erwachsenen annehmen, wenn sie die Kräfte ihrer Schwänze in sich aufnahm.

»Lassen Sie es mich feierlich präsentieren, Herr Kommandant!«, kündigte Lamrys an und gab mir ein Update über die aktuellen Kräfteverhältnisse im Labyrinth. Sie sahen folgendermaßen aus, beginnend in den unteren Ebenen:

Die vier Elementardrachen, die Lamrys unter Millims Anleitung sorgfältig aufgezogen hatte, hatten sich erfolgreich zu Dragon Lords entwickelt. Das war Veldoras enormer Menge an magischer Energie zu verdanken, der sie täglich ausgesetzt waren. Bezeichnet wurden sie nun als Firedragon Lord, Icedragon Lord, Winddragon Lord und Earthdragon Lord.

Ich konnte meinen Ohren kaum trauen, aber so war es nun mal. Und es ging noch weiter …

Der Wächter der neunzigsten Ebene, »Neunkopfbestie« Kumara.

Der Wächter der achtzigsten Ebene, »Insektenkaiser« Zegion.

Der Ebenenboss der neunundsiebzigsten Ebene, »Insektenkönigin« Apito.

Der Wächter der siebzigsten Ebene, »Unsterblicher König« Adalman.

Die Vorhut der siebzigsten Ebene, »Todespaladin« Albert.

Danach kamen die beiden Wächter der fünfzigsten Ebene, Gozuru und Mezuru. Leider hatten es diese beiden nicht unter die Zehn Besten geschafft. Das letzte Mitglied war stattdessen Beretta.

»Eigentlich hätte ich solchen Ärger … ähem, ich meine natürlich, diese Ehre gern jemand anderem überlassen …«, murmelte Beretta und richtete ihren Blick auf Tryney und Ifrit, beziehungsweise Charys, wie er jetzt hieß.

»Ach, aber ich habe die wichtige Aufgabe, für Lord Lamrys da zu sein«, sagte Tryney mit einem bezaubernden Lächeln.

»Das Gleiche gilt für mich. Ich bin Lord Veldoras einziger Diener, weshalb ich alle Hände voll zu tun habe«, fügte Charys hinzu. Offenbar bereitete ihm sein Herr jede Menge Probleme, aber er schien zufrieden zu sein und sich keine andere Aufgabe zu wünschen. Er und Tryney erinnerten mich an einen bestimmten Sekretär, weshalb ich insgeheim seufzte.

»Sieht aus, als hättest du es schwer, Beretta.«

»Ihr könnt mich verstehen, Lord Rimuru?«

Natürlich nickte ich und stellte anschließend noch eine Reihe weiterer Fragen.

Die erste betraf die Zehn Besten des Labyrinths. Wir betrieben das Labyrinth sowohl zu unserem Vergnügen als auch für den Profit. Ohne die Kräfte von Lamrys und die magische Energie von Veldora konnte es nicht existieren. Nun stellte sich also die Frage, wem die Zehn Besten dienen sollten. Der Befehlskette nach wäre das ja Lamrys gewesen …

»Ach ja. Was das anbelangt, darf sich jeder seinen Herren frei aussuchen!«, erklärte die Feenkönigin.

Beretta würde weiterhin Lamrys dienen, also gab es diesbezüglich keine Änderung. Auch die Dragon Lords arbeiteten unter Lamrys, wogegen es keine Einwände seitens der Drachen gab. Sie erzählte mir, dass sie bereits einen Vertrag abgeschlossen hätten, um den Bund zu besiegeln.

Und der Rest? Nun, Kumara hatte sich mit den Kindern angefreundet und führte ein glückliches Leben in Tempest, was dazu führte, dass sie mir übermäßig dankbar war. Angeblich erklärte sie sogar öffentlich, mein Haustier werden zu wollen – ungeachtet der Tatsache, dass Ranga mir bereits zur Seite stand. Auch Zegion und Apito hatten mich sehr ins Herz geschlossen und geschworen, mich als ihren Herren zu betrachten. Was Adalman betraf, verehrte er mich aus irgendeinem Grund als seinen Gott. Da Albert unter dessen Einfluss stand, hatte auch er mir die Treue gelobt. Diese fünf waren also meine Untergebenen.

Für Gozuru und Mezuru stellte das Labyrinth quasi ihr Arbeitsplatz dar, weshalb sie meinetwegen Lamrys dienen konnten. Doch angeblich hatten sie es höflich abgelehnt und sich gewünscht, sich mir zu unterstellen. Nun ja. Sie gehörten zu einer

Spezies, die großen Wert auf Kraft legte. Es konnte daher sein, dass sie Lamrys anhand ihres Aussehens beurteilt hatten.

»Nein, nein! Du hast den beiden doch einen Namen gegeben, Rimuru. Darüber waren sie glücklicher als über ihr Gehalt. Und deshalb haben sie darauf bestanden, für dich zu arbeiten.«

Aha, so war das also. Das freute mich zu hören. Ich nahm mir vor, Gozuru und Mezuru netter zu behandeln, wenn ich sie das nächste Mal sah.

Auf diese Weise und dadurch, dass ich die Kämpfe dreier Herausforderer beobachtet hatte, hatte ich von unerwarteten Veränderungen des Labyrinths erfahren, die mich sprachlos gemacht hatten. An sich hatte ich nichts dagegen, dass die Wächter stärker wurden. Zugleich bereitete es mir jedoch Sorgen, dass ihr Fortschritt meine Erwartungen so weit übertroffen hatte. Das war wohl die schlechte Angewohnheit eines Angsthasen wie mir.

Wie auch immer, mit den Zehn Besten des Labyrinths waren wir selbst dann auf der sicheren Seite, wenn uns das Östliche Kaiserreich angreifen sollte. Ich befahl ihnen jedoch, mit den normalen Herausforderern etwas nachsichtiger zu sein. Andernfalls wäre es für sie unmöglich, je das Labyrinth zu erobern. Wer sollte schon Wächter besiegen, die es mit Dämonenkönigen aufnehmen konnten? Die einzige Ebene, die ich ernsthaft beschützen wollte, war die hundertste Ebene. Und die war in Veldoras Händen bestens aufgehoben. Ansonsten hoffte ich, dass sich die Herausforderer zumindest bis etwa zur achtzigsten Ebene durchkämpfen würden. Denn wir hatten uns große Mühe gegeben, das Labyrinth zu errichten. Da wäre es doch schade, wenn es niemand zu Gesicht bekäme.

Doch das alles würde noch warten müssen, bis wieder Frieden herrschte.

*

Nachdem ich den Stand der Dinge in Erfahrung gebracht hatte, ging ich durch das Labyrinth, um die Wächter zu besuchen. Ich wollte nämlich mit eigenen Augen sehen, wie weit sie sich entwickelt hatten.

Ihr Wachstum war überwältigend. Bei ihrer jetzigen Stärke konnte ich mir nicht vorstellen, dass wir gegen das Imperium verlieren würden.

Einige Tage darauf konnte ich endlich mein Experiment mit der Überwachungsmagie durchführen, die mittlerweile vollendet war. Das geschah in der Operationszentrale für strategisch-militärische Kämpfe. Ich hatte dem Raum einen Namen geben wollen, der möglichst cool klang. Also hatte ich Veldora und Lamrys um Rat gefragt und ihn mir gemeinsam mit ihnen ausgedacht. Im Nachhinein bereute ich es jedoch, ihm so einen langen Namen gegeben zu haben. Nur unter uns gesprochen hätte ich wohl andere Leute zu Rat ziehen sollen. Aber da Benimaru und die anderen den Raum einfach als Kommandozentrale bezeichneten, kannten nur wenige seinen echten Namen. Er war neben Veldoras Privatzimmer in der hundertsten Ebene des Labyrinths gebaut worden und von jenem Raum zugänglich, in dem wir üblicherweise Kriegsrat hielten. Wenn die oberirdische Stadt innerhalb des Labyrinths isoliert werden sollte, würde uns dieser Raum als militärische Basis dienen.

Die Ergebnisse der Überwachungsmagie fielen vielversprechend aus. Wir hatten dieselben großen Bildschirme aufgestellt, die wir beim Kampfturniers zur Live-Übertragung benutzt hatten. Mehrere Orte im Jura-Wald, entlang der Handelsroute zu Dwargon, sowie viele andere strategisch wichtige Punkte konnten auf diese Weise jederzeit überwacht werden. Es war uns sogar gelungen, Aufzeichnungen von dem Meer, an dem das Königreich Farmenace gelegen war, und vom Gipfel des Canaat-Gebirges zu übertragen.

Das Prinzip dahinter war einfach: Elementargeister steuerten linsenförmige Wassertropfen, die ich für die Magie »Megido« entworfen hatte. Eine riesige Linse, die ich in der Nähe der Stratosphäre entfaltet hatte, spiegelte dann eine vergrößerte Ansicht des Zielortes wider. Und indem sie sie reflektierte, wurden die Aufzeichnungen übertragen. Ich nahm mir ein Beispiel an Moss, schickte meine Doppelgänger – also winzige Schleime – an die jeweiligen Orte und nutzte sie als Medium, um dort Magie zu aktivieren. Sie waren mit mir durch »Raumkontrolle« verbunden, was eine sofortige Datenübertragung ermöglichte. Da meine Doppelgänger mikroskopisch klein waren und kein Ego besaßen, verbrauchten sie keine Energie, es sei denn, ich richtete mein Bewusstsein auf sie. Es war eine Herausforderung gewesen, sie an die jeweiligen Orte zu transportieren, aber Souei, Moss und die anderen hatten großartige Arbeit geleistet.

Diese Magie war eine praktische und kostengünstige Lösung. Ich gab ihr den Namen »Argus«.

Die Aufzeichnungen wurden von »Raphael« auf eine höhere Auflösung skaliert und erst dann auf die Bildschirme projiziert.

So konnten wir nun weit entfernte Orte gemütlich von der Kommandozentrale aus beobachten. Meine neu entworfene Magie fand unter meinen Leuten großen Anklang, vor allem Diablo platzte vor Freude. Aber darauf möchte ich lieber nicht näher eingehen.

Dieses Überwachungssystem hatte einen weiteren Vorteil, den wir erst nach seiner Fertigstellung entdeckten: Ich war in der Lage, von der Kommandozentrale aus »Megido« an all den Überwachungsstationen zu aktivieren. Ich hatte nämlich spaßeshalber probiert, einen Strahl vor Gobutas Füße zu feuern, während er auf unserem Trainingsplatz übte. Wer hätte gedacht, dass das wirklich klappen würde? Ich werde Gobutas Gesichtsausdruck niemals vergessen, als er entsetzt aufgesprungen war.

»Idiot! Das kommt davon, dass du nicht aufpasst!«, schimpfte ich ihn aus, aber ehrlich gesagt hatte Gobuta nichts falsch gemacht.

Auch »Megidos« Leistung hatte sich verbessert. Ursprünglich hatte der »Große Weise« diese Magie für mich optimiert, doch damit schien der heutige »Raphael« nicht mehr zufrieden zu sein. Nach vielen sorgfältigen Verfeinerungen hatte er ein System entwickelt, das eine Reihe von Linsen wie Satelliten ständig am Himmel schweben ließ. Durch die Verbindung mit »Argus« konnte »Megido« sogar nachts aktiviert werden: Obwohl seine Wirkung dabei etwas abgeschwächt war, konnte ich Licht bündeln, indem ich Lichtstrahlen von einer Satellitenlinse zur anderen reflektierte. Ich musste zugeben, dass ich vielleicht über das Ziel hinausgeschossen war.

Die großen Elementargeister waren diejenigen, die die Satelliten produzierten, weshalb ich diese einfach nur mit Magie zu versorgen brauchte. Außerdem übernahm »Raphael« für mich die komplizierten Berechnungen, was die Bedienung sehr erleichterte. Tagsüber lief das System hervorragend, ohne dass unnötig Energie verbraucht wurde. Je mehr Licht und Hitze vorhanden waren, desto mehr stieg auch die Kraft von »Megido«. Vermutlich konnte ich damit eine menschliche Armee in Schutt und Asche legen, ohne mich vom Fleck zu rühren. So stark war dieses Upgrade.

*

Zufrieden mit dem Ergebnis meines Experiments kehrte ich in mein Büro zurück. Wenige Augenblicke später kam Shuna vorbei, um mir mitzuteilen, dass ich Besuch hatte.

Jeden Tag wurde ich von vielen Personen besucht. Tatsächlich könnte man sogar sagen, dass der Großteil meiner Arbeit darin bestand, mich mit Leuten zu treffen. Den Rest meiner Zeit verbrachte ich damit, Magie zu entwickeln oder neue Produkte zu erfinden und die richtigen Leute damit zu betrauen. Ansonsten kümmerte ich mich um das Labyrinth, stand Mjolmile mit Rat zur Seite und tat noch vieles andere. Mich zu amüsieren, gehörte ebenfalls zu meinem Job. In diesem Sinne nahm ich den Empfang von Gästen sehr ernst.

Im Empfangszimmer, in das mich Shuna führte, warteten Shinji, Mark und Xin mit angespannten Mienen. Unser Land hatte ihnen Asyl gewährt, weshalb wir sie in den letzten Tagen um so viele Informationen wie nur möglich gebeten hatten. Natürlich war es kein Verhör gewesen, sondern eine freiwillige Befragung. Darum waren die drei in getrennten Räumen freundlich interviewt worden. In ihrer Freizeit hatten sie tun und lassen können, was sie wollten, damit sie ausgiebig über ihre Zukunft nachdenken konnten. Und am heutigen Tage waren sie gekommen, um mir mitzuteilen, zu welchem Entschluss sie gekommen waren.

»Also, habt ihr euch entschieden, was ihr tun möchtet?«

Sie waren hin- und hergerissen zwischen der Wahl, für mein Land zu arbeiten oder freiberufliche Abenteurer zu werden. Als Abenteurer konnten sie ein gutes Leben führen, indem sie das Labyrinth immer wieder herausforderten. Allerdings gab es auch einen Nachteil. Jetzt, da sie wussten, wie stark die Bosse waren, hatten sie keine Hoffnung mehr, es tatsächlich eines Tages zu erobern. Es war verständlich, dass sie sich darüber den Kopf zerbrachen, ob sie sich ein Leben lang mit diesen Zukunftsaussichten zufriedengeben sollten. Die bittere Realität hatte ihnen die Motivation genommen. Trotz des Reichtums, den sie erwerben würden, wäre ihr Leben eintönig und langweilig. Ich wollte gar nicht wissen, wie es den anderen Herausforderern ging.

Wie wäre es dann, für mein Land zu arbeiten? Ich versorgte meine Leute mit Arbeit nach dem Prinzip: der rechte Mann am rechten Ort. Sie würden ein gutes Auskommen haben. Doch mit dem drohenden Krieg fürchteten sie offenbar, sich an den Kämpfen beteiligen zu müssen. Ich wollte zwar niemanden zum

Kämpfen zwingen, konnte freilich aber nicht garantieren, dass sie nicht doch irgendwie hineingezogen würden.

»Ja«, antwortete Shinji nervös. »Wir haben uns zu dritt beraten und beschlossen, für Euer Land zu arbeiten. Schließlich wird auch Meister Gadora Euch dienen. Würdet Ihr uns also bitte erlauben, dasselbe zu tun?«

Die anderen beiden nickten mit ernsten Gesichtern und schienen keine Einwände zu haben.

»Okay. Dann seid ihr uns herzlich willkommen.«

»Vielen Dank!«

»Ich verspreche, mein Bestes zu geben!«

»... Ich werde mir Mühe geben.«

So schlossen sich die drei meinem Land an. Nun stellte sich die Frage: Was für Jobs sollte ich ihnen geben?

»Ich habe vor, Gadora die sechzigste Ebene zu überlassen. Auf diese Weise kann er den Demon Colossus erforschen, um ihn in Zukunft zu steuern.«

Da der alte Mann einen unstillbaren Wissensdurst hatte, war er von dem Vorschlag begeistert gewesen. Er hatte sogar vor Aufregung gejubelt, als ich ihm den Demon Colossus gezeigt hatte.

»Ihr wollt nicht am Krieg teilnehmen, oder?«

»Äh, nein«, antwortete Shinji zögernd. »Unter den Soldaten sind einige gute Kameraden. Also wenn es okay ist ...«

In dem Fall fand ich es besser, wenn sie, anstatt unter mir zu arbeiten, als Forscher im Labyrinth tätig waren. Also beschloss ich, die drei Jungs Lamrys vorzustellen.

*

Wir schlenderten ins Labyrinth und erreichten ihr Labor.

»Lamrys, das sind Shinji, Mark und Xin. Ist es okay, wenn sie bei dir arbeiten?«

»Ach, Rimuru! Sind das die Jungs von letztens?«

»Genau.«

Lamrys hatte nach Assistenten gesucht, aber noch keine gefunden, die den Aufgaben gewachsen waren. Mit den Forschern aus dem Ausland konnte sie nicht so frei umgehen, wie sie wollte; die unintelligenten Dämonen hingegen begriffen ihre verrückten Ideen nicht. Sie hatte zwar Dino, aber alleine kam er mit der Arbeit kaum hinterher. Und wie es der Zufall so wollte, schienen mir die drei Jungs wie geschaffen für diesen Job.

»Hallöchen! Ich bin Lamrys. Habt ihr Lust, als meine neuen Assistenten zu arbeiten?«

»Äh …«

Shinji fehlten die Worte und er schien nicht zu wissen, wer Lamrys war.

»Fantastisch! Hey, Shinji! Siehst du sie auch?! Eine echte Fee!«, rief Mark begeistert.

War es das erste Mal, dass er einer Fee begegnete? Keine Ahnung, wie lange er schon in dieser Welt war, aber seiner Reaktion nach zu urteilen, schien der Kerl überraschend niedlich zu sein.

»Wisst ihr, ich habe nach kompetenten Assistenten gesucht. Ich werde euch ein gutes Gehalt zahlen, also, wie wäre es? Rimuru meinte auch, dass gebildete Menschen aus einer anderen Welt von großem Wert sind, weil es hier an Forschern mangelt!«

Lamrys plapperte Dinge aus, die sie ruhig für sich hätte behalten können. Allerdings war es die Wahrheit. Shinji und seine Freunde waren hochqualifiziert, flexibel im Denken und sofort einsatzbereit. Sie würden eine großartige Ergänzung für unser Team abgeben.

»... Ich bin dafür. Es ist friedlicher, Forschung zu betreiben als in den Krieg zu ziehen.«

Xin lag das Herz auf der Zunge. Angeregt von dessen Aussage fasste auch Shinji seinen Entschluss.

»Ja, bitte lassen Sie uns hier arbeiten!«

Als Lamrys diese Antwort hörte, flatterte sie glücklich herum.

»Hi hi! Sieht so aus, als ob ihr kluge Jungs seid«, posaunte sie aufgeblasen. »Sehr gut, ihr habt alle den Aufnahmetest bestanden. Von jetzt an werdet ihr meinen Befehlen treu Folge leisten, ist das klar?«

Mir fiel die Kinnlade runter. Die kleine Feenkönigin hatte ihr Fähnlein nach dem Wind gehängt. Nicht zu fassen, noch vor wenigen Sekunden war sie ausnehmend bescheiden gewesen. Das war mal wieder typisch für sie. Während Shinji und seine Kameraden sie noch verblüfft anstarrten, handelte Lamrys rasch die Arbeitsbedingungen ab. Sie würden drei Goldmünzen pro Monat erhalten. Also würde ihr Jahresgehalt sechsunddreißig Goldmünzen betragen, wozu sich noch etwas Urlaubsgeld summierte. Auf das Urlaubsgeld sollten sie sich jedoch nicht verlassen, denn Lamrys zahlte es – genau wie ich – nach Lust und

Laune aus. Im Gegenzug wollte sie sich um Nahrung, Kleidung und Unterkunft kümmern.

Und somit waren Shinji, Mark und Xin zu Bürgern unseres Landes geworden.

*

Einige Tage waren vergangen. Offenbar hatten sich die drei an ihren neuen Arbeitsplatz gewöhnt und arbeiteten fleißig als Lamrys' Assistenten. So weit, so gut.

Meine Sorge betraf jedoch den guten Gadora. Wir hatten den Kontakt zu ihm verloren, seit er ins Imperium zurückgekehrt war. Da er ein gerissener Mann war, ging ich davon aus, dass es ihm gut ging. Trotzdem war ich besorgt und hoffte, er würde sich bald melden.

Mit diesem Gedanken ging ich in die Kommandozentrale, um mich mit Benimaru zu treffen. Der große Bildschirm zeigte Aufnahmen von meinem »Argus«. Auch heute war nichts Außergewöhnliches zu erkennen. Ich wünschte, ich hätte darüber auch das gesamte Östliche Kaiserreich beobachten können. Aber vorerst musste ich mich mit Aufzeichnungen von der militärischen Grenzlinie zufriedengeben.

»Sieht so aus, als würde heute nichts passieren«, bemerkte ich.

»Stimmt«, antwortete Benimaru. »Übrigens, diese Magie ist wirklich raffiniert. Das war also die Sache, an der Ihr in letzter Zeit getüftelt habt.«

Da wir heute unter uns waren, sprach Benimaru locker und ungezwungen mit mir, was mir weitaus angenehmer war. Doch leider benahm er sich übertrieben höflich, sobald jemand anderes in der Nähe war. Eine Ausnahme stellten Souei und Diablo dar. Ich schätzte unsere Kameradschaft, weshalb wir hin und wieder zu viert nach Inglasia reisten und ein paar Gläser tranken.

»So ist es!«, mischte sich Diablo begeistert ein. »Das Wunderbare an dieser Magie rührt insbesondere von dem flexiblen Denken ihres Schöpfers her. Trotz ihrer großartigen Wirkung verbraucht sie nur wenig Energie. Wie praktisch sie ist, steht wohl außer Frage. Dazu sind die Berechnungen, die für ihre Aktivierung erforderlich sind, von unvergleichlicher Komplexität und Schönheit. Sie ist nahezu ein Kunstwerk. Deshalb ...«

»Stoooopp! Das reicht. Du holst zu weit aus, wenn du einmal anfängst zu schwärmen. Also tu es irgendwann anders, wenn ich nicht dabei bin, okay?«

Es gehörte zu seiner Angewohnheit, wie ein Wasserfall von meinen Taten zu prahlen. Die neue Magie war großartig, das wollte ich nicht bestreiten. Allerdings war sie mir nur dank der freundlichen Unterstützung von »Raphael« geglückt. Es machte mich verlegen, für etwas gelobt zu werden, dass nicht allein mein Verdienst war.

»Genau, Diablo. Sei etwas bescheidener. Ansonsten bereitest du Lord Rimuru damit Probleme.«

»So ein Unsinn. Keinesfalls bereite ich ihm irgendwelche Unannehmlichkeiten. Nicht wahr, Lord Rimuru?«

»Doch, Benimaru hat recht. Immerzu musst du von mir schwärmen. Du übertreibst!«

Es war der perfekte Zeitpunkt, um Diablo etwas Benimm beizubringen. Er machte ein schockiertes Gesicht und schien völlig am Boden zerstört zu sein. Ich wusste jedoch, dass seine Betroffenheit nur vorgetäuscht war. Also nichts Dramatisches.

Als ich erfahren hatte, dass Diablo ein ursprünglicher und damit mächtiger böser Geist war, hatte ich mir allerlei Gedanken gemacht, was ich mit ihm anstellen sollte. Aber im Grunde war er ja von Anfang an ein komischer Kauz gewesen, mit dem selbst Guy so seine Probleme hatte – was hätte ich mir dann großartig Gedanken machen sollen? Also hatte ich mich einfach mit seiner wahren Identität abgefunden und beschlossen, nichts an unserem Umgang zu verändern.

»Hä hä hä hä. Hervorragend, Lord Rimuru. Nur Eure Worte vermögen es, mir solch einen seelischen Schmerz zuzufügen ...«

»Ich habe dir doch gerade gesagt, du sollst das lassen!«

Seht ihr? Dieser Kerl sah seine Fehler niemals ein. Es war also besser, wenn ich ihm manchmal eins auf den Deckel gab.

Unser Geplänkel wurde durch einen plötzlichen Bericht unterbrochen.

Rimuru, jemand hat sich direkt in unser Labyrinth teleportiert! Die magische Signatur sagt mir, dass es der alte Magier sein muss, der sich uns letztens angeschlossen hat!

Alles klar. Ich mache mich sofort auf den Weg in die siebzigste Ebene.

Als ich aufstand, begriffen Benimaru und Diablo auf der Stelle, dass etwas passiert war. Beeindruckt ließ ich sie wissen, was mir soeben berichtet worden war.

»Sieht so aus, als wäre Gadora zurückgekommen. Aber irgendetwas stimmt nicht. Gehen wir es überprüfen.«

»Jawohl. Dann bleibe ich hier und halte Wache.«

»Ich werde Euch als Leibwächter begleiten.«

»Ich zähle auf euch.«

In wichtigen Zeiten wie diesen konnte ich mich auf Diablo verlassen. Ich wünschte mir nur, er würde sich immer so anständig verhalten wie jetzt … Er war zwar kompetent, aber auch ziemlich daneben.

Und so begaben wir uns zu dem Zimmer, das wir Gadora zugewiesen hatten. Wie erwartet trafen wir ihn dort an. Ich hätte mir meine Sorgen sparen können. Der alte Mann war nämlich quicklebendig.

»Oha, ich dachte schon, mit mir wäre es vorbei«, murmelte er, obwohl er auf mich den Eindruck machte, als wäre er der Letzte, der ins Gras beißen würde. In seinem Zimmer hatten sich außer uns noch Adalman und seine Gefährten versammelt. Etwas verspätet kamen auch Lamrys und Veldora vorbei, doch sobald sie erkannten, dass Gadora wohlauf war, gingen sie wieder zurück an ihre Arbeit.

»Was ist passiert?«

»Nun, bei der Sitzung in Anwesenheit des Kaisers habe ich mich an Euren Befehl gehalten und mich gegen den Krieg ausgesprochen. Leider wurde er trotzdem beschlossen. Aber na ja, das hatte ich schon erwartet. Also wollte ich dem Kaiser einen letzten Dienst erweisen und direkt mit ihm sprechen.«

Daraufhin habe er den Kaiser um Audienz gebeten, die genehmigt wurde. Ihr Treffen sollte heute stattfinden. Doch in dem

Palast des Kaisers sei der alte Magier von jemandem hinterrücks erdolcht worden. Seitdem seien noch keine zehn Minuten vergangen.

Es wäre taktlos, ihn zu fragen, ob alles in Ordnung ist.

»Oh, verstehe. Wir hatten dir ja den Wiederbelebungs-Armreif gegeben.«

»Ha ha, Lord Lamrys hat wahrlich wunderbare Kräfte. Dieser Armreif hat mir das Leben gerettet. Für genau so einen Fall hatte ich im Voraus einen Zauber vorbereitet, der mich hierher zurückbringt.«

Das hatte ich mir schon gedacht, als ich ihn bei bester Gesundheit erblickt hatte. Was für eine clevere Idee! Sobald man ins Labyrinth zurückkehrte, würde einen der Armreif wiederbeleben, egal, wie schwer die eigenen Verletzungen auch waren. Lamrys' Kräfte waren schon enorm praktisch. Zugleich verdiente Gadora Anerkennung für seine Gewitztheit, bereits im Voraus so eine Magie vorbereitet zu haben. Angeblich hatte er auch Rasen diese Technik beigebracht. Ich nahm mir vor, sie ein anderes Mal selbst auszuprobieren. Vielleicht könnte ich ja erstaunliche Dinge erreichen, wenn ich meine »Gedankenbeschleunigung« damit kombinierte.

»Und? Wer hat dich angegriffen?«

Ich konnte mir nicht vorstellen, dass es viele Leute gab, die Gadora besiegen konnten. Zumal er stets auf der Hut war und seine magische Abwehr aufrechterhielt. So jemand ließ sich nicht leicht überraschen.

»Die Sache ist die. Der Täter hat seine Aura geschickt vor mir verborgen, sodass ich keine Zeit hatte ihn zu erkennen. Es gibt zwar jemanden, der infrage käme, aber es fällt mir schwer, das zu glauben …«

Gadora drehte sich um und zeigte uns den Schnitt auf der Rückseite seiner Robe. Seine Wunde war geheilt, aber seine Kleidung war nicht wiederhergestellt worden. Die Spuren auf seiner Robe wiesen darauf hin, dass der Messerstich offensichtlich kein einfacher physischer Angriff gewesen war, sondern einen ätzenden Effekt gehabt hatte.

»Man hat dir also von hinten direkt ins Herz gestochen.«

»Der Angreifer hat es geschafft, die Abwehrmagie zu durchbrechen. Er verfügt wohl über eine interessante Technik.«

Sogar Diablo war beeindruckt, was darauf hinwies, dass dieser Gegner nicht zu unterschätzen war. Im Östlichen Kaiserreich sollte es jemanden geben, der stark genug war, um mich zu töten. Vielleicht war es dieselbe Person, die Gadora erdolcht hatte. Aber wir sollten wohl besser davon ausgehen, dass es noch andere gefährliche Leute dort gab.

Es war zwar noch zu früh, um Gadora vollauf zu vertrauen, aber er schien ernsthaft verwirrt von seiner versuchten Ermordung und der Frage nach seinem Attentäter. Ich sah keinen Grund, an seinen Aussagen zu zweifeln.

»Ich bin froh, dass du wohlauf bist. Das Attentat auf dich zeigt, dass wir uns vor dem Imperium in Acht nehmen müssen. Also lasst uns noch vorsichtiger als bisher vorgehen.«

»Ich gebe Euch recht«, nickte Diablo. »Momentan können wir nicht darauf hoffen, noch weitere Informationen zu bekommen.«

Gadora hatte ein großes persönliches Risiko auf sich genommen. Ich dankte ihm dafür und bat ihn zu berichten, was er sonst noch in Erfahrung hatte bringen können.

*

Er erzählte uns, dass das Imperium nun den Krieg beginnen würde. Da der Kaiser als absoluter Herrscher galt und andere Länder daher formell gar nicht anerkannt wurden – auch wenn man faktisch diplomatische Beziehungen etwa zu Dwargon pflegte –, würde es keine Kriegserklärung, sondern nur eine einmalige Aufforderung zur Kapitulation geben. Lehnte man diese ab, würde das Imperium keine Gnade walten lassen.

Wie überheblich sich das Imperium aufführte. So würde es sich niemals mit anderen Ländern anfreunden können. Aber nun gut, das wollte es offensichtlich ohnehin nicht. Die internationalen Gesetze, die der Rat der westlichen Länder beschlossen hatte, hatte das Kaiserreich nie ratifiziert. In einem Krieg war es damit an keinerlei Regeln gebunden, wie etwa beim Umgang mit Kriegsgefangenen oder bei der Frage, was als Kriegsverbrechen galt. Kein Wunder also, dass sich die westlichen Länder vor dem Kaiserreich fürchteten, schloss es bei seinen Invasionen doch nicht einmal das Abschlachten von Zivilisten aus. Ich vermutete, dass dem Imperium auch Reparationszahlungen kein Begriff waren. Wer von ihm besiegt wurde, verlor alles. Um mit dem Kaiserreich verhandeln zu können, musste der Krieg also zumindest unentschieden enden.

Das hieß für uns aber auch, dass wir keine Samthandschuhe anzuziehen brauchten. Wir würden alles geben, um das Übel an der Wurzel zu packen.

Da an den Absichten des Imperiums kein Zweifel mehr bestand, wechselten auch wir in den Kriegsmodus. Zunächst richteten wir in der Kommandozentrale ein Operationshauptquartier ein. Das war nicht unbedingt notwendig, aber wichtig, um für Stimmung zu sorgen. Benimaru und Souei würden hier stets in Bereitschaft sein. Souei hatte seine Doppelgänger an mehrere Orte entsandt, damit wir uns beim Auskundschaften nicht ausschließlich auf meinen »Argus« verlassen mussten. Mit der Unterstützung von Moss konnte er reichlich präzise Informationen liefern, was uns einen gewaltigen Vorteil verschaffte. Denn in dieser Welt begann ein Krieg erst, wenn zwei Armeen aufeinandertrafen; Informationen über den Feind holte man entsprechend erst kurz vor dem Kampf ein. Hinata und Gadora hatten mir schon gesagt, dass kein anderes Land den Feind so gründlich ausspähte wie wir.

»S… Stammen diese Aufzeichnungen vom Himmel …?«, fragte Gadora.

»Hä hä hä. Es handelt sich dabei um eine Magie Lord Rimurus. Sie verwendet nur eine winzige Menge an magischer Energie und findet außerhalb der Atmosphäre statt. Nur wenige wären dazu fähig, die magische Reaktion zu bemerken. Es bräuchte dafür schon ›Ultrainstinkt‹ oder eine ähnliche Fähigkeit.«

»D… Das nehme ich an. Ich war bisher stolz auf meine ›Magische Wahrnehmung‹, aber diese Magie wirkt so natürlich, dass sie auf mich kaum den Eindruck erweckt hat, als würde sie von jemandem kontrolliert werden.«

»Nicht wahr? Selbst ein junger Arc Demon, der in Magie bewandert ist, würde es nicht bemerken. Brilliant, was?«

»Und ob! Diese Magie ist ein wahres Meisterwerk!«

Aus irgendeinem Grund hatte Diablo angefangen, Gadora meine Kreation mit einem selbstgefälligen Grinsen vorzuführen. Der alte Mann pflichtete ihm in allem bei und war sichtlich aufgeregt.

»Shion.«

»Jawohl!«

Da mir Diablo und Gadora lästig wurden, befahl ich Shion, sie in einem separaten Raum zu isolieren. Nachdem ich wieder meine Ruhe hatte, konzentrierte ich mich aufs Wesentliche.

Das Überwachungsmaterial aus der Vogelperspektive war fantastisch. Kaum zu fassen, dass ich mir vor nicht allzu langer Zeit Sorgen gemacht hatte, von wo aus wir angegriffen werden könnten. Nun überwachten wir nicht nur die möglichen Invasionsrouten, sondern auch alle Regionen, die an das Östliche Kaiserreich grenzten. Keine einzige Truppenbewegung würde uns entgehen. Es war, als würde man mit jemandem Schach spielen, dem die Augen verbunden waren. Wir hatten den entscheidenden Vorteil und im Gegensatz zum Schachspiel gab es im Krieg keine Regeln. Allein der Sieg zählte.

Aber ich fand es auch beängstigend, von einem anderen Staat ohne jeglichen vorherigen diplomatischen Kontakt angegriffen zu werden, ohne zumindest ein paar grundlegende Dinge zu regeln.

Ich wenigstens wollte die Lage nicht eskalieren lassen und hatte deshalb für unsere Seite einige Regeln aufgestellt. So waren Überfälle auf Zivilisten tabu. Auch hatte ich meinen Leuten untersagt, einen Präventivangriff zu unternehmen, und klargemacht, dass jegliche Kampfhandlung unverzüglich eingestellt werden musste, sobald ich den Krieg für beendet erklärte.

Mittlerweile hatten sich alle Führungskräfte unseres Landes in der Kommandozentrale eingefunden:

Benimaru als Befehlshaber, Hakurou als militärischer Berater und Souei als Chef des Geheimdienstes. Hinzu kamen Riguldo und die Leiter der drei Gewalten: Ruguldo, Reguldo, Roguldo. Stellvertretend für die Frauen hatten wir Shuna und Ririna dabei. Zusätzlich nahmen Rigul – der unbesungene Held – sowie Kaijin und Kurobe teil. Bester und Mjolmile dienten als Berater. Gobuta und Gabiru wohnten als Korpskommandanten dieser Sitzung bei. Sogar Gerudo hatte seine Arbeit niedergelegt und war herbeigeeilt. Ich ließ ebenfalls die drei bösen Geister teilnehmen, Testarossa, Ultima und Carrera. Da Diablo seinen Fehler einzusehen schien, gewährte ich auch ihm, unsrer Sitzung beizuwohnen. Er stand an seiner üblichen Position neben Shion. Gadora und die drei Jungs waren ebenfalls anwesend, um weitere Informationen über das Imperium beizusteuern. Etwas verspätet hatte sich auch Masayuki, der Beschützer des Volkes, eingefunden.

»Sekunde mal. Was soll das heißen, ich sei der Beschützer des Volkes?! Meine Güte, was faseln Sie da für einen Unsinn?«, schimpfte er empört.

Hoppla, mir mussten meine Gedanken rausgerutscht sein. Und aus irgendeinem Grund hatte Gadora uns beide bei dieser Unterhaltung angestarrt. Ich nahm mir vor, ihn im Anschluss an die Sitzung nach dem Grund zu fragen.

Veldora und Lamrys waren selbstredend ebenfalls anwesend. Und nicht zuletzt standen Beretta, Tryney und Charys in der Ecke des Raumes in Bereitschaft.

Gut, dann sind wir wohl komplett.

Ich streichelte Ranga, der neben mir saß, den Kopf und blickte in die Runde.

»Ich nehme an, ihr wisst, warum ich euch alle hier versammelt habe. Wir müssen unsere Strategie gegen das Östliche Kaiserreich besprechen. Benimaru und ich haben einen Plan entworfen, aber ich würde gerne eure ehrliche Meinung dazu hören.«

»Jawohl!«, antworteten alle im Chor.

Somit war die Besprechung eröffnet.

*

Bereits vor Beginn des Treffens hatte ich auf den Bildschirmen eine große Anzahl kaiserlicher Soldaten erblickt. Neben ihnen waren riesige Ungetüme aus Stahl über die Straße gerollt. Ausgehend von dem, was wir aus der Vogelperspektive erkennen konnten, schienen es etwa zweitausend zu sein.

Hey! Wieso um Himmels willen haben sie Panzer?!

Ich hatte meinen Augen nicht trauen können. Hastig hatte ich Shinji und seine Kameraden befragt und herausgefunden, dass das

Östliche Kaiserreich moderne Waffen entwickelt hatte, die auf dem Wissen aus einer anderen Welt beruhten – Wissenschaft und Technologie. Anstelle von Benzin nutzte der Panzer wohl magische Energie. Diese lieferte ihm eine ständige Luftzufuhr aus der Umgebung, was gleichzeitig auch den Motor kühlte. Dieser Panzer war vielseitig anwendbar und allein in Bezug auf seine Leistung übertraf er die besten seiner Art aus meiner früheren Welt. Gadora hatte dazu gesagt, dass sie den magisch gesteuerten Leistungsreaktor, den sie aus antiken Reliktstätten ausgegraben hatten, analysiert und modernisiert hätten. Während des Kampfes konnten zudem Magiesteine als zusätzliche Energiequelle genutzt werden. Er erreichte somit eine Höchstgeschwindigkeit von einhundert Stundenkilometern und konnte für eine kurze Strecke sogar über dem Boden schweben, weshalb er auch sperriges Gelände durchqueren konnte.

Oh Mann. Ich ärgerte mich, dass ich nicht selbst so etwas entwickelt hatte. In einer Welt voller Ritter war mir gar nicht in den Sinn gekommen, einen Panzer zu bauen. Zumal ich es seltsam fand, direkt einen Panzer zu bauen, ohne vorher das Auto zu erfinden. Aber mit unserem Magiezug hatten wir ja etwas recht Ähnliches geschaffen. Mir schienen Züge in städtischen Gebieten ohnehin praktischer und hinsichtlich begrenzter Ressourcen auch weit effizienter. Vielleicht könnten wir als eine Art Statussymbol ein paar Luxusautos bauen. Dann hätten die Leute etwas, wonach sie streben könnten. Aber na ja, das würde ohnehin warten müssen, bis der Krieg vorbei war.

Aber nicht nur die Panzer waren bemerkenswert. Unsere Feinde besaßen sogar Schiffe, die fliegen konnten.

Das kann nicht euer Ernst sein!, hätte ich fast aufgeschrien, als ich sie zu Gesicht bekommen hatte. Diese Dinger würden den Transport erheblich erleichtern. Und im Krieg konnten sie logistische Probleme im Flug aus der Welt schaffen.

Ich hatte erkennen müssen, dass ich zu optimistisch gewesen war. Ich hatte unsere Lufthoheit als gegeben angenommen. Sollten auch wir Luftschiffe bauen? Nein, das war unmöglich. Solche Schiffe würde man nicht von heute auf morgen produzieren können, allein ihre Entwicklung würde zu viel Zeit in Anspruch nehmen. Aber ich musste dem Kaiserreich für seine Leistung Respekt zollen. Und zugegeben wünschte ich, mindestens eines ihrer Schiffe ergattern zu können.

Hätte ich nur versucht, etwas kreativer zu sein … Nein, lassen wir das. Reue bringt mich nicht weiter. Ich werde es mir für die Zukunft merken.

Ich beschloss, nach Ende des Krieges noch originellere Dinge zu entwickeln.

*

Einige Teilnehmer unserer Runde sahen die Panzer und Schiffe das erste Mal und starrten mit offenen Mündern auf den Bildschirm.

»Den Schätzungen nach werden wir es mit insgesamt einer Million feindlicher Soldaten zu tun haben! Wie ihr seht, hat das Kaiserreich eine Reihe moderner Waffen entwickelt. Ich kann eure Überraschung gut verstehen. Es ändert aber nichts daran, dass wir die Oberhand haben. Macht euch keine Sorgen.«

Im Krieg war es am wichtigsten zu wissen, wie stark der Gegner war. Und darüber hatten wir alle Informationen. Laut »Raphaels« Berechnung verfügte der Feind über eine Million Soldaten. Eine absurd hohe Zahl, aber dennoch zweifelte ich nicht an unserem Sieg. Wir waren stark geworden.

»Gadora hat mir erzählt, dass es im Kaiserreich drei große Korps gibt. Eins von ihnen, das ›Panzerkorps‹ genannt wird, verfügt über die Fahrzeuge, die ihr auf dem Bildschirm sehen könnt. Diese Truppe trägt den Namen ›Magiepanzerdivision‹ und ist zweifellos die größte Streitmacht unseres Gegners.«

Gadora hatte uns die Pläne des kaiserlichen Kriegsrates mitgeteilt. Seine Flucht würde sicherlich bemerkt und die Pläne deshalb angepasst werden, aber es war davon auszugehen, dass es keine allzu großen Änderungen geben würde. Laut Gadora plante Yuki einen Putsch und würde deshalb die anderen Kommandanten weiter zum Angriff animieren. Caligurio, der Anführer des Panzerkorps, sei uns zudem ins Netz gegangen und habe es nun auf die angeblich in unserem Labyrinth versteckten Schätze abgesehen. Auch er würde auf Eile drängen.

Gobuta meldete sich als Erster zu Wort, als ich mit meiner Schilderung fertig war.

»Ähm ... Meine Armee steht ja in der Siedlung am Ameld-Strom in Bereitschaft. Kann es sein, dass wir gegen diese Panzer kämpfen müssen?«

Das war eine scharfsinnige Frage. Verständlich, dass er das in seiner neuen Rolle als Kommandant klarstellen wollte. Früher wäre er in so einer Sitzung einfach weggedöst. Ich war gerührt über seine Fortschritte. Sie waren sicherlich der Verantwortung zu verdanken, die er nun trug …

»Was soll die Frage? Es liegt doch auf der Hand. Natürlich wird dein Korps diese Panzertruppen vernichten«, erklärte Benimaru prompt, während ich noch von meinen Emotionen überwältigt war. Daraufhin taumelte Gobuta vor Schock.

»Das hat mir niemand gesagt …«, murmelte er benommen. Tja, ich konnte ihn gut verstehen.

»Müssen wir die kleine Stadt bis zum Tod verteidigen?«, fragte er mit kreidebleichem Gesicht.

»Natürlich nicht!«, versicherte ich ihm lächelnd. »Nach allem, was ich über die Panzer weiß, könnte deine Armee sie mit der richtigen Strategie besiegen. Aber wer weiß, wie viele Opfer das fordern würde. Überhaupt ist Verteidigung schwieriger als ein Angriff. Das Grüne-Nummern-Korps hat keine Kampferfahrung und würde sich wahrscheinlich an den Panzern die Zähne ausbeißen. Also müsst ihr die Stadt nicht bis zum Letzten verteidigen.«

So versuchte ich, ihn zu beschwichtigen. Hakuro, der für die Unterstützung Gobutas zuständig war, hatte anscheinend von Anfang an erfasst, worauf ich hinauswollte. Darum nickte er bloß und verfolgte stumm unser Gespräch.

»Was sollen wir dann tun?«

»Eigentlich ist es Aufgabe eines Kommandanten, genau darüber nachzudenken. Aber von einem Anfänger wie dir ist das wohl zu viel verlangt. Benimaru, erklär es ihm«, sagte ich in aufgeblasenem Ton.

Eigentlich war ich, genau wie Gobuta, völlig unbedarft, wenn es um militärische Angelegenheiten ging. Ich kannte mich mit Strategien nicht aus, weshalb ich Benimaru die Details überlassen hatte. Zu meinen Vorzügen gehörte jedoch, dass ich nett zu mir selbst war. Denn ich würde ein noch bequemeres Leben führen können, wenn Gobuta hart arbeitete und weiter Fortschritte machte. In der Hoffnung, dass Gobuta sein Bestes geben würde, lauschte ich mit ihm gemeinsam Benimarus Worten.

»Hör zu, Gobuta. Die Siedlung ist eine wichtige Basis, aber es ist nicht weiter schlimm, wenn wir sie verlieren. Falls sie zerstört wird, können wir sie wieder aufbauen. Und falls das Kaiserreich sie belagert, holen wir sie uns zurück. Das Problem besteht darin, dass die Bewohner verletzt werden könnten. Diesbezüglich hat Lord Rimuru aber eine Lösung gefunden. Wir haben bereits den Befehl erteilt, die dortigen Bewohner in die Hauptstadt Rimuru zu evakuieren.«

So war es. In dem Moment, in dem wir wussten, dass sich die Truppen des Kaiserreichs in Bewegung setzten, hatten wir mit der Evakuierung begonnen. Sie würde etwas dauern, sollte aber abgeschlossen sein, bevor die kaiserliche Armee eintraf.

»Oh, da fällt mir ein, auf den Straßen war heute kaum was los.«

»Verständlich. Deine Aufgabe besteht darin, die verbleibenden Einwohner sicher zu evakuieren. Und sobald du damit fertig bist, begibst du dich an diesen Ort.«

Mit diesen Worten zeigte Benimaru auf einen bestimmten Punkt auf der riesigen Karte, die wir auf dem Tisch ausgebreitet hatten. Es handelte sich dabei um die Hauptstadt der Kriegsnation Dwargon.

»Hä?«

»Schau dir diese Aufzeichnung an. Offenbar plant die kaiserliche Armee, ihre Streitkräfte aufzuteilen und auf mehreren Routen einmarschieren zu lassen. Während einige von ihnen bereits in den Jura-Wald eingedrungen sind, haben sich ihre Panzertruppen noch nicht bewegt. Und wenn man sich die Richtung ansieht, in die diese Truppen marschieren, ist offensichtlich, dass sie entlang des Canaat-Gebirges vordringen wollen. Es gibt dort nicht viele Bäume, weshalb der Vormarsch reibungslos vonstattengehen dürfte.«

»A… Aha, verstehe …«

»In Wahrheit hast du‘s nicht kapiert, oder? Na ja, egal. Deine Mission besteht darin, das Königreich der Zwerge zu verteidigen«, sagte Benimaru, als er eine Spielfigur, die Gobutas Armee darstellen sollte, auf der Karte vor Dwargon platzierte. Als Nächstes holte er eine Spielfigur für die Armee der Zwerge heraus und stellte sie neben Gobutas.

»Ihr bildet eine Einheitsfront.«

»Wow …!«

Gobuta kam nicht mehr aus dem Staunen heraus, als es bei ihm endlich Klick gemacht hatte. Wir hatten diese Strategie aufbauend auf den Informationen entwickelt, die uns Gadora geliefert hatte, und uns bereits mit Gazelle besprochen. Entsprechend unseres Abkommens teilten wir ihm mit, dass der Osten sein Königreich ins Visier genommen hatte. Gleichzeitig hatten wir ihm erklärt, dass wir wie versprochen Verstärkungstruppen entsenden würden. Natürlich hatte Gazelle gewusst, dass das Imperium auf dem Kriegspfad war. Er sei es schon leid gewesen, ihre wiederholten Bitten um Durchmarsch abzulehnen. Daher hatte er bereits damit gerechnet, dass das Kaiserreich früher oder später die Geduld verlieren würde.

Gazelle hatte sich über mein Angebot gefreut, das von beiderseitigem Nutzen war. Wir würden die am Ameld-Strom gelegene Siedlung aufgeben und später wieder aufbauen, falls sie zerstört wurde. Womöglich würde das Kaiserreich die Siedlung sogar verschonen, wenn wir die Schlacht nicht dort, sondern an einem anderen Ort austragen würden.

»Die kaiserlichen Truppen haben auffällige Routen gewählt, weil sie uns wissen lassen wollen, von wo aus sie angreifen werden. Es würde ja niemandem entgehen, wenn eine Armee dieser Größe durchmarschiert.«

»Ähm, es soll also eine Demonstration sein?«

Für Gobutas Verhältnisse war das ein schwieriger Begriff. Anscheinend hatte der Kerl ziemlich gebüffelt, was mich wieder einmal beeindruckte.

»So ist es«, fuhr Benimaru fort. »Diese Route liegt genau an der Grenze zwischen Dwargon und Tempest. Beide Länder müssten die Soldaten bemerken, also wollen sie wohl damit unsere Reaktion abschätzen. Wenn wir sie leichtfertig angreifen, könnten sie das zum Vorwand nehmen, um sofort den Krieg zu beginnen. Allerdings hat uns Lord Rimuru strengstens verboten, die Initiative zu ergreifen. Also werden wir sie zuerst einmal warnen. Kannst du mir folgen?«

»Jawohl.«

»Sollten wir nichts unternehmen, werden die kaiserlichen Truppen den Ameld-Strom überqueren und diesen Ort hier einnehmen, von wo aus sie einen Überblick auf den zentralen Eingang Dwargons haben. Das wäre für sie perfekt, um ein Lager aufzuschlagen, weil es dort nicht viele Bäume gibt.«

»Verstehe ...«

»An dieser Stelle kann König Gazelle nicht mehr tatenlos zuschauen. Er wird seine Truppen losschicken und mit der Gegenseite verhandeln. Das trifft auch für uns zu. Das Imperium wird sich sowohl Tempest als auch Dwargon zum Feind machen.«

Während er das erklärte, bewegte Benimaru die Figuren auf der Karte, um das Ganze zu veranschaulichen.

»Laut Gadora hat das Imperium befürchtet, von unserer und der Armee Dwargons in die Zange genommen zu werden. Sobald sich die kaiserliche Streitmacht in dieser Lage befindet, besteht diese Gefahr jedoch nicht mehr. Schließlich bringt es nichts, einen Überraschungsangriff auf jemanden zu verüben, der sich bereits für einen solchen bereithält. Deshalb werden wir ihren Angriff abwarten und sie erst dann frontal zerschmettern!«

Mit diesen Worten schlug er Gobutas Figur gegen jene des Imperiums.

»Wooow!!«

Gobuta war sichtlich beeindruckt. Auch die anderen schienen keine Einwände zu haben. Doch ich fragte mich, was sie über den zahlenmäßigen Unterschied zwischen Gobutas Armee und der des Imperiums dachten.

»Gabiru, Kommandant der Dritten Armee!«

»Jawohl!«

»Deine Mission ist es, die Zivilisten bei ihrer Evakuierung zu beschützen. Beobachte sie vom Himmel aus und halte Ausschau nach Leuten, die Hilfe brauchen.«

»Jawohl!«

»Sobald alle evakuiert sind, eilst du sofort zu Gobuta. Mit etwas Glück kommst du an, bevor die Armee des Imperiums eintrifft.«

»Mein Korps ist stolz darauf, das schnellste dieses Landes zu sein. Wir werden es rechtzeitig schaffen!«, antwortete ihm Gabiru zuversichtlich. Allerdings würde sich das in der Realität schwierig gestalten. Obwohl wir für die Evakuation unsere Züge voll auslasteten, nahm es viel Zeit in Anspruch, Zehntausende zu transportieren. Und die kaiserliche Armee rückte in einem rasenden Tempo voran. Noch hielt sie sich hinter der Grenze auf, aber wir schätzten ihren Vormarsch auf achtzig Kilometer am Tag. Das vermutete Schlachtfeld lag eintausendfünfhundert Kilometer entfernt, sie sollte es also in zwanzig Tagen erreichen.

Die Soldaten konnten diese Geschwindigkeit wohl wegen ihrer mechanischen Modifizierung halten und eine Woche lang sogar ohne essen und trinken auskommen. Laut Gadora erreichte ein Panzer mit der Energie, die er aus der Umgebung gewann, bis zu zehn Stundenkilometer. Sicherlich konnte er in der Nacht Energie speichern, während sich die Soldaten ausruhten. Im Zweifel würde sich diese Armee also weit schneller fortbewegen können, als wir laut unseren Berechnungen gedacht hatten.

»Also besteht die Gefahr, dass die Truppen des Kaiserreichs noch früher eintreffen als erwartet! Bleibt alle in Alarmbereitschaft!«, warnte Benimaru. Anschließend fuhr er fort: »Das Kaiserreich wird voraussichtlich seine Panzer hier einsetzen, aber wie Gobuta schon sagte, ist das bloß eine Machtdemonstration, mit anderen Worten: ein Ablenkungsmanöver. Sein eigentliches Ziel ist diese Position hier!«

Er holte verschiedenfarbige Figuren heraus, welche die einzelnen Truppen des Kaiserreichs darstellen sollten, und verstreute sie über den Jura-Wald.

»Für den unwahrscheinlichen Fall, dass sie stärker sind als erwartet, haben wir noch immer Gerudo, um diese Region zu verteidigen! Gerudo, bitte ruf deine Männer so schnell wie möglich zu dir.«

»In Ordnung. Ich habe ihnen bereits per ›Telepathie‹ befohlen zurückzukehren. Es wird nicht lange dauern, bis sich alle um mich versammelt haben.«

Gerudo brauchte nur wenige Worte, um sich mit Benimaru zu verständigen. Auf ihn war eben Verlass.

Danach richtete Benimaru seine Augen wieder auf die Karte.

»Ihre Haupttruppe wird sich im Verborgenen halten. Leider kann uns Lord Rimurus ›Argus‹ nicht zeigen, was im Wald passiert. Deshalb kommt Souei hier ins Spiel.«

Daraufhin nickte Souei und stand auf.

»Der Wald mit seinen dichten Bäumen macht eine Überwachung vom Himmel aus schwierig. Aber auch wenn sich meine Untergebenen im ganzen Wald versteckten, ist der Bereich zu weiträumig und es bestünde die Gefahr, entdeckt zu werden. Aus diesem Grund werde ich Moss mit dieser Mission beauftragen. Er hat die Fähigkeit, eine Vielzahl winziger ›Doppelgänger‹ freizusetzen und mit deren Hilfe Informationen zu sammeln. Sie können zwar nicht kämpfen, aber Moss hat mir versichert, dass der Verlust eines ›Doppelgängers‹ kein Problem sei. Daher bewacht Moss den gesamten östlichen Teil des Jura-Waldes. Uns haben Berichte erreicht, dass sich die kaiserliche Armee aufgeteilt hat und in kleineren Einheiten vorrückt. Wir könnten jede von ihnen nach Belieben vernichten«, erklärte Souei mit einem bösartigen Lächeln. Er machte mir ein wenig Angst. Wie gut, dass er auf unserer Seite war.

Wir würden zwar die einzelnen Züge ausschalten können, hätten aber ein Problem, wenn erst die Hauptstreitmacht auftauchte. Benimarus Plan sah es deshalb vor abzuwarten, bis sich die Truppen bis zu einem gewissen Grad versammelt hätten.

»Wenn sie auf das Labyrinth abzielen, werden wir sie zum Eingang locken und dort zugrunde richten. Sollten feindliche Soldaten an der Erdoberfläche zurückbleiben, werden sich Gerudos Zweites Korps und meine Haupteinheit um sie kümmern!«

Der Plan war einfach und leicht verständlich. Doch meine Skepsis bezog sich, wie vorhin schon erwähnt, auf den Größenunterschied zwischen unserem Heer und dem des Imperiums. Noch hatte niemand darauf Bezug genommen. Ich fragte mich ernsthaft, was die anderen alle darüber dachten. Als ich die Frage gerade stellen wollte, brach in der Kommandozentrale plötzlich Jubel aus.

»Jawohl! Wenn Gabiru mich unterstützt, mache ich mir keine Sorgen. Der Sieg ist unser!«

»Das freut mich zu hören! Ich werde dir zeigen, wie man kämpft!«

»Ich hatte schon Sorge, ob wir je Gelegenheit bekämen, unsere Kräfte zu beweisen. Aber natürlich hat uns General Benimaru nicht vergessen. Er hat uns sogar die größte Ehre verliehen, nämlich unsere Heimat zu beschützen. Wir werden alles geben, was wir zu bieten haben!«

Die drei Kommandanten waren überglücklich mit Benimarus Strategie. Das galt nicht nur für sie. Auch die anderen, wie zum Beispiel die drei bösen Geister, stimmten in den Jubel ein.

Aber Leute ... Der zahlenmäßige Unterschied ...

Natürlich war ich ebenfalls zuversichtlich, dass wir den Krieg gewinnen würden. Das bedeutete aber nicht, dass ich völlig sorgenfrei war. Und ich wunderte mich, warum es sonst niemandem so ging. Selbst Gobuta war voller Tatendrang und offenbarte keine Spur mehr von der Angst, die er eben noch gezeigt hatte.

»Gibt es irgendwelche Fragen?«, warf ich in die Runde, doch niemand meldete sich. Stattdessen sagte mir Benimaru im Namen aller: »Seid unbesorgt, Lord Rimuru. Wir haben keine Angst, den Krieg zu verlieren. Wir werden alles geben, daher unsere Kühnheit. Wir haben die Chance, zu gewinnen und uns Verdienste zu erwerben. Falls wir unterliegen sollten, werden wir gezwungen sein, uns der Realität zu stellen. Wir leben schließlich in einer Welt, in der das Überleben des Stärkeren gilt.«

Dann schenkte er mir ein charmantes Lächeln. Die Anwesenden nickten zustimmend, einschließlich Shuna und der anderen Mädchen. Sie alle waren fest entschlossen, ihre Heimat zu verteidigen. Und wenn dem so war, wollte ich sie so gut es ging unterstützen.

»Testarossa, Ultima, Carrera!«

»Jawohl!«

Die drei bösen Geister standen auf und verbeugten sich vor mir. Nun war es an der Zeit, jedem eine Mission zuzuweisen.

»Begleitet jeweils einen Korpskommandanten und unterstützt ihn!«

»Jawohl, Lord Rimuru. Ich habe bereits Cien den Rat der westlichen Länder anvertraut. Ich werde mich persönlich an diesem Krieg beteiligen, bis er zu Ende ist.«

»Endlich kann ich mich nützlich machen! Ihr könnt auf mich zählen, Lord Rimuru!«

»Hi hi hi. Ihr dürft gespannt sein, mein Herr. Ich werde Euch meine Kräfte beweisen!«

Mit diesen Worten sahen die drei auf und antworteten glücklich auf meinen Befehl. Ich nickte ihnen zu und stellte sie dem jeweiligen Kommandanten vor.

»Testarossa, du gehst mit Gobuta.«

»Ja, es ist mir ein Vergnügen«, antwortete Testarossa. Gobuta hingegen schaute skeptisch und fragte: »Bist du dir sicher? Eine Frau, die noch nie gekämpft hat, ist der Ersten Armee nicht gewachsen.«

Meine Güte, er bewegte sich auf sehr dünnem Eis. Zugegeben hatte auch ich bis vor Kurzem nicht gewusst, dass es sich bei diesen Mädchen um ursprüngliche böse Geister handelte. Trotzdem verschlug es mir die Sprache, wie unbekümmert er auf Testarossa zuging.

Hey, sie wird dich abmurksen, wenn du so weitermachst ..., dachte ich mir zwar, hielt aber den Mund. Denn in gewisser Weise machte es mir Spaß, die beiden zu beobachten.

»Oh, das klingt aber vielversprechend«, sagte Testarossa mit einem Lächeln, doch ich war mit Sicherheit nicht der Einzige im Raum, der nicht wagte, ihr in die Augen zu sehen.

Testarossa wird dir bestimmt vergeben, wenn du dich entschuldigst, Gobuta.

Und so war ich gespannt auf den Tag, an dem Gobuta herausfinden würde, wer Testarossa in Wahrheit war.

Im Gegensatz zu ihm verhielt sich Gabiru äußerst höflich. Ich war beeindruckt.

»Ich habe viele Schwächen. Also zähle ich auf dich!«, sagte er und verneigte sich vor Ultima. Nach dem, was ich von Diablo und anderen gehört hatte, war Ultima die grausamste der drei bösen Geister. Carrera würde am ehesten ausrasten, aber Ultima war angeblich am furchterregendsten. Sie würde meine Befehle zwar wortgetreu befolgen, aber jedes Schlupfloch nutzen, um gnadenlos über ihre Feinde herzufallen. Gabiru schien aber den richtigen Ton getroffen zu haben und Ultima antwortete ihm mit niedlicher Stimme: »Okay! Auf gute Zusammenarbeit!«

Gabiru war in letzter Zeit stets bestrebt gewesen, nicht überheblich zu werden. Offenbar zahlten sich seine Mühen nun aus und retteten ihm sein Leben.

Was Gerudo betraf, schüttelte er Carrera schlicht die Hand. Irgendwie hatte ich das Gefühl, dass die beiden denselben Kampfgeist teilten und sich gut verstehen würden.

Ich war stolz auf die Paare, die ich bestimmt hatte. Hätte ich Gobuta nämlich Ultima zugewiesen, hätte es für ihn düster ausgesehen. Kaum jemand wusste, wer diese drei Mädchen in Wahrheit waren. Denn bei jenem Treffen mit Guy hatten wir uns darauf geeinigt, ihre Identität nicht zu lüften, um niemandem unnötig Angst einzujagen. Auch die drei Mädchen waren angewiesen worden, sich nicht zu verraten. Ich machte mir ja selbst nur deshalb Sorgen, weil ich wusste, wer sie waren. Ansonsten hätte ich meinen Seelenfrieden gehabt ... Aber nun wollte ich ihnen vertrauen. Sie würden sich schon zurückhalten, solange ich ihnen keinen Angriffsbefehl erteilte.

*

»Das ist alles, worüber wir reden wollten. Hat noch jemand etwas hinzuzufügen?«

Der Rest hing nun vom Vorgehen des Imperiums ab. Mit König Gazelle wollten wir noch genauere Pläne schmieden. Die Korpskommandanten aber hatten alle ihre Befehle und wenn sie keine Fragen hatten, wollte ich die Sitzung beenden. Doch da schoss plötzlich eine Hand nach oben. Masayuki meldete sich zu Wort.

»Ähm, dürfte ich eine Frage stellen?«

»Ja, was ist, Masayuki?«

»Ähm, ich bin etwas ratlos ...«

»Schieß los.«

»Ich will mich nicht darüber beschweren, dass Sie mich zum Kommandanten ernannt haben. Aber es wurde noch nicht erklärt, was mein Freiwilligenkorps tun soll …«

Ach, darauf wollte er also hinaus. Klar, dass er verwirrt war. Schließlich war er ein Teenager, der plötzlich die Führung über eine Armee aufgedrückt bekommen hatte. Im antiken Japan wäre das vielleicht nicht so ungewöhnlich gewesen, aber wenn man im friedlichen, modernen Japan aufgewachsen war, war es mit Sicherheit eine Herausforderung. Keine Frage.

Aber weißt du, auch ich habe es nicht leicht. Schließlich bin ich ein Dämonenkönig geworden, ehe ich mich versah. Es gab keinen Vorgesetzten oder so, den ich um Rat hätte fragen können. In dieser Hinsicht bist du um einiges besser dran als ich.

»Findest du nicht auch?«

»Ich sagte, bitte klären Sie mich auf!«

Ach ja. So schade es auch war, mein innerer Monolog hatte ihn nicht erreicht. In Worte gefasst würde es wie eine Ausrede klingen, aber mir blieb keine Wahl.

»Nun ja. Es tut mir leid, dass ich dir diese große Verantwortung aufgedrückt habe.«

»Äh …«

»Aber du bist besser dazu geeignet als ich, die Bewohner der Stadt zu beruhigen.«

Wir bräuchten uns keine Sorgen zu machen, wenn es nur Dämonen wären. Denn sie hatten eine hohe Moral und würden nicht versuchen, die öffentliche Ordnung zu stören. Mit den menschlichen Zugezogenen war es jedoch eine andere Sache. Es bestand die Gefahr, dass sie aus lauter Angst irgendwelche Übeltaten begehen würden.

»Und darum brauche ich dich, insbesondere in Zeiten wie diesen, die Angst der Leute zu lindern.«

»Verstehe ... Dann kann ich mich mit meinen Kräften wohl nützlich machen«, sagte Masayuki, scheinbar überzeugt.

»Ha ha ha, wie bescheiden Ihr doch seid! Ich und alle anderen wissen, dass Ihr aufgrund Eurer Position als Heroe nicht für ein einziges Land Partei ergreifen wollt! Aber habt bitte Erbarmen und leiht uns Eure Kräfte!«

Mjolmile hatte offenbar noch immer eine falsche Vorstellung von Masayukis Fähigkeiten, aber ich wollte ihn nicht enttäuschen. Schließlich schien sogar Hinata einen falschen Eindruck von ihm zu haben. Was für ein furchterregender Kerl er doch war, dieser Masayuki! Doch fürs Erste war es klüger, seine Legende für uns zu nutzen.

»... Sie haben recht«, antwortete Masayuki widerwillig. An seinem Gesichtsausdruck konnte ich erkennen, dass er solche Kommentare bereits satthatte. Ich hatte zwar Mitleid, aber hoffte, dass er mitspielen würde.

»Dann werde ich versuchen, mit dem Freiwilligenkorps die öffentliche Ordnung aufrechtzuerhalten.«

»Danke. Wahrscheinlich weißt du schon Bescheid, aber dank Lamrys wird der Schaden für unsere Hauptstadt minimal ausfallen. Sobald der Krieg ausbricht, soll die Stadt nämlich innerhalb des Labyrinths isoliert werden.«

Meine Führungsriege und ähnlich wichtige Leute wussten das längst. Von den Einwohnern, die sich bei der Evakuierungsübung verspätet hatten, waren außerdem einige Gerüchte in Umlauf, weil ich kein Redeverbot erteilt hatte, da es unsere Einwohner beruhigen würde.

»Tja, so ist das eben! Meine Kräfte sind unglaublich, aber ohne den Lehrmeister hätte ich es nicht geschafft!«

»Sie sagt es. Diese großartige Leistung wurde erreicht, weil ich Lamrys meine megastarken magischen Kräfte geliehen habe. Man könnte es einen Triumph der Freundschaft nennen.«

Dank Lamrys konnten wir die Stadt von der Außenwelt isolieren, was jedoch nur mit Veldoras Hilfe möglich war. Ich war den beiden aufrichtig dankbar.

»Danke, ihr zwei. Ihr seid mir eine große Hilfe.«

»Ach, wirklich? Tjaja, auf uns ist eben Verlass! Wenn du magst, kannst du uns ruhig noch mehr loben!«

»Kwa ha ha ha, recht hat sie! Wir verdienen noch mehr Anerkennung, mein Freund!«

»Jaja. Schon klar. Vielen herzlichen Dank noch mal!«

Warum mussten sie gleich so übermütig werden? Aber es stimmte, dass ich ihnen etwas schuldig war. Selbst wenn sich die Stadt im Labyrinth befand, konnte man noch den Himmel sehen. Einige Bewohner hatten nicht einmal bemerkt, was passiert war. Sie brauchten nichts von der Gewalt der kaiserlichen Armee mitzuerleben, was ich wirklich wunderbar fand.

»Aber, Rimuru, behalte das im Hinterkopf«, warnte mich Veldora.

»Was denn?«

»Für den unwahrscheinlichen Fall, dass der Lehrmeister besiegt und die hundertste Ebene erobert wird, wird die Stadt aus meinem Labyrinth geworfen. Das ist eine unvermeidbare Reaktion.«

»Aha. Ich wusste gar nicht, dass so ein Risiko besteht. Voraussetzung ist aber, dass Veldora verliert, oder? Wenn das wirklich passieren sollte, wäre das Schicksal der Stadt unsere geringste Sorge.«

In diesem Albtraumszenario würden wir uns alle, mich eingeschlossen, mit vollen Kräften an der Schlacht beteiligen müssen. Wir hätten bestimmt keine Zeit, uns um die Stadt zu kümmern.

»Nun, ich werde sowieso nicht verlieren.«

»Da hat er recht. Und mit unseren Zehn Besten des Labyrinths müssen wir uns wirklich keine Sorgen machen!«

Tatsächlich erwartete ich nicht, dass Veldora würde kämpfen müssen. Doch wenn es hart auf hart kam …

»Dann haben wir noch immer den guten Masayuki.«

»Hä?! M… Moment mal! War nicht gerade davon die Rede, dass ich nur die Ordnung aufrechterhalten soll? Was soll ich in so einer Lage schon ausrichten?!«

Kein Wunder, dass Masayuki so entsetzt war. Schließlich hatte er noch nie eine Armee angeführt. Alle Teilnehmenden nickten und sogar Mjolmile, der den Heroen sehr schätzte, zeigte Verständnis.

»Keine Sorge, Masayuki«, sagte ich. »Ich erwarte nicht von dir, eine Armee zu befehligen. Weißt du, ich bespreche das gerade mit Hinata. Ich habe sie gebeten, uns von den Heiligen Rittern einen Adjutanten zu schicken. Ich bin mir sicher, sie wird meiner Bitte nachkommen. Also wird dir ein Ritter helfend zur Seite stehen.«

»Ach so? Dann bin ich ja erleichtert.«

»Außerdem werde ich die Kinder bitten, dich zu beschützen … Äh, ich meine, bitte beschütz du die Kinder, okay?«

»Ha ha ha! Sie könnten nicht in besseren Händen sein!«

»S… Selbstverständlich«, stimmte Masayuki zu, während ihm vor Verlegenheit der Schweiß ausbrach. Er wusste, wie stark die Kinder waren, und hatte entsprechend begriffen, dass er von ihnen beschützt werden sollte. Zudem war Chloe unter ihnen. Sie würde im schlimmsten Fall alle retten können, da war ich mir sicher.

Damit waren die wichtigen Themen dieser Besprechung abgehakt. Wir hatten uns so gut wie möglich vorbereitet, aber man konnte nie wissen, was die Zukunft bereithielt. Vor allem war mir ein Grund zur Sorge geblieben: Chloes Erinnerungen an meinen Tod. Es gab jemanden im Imperium, der stark genug war, mich zu töten – daran bestand kein Zweifel. Wenn dieser Typ aufkreuzte, würden ihn selbst die Zehn Besten des Labyrinths nicht aufhalten können. Aber Moment …

<Hinweis: die Zehn Besten wurden aufgestellt, um die Karten des Feindes aufzudecken.>

Das habe ich mir schon gedacht.

Offenbar hatte für »Raphael« meine Sicherheit oberste Priorität. Das zauberte mir zwar ein Lächeln ins Gesicht, doch gleichzeitig fasste ich einen festen Entschluss. Egal, was auf mich zukommen mochte, ich würde meine Kameraden beschützen. Ich wollte niemals zulassen, dass jemand bei dieser dummen Sache namens Krieg verletzt werden würde.

Mit dieser Entscheidung beendete ich das Treffen.

*

Wie es aussah, hatte Masayuki die Stadtbewohner erfolgreich überzeugt. Sie glaubten nun an eine Story von wegen, der Heroe hätte den Dämonenkönig dazu überredet, die Stadt zu beschützen.

»Wir danken Euch vielmals!«

»Ihr seid unser Retter!«

Offensichtlich hatte Masayuki gemischte Gefühle dabei, das Lob der Abenteurer und Einwanderer zu ernten. Aber selbst sein bitterer Gesichtsausdruck stieß auf Beifall.

»Mit dieser betrübten Miene sieht der Heroe bezaubernd aus.«

»Er gibt sich nicht damit zufrieden, dass er dem Dämonenkönig Zugeständnisse abgerungen hat.«

»Ja, was für eine ehrgeizige und bescheidene Person er doch ist.«

»Diese Stadt wird von dem Heroen beschützt und nebenbei bemerkt hat er auch den Dämonenkönig Rimuru an seiner Seite. Wir haben nichts von einer Invasion des Imperiums zu befürchten!«

»Ja! Mit ihm sind wir in Sicherheit!«

Diese Interpretationen trugen dazu bei, dass Masayukis Popularität wieder einmal immens wuchs.

Während die Stadtbewohner weiter friedlich ihrem Tagewerk nachgingen, kam schließlich der schicksalhafte Tag, an dem die kaiserliche Armee aufmarschierte und der Frieden ein so jähes Ende nahm wie ein Sommernachtstraum.

Es herrschte Krieg.

Epilog

Die Hegemonie des Kaisers

»Bist du wach, Ludra?«

Die Worte waren an einen Mann gerichtet, der in opulenter Kleidung auf einem Rollstuhl saß. Angesprochen hatte ihn eine schöne, blauhaarige Frau – der Generalfeldmarschall, der bei der Sitzung die Initiative ergriffen hatte.

»Ja. Wie lief die Sitzung?«

»Wir haben uns entschieden, die Expedition durchzuführen.«

»Gute Arbeit. Gadora hat sich quergestellt, oder?«

»Ja. Der alte Mann ist ein Realist. Waffen aus einer anderen Welt können es niemals mit einer Drachenart aufnehmen. Natürlich ist ihm diese Tatsache nicht entgangen.«

»Ha ha ha, das glaube ich sofort. Trotzdem können wir nicht länger warten, wir müssen die Invasion jetzt beginnen. Um der Welt zu beweisen, dass ich der Herrscher dieser Welt bin«, sagte Ludra und fügte flüsternd hinzu: »Genau wie ich es Guy versprochen habe.«

Dann wandte er sich um und schenkte dem Marschall ein Lächeln.

»Also, Velgrynd. Wie wird diese Expedition deiner Meinung nach verlaufen?«

Velgrynd – so lautete der Name einer Drachenart, von denen es nur vier in dieser Welt gab. Der tiefrote Drache symbolisierte die Flammen und war ein Herrscher der glühenden Hitze. Er war noch älter als der Sturmdrache Veldora und ebenfalls unsterblich. Sein Name war Glutdrache Velgrynd. Es gab nur ein Wesen mit diesem Namen auf der Welt. Und es war diese Schönheit, die Ludras Frage beantwortete.

»Wir werden als Sieger hervorgehen. Ganz gewiss. Wir werden die Zwerge aus ihrem Versteck locken und den Hochmut dieses neuen Dämonenkönigs mit Füßen treten. Außerdem werde ich meinem faulen, dummen Bruder Vernunft einhauchen und Guy erkennen lassen, wer der Herrscher dieser Welt ist – nämlich du, Ludra!«

Sie zögerte nicht, den Kaiser beim Namen zu nennen. Tatsächlich war die Schönheit, Velgrynd, eines der stärksten Wesen der Welt. Obwohl Ludra eine Drachenart vor sich hatte, fuhr er freundlich fort: »Verstehe. Das wäre wunderbar. Glaubst du wirklich, dein Bruder wird sich zeigen?«

»Natürlich wird er das, Ludra. Er wird auf jeden Fall auftauchen. Er liebt es, sich auszutoben. Ich habe jedoch das Gefühl, dass er noch nicht in Schwung gekommen ist, nachdem sein Siegel aufgehoben wurde. Keine heftigen magischen Stürme sind zu registrieren, wie sie in der Vergangenheit das Land verwüstet haben. Früher hätte ich seine Aura aus jedem Winkel der Welt gespürt, aber jetzt scheint sie komplett verschwunden zu sein. Vielleicht war seine Auferstehung unvollständig?«

»… Wenn dem so ist, hat meine Armee vielleicht eine Chance gegen ihn.«

»Das wäre auch wieder amüsant. Dieser Dämonenkönig hat es gewagt, meinen dummen Bruder zu zähmen und meine süße Nichte zu täuschen. Das wird er mir noch büßen.«

Mit diesen Worten lächelten die beiden einander an. Ludra und Velgrynd war es gleich, ob ihre Strategie erfolgreich war oder nicht. Ludra spielte mit Guy ein Spiel, bei dem es um das

Recht ging, über diese Welt zu herrschen. Dieses Spiel hatte keine komplizierten Regeln. Sie mussten bloß ihre »Spielfiguren« verwenden, um ihren Gegner zu überwältigen. Die Welt war ihr Schachbrett, Dämonen und Menschen ihre Spielfiguren. Zuerst hatte Guy über Dämonen verfügt, während Ludra ein Teil der Menschheit zur Verfügung gestanden hatte. Im Laufe der Jahrhunderte wurden die Spielfiguren hin und wieder ausgetauscht. Es herrschte ein regelrechtes Chaos. Schließlich verstieß es nicht gegen die Spielregeln, sich gegenseitig Spielfiguren wegzunehmen. Und für Guy und Ludra stellten ihre jeweils stärksten Spielfiguren ihre Partner dar: die Drachenarten. In ihrem Spiel galt bloß eine Regel: Sie durften nur ihre Spielfiguren einsetzen, sich aber nicht direkt gegenseitig bekämpfen. Wenn diese Welt dabei zerstört wurde, würde das Spiel natürlich enden. Das wünschte sich jedoch keiner von beiden, weshalb sie aufpassen mussten, dass es nicht so weit kam.

Zudem gab es in diesem Spiel einige Joker. Dazu gehörten die verbleibende Drachenart – der Sturmdrache Veldora – sowie die ursprünglichen bösen Geister. Diese Joker waren nicht direkt am Spiel beteiligt. Ob sie zu Verbündeten oder Feinden wurden, lag ganz bei den Spielern, Guy und Ludra. Einer von Guys Spielfiguren – der Dämonenkönig Leon – wurde von dem ursprünglichen bösen Geist Jaune in seinem Territorium ständig bedrängt. Im Westen lauerte Violet, deren Zorn jede unüberlegte Handlung auf sich ziehen könnte. Und im Osten residierte Blanc. Böse Geister verfügten über immense Kräfte und waren unsterblich. Zwar war es nicht unmöglich, sie vom Spielbrett zu wischen, aber dies erforderte eine sorgfältige Vorbereitung. Stattdessen war es klüger, mit ihnen zu verhandeln, um sie für sich zu gewinnen. Ludra und Velgrynd waren sich darin einig, dass dies die beste Lösung war, um das Spiel gegen Guy zu gewinnen. Velgrynd wäre zwar in der Lage, Blanc zu eliminieren. Doch ihr Kampf würde unvorstellbare Schäden in dem Gebiet verursachen, das zu ihrem Schlachtfeld werden würde. Daher hatten sie dies als nicht praktikable Methode ausgeschlossen.

Ludra und Velgrynd hatten aber nicht mit der Entwicklung im Westen gerechnet. So hatte sich dort eine einheimische Religion namens Luminas-Glauben zu der vorherrschenden monotheistischen Religion entwickelt, die die Einwohner des Westens unerschütterlich praktizierten. Ludra und Velgrynd hatten schnell durchschaut, dass es sich bei dem Gott in Wahrheit um den Dämonenkönig Luminas handelte, doch da die Religion ihre Wurzeln längst geschlagen hatte, war es bereits zu spät gewesen, daran etwas zu ändern. Während Ludra die vollständige Kontrolle über den Osten erlangt hatte, hatte der Westen begonnen, sich unter dem Luminas-Glauben zu vereinen. Das war der Punkt, an dem das Spiel von Guy und Ludra in eine Pattsituation geraten war.

»Schade, dass wegen der Heroen Chronoa und Granbell eine Invasion in den Westen unmöglich gewesen war. Ohne sie wäre der Sieg schon vor langer Zeit dein gewesen.«

»Nicht unbedingt. Dass Leute auftauchten, mich in meiner Hegemonie zu stören, muss zu den Hürden gehören, die Veldanava für mich vorbereitet hat. Schließlich hat er es schon immer geliebt, Streiche zu spielen.«

»Ja, in der Tat. Mein älterer Bruder konnte wirklich nervig sein ...«

Die beiden lächelten, als sie sich einen Moment Zeit nahmen, um in nostalgischen Erinnerungen zu schwelgen.

»Doch nun ist die Zeit gekommen. Alle notwendigen Spielfiguren gehören mir. Schon bald werde ich den Sieg an mich reißen.«

»Diesmal setze ich Guy und meine Schwester Velzard schachmatt.«

»Ha ha, aber Guy wartet ebenfalls auf seine Gelegenheit. Er hat sicherlich vor, seine Chance zu ergreifen, wenn du und Veldora gegeneinander kämpft.«

»Das nehme ich an. Wie lästig. Wenn das nicht gewesen wäre, hätte ich mich damals persönlich um meinen Bruder gekümmert ...«

Sie deutete die letzte, gescheiterte Expedition an. Mit Velgrynd an ihrer Seite hätte Veldora für die kaiserlichen Soldaten keine Bedrohung dargestellt. Doch wäre sie zur Tat geschritten, hätte Guy diese Gelegenheit gewiss für sich genutzt. Wenn man seine stärksten Spielfiguren, also die Drachenarten, einsetzen wollte, musste man im Vorfeld alle Vorkehrungen getroffen haben.

Doch nun war der perfekte Zeitpunkt dafür. Ludras Geheimagenten hatten ihm vielerlei Informationen aus der ganzen Welt gebracht.

»All das Warten hat sich gelohnt. Unser größtes Hindernis wurde aus dem Weg geräumt. Nun haben wir freie Fahrt, um in den Westen zu dringen!«

Hinter dem Gott Luminas steckte der Dämonenkönig Luminas. Mit diesem Wissen konnten sie eine grobe Schätzung ihrer Stärke vornehmen. Darüber hinaus war ihr Doppelgänger gestorben, die Sieben Weisen waren ebenfalls gefallen. Und dazu kam: »Granbell ist gestorben. Nach seinem Tod stellen die westlichen Länder kaum noch eine Gefahr dar.«

»So ist es. Diejenigen, die es wagten, sich mir in den Weg zu stellen, waren von Anfang an dem Untergang geweiht.«

Beide glaubten fest daran, dass dies eine göttliche Offenbarung sein musste, die Ludras Weltherrschaft vorausging.

»Wie sieht es mit deinen Kräften aus, Ludra?«

»Alles bestens. Meine Fähigkeit ›Harmagedon‹ kann jederzeit aktiviert werden.«

»Harmagedon« war Ludras ultimativer Trumpf. Die Bedingungen für seine Aktivierung waren sehr streng und sobald er ausgelöst wurde, würde es lange dauern, bis dieser Skill erneut aufgerufen werden konnte. Das war auch der wahre Grund, warum sich das Imperium so lange zurückgehalten hatte: Sie hatten auf den Tag gewartet, an dem Ludra wieder sein »Harmagedon«, die Armee der Engel, entfesseln konnte. Und da Granbell verschwunden war, den sie als größte Gefahr erachtet hatten, war Ludra von ihrem Sieg überzeugt.

Guy war indessen noch nicht in der Lage gewesen, eine vollständige Kontrolle über die Dämonenkönige zu erlangen. Sie pflegten keine kooperativen Beziehungen zueinander. Jeder tat, was er wollte. Die einzelnen Dämonenkönige besaßen zwar einen großen Einfluss, aber in Ludras Augen stellten sie keine Gefahr dar.

»Diesmal sind wir deutlich im Vorteil.«

»Aber haben wir genug Zeit? Ich möchte meinen dummen Bruder auf unsere Seite bringen, koste es, was es wolle. Außerdem wird er nützlich sein, um mit Guy fertigzuwerden. Sobald wir etwas gegen meine Schwester Velzard unternommen haben, haben Rain und Mysery keine Chance gegen uns. Das bringt mich auf meine Frage zurück: Wie steht es um deine Kraft ...?«

»Sei unbesorgt. Sobald du Veldoras Aufmerksamkeit auf das Schlachtfeld lenkst, werde ich die Gelegenheit nutzen, um mit meiner ›Regalia Dominion‹ Kontrolle über ihn zu erlangen.«

Daraufhin formte Velgrynd ihre Lippen zu einem schönen, aber kaltblütigen Lächeln.

»Oh, dann ist der Sieg so gut wie sicher.«

»Selbstverständlich. Alles läuft so, wie ich es geplant habe.«

»Wunderbar. Sorgen bereitet mir nur deine ...«

»Hör auf. Das ist die Natur der Dinge. Wie unpraktisch der menschliche Körper doch ist ...«

»Ludra ...«

»Es beansprucht die Seele stark, wenn man samt seinem Ego und allen Erinnerungen mehrmals wiederbelebt wird. Es wäre auszuhalten, wenn ich, genau wie Gadora, etwas Zeit zum Ausruhen hätte, aber von dem Luxus kann ich nur träumen. Wenn ich das tun würde, würden meine Kräfte wieder versiegelt werden.«

Dann müsste Ludra noch einmal von vorne beginnen, sie Schritt für Schritt entfesseln. Täte er das bei jeder Wiederbelebung, hätte er keine Chance gegen Guy. Deshalb hatte er lange Zeit darauf gewartet, dass seine Kräfte vollendet werden würden.

Jetzt, da er spürte, wie sie ihre volle Stärke erreichten, war die Bühne bereit.

Allerdings kostete es Ludra große Anstrengung, um diesen Zustand beizubehalten. In diesem Leben hatte er sich keine Kaiserin, nicht einmal eine Konkubine genommen. Auch wenn die Kaiserin des Imperiums keine politisch tragende Rolle spielte, war dies höchst ungewöhnlich. Denn es bedeutete, dass kein kaiserlicher Erbe geboren werden würde. Bei einer solchen Geburt wanderten Ludras Kräfte und Erinnerungen vollständig in den Leib des Kindes. Es war die reinste Form der erblichen Monarchie – denn der Nachfolger des Kaisers war stets der Kaiser selbst.

Er hatte diesmal darauf verzichtet, weil nach einer solchen Wiederbelebung seine Skills eingeschränkt waren, bis er volljährig war. Denn ein Kinderkörper konnte seine immensen Kräfte nicht vollständig unter Kontrolle halten. Diese Verzögerung wollte er sich nicht erlauben, sein »Harmagedon« würde bald aktivierbar sein und diese Ära bot ihnen die besten Voraussetzungen für den Sieg. Er wollte diese Gelegenheit nicht verpassen.

Velgrynd hingegen bereitete das Sorgen. Dadurch, dass Ludra seine vollen Kräfte in sich barg, litt er unter immenser geistiger Erschöpfung, was seine Seele schwer in Anspruch nahm. Würde er seine Kräfte auf einen Erben übertragen und das »Harmagedon« verzögern, würde er seine Symptome lindern können. Doch der Kaiser weigerte sich hartnäckig. Die Zeit war gekommen. Er wollte sein Spiel gegen Guy ein für alle Mal entscheiden.

Velgrynd konnte es nicht ertragen, Ludra so zu sehen.

»Wie viel Zeit bleibt dir noch, Ludra ...?«